U0576252

情系橄榄树

第四届三毛散文奖获奖作品选

来 其 白 马 主编

浙江工商大学出版社·杭州

图书在版编目（CIP）数据

情系橄榄树：第四届三毛散文奖获奖作品选 / 来其，
白马主编. —杭州：浙江工商大学出版社，2023.12
ISBN 978-7-5178-5829-4

Ⅰ. ①情… Ⅱ. ①来… ②白… Ⅲ. ①散文集—中国
—当代 Ⅳ. ①I267

中国国家版本馆CIP数据核字（2023）第219219号

情系橄榄树：第四届三毛散文奖获奖作品选

QING XI GANLANSHU:DI-SI JIE SANMAO SANWEN JIANG HUOJIANG ZUOPIN XUAN

来 其 白 马 主编

出 品 人	郑英龙
策划编辑	沈 娴
责任编辑	刘 颖
封面设计	观止堂_未氓
责任校对	吴岳婷
责任印制	包建辉
出版发行	浙江工商大学出版社
	（杭州市教工路198号 邮政编码310012）
	（E-mail:zjgsupress@163.com）
	（网址:http://www.zjgsupress.com）
	电话:0571-88904980,88831806（传真）
排 版	杭州朝曦图文设计有限公司
印 刷	舟山市乐诚印刷有限公司
开 本	710 mm×1000 mm 1/16
印 张	23.25
字 数	321千
版 印 次	2023年12月第1版 2023年12月第1次印刷
书 号	ISBN 978-7-5178-5829-4
定 价	128.00元

版权所有 侵权必究

如发现印装质量问题,影响阅读,请和营销与发行中心联系调换
联系电话 0571-88904970

第四届三毛散文奖组委会名单

顾　　问　刘中华（舟山市委常委、宣传部部长）

主 任 委 员　臧　军（浙江省作家协会副主席）

　　　　　　侯富光（舟山市定海区委书记）

　　　　　　孙丹燕（舟山市定海区委副书记、区长）

副主任委员　曹启文（浙江省作家协会党组副书记）

　　　　　　楼春颖（舟山市定海区委常委、宣传部部长）

　　　　　　张　辉（舟山市文学艺术界联合会党组书记）

　　　　　　余　舟（舟山市定海区副区长）

委　　员　陆春祥（中国散文学会副会长、浙江省作家协会副主席、浙江省散
　　　　　　　文学会会长）

　　　　　　来　其（浙江省作家协会主席团成员、浙江省散文学会副会长）

　　　　　　林国海（舟山市定海区委宣传部常务副部长、区文联主席）

办公室主任　林国海（兼）

第四届三毛散文奖终评委名单

主任委员　阎晶明（中国作家协会副主席）

副主任委员　陆春祥（中国散文学会副会长、浙江省作家协会副主席、浙江省散文学会会长）

委　　员　洪治纲（中国作家协会文学理论批评委员会委员、杭州师范大学文学院院长）

潘向黎（中国作家协会全委会委员、上海市作家协会副主席）

鲍尔吉·原野（中国作家协会散文委员会副主任、辽宁省作家协会副主席）

鲁　敏（中国作家协会全委会委员、江苏省作家协会副主席）

来　其（浙江省作家协会主席团成员、浙江省散文学会副会长）

第四届三毛散文奖审读（初评）委名单

主 任 委 员　杨海蒂（《人民文学》编审）

副主任委员　周维强（浙江省作家协会文学评论委员会副主任、浙江省散文学
　　　　　　　　会副会长）

审 读 委 员　冉　冉（重庆市作家协会主席）

　　　　　　　沈　念（湖南省作家协会副主席）

　　　　　　　刘　军（河南大学文学院副教授、散文评论家）

　　　　　　　陈　锟（舟山市作家协会专家委员会委员、《青年文学》原资深编辑）

　　　　　　　王　寒（浙江省作家协会散文创作委员会副主任）

目 录

散 文 集（节 选）

大 奖

实 力 奖

散 文 集 （ 节 选 ）

新锐奖

单 篇 散 文

大 奖

实力奖

单 篇 散 文

新锐奖

■ 附　录

第四届三毛散文奖

水杉，一种树的故事

阿　来

这是一部别有意味的作家日常生活史。或盘点自我写作，或揣摩他人作品，或漫行于山水之间，或玩索于金石之中，或把酒论道，或演讲交流，在这些看似惯性化的日常生活中，阿来以其特有的情思，道出了一个作家极为特殊的生存方式。它既单纯又丰富，既平凡又幽深，呈现了作家在与人类心灵打交道过程中丰饶的生命镜像。

——第四届三毛散文奖终评委

水杉是一种古老的植物，在地质史上的中生代晚期的白垩纪就进化为参天乔木，蔚为大观。

白垩纪开始于一点四五亿年前，于六千六百万年前结束。这是在进化史上存在短暂的人类难以确切感知的漫长时间。那是恐龙称霸的时代。那个时代哺乳动物、鸟类和蜜蜂也已经出现。水杉就曾广布于那个遥远的世界。后来，一颗小行星撞击地球造成了生物大灭绝。恐龙就是在那时面临了灭种之灾。

人类第一次注意到水杉，不是因为发现了活的植株，而是在化石中发现了它的存在。发现者是日本的三木茂博士。他肯定这是一种与世界上所有杉树都不同的杉树，并已经在地球上灭绝。这个时间是1938年。三木茂博士推断，水杉虽然在恐龙灭绝时得以幸存，但终于没有逃脱结束于两万年前的第四纪冰期的劫难。

这是关于这种植物的前传。

任何关心自然，对自然界中植物生存与分布有兴趣的人都知道，水杉就活在我们身边，而且广布于这个世界。十多年前，我在美国访学，人文学科的交流之余，我去寻访那片大陆上的植物，比如和水杉是近亲的北美红杉。这是杉树中体量最为高大的一种。一天，一个美国教授带我去看了一株水杉，告诉我这是从中国引进的水杉的第一代亲本，也就是说，当今美国，甚至世界上的许多水杉，都是它的子孙。他甚至告诉我，这棵树的一些种子，后来又回到了它的原生地中国，栉风沐雨，生根萌蘖，展枝舒叶。

行笔至此，我忍不住起身，下楼去看小区院中池边那几株水杉。刚入住小区时，它们的胸径不到十个厘米，不及一层楼高。今天已经高过三楼了，舒展的枝叶互相交错，造成了大片沁人的阴凉。梅和山茶傍着它们挺直的躯干。枝叶晃动时，投在池中的波光也在晃动，光影中有游鱼和可爱的杉叶藻。是的，杉叶藻，模仿了水杉羽状叶的杉叶藻。水杉不仅生长在我们的庭院，也生长在隔壁的庭院，生长在附近公园，还生长在包围着我生活的这座城市的广袤乡野，在道旁，在渠边，在山野。

对此景象，我不禁有些恍惚。

要知道，在上世纪40年代前，人们还认为这种美丽的树木早就从世界上消失了，和许多经历地质与气候巨大灾变的动植物一起灭绝了。

直到1941年，抗日战争最为艰难的相持阶段，一位国立中央大学的学者，在辗转行脚去往抗战大后方重庆的路上，偶然与一株古老的水杉相遇。这位生物学者，肯定自己遇见的是一种未知植物，是一个新的物种，但他并不能确定这到底是什么。要知道这是什么物种，需要放在植物学的科学谱系中确定其位置：什么科？哪一属？然后，是什么种？这位叫作干铎的生物学者能做的，是采集了一些枝叶作为标本，向学界传递了这个至少会令行内人感到兴奋的消息。

这次偶然发现的地点，据资料记载，在四川万县（今重庆市万州区）磨刀溪，据说在三峡附近。

这是我所知道的水杉的最初信息。

我查过万县地图，没有找到磨刀溪。

《人民文学》主编施战军打电话来，邀我去湖北省恩施州利川市。我犹豫，怕是去看土家风情。我愿意了解不同民族的历史与文化，但我害怕看风情表演。但他说出了一个词：水杉。接着又说，水杉发现地。我不假思索就说，去，去。

放下电话，又有些后悔了。水杉发现地在磨刀溪。磨刀溪在四川万县。后来，川渝分治，万县属了直辖的重庆，怎么跑到湖北去了？

上网查，才知道，行政区划调整，发现水杉的磨刀溪，早在上世纪50年代就划归湖北了。

既如此,那当然要去。

动车时代,乘火车穿过四川盆地,穿过盆地东缘绿意盎然的群山,四个小时,利川到了。一个海拔一千多米的秀美的山间盆地。主人献宝一般介绍当地美食、文化与风景名胜。我行期短促,迫不及待要问水杉。水好,茶好,歌好,酒好,但我是为水杉而来。在利川的清水河边行走,已经见到许多略带秋意的水杉。

一早起来,就去看更老的水杉。

星斗山,距县城七十余公里。一路上满目苍翠。农田,庭院,茶园,苗圃——大多种着等待移栽到别处的水杉幼苗。在满山的原始林中,也时时看见水杉,更多的却是它的近亲柳杉,还有连香、女贞、樟、楠、柏、松……

终点,一个植物繁育园。园中全是水杉,树身上挂了牌子。我拍下存档的这一株,就明确写着:"14号无性系。原生母树编号:1909。生于桂花村猫鼻梁上段。"翻译成大白话,就是编号为1909的原生母树,并不在此处,而是在桂花村猫鼻梁上段。利川人说话,口音与基本词汇都与四川人相同,这个猫鼻梁定是指一段山脊,形状像猫的鼻梁。无性系是一个生物学的专用术语。用种子繁殖是有性繁殖,无性繁殖就是从植株截取枝条来扦插,培养成新的植物。无性繁殖的好处是保持母本特性完全,有性繁殖则容易产生变异。利川保护水杉,是讲科学的。这个并不容易。我见过,珍稀野生植物保护,因为不讲科学而帮了倒忙的事情,而且不止一例。

在这个水杉种群保育地看了几百上千株无性繁殖的水杉,出了园子,在公路旁的溪流边,就看见一株粗可合抱的老水杉,枝柯交错之下,流水潺潺,溪石圆润,其间有绿,其状如兰。也许,园中这些无性繁殖的水杉中,也有全盘承继了这株老树基因的后代。

光看这些我并不满足,心心念念的还是磨刀溪。

这里的参观结束,又去了邻近的佛宝山。山里的蔽天林木、悬垂于绝壁上的瀑布我都喜欢,但还是有些心猿意马。从佛宝山下来,过一夜,我的行程就只剩下半天了。

终于要去看那株有故事的水杉了。

当地一位朋友开车陪我去。但他说的目的地,却是谋道镇。见我狐疑,他缓缓解释。那株水杉就长在谋道镇上,磨刀溪就在镇子边上。我释然,难怪我查地图没有查到过磨刀溪。路上,他又给我解释谋道这个地名的文化含义,或者说是得名的典故。说实话,没怎么听进去,心思不在这上头。谋道,谋道,有谋有道,怎么可能不跟文化扯上些关系呢。

车出盆地,面前横亘一道苍翠山岭,不高,却绵长幽静。朋友说出这道岭的名字:齐岳。其实并没有高齐天际的气势,没关系,其中也是寄托了某种向往。

心生欢喜。

心头没来由涌出两句前人的诗:"行尽山岭头,欢喜入乡关。"作者想不起来,诗题想不起来,前后句想不起来,就想起这两句。因此上心生欢喜。

以为要上这道岭去,说不用了,山下通了隧道了。我想上岭去,但没说。

出了隧洞就是谋道。很安静的一个小镇。公路穿镇而过。想当年,干铎先生由鄂入川的道路也是这样穿镇而过,只是更为崎岖更为狭窄也更为寂寞吧。停车,下来,抬头,一树蓊郁的浓墨重彩的绿就矗立在眼前。不用问,这就是那株水杉了。移步往前,到它跟前,是一株见证过风雨沧桑的老树,枝柯遒劲,树身苍老,要两三人牵手才可以环抱。一圈栏杆挡在身前,不能亲手抚摸那暴突皲裂的苍老树皮了。礼敬般绕行一周,再一周。水杉很高,使劲仰头,也未见其顶,只把我的视线引向天空深处。据当年资料,这株树通高三十三米,现今测量的准确数据是三十五米多。

水杉这种树,和所有杉科植物一样,躯干通直,挺拔高大,自有一种庄重的美感。水杉的示相,在保持杉科家族共同的雄伟特征外,又有其柔美的一面。这柔美,在于叶的质感。和其他杉树,如云杉、冷杉等质地坚硬挺直的针叶不同,水杉的叶与同一家族中的红杉更相似。它线形的叶,因扁平,因稍稍的卷曲而显得轻盈,颜色也不似云杉和冷杉们那样浓郁深沉,在阳光照耀下,像是青葱娇艳的翠玉。这些密集细小的线形叶,对称排列为鸟羽状,轻风吹拂时,在沙沙的絮语中做出飞翔的姿态。杉科这个植物家族中大多数是常绿乔木,水杉却是要落叶的。这也增强了其观赏价值。我喜欢它春天里嫩叶初发的样子。萧瑟的冬天,它排掉一些水分,躯干和枝条变得坚硬,这是迎接北风与寒霜的必需措施。在我生活的地方,我家所在的那个小区的院子,寒冬将尽的消息,是由蜡梅的盛开首先传递的。"缟衣仙子变新装,浅染春前一样黄。"接着就是水杉了。它的枝子颜色一天天变浅,一天比一天滋润,同时也从坚硬变得柔软。那是地下的根须在向上输送水分和养料,在做一年一度萌发新叶的准备了。每天经过它身旁,都会抬头看看。每一道皲裂的老皮间每天都会透出更多的润泽,每一根枝条都比前一天更加饱满。一周,或者再多几天,就看见幼嫩的枝梢上绽出了星星点点似无似有的绿,凝视时如烟将要涣散;再换眼,又凝聚如星,新翠点点。海棠初开时,它羽状的新叶已经舒展开来,清风徐来,借它鸟羽般翩飞的新叶显现轻舞飞扬的姿态。夏天的绿意盎然生机勃勃自不必说,到秋天,这些针叶,又一枚枚变换颜色。变成黄色,变成红色。先是星星点点,丝丝缕缕,某一天,突然在通透的秋阳下,变成了一树绯红或一树金黄。等到这些叶子脱离枝头,和冷雨一起垂降到地面,时令已经迈进冬天的门槛。每经过这样一个循环,人老去一岁,但树还年轻,明年再开枝展叶,还是一个成长中的青年。

磨刀溪旁的这棵世界上年龄最大的水杉,已经在这里站立六百多年,依然葱郁苍翠,还要见证这片土地上许多个世纪的沧桑巨变。

陪同的朋友说,从出生起就看见这棵树站在镇上。老树苍翠无言,镇子的容貌已几度变化。他说,当年,镇子上有一户贫困人家,靠着巨大的树干搭一座小房子,穷困无状,竟也繁衍了三代人口。而在我读到的关于这株水杉的最早故事中,也就是干铎先生经过这里,发现这株水杉的时候,树下有一个小庙,供奉着树神。在中国人朴素的自然观中,有着对老树的崇拜,相信长寿的树会化而为神。今天,老树低点的枝条上,还挂着祈福的红色绸带。没有风。绸带和树的枝与叶一起,和树下的泥土一起,沉默无声。那个供奉树神的小庙挪了位置,百米开外,在一面小山坡前。后面满坡的树,旁边一丛醉鱼草开着粉红的花。

老水杉四周正在开辟一个公园。公园里新栽了很多非土著的观赏植物:杜鹃、石楠、樱。这些外来的植物和人工造景把这株水杉和原生种群分隔开了。老水杉本不是和这些外来植物生长在一起的。原先,它与现在已经和它隔着两三百米距离的原生植物群落在一起。我穿过公园,到山前去看那些植物。木本有松,有柏,有樟,有连香,有悬钩子属的莓,有女贞。草本有香青,有獐牙菜,有紫菀。有些草本植物还在花期:打破碗花白中带红,沙参摇晃着一串蓝色的铃铛。要我布置这个公园,肯定会让老水杉和这些原生树种依然在一起,亲密无间。我不愿它和原生群落分开。这不是基于简单的情感,而是基于科学。保护一株树的同时,也应该维护好它与原生群落间的关系。眼下这种情形,有些美中不足。

在树下,盘桓了一个小时多点的时间,该离开这里奔火车站了。

回程中,问朋友磨刀溪地名的由来。原来,这名字比谋道镇来得更古老,是差不多两千年前的事情了。三国时,蜀汉大将关羽到过此处,并在此处溪中磨过他那把名贯古今的大刀。

再见,谋道镇。磨刀溪,再见。

当年,干铎在谋道与这株树不期而遇时,以他的生物学知识判断,这肯定是杉科植物的一个新种,却不能对这种植物做一个准确的定名。而在当地百姓那里,这植物一直是有名字的。这名字为今天所沿用:水杉。利川人对杉字的发音也是四川话对杉字的发音,不读作普通话的“衫”,而读作“沙”。

这就牵出了一个有趣的话题。

即近代以来生物学上的种种“发现”。

今天我们说,水杉的发现者是干铎,难道以前当地人称名水杉就不算是发现?

在中国,这样事情不止一例。比如说大熊猫。两千多年前,大熊猫就以“貔”“貘”等名字出现在古老的中文典籍中。这说明,中国人对这种动物是熟悉的。海德格尔说，对事物称名，就是认识与发现。但今年，中国好些有大熊猫存在的地方，都在纪念大熊猫发现一百五十周年。就如水杉，当年干铎发现这种植物时，当地人对其也有称名，称名中还包含了对水杉喜欢近水生长特性的认识。但水杉的发现，不是从当地人对其命名时开始，而是始于1941年。

先讲一百五十年前大熊猫的发现。

一百多年前，法国传教士戴维第二次来到中国，于1869年到了四川宝兴县，在这里发现了大熊猫，并以科学的方式加以命名。中国最资深的大熊猫专家胡锦矗教授将这次发现称为"大熊猫的科学发现"。这种说法更为准确。中国古代就有"多识于鸟兽草木之名"的古训，古人也有植物学方面的一定认知。《本草纲目》《救荒本草》等典籍就包含了许多朴素的植物学知识。但这些知识有个缺陷，就是缺乏对生物世界的整体性、系统性的把握。这些知识是经验性的，是支离的，而不是系统性的。对生物世界以整体性认识的系统是由一个叫林奈的瑞典人，于18世纪中期建立起来的。他认为这个世界上所有的生物虽然多种多样，但都可以纳入一个系统，对某一种物种的认知与命名，必须纳入这个整体性充足的系统之中。他创造了一套高度契合于这个系统的生物命名方式。所有地球生命首先共属于"界"，然后分属为"门"，为"纲"，为"目"，为"科"，为"属"，为"种"。不论是认识一种植物还是其他生物，首先要将其纳入这个体系，然后用他发明的"二名制"的方式来进行命名，也就是先写出属名再写出种名。而且这种命名须用拉丁文进行书写。大熊猫被重新命名，就是纳入这个系统：脊索动物门哺乳纲食肉目熊科大熊猫属。二名制的拉丁文写成"*Ailuropoda melanoleuca*"。准确的意思是猫熊——像猫的熊。而不是今天将错就错的译名——像熊的猫。

水杉的中文名称采用了发现地当地人的称名，但以世界通用的林奈的命名法就写为"*Metasequoia glyptostroboides*"。这个名字才是完整的学名。

1941年水杉的发现，更准确地说，是以科学的方式重新发现。在没有采用科学系统，也就是没有采用林奈创立的分类系统和命名法之前，中国人并不是对于周围的环境一无所知,只是基于经验性的无系统的知识实在是有着巨大的缺陷。

也是基于这个原因,上世纪和再上个世纪,西方许多掌握科学新知的传教士和探险家来到中国,掀起了一个在中国这个古老文明国度发现地理、发现生物物种,并以科学方法重新命名的狂潮。传教士戴维不仅发现了大熊猫,此前,他第一次到中国,就在华北等地发现了中国人叫"四不像"的麋鹿,还将标本活体运回了法国。后来,这个物种在中国灭绝。今天,在中国一些保护区里繁殖的麋鹿,都是戴维神父带去法国的麋鹿活体的后代。这样的事情不是孤例,有相同命运的还有今天重新生活在新疆荒漠中的普氏野马。

中国自近代维新运动以来,引进新文化改造旧文化。科学文化的引进,影响到一代先知先觉的知识分子,引起他们的文化觉醒。水杉这种本被认为已经在第四纪冰期中灭绝的古老物种,长在磨刀溪及周围地区千年万年,但一直未曾被科学的智识之光所照见。直到举国艰难抗战时期,才被一个学者在向着抗战大后方艰难转进的途中偶然发现。

干铎的发现只是开始,又过了五年,抗战胜利后的1946年,才由郑万钧、胡先骕两位植物学家确定其科学命名。我查不到资料,不敢肯定这是不是中国科学家对本土生物的首次科学发现,但这次发现与命名,其文化上的意义可能超过水杉本身。证明中国人也能以科学的方式重新发现和认知世界。也是因为这个发现,世界才知道,水杉这个经历地球生物大灭绝,又经历第四纪冰期严酷考验的古老植物,居然还生存在中国长江三峡附近的偏僻乡野。

幸运的是,只要人们有了足够的意识,珍稀植物的保护并不像大熊猫、普氏野马和麋鹿等动物那般艰难,不像其种群的扩大那样缓慢。十来年前,我曾和一些生物专家一起考察一种濒危的野生植物五小叶槭。这种植物也是很多年前被外国人在中国西南山区发现并命名的,后来中国植物学家百般寻找却难觅踪影,直到上世纪80年代才被重新发现。当时这种植物在发现地已经只有百余株了。我随生物学家们在深山中亲见过那些稀有的植株。

晚上，在山下村庄和村民座谈时，一位年轻农民把我们引到他的菜园中。他采摘了野生五小叶槭种子，并繁殖成功。这个过程中，他得到了林业科技人员的指导。就在昨天，当年美国植物学家发现这种植物的那个县的县长，还给我发来了一组照片，为的是告诉我，他们建起的苗圃中，繁殖的五小叶槭已经达五万多株。

水杉这种植物，被发现后的七十多年间，不仅在利川得到保护与繁育，而且早已重新广布到适合其生长的地方，在城市，在乡野，在中国，在中国以外的那些国家。

中国人的精神曾经生气勃勃，曾经豪迈地面向世界。但也曾经迷失，"巷有千家月，人无万里心"。好在，蒙昧且沉溺于蒙昧的时代已成为过去。今天我来寻找水杉，也就是寻找一个中国人在文化上重新觉醒、重新发现世界的故事吧。

选自《以文记流年》，阿来著，作家出版社2021年版

水和火的相遇

〔加〕张　翎

　　勃朗宁夫人、狄金森、乔治·桑，张翎写了三个不同寻常的女性，三段因爱而勇敢、因爱而孤独、因爱而自由的命运。女作家读解女作家，跨越时空的相知相惜，对女性心灵的洞察和观照，探究了女性与写作、个性与人性的关系，更充满对爱、自由与艺术创造的深长思考。具有饱满的生命意识和文学史意识，是一部激情澎湃而哲思深邃的佳作。

　　　　　　　　　——第四届三毛散文奖终评委

1836年的某一天，在情人玛丽·达古伯爵夫人举办的一次聚会上，李斯特把乔治·桑引荐给了比她年轻六岁的肖邦。这次被后世不知演绎成多少个香艳旖旎版本的会面，其实完全不是人们所猜想的那样。那天乔治·桑依然身穿男装，一根又一根地抽着雪茄烟。受过正统保守教育的肖邦，对这一款的女人很不以为然。聚会之后他对朋友说："桑是个多么令人生厌的女人！但是她真的是女人吗？我有些怀疑。"然而肖邦却在乔治·桑的心中留下了一个值得耗费三十二页信纸的印象。但是她没有立即行动，因为那时肖邦的心正被一个叫玛利亚·沃辛斯卡的波兰女子全然填满，腾不出一厘一寸的空间，来搁置任何有关别的女人的遐想。两人相遇在一个节拍错乱的点上，和弦是一个不切实际的幻想。这一次乔治·桑罕见地学会了等待，一等就是两年。两年的时间把乔治·桑的耐心磨得像一张宣纸，很薄，但始终没破。

再见时已经是1838年。那一天失恋的肖邦神情忧郁地伏在钢琴上，指间随意地流淌出一串哀婉的音符。乔治·桑默默地站在他身旁，一眼就看出他的心空了。曲终时，四目相视，她弯下腰来，将她的嘴唇压在他的唇上——她毫不犹豫地推开了他虚掩的心门。他吃了一惊，没有热切地回应，却也没有反抗。

很快，他们的恋情成了全巴黎酒余饭后一个滚烫的新话题。

肖邦的肺结核迟迟未能痊愈，而乔治·桑的儿子莫里斯的风湿症也越发严重，遵照医生的嘱咐，他们决定带着两个孩子一起到马略卡岛过冬。漫长的旅程没有让他们沮丧，因为他们在热切地期待着西班牙的灿烂阳光来驱走身上的病痛，为他们忐忑的新恋情暖居。可是没想到这次本想作为蜜月的旅行却成了一场灾难。当地笃信基督教的居民，对婚姻之外的男女之情心生排斥，乔治·桑一行四人竟然无法找到一家合宜的旅馆，最后只能栖身于一处废弃的修道院。修道院的房间潮湿阴暗，肖邦的肺病越发严重，他们只好提前返回巴黎。这次的马略卡之旅并不完全是噩梦，它至少给后世留下了两样不朽之物：一本叫《马略卡的冬天》的书，一架留在马略卡的钢琴。这架沾着肖邦指印和叹息的钢琴，在将近两个世纪之后的今天，已经成为马略卡居民最骄傲的拥有物。当然，他们早已淡忘了自己祖先当年对肖邦的不敬。

回到巴黎之后，乔治·桑和肖邦开始了八年的同居生活——这在乔治·桑晴雨无常的情感时间表里，是一个几乎和永恒等长的时段。他们每年在巴黎和诺昂各住半年，这边过冬，那边消夏。我在诺昂的乔治·桑故居里，有幸见到了一些他们当年使用过的旧物。故人已逝，乔治·桑早在生前就销毁了肖邦给她的大部分信件，旁人的记忆支离破碎，和风尘女子一样靠不住。或许只有这些留着他们指纹的旧物，能向后人透露些许斑斑驳驳的真相。遗憾的是故居内部不许拍照，我没能给那些遗物留下属于我个人的永久画面记忆。乔治·桑很少在衣装上花钱，可是她很早就在诺昂的庄园里装置了二十四小时的热水供应系统。这在家家户户都还为每日取暖的燃煤焦虑的年代里，是一种何等超前的奢华——她愿意为家人和客人的舒适一掷千金。在乔治·桑的厨房里，我看见了挂满一整面墙的铁锅，各种尺寸，各样形状，各类用途。可以想象，乔治·桑和她的厨子为了款待客人，是怎样精细地操持着一日里的三餐。乔治·桑的厨房只是里子，而乔治·桑的餐厅才是面子。餐厅的天花板上，吊着肖邦从威尼斯专程购置的珊瑚色玻璃顶灯。精致的绣花亚麻桌布上，摆着上好的威尼斯杯盏，客人的名牌上有这样几个名字：屠格涅夫，大仲马，巴尔扎克，福楼拜，李斯特，德拉克洛瓦，甚至拿破仑的幼弟热罗姆·波拿巴……当威尼斯吊灯在餐桌上洒下温润的柔光，交错的杯觥间睿智的灵魂开始发出激烈的碰撞，满屋飞扬着绚丽的智慧火花——这是一次次何等辉煌的思想盛宴啊！这样的盛宴永远地成了史书中的一个篇章，在焦虑浮躁的当今无法重现。

庄园底层有一个小小的木偶剧场,那里常年上演着各式木偶剧。乔治·桑的木偶神态逼真,服装道具精细至极,连头发都是从真人身上所取再缝制而成,深沉的黑,耀眼的红,灿烂的黄,还有这三样颜色中的各样过渡色,根据剧情的变换而变换。楼房二层中间是一条长长的走廊,隔开了两侧的卧室,一侧是乔治·桑和她的孩子们的房间,另一侧是一连串的客房,永远铺着新洗的泛着薰衣草香味的床单,随时恭候着来到诺昂小住的宾客。楼梯拐弯处是肖邦的琴房,门上钉着厚厚一层隔音材料。据说只有乔治·桑的儿子莫里斯,可以随时进出这间房子,打断旷世奇才的音乐狂想。只是可惜,日后他们竟成了冷眼互看的陌路人。肖邦的卧室里有一扇门,可以直接通往乔治·桑的床。在他们关系恶化之后,乔治·桑让人钉死了这扇门,通往两具躯体两个灵魂的通道,从此永久关闭。

世人对于肖邦在诺昂的日子,有过千百种版本的猜想。无论那些版本彼此相隔得有多么遥远,有一点是相通的:音乐诗人孤独漂泊的灵魂,曾经在那里找到过栖身的港湾。肖邦流传下来的旷世曲作中,大部分都创作于那段日子,包括那首举世闻名的波兰舞曲《英雄》。诺昂的岁月是肖邦生命中的天鹅绝唱,离开乔治·桑之后,肖邦的琴键和手指同时锈涩,再也无法弹出曾经荡漾在诺昂乡野的灵动乐章。在巴黎浪漫生活博物馆里,我看到了两个手模:乔治·桑的右臂和肖邦的左手。这并不是我想象中的艺术家之手,它们都不纤细修长,骨节和筋络明显——那是时代和情感的双重动荡在上面留下的斑驳印记。那两只手相携的时候,巴黎发生了一次小小的宇宙爆炸。隔着一百多年的时光和一层厚厚的玻璃,我把手放在了他们的手上,心里不由得涌上一丝淡淡的哀伤:两个天才的相遇,就像是两颗行星的相撞,对赏景的人来说是何等绚丽的千古奇观,而对他们自己来说,却是粉身碎骨的一场毁灭啊!

肖邦的作曲过程是一阵疾风暴雨,思维的地平线上布满了各种情绪的天相。这一刻里所有的人都被挡在了门外,包括乔治·桑。乔治·桑记录了这样一个夜晚:

　　肖邦伏在钢琴上,完全不在意是否有人在听。他开始了一段随心所欲的即兴弹奏,然后停了下来。"继续,继续啊,"德拉克洛瓦喊道,"这不是结尾!""这甚至不是开头。什么也出不来……只看见些游走的倒影,影子,形状。我想找到一种相宜的颜色,可是我连轮廓也找不着……""你不可能只单单找到一样,"德拉克洛瓦说,"颜色和轮廓会一起出来的。""要是我只能找到月光,那会怎样?""那么你就能找到光影的反射。"德拉克洛瓦的这个想法似乎满足了这个神圣的艺术家。他又开始弹奏……随着我们耳中舒缓起伏的音乐声,宁静的颜色渐渐开始显露。突然,蓝色的音符凸显了出来,夜色随之将我们包围,湛蓝的,透明的。薄云展开奇异的形状,遍布天穹。被云彩环绕的月亮洒下大大的乳白色的光晕,将沉睡的颜色唤醒。我们梦想着一个仲夏之夜,坐在那里等待着夜莺开始歌唱。

　　我曾看见过一幅德拉克洛瓦所作的油画,画面上一半是肖邦,另一半是乔治·桑。肖邦在弹钢琴,形容消瘦,目光深邃而忧郁。乔治·桑在缝衣,纫针的手势熟稔流畅,仿佛已经经过了千次百次的操练。肖邦的指下看不见音乐,音乐藏在乔治·桑低垂的眼睛里。那个瞬间乔治·桑的脸上流溢着一丝极为罕见的妻子式的柔顺温软——那是一头被温情暂时驯服了的母豹,其实裂缝已经在他们的脚下生出,正慢慢地朝着他们的心灵扩展。后来我才知道,这幅画是后人根据德拉克洛瓦画作的两个裁片以及他最初的铅笔草图想象完成的拼作。德拉克洛瓦的确为他们创作了一幅油画,这幅画打破了几个世纪以来肖像画家圈中不成文的静态法则,呈现了人物各自的动态和彼此的互动状态。可惜因为某个不为人知的原因,这幅画最终未能完成,它在最后阶段的真实面目,始终没能流传于世。

　　这幅未完之作在德拉克洛瓦身后落入一个收藏者手里,被分割成了两半,据说仅仅是为了一个简单而愚蠢的原因:那个鼠目寸光的收藏者认为两幅小画的价格之和会超过一幅大画。经过分割手术后,这幅画属于肖邦的部分只剩下一个比头像略大些的胸像,而属于乔治·桑的部分尺寸稍微大些,肢体动作基本得到了完整的体现。原先的画布尺寸远远超过这两块裁片的拼合,也就是说,分割之后的画面丢失了大片后世永远也不可能知晓的内容。如今这幅画的肖邦部分,还有那张铅笔草图,都存留在巴黎的卢浮宫,而乔治·桑的部分却远在哥本哈根的奥德罗普格园林博物馆。这幅画的创作时间大约在1838年,当时的德拉克洛瓦正处于创作生命的巅峰,没有东西可以逃过他的眼睛。他用色彩和光线,照相机一样准确地记录了乔治·桑脸上的"蜜月"神情。只是不知他冥冥之中是否已经预测到了这幅画后来多舛的命运?画的命运似乎在替画中人的命运做着一个虽然迟来却十分合宜的注解:乔治·桑和肖邦的相遇和相知是注定的,就如同他们的相离一样。

肖邦的肺结核一季比一季严重,惊天动地的咳嗽声震得诺昂庄园的天花板唰唰地掉着渣。乔治·桑身上旺盛的情欲之火很快完成了焚烧的过程,变成一堆温热的余炭。她用照拂过于勒和缪塞的手,照拂起精神和躯体都同样敏感孱弱的肖邦。她称他为她的"第三个孩子",说他"是个最反复无常的人。除了咳嗽以外,身上没有一样东西是固定不变的"。她对母亲和私人护理角色的腻味,已经略见一斑。

但这还不是她和他分手的原因。

在他们同居的日子里,乔治·桑的孩子们在不知不觉中长大,于是便有了四个成人同居于一片屋檐下必然会产生的摩擦。莫里斯自视是诺昂庄园的男主人,肖邦的长者尊严开始有了边界。而索朗日与一位在乔治·桑眼里纯属骗子和流氓的艺术家奥古斯特·格莱辛格的秘密婚约,使乔治·桑怒火中烧,导致她把女儿逐出家门,而肖邦却一直与索朗日保持了良好的关系。失去理智的乔治·桑曾一度认为肖邦移情别恋,爱上了自己的女儿。他们之间的裂痕,渐渐浮上水面。肖邦曾说过这样的话:"我从未诅咒过任何人,然而我现在对生活是如此的厌倦,我几乎想诅咒她(乔治·桑)。但是她也在承受痛苦,而且比我更多,因为她在越来越邪恶的过程中老去。"

更致命的一击来自乔治·桑于1847年发表的一部名为《卢克雷齐娅·弗

洛利亚妮》的小说。这部小说的男主人公是一位来自东欧身患重病的公子,而女主人公,是一位比他年长六岁一直像母亲一样照顾他的过气女演员。肖邦毫无悬念地读出了自己在乔治·桑心目中远非美好的形象。

以上只是世人根据当时发生的一系列事件所做的猜测。这些事件毫无疑问都是导致他们最终分手的原因,但是人们忽略了一样至关紧要的东西。这些事件只是一些零散的碎珠,而只有这样东西才是一根绳索,把这些碎珠串连成一个循序渐进合情合理的推断。这样东西就是两人天生气质上的重大差异。从本质来说,肖邦是一条敏感而忧伤的溪流,任何一阵最微细的风,一片最轻盈的落叶,一粒肉眼所无法察觉的流沙,都可以让这条溪流生出伤感的涟漪。乔治·桑却是一把火,旺盛的生命力一路燃烧,把一切所经之地熊熊点燃。水和火相遇之初,彼此都有一股猎奇的征服欲望,而随着时间的推进,不是水浇灭了火,便是火烧干了水。在他们的故事里,水最终在火中销陨。

1847年肖邦和乔治·桑彻底决裂,从此他再也没有回过诺昂。两年之后,当贫困潦倒的肖邦躺在病床上,为最后一口呼吸做着艰难的挣扎时,他曾经对友人提及乔治·桑。他说:她曾经答应我死在她的怀抱里的啊。这一句话让我潸然泪下。人们谈及承诺,第一个想到的往往是婚约——那是关于如何处置生命的约定。很少有人会为如何处置死亡立约,然而乔治·桑就是那少而又少的人中的一个。关于死亡的承诺和关于生命的承诺有着几乎同样的重量。生死两隔,我们再也无法还原当时的情景,我宁愿相信乔治·桑是认真的:她给了她深深爱过的男人一个关于死亡的郑重承诺,尽管这个承诺由于一个我们永远无法真正了解的原因,而最终没有兑现。

1849年10月17日凌晨,音乐诗人肖邦带着对故国的深切怀想离开了人世间,临终前他吩咐姐姐一定要把他的心脏带回波兰埋葬。而就是那位在乔治·桑家中制造了无数风波的雕塑家奥古斯特·格莱辛格——此时他已成为乔治·桑的女婿,为肖邦的遗体制作了手模和脸模,并为他创作了一具音乐女神尤特普的大理石雕像。雕像里的尤特普是个年轻优雅的女孩,低垂着头在为一把破碎了的七弦琴流泪哀伤。这座雕塑如今矗立在位于拉雪兹公墓十一区的肖邦墓碑上,被后世反复瞻仰。

三千多人冒着寒风参加了肖邦的葬礼,其中没有乔治·桑。

选自《三种爱》,张翎著,广西师范大学出版社 2020 年版

记忆像米轨一样长

徐 剑

颁奖词

军人之家国情怀，世相之繁杂莫测，人性之千面万相，作者工笔精细描绘，白描深情勾勒；追忆沧桑往事，回眸峥嵘岁月，有仰天长笑，有壮怀豪迈，故乡之眼充满了希冀，温馨而清澈，心怀敬畏，视野广阔。澎湃的激情始终洋溢全书，恰如一阕人间好词，词挺河山，气象恢宏。

——第四届三毛散文奖终评委

归　来

西南联大旧址,离他老家昆明城东大板桥仅二十六公里。于他,却隔着六十余个年轮。他心存惶恐,一直不敢去拜谒。西南联大学府当年高人云集,韵士风流,一代大师环昆明城郭而住,上课时,或西,或北,或东而来。有骑马者,如周公培源;有步行者,像沈从文先生过集市,不时在地摊上捡漏。北国已是寒冬,而昆明天呈瓦蓝,东风起,碧水落彩云,梳裹尽无限风流。如果不是天空掠过日本轰炸机,或会让人疑惑今夕何夕,岁月为何静好。

他少年、中年、壮年,一次次登临圆通山,西北望,烟树楼台,西南联大隐于红尘中。滇池二月天,迎春、海棠、樱花怒放,一片红云落于圆通寺大雄宝殿上,风铎裂帛,划破岁月的宁静。"蘋香波暖泛云津,渔枻樵歌曲水滨。天气常如二三月,花枝不断四时春。"明代状元杨升庵的诗涌入脑际,庙堂依旧在,故人早已四散。诸公游春,可是他却不忍向大师之魂投去一瞥。

岂有文章觉天下,忍将功名苦苍生。那天,他飞回昆明,与作家同行,重走西南联大之路,这一程采风,终是躲不过去了。从板桥人家入城,至西南联大,二十六公里,他却走了半生,解甲归来时,鬓染霜雪。放眼看过去,儿时记忆中,故园十里稻香,几载秋风掠过。

多少年了,他一直在想,吴有训、周培源、梁思成、林徽因、陈岱孙、闻一多、李公朴,还有郭永怀、邓稼先、林家翘等一批才俊,是如何从幽燕之城,一步步走向云南的。

天空半阴半晴,夏雨欲来。延搁大半生,终于驶向西南联大纪念馆。在那些故纸旧照中,他俯首细看,默默寻找他们走向云南的屐痕。

遥想当年,国将不国,南京失守,武汉吃紧,长沙危急,唯有南渡,一路向

27

南。闻一多与步行团的师生们,涉江,过三湘四水,出楚地,翻越雪峰山,向着云贵高原跋涉而来。而更多的人,则是从长沙辗转到广州、香港,登船,从海上驶往越南海防港,再换乘滇越铁路的小火车,往昆明驰去。

纪念馆里,穿过发黄纸张的岁月,终于,他走到了"两弹一星"元勋郭永怀面前。一座中华先贤祠,他心中挥之不去两个人,一位邓稼先,另一位就是郭永怀。共和国倚天长剑的奠基石啊!一张发黄的研究生入学登记表,填于1938年10月,一寸免冠照上,玻璃镜片后的那双眼睛,如秋潭清澈澄明。他的心被猛然一撞。俯身于展台,凝视着,交流着,互动着,似乎要将远逝的岁月,从那双深井般的眼睛里打捞出来。

考上北京大学物理系研究生那一年,郭永怀二十七岁。国破山河碎,浩荡神州,放不下一张课桌。郭永怀不在步行的队伍里,他跟着师生南行,千里漂泊,到彩云之南,寻找一张课桌。

乡 愁

大师们来西南联大,除步行者,多经滇越铁路坐小火车而来。法国当年修的小火车道,穿过哀牢山,成为云南走向海洋的一个重要通道,也为云南留下了一页斑驳的历史场景。他少年时代,曾追风而去,亦在这蜿蜒米轨上,滑翔梦的双翼。

他有一种化不去的小火车情结,深深烙印着少年的乡愁与记忆。

板桥古镇的南边坝子,横过一条小火车路,相传为法国铁路工程师所建。后据考证,乃"云南王"龙云所肇始,他要仿制滇越铁路,修一条米轨至昭通,某一天衣锦还乡,可以坐小火车回昭阳。可是连年征战,财力不逮,修至曲靖沾益,便搁置了。这昆明开往沾益的小火车,在大板桥有一站,站点就在彝族阿依村旁边,离他家不过两里地耳。

列车东行,米轨逶迤。过宝象河时,因水流湍急,在河上建了一座大花桥。石墩砌桥,两边引桥加中间四个石墩,巍巍乎壮观,深嵌在他童年记忆里。五六岁的他随表姐去河中游泳,落入漩涡里,呛过一回水。表姐吓坏了,让他在河滩上晒太阳,缓过神来,他踽踽向南,寻至铁路桥石墩下,仰望米轨铁桥。桥墩好高呀,像白袍武士,钢梁横亘,钢梁之上,小火车奔驰而过。每个圆圆的铆钉,犹如记忆之结,记忆如轨道一样长,入云间。一个小童站在石桥墩间,显得好矮哟,宛如小矮人与金刚之比对。及至学童时,他可以走上大花桥,鸟瞰铁道桥宝象河,仍有眩晕感,提心吊胆行走在双轨木板上,最怕小火车突然驶来,唯有桥上花栏可躲避。列车驶过的瞬间,地动山摇,桥颤水湍。

他的第一次小火车之旅,在十岁那年的国庆前夜。听说庆祝中华人民共和国成立二十年,昆明检阅台要大游行,他想去看彩车驶过。邻家十五岁大哥孙勇,带上他及另外两个少年入昆明看国庆游行。口袋里没有一个钢镚儿,他们计划扒火车。从古驿大板桥出发,走到西边阿依村小火车站。站在米轨间,等拉货拉牛羊的小火车驶来,停稳加水时,迅速抓住黑色车皮上的梯形抓手,艰难往上爬。他个子小,越往上走,越是脚抖心慌。邻家大哥转身拽住他的小手,一步一步拉着他往上走,最终爬到火车顶篷。那是两翻水的篷顶,三四十度斜面。小火车一声长鸣,缓缓启动,向昆明城方向驶去,颇像与小火车并行流淌的宝象河水。

列车驰骋,宝象河在走,天上的流云在飘。起初,他很害怕,怕坐不稳,一咕噜滚下去,紧紧攥住邻家大哥的手。西行列车,向昆明城郭驶去,车走,天上的云也在走。云上的日子,他发现小火车的顶篷,变成一只巨大的鲲鹏,展开黑色翅膀。

从黑土凹下车,沿一条路走进南屏街。晚上露宿街头,四个人蛰伏在南屏电影院门口,坐地等天晓。那个漫长秋夜,时间仿佛停止了。他们枯坐于南屏街的寒夜里,抱团取暖,度过了一个不眠的秋夜。

南屏街两边站满了人,却迟迟未见国庆游行队伍走过来。他穿梭于人群里,昆明城冷漠拒绝了他。傍晚,依旧走回黑土凹,爬上小火车返回大板桥。金马坊、状元楼在身后渐行渐远,蓦然回首间,他觉得,昆明城郭并不属于自己。

或许因为这段儿时经历，他心中有个梦想：某一天，能够背上双肩包，徒步走过停运的滇越铁路，沿着米轨，从昆明走到河口，为滇越铁路和刚开通的中老铁路写一部书，书名就叫《春城万象》。

入 梦

是罗布泊东方巨响的余波未散，还是瀚海风掠，抑或是滇池浪花拍岸？一梦到了西极美地，众神列列，皆为师表，背影就在正前方，渐行渐远，落成青山夕照，褪色为西南联大纪念馆的一组老照片。

入夏了，衔梦的红嘴鸥飞回贝加尔湖，他亦北回幽燕。梦里不知身是客，北京秋浓，可是复兴门下的清晨仍有几分燠热。晓色中，背上出汗了，窗外鸟儿在叫。沙鸥梦影，魂归何处？自然是中国科学院力学所办公楼下的翠柏苍松间。郭永怀、李佩夫妇合葬墓就坐落于北四环边上，车喧人攘，红尘难离，英魂未走远。

他想去为郭永怀扫墓。

那天，向北四环中国科学院力学所驶去，过阜成门，左拐，他一直观察马路两边，望尽秋水无觅处，四十分钟车程，仍不见一个花店。无花则不祭人。在力学所大门前下车，手机搜索花店，离此地八百米。步行，原路返回，过北四环，再左拐，终于找到一家小花店。天遂人意，丹心一瓣敬英雄，买了黄玫瑰、香水百合和满天星。再返至中国科学院力学所，北京的秋空阴沉沉的，西山冷云摧城，天公欲垂泪，恰与那天他在西南联大旧址时的天气一模一样。天若有情亦挥泪，哭一个壮士，一对天人永隔的神仙眷侣。

彼时，秋风起，傍晚天空再无青鸟盘旋。沙鸥梦断，一只远行，一只形单影只，叫声好凄清，只有那一辆疾驰的车驶过，连成一条人间天河，画出一条郭永怀入滇出滇的生命轨迹。

记忆像米轨一样长。郭永怀在西南联大读研究生的时间，满打满算，也就两年光景。因为英年早逝,他未给西南联大留下只言片语。仅有一张褪色发黄的入学登记表,上面镶着一双如云南天空一样明亮的眼睛。

1938年夏天,郭永怀参加了中英庚子赔款基金会留学生招生考试。三千多名参考者,力学专业只招一名,竞争激烈。郭永怀与钱伟长、林家翘以超过三百五十分的相同分数并列第一。老师吴大猷、周培源出面,与欧美诸国大学协调,郭永怀得入加拿大多伦多大学。1940年夏天,郭永怀依旧坐上小火车,出云南,到越南海防上船,朝大洋彼岸驶去。

加拿大多伦多港上岸,郭永怀先在多伦多大学应用数学系学习。后来,又到美国加州理工学院,成为世界著名气体力学大师冯·卡门的弟子,和钱学森成为同门师兄弟。学习之余,钱学森最乐意亲自驾车,载着颇有几分书呆子气的师弟兜风,而擅长摄影的郭永怀则用省吃俭用省下的钱,买了一台莱卡相机,为钱学森留影。郭永怀凭借有关"跨声速流动不连续解"的出色论文,获博士学位。冯·卡门大弟子威廉·西尔斯教授在康奈尔大学创办航空工程研究生院,邀请郭永怀去任教。钱学森亲自驾车,送他到康奈尔大学。彼时,他遇到了一生挚爱,当年西南联大的小师妹李佩。

四眸相对时,陌生而熟悉。滇池陌上花,开在康奈尔。两人由西南联大忆旧而恋爱、结婚、生女,康奈尔十年,是郭永怀一生中最浪漫的时光。

1955年,被美国海军次长金贝尔称为"抵得上五个海军陆战师"的钱学森,在被幽禁五年后,回到祖国。次年,国庆节的前一天,郭永怀夫妇追随师兄的背影,朝着五星红旗升起的地方,归来。

中国时间开始了,千只凤鸟归巢。

英　魂

伫立力学所大门前,放眼看过去,一条中轴路,路分两个所,东为热物理研究所,西为力学所,时有年轻学子进进出出。进大门,向左,便是郭永怀夫妇的墓地。松柏梧桐树影中,他看到了郭永怀的汉白玉雕像。沿着花岗岩镶嵌的小径，一步步走近，轻轻地，他生怕自己的脚步声，惊扰了一个伟大的灵魂。

郭永怀埋在这里已经半个多世纪了。

中国核武器研制工作的开拓者和奠基者、著名核物理学家邓稼先罹患绝症后，第一次，也是最后一次坐公家配的红旗车，驰过十里长街，环天安门广场一圈。摇下车窗玻璃，见广场上游人如织，他仰天嗟叹，对夫人许鹿希说，再过三十年，不知道还有人记得我们吗？

他记得他们。他的老首长李旭阁中将曾是中国首次核试验办公室主任，在罗布泊核试验场与邓稼先、郭永怀、王淦昌、彭桓武朝夕相处。他在首长麾下当小秘书时，曾经N次听过郭永怀的故事，尤其是生命最后一刻那壮烈的一幕，并把它们写进了《原子弹日记》。

经钱学森力荐，归国后的郭永怀被委以重任。他和钱学森、钱伟长等投身于刚组建的中国科学院力学研究所的科技领导工作。随后，我国将研制发射地球轨道通信卫星提到议事日程上来，郭永怀负责人造地球卫星设计院的领导工作。1958年9月，中国科技大学创立，郭永怀出任化学物理系首任系主任。随着核武器研制步伐加快，中央开始在青海进行试验，郭永怀经常辗转北京、青海等地，一个点上工作几个月，再飞向别的地方。

1968年12月，在青海基地已整整待了两个多月的郭永怀，要将一组原子弹绝密试验数据带回北京。路经西宁时，郭永怀还特意叫杨家庄招待所的女服务员跟他去百货商店，为在内蒙古插队的女儿买双棉鞋。塞外高原太冷，女儿写信给爸爸，希望他帮着买一双棉布鞋。郭永怀是位出色的科学家，却不是称职的爸爸，他根本不知道女儿穿多大码的鞋子。

棉鞋终究没有寄走，郭永怀饮憾而去，今生再无法弥补。任凭郭永怀的力学算法再好，父女在人间也再无交集点。

傍晚抵兰州，郭永怀和警卫员牟东方登上安-26系列的小飞机。寒冬夜航，气流滚滚，小飞机颠簸得厉害。航程漫漫，凌晨时飞到首都夜空。飞机近地时，也许因夜雾太大，能见度不高，在距离地面四千米时，一个风切变吹过来,小飞机突然失去平衡。夜鸟惊啸,小飞机歪歪斜斜,朝一千米外的农田一头扎下去。"轰"的一声巨响,飞机前舱碎裂,烈焰腾空,英雄火海涅槃。

接机的人赶至现场,救援人员拆开机舱后,发现壮烈一幕——两具尸体紧紧抱在一起。人们小心翼翼地将他们分开,发现是郭永怀与警卫员牟东方紧紧地搂在一起。郭永怀穿的夹克服已烧焦一大半,一只公文包从他的怀中掉落下来,因为血肉之躯相掩,并未被烧着。

这不是普通的公文包,里面装有绝密文件,记录了郭永怀在试验基地研究两个多月的重要试验数据。

李佩坐夜车赶回北京。踏进家门时,小屋里挤满了人。见她进来,人们纷纷站了起来,茶几上,放着被烈火焚烧过的眼镜片和怀表。李佩身体倾斜了一下,灵魂坠落万丈冰谷……

命运多舛,岁月玄黄。

李佩外甥女袁和回忆,得知失事消息后,李佩没掉一滴眼泪。"姨妈一言未发,就站在阳台,久久望向远方……"

郭永怀牺牲后二十二天,中国第一颗热核导弹试验获得成功。"两弹一星"元勋中,郭永怀是唯一一位获得烈士称号的科学家。

郭永怀坐着滇越铁路上的米轨小火车走远了,一去就是五十多载。李佩亦然。丈夫走了四十九年之后,这位被誉为"中国应用语言学之母",一生都在为教育事业而奋斗的老人,走完了九十九岁的生命历程,终与苍松翠柏中的丈夫相会。

将那束由黄玫瑰、香水百合和满天星组成的鲜花放在郭永怀雕像前,献上心香一瓣。他伫立在小径上,仿佛听到岁月深处传来小火车的鸣笛声。郭永怀去世一年后,他十一岁,考入昆明第十七中学读书。第一个寒假,到宜良大荒田陆军师学军,去时坐的是小火车,半个月后返回,依然在大荒田月台候车。那晚小火车满员,学生们潮水般涌进小火车车厢,车中如插筷子,无座。宜良至昆明不过七八十里地,小火车却走了一夜。小火车在老爷山盘旋,气喘吁吁,呼哧呼哧。他坐在大个子男同学腿上,从车窗眺望夜空,一条天河坠落人间。亮着车窗的小火车,仿佛融入无数人的生命之河。

今夜星光灿烂。英雄归来,辉煌记忆,如同滇越铁路上的米轨一样长!

选自《恰如一阕词》,徐剑著,中国文史出版社2020年版

玉一样的山，玉一样的人

江 子

历史与现实对话，行走与思考相伴。信马由缰的笔下，潜伏着不期而遇的人文风景；推己及人的体悟，构筑起雄浑壮阔的时空对话。或为人物立传，挖掘被遗忘被遮蔽的真相；或为历史纪事，抽丝剥茧般直达褶皱处的本质。这就是江子的《去林芝看桃花》，在过去与现在中穿梭自如，在人、物、事中相契相融的散文新境界。

——第四届三毛散文奖终评委

天帝遗玉此山,山神藏焉,故名怀玉。

——摘自《方舆志》

一

玉从来就是一种指向美好的物器。它让人想起流水和春天,永恒的绿意,美丽的容颜,高洁的人格和情感。位于江西上饶境内的怀玉山,传说因天帝遗玉而得名。怀玉山景色的确有种玉一般葱绿温润的感觉。我在山中所下榻的怀玉宾馆四周,有百年罗汉松数十棵,枝干粗莽,叶冠葱茏,而满山绿色植被沿山势高低攀爬匍卧腾升,瀑布悬挂如飞花溅玉,让我有种面对黛玉般心怀久远的感觉。立于山中,稍一会儿就有深山里那种特有的凉意从树荫、流水或岩石深处袭来,像触摸玉石那样。怀玉山由于雨水多,空气湿润,森林苍翠,山上既是天然动、植物园,又是野生药材的宝库。把一座植被丰富、风光旖旎的山,比作一块稀世美玉,该是恰当的吧?

而怀玉山还是一座人文名山。听朋友说,怀玉山上曾有怀玉书院(原名草堂书院),与江南四大书院齐名。南宋理学家朱熹、陆九渊、吕祖谦等大批名人曾来此山讲学,朱熹曾留有《玉山讲义》传于世。还有王安石、李梦阳、夏浚、黎士宏、赵佑等历代文人雅士也为怀玉山写有近百篇诗文佳作,成为珍贵的文化遗产。由于怀玉书院影响之大,县人读书、好学之风遍及城乡,怀玉山也成了"源头活水"的宝地。宋代王安石在《题玉光亭》一诗中赞曰:"共传尺玉此埋湮,千古谁分伪与真?每向小亭风月夜,更疑山水有精神。"

怀玉书院早已不存在了,甚至遗迹也不存。可伫立山中,仿佛有吟诵诗文的声音在深山里回荡。那些早已远去的古人,个个嗓音珠圆玉润,风做的袖袍里自有一股兰桂之清香。我去的时候正是秋天，空气中仿佛有桂花高洁的气息——有过人文浸润的怀玉山，就更有一块美玉经过时光的淘洗后的祖传意味了。

怀玉山还是一块有着血沁的玉！玉中深藏的那块至今依然温暖的血迹，叫作方志敏。

二

方志敏1899年8月生于江西弋阳一个农民家庭。他从小目睹了人世间诸多的不平事，长大后投身革命。他智勇双全，无所畏惧，曾亲自深入敌区，擒拿豪绅，被百姓传为奇谈。他率领民众以两条半枪起家，狂飙般赢得了漆工镇暴动，弋横武装起义，攻占景德镇，第一、第二次反"围剿"的胜利等，亲手缔造了以赣东北为大本营、含五十二个县一百多万人的红色根据地。在那里，没有剥削、压迫，没有强权对弱小的欺凌；在那里，学龄儿童大多读书，耕者有其田，工人实现了八小时工作制；在那里，男女平等，结婚自由，过去形同蝼蚁的卑微生命得到了前所未有的尊重，人们相亲相爱，仿佛传说中理想国的子民。而缔造了这一切的方志敏一生清贫自守，虽经手的款项达数百万之巨，自己却分文不取，全部财产只有两套旧褂裤和几双线袜。被俘时国民党士兵只从他身上搜到了一块怀表和一支钢笔……

仅凭以上所述，就可以很容易得出方志敏如此之印象：他是一个高大伟岸的红色巨人，是拉丁美洲著名的革命家切·格瓦拉式的具有传奇色彩的英雄人物。他有坚定的信念，以拯救天下黎民苍生为己任。我们愿意想象他有山一样巍峨的身躯，雷霆一般的脸庞，长虹一般的呼吸。他的形象适合用花岗岩或汉白玉雕刻，屹立在青山绿水之间，矗立在历史博物馆以及革命纪念馆的大厅中央，或者在人民公园最显赫的位置，供后人瞻仰，享受后人的祭拜，成为民族永恒的文化记忆中珍贵的部分。

的确，即使在今日，方志敏依然是一个巨大的存在。他的英雄事迹依然在他的故乡和他牺牲的地方流传。他的《清贫》与《可爱的中国》许多人都耳熟能详。每年的清明时节，人们都去他的墓地、雕像和纪念馆献花。关于他的著作依然在出版发行。关于他的纪念活动依然以各种形式举办。

凭我对方志敏的有限了解，多年来我以为信仰、牺牲、血性、不屈、无畏的勇气和不朽的功勋就是"方志敏"这一词条所包含的全部。当我有一天真正了解了方志敏，我才知道，远远不止。

我因接受了一个撰写赣东北红色历史文字的任务，第一次全方位地走近方志敏。我阅读关于他的几乎所有文字：他的传记，他的文集，闽浙赣革命根据地史稿，他曾经共事过的战友们的回忆录，以及其他的种种。

我几乎被一阵强大的气流所震慑。我在无数的文字中感应着他的心跳，他的呼吸。我震惊于这个传奇人物的至情至性，震惊于党史中无比刚烈的他内心的柔美圣洁，震惊于他即使在残酷的岁月里依然为实现自己完美人格的努力。我毫不隐瞒我对方志敏的崇拜。在我的心里，方志敏不仅是中国革命的先驱，更是人中极品，男人中的男人。

——他其实应该是一个内心饱含温情的读书人。方志敏有相当深厚的国学功底。"心有三爱，奇书骏马佳山水；园栽四物，青松翠竹白梅兰。"看到这副对联，你也许以为，这是哪个古代浪漫诗人或者翰林学士的自娱之作，表达的是一个热爱山水自然、热衷园艺和读书的中国古代书生的审美意趣。但其实它是方志敏的手笔。这副常年悬挂于方志敏卧室的对联，是他的真性情的切实写照。方志敏爱山水自然，甚至连他的四个孩子都以竹松梅兰起名，足以看出中国传统文化对他的影响之深。他之所以成为一个坚定的革命者，是否与儒家"修身齐家治国平天下"的道统一脉相承？

——他实在是有几分浪漫。身为闽浙赣省和红十军的缔造者和领导人，他竟然亲自上台扮演他写的话剧《年关斗争》中的角色，这是何等的可爱之举！在赣东北根据地的心脏葛源，他亲自主持筹建了一个公园，公园内有六角红星亭、游泳池、荷花池，栽种了枣树林以及栲樟等苗木。他还举锹用锄，兴致勃勃地亲自在公园内种植枣树。他是一个真正懂得生活、充满生活情趣的人!

——他甚至有几分幽默。

"只手将军,你说你的主义,适合于大众,倒不见得,许多难友,一个铜板都没有,想买一个烧饼,也只有空咽口水,他们就不能做你烧饼主义的信徒了。买不起烧饼的人,才多着呢。如果要跟随的人多,倒不如提倡提倡树皮主义,或是草根主义,或是观音粉主义,那准相信的人多了。烧饼主义,在许多穷光蛋看来,还有点带贵族气味呢。"

这是方志敏在狱中写下的《死》文中的一段。当读到这段话,我忍不住要笑出泪来。为朋友取外号,善意的嘲讽甚至有些孩童般强词夺理的调侃,让人以为是意气少年在炕头茶馆取闹嬉笑,哪像是濒临绝境的囚徒!

——他文学的才华是那么的灼灼逼人。他写诗,写散文,写话剧。即使是他起草的文件,字里行间也有一种文学的抒情意味。他的《可爱的中国》,其文辞之华丽,情感之温婉动人,让我以为是中华五千年最为瑰丽深情的爱国诗篇。请听,那是无比高亢隽永的歌唱,那是在浩大的广场足以点燃所有人热血的演讲:

"……到那时,中国的面貌将会被我们改造一新。所有贫穷和灾荒,混乱和仇杀,饥饿和寒冷,疾病和瘟疫,迷信和愚昧,以及那慢性的杀灭中国民族的鸦片毒物……随着帝国主义的赶走而离去中国了。朋友,我相信,到那时,到处都是活跃跃的创造,到处都是日新月异的进步,欢歌将代替了悲叹,笑脸将代替了哭脸,富裕将代替了贫穷,康健将代替了疾苦,智慧将代替了愚昧,友爱将代替了仇杀,生之快乐将代替了死之悲哀,明媚的花园,将代替了凄凉的荒地!"

——他还是一个能够不断反省自己勇于担当的人。

"我们因政治领导上的错误,与军事指挥上的迟疑,致红十军团开入狭隘的敌人碉堡区域……"(《我们临死以前的话》)

"我在狱中细思赣东北苏区的发展与红军的胜利,所以落后于中央苏区和川陕苏区的原因,实不能不归咎于右倾保守主义。……这次在皖南行动,我们固不能说是不疲劳，然而领导者（是要由我负责）没有及时打击'没有时间进行工作'的观点。我与全军军政人员大家缺乏拼死命的工作精神，去利用行军休息一分一刻钟时间进行政治工作，加紧战斗员的教育和鼓动，甚至有一时期，军中党的工作陷入停顿状态，这是多么严重的一个错误呵！"（《在狱致全体同志书》）

如此沉痛自责之文字，在所有他的狱中篇什里随处可见。即使身陷牢狱，他依然能够深入解剖检讨自己，毫不含糊地承担起自己的责任。天下如此者又有几人！

"我爱护中国之热诚，还是如小学生时代一样的真诚无伪。"（《可爱的中国》）

方志敏的内心，又何尝不是如稚子般的真诚无伪！

三

对方志敏的了解越深入，我就越发为他倾倒。我更广泛地阅读他的资料，利用工作机会去他曾经战斗过的地方走访，不断采集与他有关的信息，渴求更完整地拼贴他在我心中的形象。我一步步地追随着他，企图更深入地接近他真实的内心——

我一次次地与他对视。他身高一米八，体态魁梧匀称，头发仿佛奔跑时的马鬃，脸庞和五官都接近完美。鼻下淡淡的八字胡须，正映衬了他厚薄适中唇线优美的嘴唇。从他留下的照片来看，方志敏称得上是一个风流倜傥的美男子。

他高昂头颅，敞着大衣如将帅披着威风凛凛的战袍。即使脚戴镣铐，身上套着绳索，可依然含笑自若地对着镜头摆了一个称得上完美的姿势。这是方志敏的另一张照片，一张狱中拍摄的照片。我久久地看着照片中的他。除了显得清瘦一些，他的神态里依然没有久居监狱的阴冷和沮丧。而绑在他身上的绳索和脚上的镣铐，仿佛不过是一个用来游戏的秋千。

但这样更让我难受。这样一个有着强大生命力和无穷人格魅力的人，却要遭受囚禁的羞辱和死神的逼迫。我心中的英雄在受难。我仿佛觉得绳索正绑在我的身上。绳索无所不在。是什么不断地逼迫我交出信念和爱？而我听见我的喉咙里发出了方志敏的声音：不！

方志敏被俘后被押解到南昌，当时一家美国报纸的记者描述了在国民党驻赣"绥靖公署"举办的"庆祝生擒方志敏大会"上见到方志敏的情景：

戴了脚镣手铐而站立在铁甲车上之方志敏，其态度之激昂，使观众表示无限敬仰。周围是由大会兵马森严戒备着。观众看见方志敏后，谁也不发一言，大家默然无声。即蒋介石参谋部之军官亦莫不如此。观众之静默，适足证明观众对此气魄昂然之囚犯，表示无限之尊敬及同情。……当局看来，群众态度之静默，殊属可怕。

我曾去过赣东北根据地的心脏葛源。我来到他的住处。一间阴暗简陋的房子，一张挂着乡村自制的蚊帐的老式硬板床。墙上贴着方志敏看过的、已经变成酱色的英文报纸（方志敏曾在美国人创办的九江南伟烈教会大学读书，熟习英文）。我看到了伏在桌前正在起草文件的一个人影。我听到了他的咳嗽声。我知道他一直患着肺结核病。我似乎看见他唯恐咳嗽声把桌前微弱的灯火扑灭，一手捂着嘴唇，另一只手小心护着灯盏上摇曳的火苗的情景——即使黑夜中的一点小小的火苗，都让他倍感怜惜。他的胸部急剧地起伏着。而随着一阵压制不住的咳嗽声，他的手掌里，立刻布满了斑斑血迹，正如雪地里的梅花点点。

我的心突然涌起了一阵剧痛。

四

1935年1月，方志敏率领北上抗日先遣队在国民党十几万部队的逼迫下来到了怀玉山。一月的怀玉山大雪纷飞,树枝上挂满了冰凌。方志敏在山上奔突迂回。他本来已经突围出来,进入了安全地带。可刘畴西、王如痴等人率领的主力部队二千余人依然陷在国民党部队的重围之中,并因指挥上的失误已经错过了最佳的突围时机。他们的牺牲已经在所难免。粟裕请求率部执行接应任务,可方志敏考虑到自己是全军最高负责人,毅然亲率接应部队重新钻进了敌人的包围圈。

在危急时刻,方志敏把危险留给了自己。这个毕生追求完美的人,怎会允许自己的人格有丝毫的瑕疵?

国民党部队的搜山开始了。红军极度疲劳,且弹尽粮绝,突围已毫无意义。方志敏静静地躺在怀玉山的怀抱中。即使处境极度危险,晚上还是点燃了两堆篝火,击掌呼唤分散在树林里的战士。他把自己当作了最后的一点火焰,希望可以给战士们一点温暖。可许多人连站起来的力气都没有了。

为了酬谢山中猎人的一顿玉米饭,方志敏把自己的望远镜送给了对方。或许此时,他已预感到此行凶多吉少,他需要有人来用他的望远镜,代替他把更远的世界打量?方志敏躺在树林中的一垛柴窝上。怀玉山用仅有的体温紧紧地拥抱着他,像落难的母亲紧紧护着自己的孩子。

由于叛徒出卖,方志敏在怀玉山被俘。怀玉山大雪纷扬,漫山缟素。时为1935年1月29日。同年8月6日,方志敏在南昌被杀。年仅三十六岁。

三十六岁,那是一个人最好的年龄。

五

怀玉山松柏苍翠。怀玉山风声如鼓。怀玉山苍苍茫茫。怀玉山山高水长。走在怀玉山间,我感到方志敏无所不在。从树叶间吹过来的风中有他的呼吸,瀑布飞泻下来的流水中有他的倒影。时间把一个只活了三十六岁的人变成了一个不死的人。而1935年8月6日响在南昌下沙窝的枪声,不过是终止了他肉体的生命。

沿着方志敏当年率部突围的路线,我走访在怀玉山上。我想象着他即使濒临绝境依然镇定自若地指挥的样子;他点起篝火招手呼唤战士们聚拢来的样子;在国民党士兵经过的地方,他藏匿的样子;被警卫出卖,国民党士兵发现他从藏身的地方走出来的样子。他又冷又饿,浑身污浊,可举止间的从容和眉宇间的英气,令人不可与之对视。

——我想他的声音应该有几分磁性。他的故乡为上饶弋阳,他说起话来一定也有着靠近江浙的柔软口音吧?这个心存大爱的人,这个有坚定信仰的人,这个性情中有几分孩子般天真烂漫的人,是一个有着无穷人格魅力的人。几乎所有的人,都折服于他的伟大人格。

就像玉这种美好的物器,石头一般坚硬,却又水一般透明,冰雪一般圣洁,却又春天一般温润。

——天帝遗玉此山,山神藏焉,大名方志敏。

选自《去林芝看桃花》,江子著,广西师范大学出版社 2020 年版

塔鱼浜

邹汉明

颁
奖
词

　　这是一部令人愉悦的生命之书。它以少年的心性，漫游的笔调，在悠闲舒缓的节奏中，别样地呈现了业已消失的塔鱼浜乡村生活史。这是旧时的江南日常，是一幅幅水乡村落的淡墨画，也是一首首从容自得的农事诗。它贯穿在熟悉而又新鲜、庸常却不乏烂漫的少年记忆之中，与作家的心魂融为一体，并在轻逸的话语之中，浸润了诗意的凭吊之情。

　　　　　　　　　　——第四届三毛散文奖终评委

村庄旧名塔鱼浜。六家姓:邹、施、严、金、周、许。严姓只两家。金姓、周姓、许姓各一家。邹与施,基本持平。邹姓居东、居北,施姓居西。承包到户后,据此又分邹介里、施介里。两"介里"多有来往,亲密依旧,也不分彼此。但外人不大分得清邹介里施介里,因此很少叫出口。老辈人出口,还是老地名:塔鱼浜。自然,亲切,又好听。

村庄的面前是一条小河,西边的白马塘转弯抹角通过来的。有了这条小河,塔鱼浜的船只可以上南入北去附近的小镇,去老远、更老远的大城市了。河没有名字,或者,塔鱼浜就是这条小河的名字吧。河也没有镇上的市河那样整整齐齐的石帮岸。它的南岸,爬着好多树根,北岸长满矮扁扁的青草。河之南是成片的桑树地,再过去就是一阵风来稻浪壮阔的水稻田;河之北与人家的白场相连,这白场,塔鱼浜人叫稻地,即盛夏晒稻谷的晒场。稻地前,临河一线有几棵沧桑的枣树,树皮灰白,粗糙,有一种刀砍不入的顽固的面相。每年七八月间,台风像年节,准时穿越广阔的稻田,准点到达塔鱼浜。而稻地外瘦高的枣树,也一定会啪嗒啪嗒掉好一阵子的青大枣。

塔鱼浜的枣树以邹金龙家的最高耸。每年,枣子坐果其实并不多。台风季节,这茧子大小的果实(形状也像茧),淡黄中已有紫色的斑痕,硬邦邦的,挂在枝头,人从下面走过,徒有艳羡的份。通常,四五个顽皮的小毛孩,捡起地上的碎瓦片,一、二、三,绷紧的身子里发一声喊,嗖嗖嗖,一齐向枣树枝头掷去。未及两三颗枣子落地,辣钵金龙的小脚母亲,后脑勺顶一个拳头大的发髻,挂一根油腻腻的龙头拐杖,张着已没剩几颗牙的一张瘪嘴,凶神恶煞一般,紧趋着小步,追骂出矮闼门来了。老婆子还作势举一举那根永不离手、骇人倒怪的黑漆拐杖,嘴角露出一颗弯钩似的黄牙。这边,胆子小的,逃都还来不及呢。

空白的稻地外,每隔三四户就有一个河埠头,俗呼桥洞。整齐的石级一级连着一级通向河水,邻家的农妇来此或淘米洗菜,或洗手洗衣服,间或照看一下自己那张有时清晰有时又模糊的面影,小拇指翘起,勾一下披散的头发。此地离白马塘(外河)三里许,河面上,难得有船只往来,河埠头的河水极少有大涨大落的机会。我家乡塔鱼浜的水,因此是一贯的碧清见底。

在辣钵金龙家的河埠头,七岁那年,我学会了游泳。我抱着一根大门闩,莽撞地跳进河中央。我游了几次,扔下那段壮实的木头,开始了从此岸扑向彼岸的游水。正扑腾得高兴,同村的跷脚(跛足)建林一个浪头打过来,我连吃几口冷水,身子忽然不听使唤,开始下沉。我半沉在河里,但见河边看游水的男男女女,一个个在无声地微笑——那些微笑,还有河边房子那些高高的瓦楞沟,竟是那么冷漠和遥远,而且世间凡我所能看到的事物,都渐渐地在变形,在远去。我在水中,嗓子被堵住,一时三刻喊不出救命的声音。好在比我大几岁的一位叫金美的女孩站在河岸上替我喊了出来。跷脚回身一看,顿觉大事不好,立即游到我身旁,一伸手,拉我到了岸边——这是我第一次和神秘的死神面对面地打了一次小交道。

塔鱼浜西边两里路外的白马塘,是一条大河,也是南北交通的黄金水道。北横头直通乌镇,南横头折西一点就是石门镇,两个老镇好像被白马塘这根长扁担一肩挑着。每天两个班次的轮船途经白马塘伍启桥,三里路开外的塔鱼浜,河埠头的水就会微微上涨——先是河两岸的水草缓缓挨近两岸,接着,水又缓缓地往河中央回落,河里方方正正的一大块水草,一般总有草绳系在岸边的木桩上,这时候,绷紧的草绳"叭"的一声就断了。好在断了绳的水草也不会漂移到别处。过一会儿,毛毯似的水草,还是老样子,懒洋洋地待在塔鱼浜的水里。

塔鱼浜的整个河面,水草中间通常留有船只进出的一条水道,而两边的水面,几乎都被家家户户的水草长满。春夏,好一片碧色;秋冬,满目是枯黄。

河水微微上涨,即使听不到轮船"呜——"的汽笛声,听不到它"噗噗噗噗"的发动机声,就凭着这河水微微上涨,我们就晓得白马塘里的轮船刚刚经过。它很准点,很长一段时间,它是我们村的一只看不见的钟表。于是,妇女们开始提着淘箩去河埠头淘米、洗菜,顺便还提一桶水回家。每到这个钟点,河埠头就开始热闹起来。河埠头直通每家厢屋的泥路上,淘箩滴沥的水渍,疏密有致,似断还连,好看着呢。

河里的木船用麻绳系着。木船有两只。系船的绳,是褐黑的粗麻绞成,轻易不会扯断。木船是公家的财物,运送货物或交公粮(俗称还粮)用的。还粮,那是小队马虎不得的大事,所交的公粮每年有一定的定额,得派两个社员送去公社的粮管所。木船隔年就需要检修,但所谓的检修,通常也就上一遍桐油。如果木船有了漏水的缝隙,得想方设法用捣烂的油麻丝、石灰填缝补修。后来,其中的一只不知什么缘故被涂了一层黑漆,像黑老鸦一样泊在河边;也或者被风吹到河心,成了一只任意漂流的不系之舟,乌墨墨的,懒散在河之中央,很醒目——也很像塔鱼浜人的生活:自由,散漫,无所事事,还有那么一点不在乎。

桐油漆过的木橹,略呈"之"字形,上半截呈圆木状,下半截扁平,状如琵琶,故称"琵琶橹"。橹有时就搁在岸上,泛着棕红的微光;船艄的橹拧头煞煞亮,最亮处沁出粒粒精白。顺便说一下,塔鱼浜的年轻女子看见橹拧头,会脸红,会不好意思地别转头去。"喔也,喔也……"那情景,好像她们无意之中看到了男人的那话儿。可中年的妇女就不一样,她们跳上船去,并不当一回事体。她们大大咧咧,什么东西没见过呢。村里的男人多半荤话连篇,中年妇女至多"噗嗤"一声,笑骂一下。面皮老的,还索性跟男人调笑起来——你笑,她红着脸笑得比你更欢;你说荤话,她比你说得更起劲。河埠头的情色,也充满了世情生活的烟火味。

队里后来又添了一条水泥船,与木船并排泊在河边,备用。我小时候,眼望那几只吃水很深的船,常要想入非非,幻想着那水上的生活,与我们陆地的生活究竟是大不一样的吧——晃晃悠悠的,多少好白相(吴方言,"嬉游"之意)。记得有一年新年,我被两位岁数稍大的亲戚怂恿,躲在其中一条船的后舱,用扑克牌赌二十一点,结果我将年三十夜里父母、至亲给的压岁钿一塔刮之(全部)输光。回到家,垂头丧气,家里大人一下就轧出(觉出)了苗头。"小棺材,钞票全输光了,热麻(塔鱼浜土白,可惜之意)不热麻?"少不得母亲的一阵小骂;父亲则怒气冲冲,扯着他捆稻柴的担绳,"小棺材,不要抬进门来了……"他大口大口吸着雄狮牌香烟,抬腿进出门槛的脚步,就有点重实了。只是那两个赢了钱的亲戚,笑嘻嘻的,连带着新鞋子底上那一小块欢快的泥巴,早回到他们的洪家村老家。这个新年,我有点难过。

村子依水而成形。水穿过村子的中心——木桥头,再往东,忽然形成一个大漾潭;再折向东南,就到底了。此地名高稻地。于是,村子也跟着小河在高稻地潦潦草草地结束了。小河的尽头,乡下一般叫浜或浜兜。"相传旧时村中有塔,塔旁有浜,村民在浜中围簖养鱼,故得名塔鱼浜。"这是我唯一找到的有关塔鱼浜的文字记载,记录在厚厚一册《浙江省桐乡县地名志》里,绿皮封面上,没有出版社,有"一九八九年十二月出版"的字样。封底有"内部资料,注意保存"的括注文字,好像藏了什么机密似的。

在水结束的地方,辟出了一条大道,那是塔鱼浜村最大的一条机耕路。我的父母亲在我六七岁的时候参与了筑路。机耕路往南直通翔厚集镇,那是永丰大队的所在地。这翔厚,原名墙后,旧时此地有一观音堂,前有一堵斑驳的照墙,集镇在照墙之后。集镇清初成形,墙后的名字由此而来。到得清末,讹音成翔厚。那是我读小学的地方。

塔鱼浜西边是河西庄,那是离塔鱼浜最近的村子,就隔着一条小河。小河如利斧,劈开了两个村庄。两个村庄没有桥梁相连,因为两边不友好,很少往来。也可能是分属不同乡镇的原因吧。无名的小河像一个巨大的"Z"字,将两个自然村撇在两边。小河因此形成了至少三只大漾潭。小时候,我印象中的好多故事,就是在这里展开的。

塔鱼浜的南面是西厚阳、东厚阳。东面是许家汇。北面是毛介里、彭家村、金家角。塔鱼浜实在是浙北平原微不足道的一个自然村,四十来户人家,前后两埭。我家在北埭,在一个地名叫作严家浜的地方。我家门前也有一只小浜兜。我小时候多少有趣的事体,是在这个巴掌大的地方发生的。

塔鱼浜的西边——容我隆重地再记一笔——是白马塘,是宋高宗赵构仓皇逃归临安(杭州)的所经之处。白马塘像一条扁担横卧在浙北平原。白马塘将石门和乌镇两个躺在锦绣江南腹地的名镇一担挑了,而平衡扁担的一个中心点,就是我的家乡塔鱼浜。

塔鱼浜的东面,是金牛塘,那是哺育了乡贤、明末清初理学大儒张杨园的故园,也是一代真儒张杨园先生最后的埋骨之地。

塔鱼浜的东南方向,大名鼎鼎的京杭运河像一把尺,丈量过一望无际的浙北平原。大河流经之地,桑树葳蕤,六畜兴旺;百花地面,丝绸之府,自古繁华;男人女人,人间天上,万物,人的脸孔,全都漾开浅浅的笑意。

木桥头

木桥留存了很长的时间。

木桥搭在南北两个高耸的石墩上,时间一长,有几块不争气的木板就松动了。男子挑着粪担落脚,桥身微微战栗,就会噼啪噼啪响动,听声音,似有一种危急之感。但是,桥上连小鸡也不见掉落过一只。

木桥的北边,几块紫色条石上,总坐满了男人。夏天,因木桥北塅正对塔鱼浜村最长的一条弄堂,弄堂风呼呼地正面吹来,沁凉沁凉的,不一会儿就把人身上的汗水收走了。桥塅的几棵泡桐树高大到已经在空中抱成一团,木桥头天然地就成了一个乘凉的好所在。

北塅靠东的房子是赤脚医生小阿六家,比西面的一埭房子明显突出一大截。突出来的是一堵墙,有一年,中间用石灰水涂涂白,做了放映露天电影的一块天然银幕。村里听说晚上有露天电影,也不管放映的是哪本片子,还没有吃晚饭,小屁孩们早早地就扛来了家里的条子凳,开始往灰白的场地占位子。天还没有完全黑下来,稻地就排满了一排排大小不一的木凳。那年月,凳子也忙,白天开会,夜里还要看露天电影。而离天然银幕大约二十米的地方,大家主动空出八仙桌大的一块地方,那是摆放映机的。那年常映的电影是《地道战》《地雷战》《南征北战》《白毛女》《闪闪的红星》……我记得还映过一次《奇袭》和《奇袭白虎团》。

"哪一部分的?"

"师部搜索队!"

好长一段时间,电影中的台词,成了我们一次次虚拟战斗的经典对话。

木桥的南面,是小队的公房,总有三四间吧,清一色的平房。有一年,来了一个女知青,就借住在靠西的那间。我年纪小,她来我村的时候,还大着胆子去偷看。我没有胆子走进她的房间,只是靠向木门,两个小手紧紧地拉着铁锁的搭钮,缩起两条腿,两只脚离了地面,整个人就腾空了,开始吱扭吱扭地转动那扇木门。这位程小平听到也看到了,走过来,张口就是一串很好听的声音:小朋友,进来啊! 进来啊! 她拿出城里人的好东西(零食)给我吃。可是,我转身就逃掉了。一两年后,女知青搬走了。再后来,夏天"双抢"(20世纪七八十年代夏季江南地区"抢收抢种"的简称。"抢收"指抢时间收割早稻,"抢种"指抢时间插晚稻秧)开始,队里为了统一安排吃饭,就在这间空房子里砌了一只老虎灶,埋锅造饭。那年的炊事员由毛头的爸爸担任。毛头爸拦腰拴一块围布,干起活来手脚飞快,想不到他还有这一手绝活。可不久,毛头爸就生病故世了。

这中间最大的房子,通常是队里的仓库,可有一年,小队长毛老虎的独子邹有林得了疯病,犯病最厉害的那些年,肤白英俊的邹有林就被关入这间屋子。据说,小伙子的身上还戴着锁链。因为有林是"武毒",放出来要伤人,老父不得已,就把儿子关在这间公房里,严密看守。可怜陪伴神志不清的有林的,只是窗外风穿水杉和竹林的声音以及野猫的哀号之声。后来,年纪轻轻的邹有林就病死了。

有林犯病的开头,家里想方设法瞒着外人,但有林的病越来越重,哪里还瞒得了! 那时我们也不知道他这种所谓的病就是精神病。夏天,有林头上按一顶乳白色的小光帽,吆喝着自己是工人阶级。他到处转啊转啊,走大路穿小路,每天总要在村庄里来回走几次,路线都是固定的。他戴着那个与农村小伙的身份完全不相称的小光帽,脖子上环着一条雪雪白的毛巾,双手叉腰,在田间地头,指这指那,俨然是公社下派来指导农业生产的干部。有一次,有林手一挥,说,刘少奇同志就是这个样子的。有林每天都亢奋得很。他觉得自己是个大人物。我们跟在他后面。我们不知道有林疯了,只觉得有林有趣。据说有林之所以发疯,是因为定好的女方悔婚,所以他还是"花毒"。塔鱼浜的年轻姑娘见到他,急急地避之唯恐不及。

木桥头是塔鱼浜的露天行政中心。

木桥头是从不缺少声音的——女人们叽叽喳喳的笑骂声,老人们吧嗒吧嗒吸旱烟的声音一消失,梧桐树叶里的麻雀声就会续上。麻雀声听不到了,贴近水面的小鱼不甘寂寞,就会嗖的一声从薄薄的水面跳出来。蹿向空中的小鱼像一个个活蹦乱跳的音符,干净利落地弹奏着河流的琴弦。而就在同一天的晚上,大地吸走了人世嘈杂的喧闹,南北两个石墩边的草丛里,吸着露水的蟋蟀,就会蘸着银白的月光,亮出清脆的嗓子——木桥头是从不缺声音的。

木桥头的苦楝树上,用细小的铁丝绑着一只高音喇叭,里边吼出的声音,通常是《东方红》《大海航行靠舵手》等革命歌曲和样板戏。还有,大队里的六和尚播报开会的通知……还有婉转低沉的哀乐。按照大队书记的说法,喇叭里出来这个声音,一定是在送别京城的某个大人物。每次听到这铁一般沉重的哀乐,我就觉得我们村的一个笨木匠在用他的钝锯子锯木头。那年月,笨木匠的钝锯子总要来来回回锯好几次——你会觉出他这一推一拉,异常吃力,仿佛这苦楝树上的大喇叭此刻也痛苦得龇牙咧嘴,快从树杈间掉下来了。小队长和大队书记,小队里的两个大人物听到这支曲子的表情很有趣,他们通常是不说话,中指和食指各自夹着一支香烟,手掌心捂住自己的嘴巴一阵猛吸,吐出的烟气和脸上的表情一样凝重——如丧考妣(这个成语我从蔡东藩的演义小说中学来)的样子。他们那种悲伤,我们是学不来的。太阳出来了——这两人不说话,木桥当然也不说话。太阳落山了,这两人还是不说话，木桥也还是不说话。我知道，木桥的话全都让南横头的高音喇叭说完了。这两位平时声音洪亮的大人物难道哑巴了不成？正在纳闷的时候，小队长毛老虎站在木桥头，一抬手，他手里的铜锣开始说话了，当当当，当当当——原来他要召集全生产队的人开大会。由于用力过猛，铜锣的拎头绳断了，轰的一声，掉木桥上了——木桥开口说话了——木桥通过铜锣的嘴巴发出了一记愤怒的声音——瞬间又归于静默——这大概是一九七六年或者还要早的事情。

选自《塔鱼浜自然史》，邹汉明著，中信出版集团 2021 年版

第四届三毛散文奖

景宁记

汗　漫

颁奖词

　　那些传诵千古的华章，那些抵御时间磨损的永恒经典，被一一精彩呈现。他以诗人的想象力和行动者的观察力，从各个方向和维度与南方相知，与自我相遇，锻造出自己独特的南方人文地理，构建出具有强烈辨识度的诗性文本。在南方，汗漫独对天地，抵达辽阔。

——第四届三毛散文奖终评委

一

因为这道峡谷，我和对面群山上的云朵，隔阂很深。

峡谷名为炉西峡，位于浙江景宁县境，被称为华东第一大峡谷，全长约四十公里。源于梅岐乡绿桐溪、东坑镇茗源溪、鹤溪镇三木坑溪。三条溪流，在梅岐乡桂远村附近碰头、商量，抱在一起、折北，经渤海镇林圩、门潭，于大顺乡炉西坑口注入瓯江，成为下游古东瓯国旧事前欢的一部分，向东流，入海。

近年来，炉西峡谷成为探险者神往心倾之地。现在，几个年轻朋友也去访问峡谷底部的激流。他们头戴软边遮阳帽，挽起裤腿，双肩包里装着矿泉水、面包，背影渐渐消失于峡谷边缘的一片苍绿中，就也成了我与对面群山云朵之间隔阂的一部分。这隔阂，优美复壮美，像初秋和晚春之间的隔阂是夏天一样。

在悬崖边，借助于阵风，我试图与对面群山上的云朵交流，但不知从何说起。它们像高冷的美人和思想，我总习惯于敬而远之。我更喜欢低沉的事物。回顾这一生，喜欢交往的女子都有着平淡的姿容，好朋友也大都是寡言得近于沉闷的书生或门卫。现在，十月，天凉了。最后一批果实和花朵张灯结彩。周围黄叶与青藤交织而成的秋色，像老爱人而非新欢，收留着一个人的羞愧和失败。

捏着一张《景宁地图》，发现许多含"坑"的地名：潘坑、李坑、梅坑、上漈坑、湖坑、大赤坑、严坑、张坑、西坑……炉西峡，也被称为炉西坑。可见，景宁一带大小峡谷纵横、溪流密集——大地充满了向低矮处成长的愿望，连这高耸的群山也是为了加深、加强低矮处的流水。

峡谷对面的云朵渐渐、隐隐飘过来、落下来,似乎理解了我尘埃般的坐姿和沉默。我和它们之间的共识,是一场雨,夜雨。本地湿度大,夜晚常下雨,把云朵的高转化为流水的急——峡谷、老井的水位,在早晨都会稍稍上涨,以便大瓢贮月入秋瓮,煎茶熬粥酿米酒……

所谓隔阂,就是一行诗与另一行诗之间的空白?让两行汉字保持独立、自足,而又隐秘地冲突着、谅解着、欢喜着。

二

在峡谷旁边的桂远村晃荡一个上午。

景宁众多深奥僻远之地,竟都开辟了公交线。来自县城的小中巴,偶尔在公路上闪现。但公路狭窄,雨后时常塌方,就有推土机扬头复埋头,挖掘泥土,修整路面。

桂远村的公交站设在峡谷旁边。写有“桂远”的铁质站牌,被山风吹得有些倾斜,像在注释里尔克的一句诗:“没有胜利可言,挺住就是一切。”

我看到同一辆小中巴在此地出现两次,去与返,前后相隔一个半小时的样子。上下汽车的人,大都是老人、孩子。车身上的旅游广告图是上海外滩、北京长城,召唤本地人去远行、挣扎,再衣锦还乡、荣归故里。桂远村空空荡荡。景宁山区大部分村庄空空荡荡。年轻人沿着公路,去远远近近的城市里谋生。

生活在别处。像我,从嚣张、夸张的上海,跑进这连绵起伏的寂静群山。这也是一种谋生——让体内种种积郁和暗疾,在没有雾霾和噪声的大自然里消毒,谋取一点生机。但也感受到了山区的黯淡和衰颓。

公路边,随处可见废弃的两层旧木楼。一楼,两厢木门大都挂着生锈的锁,不知道锁着什么样的陈年往事。正堂泥地,甚至长出青草或小树,像盼着家长归来的小孩子。沿楼梯到二楼,平台或走廊上堆积着生出木耳的朽木头,散落着20世纪80年代的小学语文课本、破书包,悬挂几串发霉的玉米,墙壁上粘贴着政治人物的画像,或八仙过海、蟠桃会、天仙配一类年画,或家族成员彩色、黑白的小照、合影、遗像。木楼屋顶的青瓦上爬满野藤,甚至会出现一个破铁锅,让我猜测它出现在屋顶的原因,或许来自一场家庭内部的暴力……

在一个格局宏大的门楼下,仰看一块镶嵌着"诗书传家"题字的青石匾额。门楼,像本地越剧舞台上的道具——它兀立,只有两个小石头狮子左右陪伴。院墙在风雨中做减法,已经减到地面了。院子中,水井仍在,堂屋廊檐下若干木柱的石基仍在,但木柱消失,堂屋早已倾颓一地,成为土丘,酷似一座植物丛生的野坟,埋葬掉一个家族的悲欢离合、灯影私语。一位老人走近,告诉我,这是一个晚清秀才、民国时期乡绅的家。其后人带着诗和书去了山外世界,争取功名利禄。诗书传家。一个家族、一片家园,比繁体或简体的诗书脆弱。脆弱的事物,只有大地来怜惜、收留。

老人问我:"你是测绘地图的吧?"我摇头:"来玩的,转悠转悠。"看来这一带地貌变化很剧烈,自然资源局测量人员大概经常来观察、绘图,加固剧变中的记忆。

老人有些羞涩地拿出一个旧手机,问我怎么能把短信字体放大一些。他儿子在广东,几年间发来的短信,都一条一条存在手机里舍不得删掉。他眼睛有白内障了,看不清短信,想放大字迹,村子里的老人都不会摆弄,就向我这个看来还算年轻一些的陌生人求援。我教他如何放大,就瞥见一条短信上的话:"爹,明年攒够钱了就回家陪你,搞一个农家乐。爹等着我。多吃饭。"老人看清了这条最新的短信,流泪了,用右手去掩饰。转身后,又回头朝我挥挥手。他走进一座格局也很大的两层木楼内。木楼显出年久失修的疲倦感。栏杆上晾晒的红绸被子喜气洋洋,大概在回味一对小夫妻新婚时的夜晚。

同行的朋友告诉我,全国各地大大小小的食品超市、百货店经营者中,景宁籍人占了相当一部分。就像我故乡河南出现许多木匠村、油漆工村、保姆村、瓦工村一样,一个人好不容易走出一条生路,周围乡亲就跟着模仿、放大——在同样一条生路上走,抱团取暖、左顾右盼,才能在异乡活下来。景宁人开百货店,大概比当木匠、油漆工、保姆,成就感要强烈许多。"春节,这山路上会出现挂着北京、石家庄、东莞等地牌照的奥迪、路虎,那生意就应该做得大,生意最差的人也会开着桑塔纳回来,让爹娘坐上,去县城转悠、快活半天。"

只有春节期间,山区才会出现杀猪宰牛的场景。为过节,也缘于过节期间才能找来几个还乡的年轻人,合力把一头猪、一头牛按倒在地,白刀子进,红刀子出。平时,猪和牛都很有安全感,知道老人、孩子对它们的命运缺乏控制力。鸡、兔、鸭比较不安,随时会陷入一个人苍老或稚嫩的手臂而不能自拔。

沿公路,步行四公里回渤海镇。公路旁边有山民在种植果树、盖旅馆。偶尔可见一个广告牌,描画山区的未来:一群群游客在涉水、爬山、摘果,花红柳绿,炊烟袅袅。我和朋友们没说什么话。山涧里的水絮絮叨叨,听不懂。一只鸟追上来为我翻译了几声,发现没有回应,就沮丧着,"嗖"的一声飞进竹林。

我仅仅是过客,对这片群山没有资格叹息和感伤。但又不仅仅是一个过客,周围群山必然构成我内在景观的一部分,就像我腿脚的介入,必然会影响本地一片草丛的倾斜、一条溪流的秩序。我为自身而叹息和感伤,有谁可以指责、嘲笑?

在景宁,在中年与晚年、秋天与冬季之间的过渡带上,一个人、一片群山,暗藏着枯寂与芳烈,感受着匮乏与丰盈。

三

早晨,拉开旅馆窗帘、我的眼帘。

旅馆对面山顶的部分,非常亮——像蛋糕顶端的奶油、少妇头顶的发簪、一首诗醒目的标题、一个人的幼年期、一对情人的初相见……

第一批阳光蹲在山顶,在等待我的致敬和艳羡。大部分山坡居于幽暗,羞涩含蓄,像待字闺中的少女,尚未被爱人光线一样的灼热手指揭示身体的秘密。但山坡已经开始战栗。只要半个小时左右,整个山坡就完全处于被热爱之中了。

旅馆处于山谷底部,像处于一个少女的脚尖。我站在旅馆阳台,向山顶表达赞美,握着牙刷努力把牙稍微刷亮一些,希望能把话说得也亮一些。朋友们还在沉睡,鼾声隐约。大家昨晚喝酒喝高了,高到梦境中的云间了,还没有落回到床下的鞋子里。鞋子空空,等待着。

那酒是本地家酿米酒,装在巨大陶坛里,倒进黑边小碗。大家一碗一碗地喝、说、唱。我对旅馆所在的"渤海镇"这一名字很困惑,朋友们都说不清楚镇名的来历。旅馆老板娘俏丽复麻利,炒菜、端茶、敬酒,兼顾敷衍:"渤海嘛——咱这山也想变成大海嘛!可为什么想变成渤海,不想变成东海呢?东海这么近,渤海又那么远——在山东吧?老祖先不知道咋想的,哈哈……"我们也哈哈。酒桌上有这样女子,不喝高就不好意思。几个朋友就高到梦境中的云间了。我是胖子,再加上内心沉重,从云间落下来的速度就比较快,床前一双鞋子的充实感就恢复得早一些。

出门,进入阳光尚未触及的深谷。远远近近的梯田里,不规则的一块一块金黄,像磁铁,吸摄我废铁一样的目光——探测一个中年男人的目光里,铁的成分存在否?锐利否?那是一块一块成熟的稻田。像成熟的思想,拒绝溪水的异议或修正,冷静等待着镰刀、炊烟、胃、人性……

山民们三三两两在自家稻田里劳作,割稻,捆扎,扛到田头的小型脱粒机前,推电闸,一捆捆稻穗就在机器轰隆声中分裂,形成稻草和米两个阵营。稻草堆积于田埂边,米装入一个个布袋扛到公路上,被一辆手扶拖拉机或两厢车拉回家去,然后出现于不同地区的早餐、晚宴、点心店、田园诗中间。咀嚼一碗新米,就能懂得秋风和慈悲。

稻穗金黄触地。在起伏不平的田埂徘徊,我用手机拍照片。蹲下身仰拍、起身俯拍、踮起脚尖旋转自身全景地拍,再立即用微信传递到朋友圈。

刚刚从梦里、云间落下来的朋友,坐在旅馆床上点赞、惊呼:"啊! 哪里,在哪里? 我来了! 别跑,你给我等着!"我感受到了一种严重而快乐的威胁。在沉甸甸垂下来的稻穗中,似乎看见了女人的辫子和狼尾巴。这样的美与力,让我眩晕、震惊、脚一滑,倒进稻田。稻穗密集沉实的外观下,暗藏流水。我的鞋子和牛仔裤惹上一层泥,像一次失败的求爱与出猎。

台湾诗人周梦蝶向他尊敬的诗人余光中请教一个问题:"诗是什么?"比周梦蝶还年幼一些的余光中大声回答:"美与力。"比余光中还年幼一些的我,轻声回答:"辫子和狼尾巴。"景宁山区稻田里的这一回答,周梦蝶已听不到了。他在2014年去世,是我的故乡人。在大海对面的岛屿上,他依靠喝酒梦回中原群山里的蝴蝶与草香。

回旅馆,悄悄清洗身上泥迹,像遮掩对某人心田的倾慕、对旷野生活的敬畏。

阳光已彻底照进山谷底部的现实。山区各种形制的床前空虚了一夜的鞋子们,皮鞋、运动鞋、绣花鞋、粗布鞋们,各自拥护着相关的脚步,走在路上、水边、山岭里。

我泥迹斑斑的鞋子像戏剧中的花脸,停留在旅馆靠窗的一张桌子边,支持我坐在破藤椅里,在笔记本上写一首短诗。转眼就是回忆,转身就是丧失。只有被写下的事物,才有活下去的喜悦和勇气,比如,景宁山区的一个早晨、一块稻田。

手中,一支即将断掉墨水的老钢笔,在纸上磨蹭着、磨蹭着,像我一样倒下去。

四

一个醉醺醺的穿棉袍的老人,躺在路边草地上哭。一头白发像霜降里很悲观的花朵。

我蹲下来:"大伯啊,怎么了? 遇到啥难过的事了?"

他闭着眼坐起来，又哭一会，才睁开眼，看清我，像孩子一样有些羞涩："让你看见了。你是谁啊？我哭哭心里舒服点。我去看我的换帖兄弟了……他病得厉害啊……"就又哽咽着想哭起来。

我把矿泉水瓶递给他，他摇摇手："我有酒，我换帖兄弟给的酒。"就想伸手去拿，却找不到酒瓶。我四下打量，见酒瓶躲藏在一堆乱草中，就捡起来递给他。敞开盖子的酒瓶已经没剩下多少酒了。

老人絮絮叨叨说着。他这一辈子有七个换帖兄弟，一起闯江湖、亲热女人、结仇人，现在就剩下这一个换过金兰帖的结拜兄弟活在世上了。"也快死了，我帮他把棺材一年漆一次。他躺进去试过好几次了……我不知道他死了谁会来报丧……他儿子在东北啊，远啊，我怕我赶不上去送他啊……"老人又哭起来。

老人住在五十公里外的景宁县城，和换帖兄弟一年见一次面——换帖的纪念日就是节日，他都会先坐车再爬山去看望兄长。"这是规矩，他是哥，比我大五天，只能我去看他——你有没有换帖兄弟啊？……我猜你也没有啊。不时兴这了。"

我告诉他，我有弟弟和朋友啊。他看看我，点点头，眼神迷离："好，好。不过你们没有金兰帖，容易撕破脸，为钱为权为女人——我有七个帖，藏在家里呢，发了誓呢。我有七个兄弟——你知道金兰是啥意思？不知道吧？"老人问我，优越感涌现，心情像是好了一些。

我扶老人起身，在公路边一块石头上坐下。他儿子约定开车到这里来接。他捏着酒瓶给我："你喝，喝，你喝了它就走吧，我一个人再想想兄弟们的事——"声音就又哽咽了。我只好把瓶底的酒喝了，身子一下子热起来。走。

在公路拐弯处回头，看那个拥有七个金兰帖的老人，似乎又趴在石头上睡着了。好在阳光还算热，没有风。棉袄虽然破旧，但很厚，足以为他念想中的旧人旧事保暖驱寒。

没有金兰帖的人，写诗吧，呈给那隐秘而无名的金子般、兰草般的人们，尽管彼此一生都不会于途中相逢。

五

坐在邱村长家堂屋的一盏电灯下,读他珍藏的家谱序言。

邱氏家谱序

夫家之有谱,犹国之有史也。国无史则治乱,家无谱则昭穆之分不明,所系均重也。是以古来仁人孝子敦宗睦族,皆以谱为纲领矣。名宗望族若无谱以联宗亲,则涣散不羁,犹水之不溯其源则流不长,木之不培其根则枝不茂也。是可知,人不纪其族之所自出,则虽一脉至亲未有,不视其为途人者。故凡山陬僻壤,孰不以宗谱为急务哉。吾族之源,始自梅岭,而支派繁多,久未缮谱,则名号行第几莫能辨。兹幸族中长贤同心协力,端请凤山陈煜廷先生纂辑。叙吾先世始祖,迄至新枝自成一帙,以纪其渊源,条分缕析,所谓昭与昭序,穆与穆序,以致千百世之子孙知其所自出,且以卜千百世之子孙宏猷大计。是举也,岂予一人之力哉? 如国忠、国珍与国华,咸有劳焉。书巅末以示后人也。道光五年岁次乙酉仲冬月之吉十六。世裔孙,国元拜撰。

全篇自然没有标点,我尝试断句、领会。

这本家谱前后建立与修订共计两次:初次立谱,在清道光五年,即1825年,立谱人邱国忠、邱国珍、邱国元、邱国华;重修于光绪九年,即1883年,修谱人邱永庆、邱永知、邱茂传、邱茂东、邱茂宗。全谱出现两种字迹:道光五年,端正且清俊的楷体,大约就是聘请的那个来自凤山的陈煜廷先生的手笔;光绪九年,行书,洒脱而略显任性、草率,书写者匿名。前后相隔约六十年,世风与笔墨风格已经大变。此后,未再续谱。

"村子里就这一本家谱,我保存。家谱中的话已不太懂了。我们这一村的邱家人,都不再按照家谱中规定的辈序起名了,不讲避讳前人名字的事了。经商、出国的人都有了英文名,玛丽啊,海伦啊,瑞得啊。"邱村长说着说着笑起来。他还算年轻,当兵,退伍后做了村干部,最担心的事,一是村里这么多没有儿女在身边的老人生了急病怎么办,二是孩子们翻山越岭去上学有危险怎么办。他想办一个养老院、一所小学,经常往县城里跑,要经费,也打算让邱氏家族在海内外的成功者捐一些款,但没法联系。"再修修家谱才好,知道人和人的远近亲疏、来龙去脉,就能有一份挂念,但是太难了——这家谱已经断一百多年了。"

对邱家而言,对这一片浙西南山区而言,我是这家谱序言中所说的"途人"——途中擦肩而过的异乡人。但很难说我和邱村长之间没一丝关联。

从家谱中看,邱氏祖先源自河南,相继迁移至福建汀州、浙江杭州、江西万安,可谓"一生三"。三处各有祠堂,明确记载其所处方位、祭祀日期。三生万物。村长猜测自己属于杭州邱氏一脉下游。他曾按照家谱中记载的时间"八月初四"和地址"登瀛门内东竺寺旁",在杭州寻访邱氏祠堂,渺然不可见矣。登瀛门,已成为巨大广场,有喷泉和退休老人在随着音乐跳健身舞。

故乡在家谱中?但对这一本家谱能够流传多久,村长没信心。我建议他把家谱复制,原本交给景宁县图书馆甚至浙江省图书馆保存,或许会有后人来关心、研究。他叹口气,喝茶。

我小心翼翼翻读家谱,并用手机选拍若干页。他有些感动:"能看出来,你有情义,也是有心人啊。"我第一次手握这样的古旧家谱。对故乡河南省唐河县余冲村的记忆或叙述,我只能依次上溯至父亲余书进、祖父余孟光、曾祖父余克让为止。再远眺,云水茫茫。这样解释,邱村长不叹气了,很有同情心地看着我。

邱氏祖先在家谱中对男女婚嫁明确订立原则:"须择名门旧族,毋得妄与微贱仆隶之家为姻。"这段话让我叹一口气。在清代,我大约没资格成为邱家的女婿。家谱中有一插图,细致描绘出某小镇的山势、河流、祖屋、祠堂、坟茔、道路。显然不是目前我们所在村庄的地图——这村庄，是那一个清朝小镇的后裔，两地的月色、灯火、歌谣、风俗，也有血缘关系，隐隐赓续而不会断流。

几声狗叫，似乎与河南省的狗叫保持一样的节奏和内涵。对面山岭与天空被夜色统一成无边黑幕，没有界限。细细辨认出若干星辰，可看出其周围的云朵微白。

"所有的故乡都是从异乡演变而来，故乡是祖先流浪的最后一站。涧溪赴海料无还！可是月魄在天终不死，如果我们能在异乡创造价值，则形灭神存，功不唐捐，故乡有一天也会分享的吧？"从大陆到台湾而后定居纽约的作家王鼎钧，以这样一段话自我安抚。王鼎钧故乡在山东兰陵。他大约时时想起兰陵美酒，也应该喜欢李白的《客中行》："兰陵美酒郁金香，玉碗盛来琥珀光。但使主人能醉客，不知何处是他乡。"但即便没有征战和醉意，当下又有几人能返回家谱中的某一行？大地山河剧变，物非人亦非，像雨雪霏霏取代杨柳依依。

还乡，逆时光之流而上，与最初的故乡、故人、故事欢聚一堂，或许就是一个人去写作、去编撰家谱的隐秘动力。我，一个没有家谱的人，在家谱中没有位置的人，只能把自身演变成小规模的故乡——皱纹苍茫的"祖先流浪的最后一站"。

每一个作家都是为小别和永别而书写。不被写下的事物没有存在感。

写吧，无论非虚构编纂家谱，还是虚构性叙述与抒情，都是书写者在向若干人乃至全人类传达爱意和哀凉。

六

景宁，位于浙西南，亚热带季风气候，雨量充沛，冬夏长而春秋短。

东邻青田（田野盛产青芝）、文成（明代政治家、文学家、风水师、预言家刘基的故乡），南衔泰顺（丰沛雨水催生出众多廊桥蜿蜒于溪流上），西接龙泉（哥窑和弟窑里的瓷器也是用火焰作为帖子的换帖兄弟？），北毗云和（云朵和睦）。

西周、春秋时期，属越。三国时期属临海郡。明景泰三年，即1452年，兵部尚书孙原贞以"山谷险远，狂徒啸聚"为由设置景宁县，属处州府。清沿其制。辛亥革命后，1914年起属瓯海道，1927年直属浙江省政府。1952年，属温州专区。1963年至今，属丽水市。

景宁是全国唯一的畲族自治县，目前畲族人口占全县人口的百分之十四左右。畲族先民在广东、福建、江西、浙江等地频繁迁移，有《起源歌》述说其缘由："田差难种吃，田好官来争。官多难生养，思量再搬迁。"这个艰难、不安、迁徙的民族，常以大分散、小集中的聚居方式，在深山密林中搭寮居住，狩猎或播种。畲族人自称"山哈"，意为"居住在山里的客人"。

其实，谁又不是山哈、客人？你、我、他一概暂居于"尘世"这苍茫连绵的万年群山里，转瞬即逝，复再搬迁。

愿山内与山外、途人与亲人，风景身心皆安宁。

选自《在南方》，汗漫著，江苏凤凰文艺出版社2021年版

伏羲三题

李晓东

颁
奖
词

作者从天水人的角度观察天水,在典籍古卷中寻觅,在古巷老墙的罅隙间捕捉,在田畴阡陌的地埂上倾听,就如一个经年持久的故交,彼此躬身面对,应和默契,贴近心灵,故而能深度切入天水肌理,无缝链接天水经络。质朴而丰饶的叙事,饱含着对天水的景仰与眷恋,对人民大地的凝望与深情。

——第四届三毛散文奖终评委

伏羲，中华人文始祖，创造阴阳太极，一画开天，文明肇启。甘肃省天水市乃羲皇故里，著名遗迹有卦台山、伏羲庙，俱风光秀美，文化昌明，得世人景仰。湖南岳阳之平江县天岳幕阜山，亦有伏羲传说，足见伏羲泽被中华之深广远大。三篇文章，以亲身所历所见，探寻伏羲精神和中华文明之缘起与传播。

卦台谒祖

全国云计算大数据和智慧城市建设龙头企业浪潮集团执行总裁王柏华先生，到天水陇右讲堂主讲"大数据与智慧城市建设"。讲座结束距离开天水仅四小时。我建议他去看看麦积山，王总却提出到卦台山，而且说，去朝拜卦台山。我有些诧异，他解释，大数据的基础是计算机技术，是二进制，源头在易学，在伏羲创立的阴阳太极八卦。天水卦台山，就是全世界计算机和大数据的起源地，必须怀着虔诚敬仰之心朝圣礼拜，慎终追远。

从天水市区驱车半小时，即到位于麦积区三阳川的卦台山。山高约百米，如倒扣之瓠。与各地各处繁华热闹的景区相比，卦台山几乎处于未开发状态，仅登山之台阶，道旁之绿树而已，亦未见游客。因刚从讲堂下来，主客俱西装革履，倒多了一分庄重。

台阶水泥砌就，每阶侧面，都画一卦象，是六爻相叠之六十四卦。"文王拘而演《周易》"，周文王困于今河南汤阴之羑里城，将伏羲八卦两两相叠，演为六十四卦。因此，我们的寻访，是逆时光上溯。由现代交通工具带到周文王跟前，再循着文王的指引，一阶阶向中华人文始祖靠近。

一座城门屹立半山，土坯垒就，如窑洞形。门头书"伏羲城"三字，颜体，庄重敦厚。城建于宋代，夯土筑成。曲阜造城护卫孔庙，天水筑城拱奉伏羲。孔子"晚而喜《易》，读《易》，韦编三绝"。孔子习学者，乃文王周易，源在伏羲。可惜孔子问礼于老子，只在洛阳，未能向西行。老子出函谷关，不知所终，应回归卦台山了吧。

门朝正南，前有观景台。凭栏远眺，连山环抱，底部平坦，渭河穿山而至，呈S形流过，将盆地均匀分为两部分。伏羲为什么到了卦台山，八千年时光已过，无人可见。但并非不可想见。伟大者之所以伟大，正在于困境中实现飞跃，日常中造就非凡，偶然中开悟真理。

苏东坡千古绝唱"遥想公瑾当年"，我们后发先至，遥想伏羲当年。强健的伏羲为猛兽追逐，跑得飞快，却又逃无可逃，于是爬上山顶一棵最高大的树。猛兽不去，族人未来，困愁高树。安全暂且无虞，可猎食无法，下树无胆，于是，有些无聊了，"望望天望望地还有多少里"。艺术心理学研究证明，非功利，是认知提升和审美发现的要素。司空见惯的太阳，忽然让伏羲感觉到了不一样。他发现了鲜红、热烈、耀眼、温暖的太阳最简单的形状——圆。这是人类认知史上的重大飞跃，由具象质变为抽象。猛兽未离而暗夜已至，月出东山，同是圆形。月光如水，茂林隐约，山峦相连如环。日、月、地俱为圆形。天复明，族人至，猛兽逃。下到地面的伏羲，心中已嵌入那个深刻的圆。他折一树枝，在地上画了一个并不太圆的圆。一个空空的圆，似乎太单调了。伏羲想起了他山下的河。于是，一条弯弯曲曲的线出现在圆中。

恩格斯在《家庭、私有制和国家的起源》中，把人类发展分为蒙昧、野蛮、文明三大阶段。中华文明，就从这一个圆和一条曲线肇始。从具象到抽象、直线到曲线，不只是思维的飞跃、认识的提升，也为中华审美奠基。"蒹葭苍苍，白露为霜。所谓伊人，在水一方"，"水"就是渭水之水。"大漠孤烟直，长河落日圆"，王维和伏羲看到一样的景象。"曲径通幽处，禅房花木深"，曲中见雅，弯曲有致，一直是中国传统的审美追求。

面对这圆中有曲的图像，伏羲陷入沉思。太阳渐渐升高，又慢慢向西行去。山峦树影，光影明灭。皎洁的月亮又升起来了。他忽有所悟。白天、黑夜、太阳、月亮、温暖、寒冷、光亮、影子，概括起来，就是阳、阴。而月亮，是黑暗中的光明;影子，是光明里的黑暗。阴阳共同构成宇宙，又阴中含阳，阳中有阴。图形，有了形状，又有了灵魂。无极生太极，太极生两仪，两仪生四象——太阴、太阳、少阴、少阳。

入城门，未有大道，而见土台。年轻的讲解员解释，伏羲庙极神圣，不可轻见。右侧土径，窄而曲而陡，绕行，即见庙。院中有柏八株，依八卦方位所植。另有卫茅一株，本是灌木，在卦台山长得犹如粗盈一抱的乔木。年年高考之前，众多少年学子前来抱树祈愿"成材"。南郭寺亦有成材之卫茅一株，不若此株壮大，伴于两千五百年古柏之侧。

院中犹是泥土夯实，幽静自然。一条砖道通往大殿，也就十余步。讲解员提醒我们看脚下一砖拼太极图。相传，此处即八千年前伏羲仰观天文、俯察地理之处。当年山顶，大木参天，成为中华智慧之根、文明之源。我们每个人，都在太极图上站了站，让思维穿越八千春秋寒暑、三百万个日夜，和祖先心灵相通。拍照留念，感觉自身都高大了起来。孟子说，养浩然之气，卦台山之巅，伏羲登临开悟处，天风浩荡，秋深似海，层林尽染，引万物遐思。

大殿始建于金代。后毁。20世纪80年代重建。自古，卦台山就是官方祭祀伏羲之圣地。然距城较远，来一趟车马劳顿。明成化十九年(1483)，在天水城中始建伏羲庙，越年而成。后又建城护卫。老天水五城相连，伏羲城即其一。卦台山于是改为民间祭祀地。相传正月十六是伏羲生日，每年这天，卦台山都举行盛大庙会，以三牲、古礼，献于始祖。如今，每年夏至日，伏羲庙前都会举办由国家领导人出席的公祭伏羲大典，其前一天，卦台山祭祀。虽规模、等级不及，但先后之次序，自不待言。

今卦台山伏羲庙，虽复建，然修旧如旧，文物价值不彰，文化价值依旧。一同行者说，他小时候还从山下搬砖瓦上来，供建庙用。大殿正中，伏羲端坐，较城中伏羲庙中像略小，长发裸身，双目如炬，绿叶成裙，围于腰间。伏羲十四大功绩，其一就是制衣服。《圣经》里，亚当和夏娃在蛇的引诱下吃了智慧树上的果子，忽然感到羞耻，把树叶披在身上。东西方相距遥远，互不通联，文明缘起的情形却近似。伏羲爬上的卦台山上的大树，就是中华民族的智慧树。认知、审美、道德，文明三大要素，都在伏羲一人身上，聚而齐之。天水称龙城，盖因伏羲为龙。标准的解释，龙，马头、鹿角、蛇身、鱼鳞、鹰爪、牛尾，不同部落图腾聚合而成，从另一层面说，龙何尝不是各文明内涵之荟萃。

伏羲手捧八卦盘。八卦，和伏羲，和中华文化，和人类文明，紧紧联系在一起。唯一让人不能马上想起来的，是和天水的关系。其实，太极图就是天水——圆形为天，曲线为水，一阴一阳，仿佛天水连接的南方和北方。八卦，乾、坤、巽、震、坎、离、艮、兑，代表八个方位，又表示八种事物。方位和事物，一抽象一具体，一无形一有象，如何联系起来呢？答案还在卦台山。

半山，有城门，正南，乾位。城围山而建，夯土筑就，有城垛八。乾为南，为天，为阳。卦象，三阳爻相叠。正南一望，正见三道山梁，自然造化的乾卦，出现目前。顺时针绕城一周，西南，巽，亦指风，连山环抱，西南有缺，渭水穿山而至，风行水上；正西，坎，水，渭河呈"S"形流过三阳川盆地，正西方恰是河湾水聚处；西北，艮，山，西北方，乃黄土高原，山峦无穷，树木茂盛；正北，坤，地，山峰相连，见峰见谷，时断时续，是为阴爻，三相叠，正乃坤卦之形；东北，震，雷，天水多冰雹灾害，"雨洒一大片，雹打一条线"，这条"线"，常在卦台山之东北方位，可见，先祖之发现，至今而然。正东，离，火，东为太阳升起之处，朝阳如火；东南，兑，泽，渭河流淌，聚于山脚，古代为一湖泊。"日月经天，江河行地"，太阳、月亮，都在正南方升至天顶，故南为天，相应，则北属地。和阴阳太极一样，八卦同样是个性与共性，特殊与一般，具体和抽象的统一。伏羲"仰观天文，俯察地理"，所观所察，乃卦台山之天，三阳川之地也。太极八卦图可以说是中华文化的重要标志，而它的产地归属，无可争辩，在天水。

浪潮集团拟在全国建立一百个数据研究所，问我，落地天水的数据研究所，希望编为第几号？答，九十五号。问，为何？答，天水乃百王之祖，万帝之先的伏羲故里，又是伏羲成为羲皇之地，九十五号，即九五之尊也，舍此其谁？卦台山之巅，解说员遥指南面，那是九龙山，背后北边，叫五龙山。大家会心而笑。

雪朝寻雪

什么是乡愁？我以为，乡并非指每个人具体的故乡，而是中国人、中华民族向所从来的生活方式、审美情感、价值观念、道德人格，是工业化、后工业化、现代化、后现代化浪潮中依然闪烁的江枫渔火。而雪，无疑是中华乡愁最典型的载体，另一标志意象是"明月"。

天水，白雪茫茫。我虽生长在北方，但"北国风光，千里冰封，万里雪飘"的景象，却有点久违了。1999年起，学习、工作在上海，记忆中，这些年里，只有一次微微有些雪意，地面积不住，楼顶，似雪如霜地一抹白。《祝福》里写祥林嫂回忆短暂幸福时，"微雪点点地下来"，先前不理解，待见到上海的雪，才知道祥林嫂所看的南方的雪，和我自小熟悉的北方的雪，是不同的。因此，在天水又见到雪，见到记忆中如故乡和幼时的大雪，格外觉得亲切，还有些温暖。冷的天，暖的雪，落在伏羲女娲成婚的土地上。

我住二十一楼，窗口朝东，早上一拉开窗帘，犹在夜幕下的屋顶、道路、河流，都映着洁白的光，天空仿佛提前放亮。路灯依然照着，橘黄色灯光落在雪上，仿佛为雪着上小小的衣裳。天水的路灯是白玉兰形状，麦积区甘泉寺内，有宋代玉兰两株，相距五米，一白一紫，为追思流寓天水的诗圣杜甫而植，及今千年矣。齐白石老先生书"双玉兰堂"，几可比肩南郭寺。上海市花是白玉兰，春天的街道上，玉兰花像覆盖在枝头的雪。我一直以为，天水，是中国天水、甘肃上海，陇原大地最时尚、最有情调的地方。

我向来有些懒，早上从不锻炼，看到雪，却忽然有了到天水的雪地里走走的愿望。古人踏雪寻梅，天水六十六号文化园内蜡梅开得正盛，鲁迅名篇《在酒楼上》，写柔雪的绍兴，"几株老梅竟斗雪开着满树的繁花，仿佛毫不以深冬为意"。作者"从惯于北方的眼睛看来"，"很值得惊异"。天水位居南北中国分界线，北方的国槐，南国的梅花，相邻而生，自是毫不奇怪。然天水雪天的好处，不止一树梅花。

街上，一夜飘雪，已积得厚厚的，如大地铺上洁白的地毯。行走于上，踏雪微声。不由得小心翼翼，生怕踩破了雪褥，惊醒了夜的梦。雪还在下，但不密，雪片大而疏，花瓣般落在头上身上，"砌下落梅如雪乱，拂了一身还满"，反其意而用之，也是恰当的。人、车都少，俱小心翼翼的。所见多的，是穿灰蓝色校服的学生。天水最著名的初中——逸夫实验中学，就坐落在藉河南岸。两三调皮男生，小跑两步，试着滑雪，然雪厚，未成冰，行之不远。橡胶坝拦藉河梯级蓄水而成的天水湖，近岸部分结了冰，白雪覆盖，湖中犹水，雪入即化。藉河是渭河支流，终入黄河，这点点片片的雪花，也将汇入奔腾到海不复回的洪流。伏羲自天水顺河而下，入主中原，葬于今河南省周口市淮阳县。周口，处黄河中下游平原，沃野千里，水土肥美，至今仍是最重要的夏粮主产区。天水降下的万千雪花，也是追随伏羲的步履而去的吧。

水在河中过，车于路上游。往日，藉河南北路连绵的车流，是城市繁荣、人民生活幸福的标志，雪地里，却静静停着，仿佛盖着被子安睡的孩子。车辆形状不同，雪落其上，更加千姿百态，又不无呆萌。有的车灯一半覆雪，仿佛睡眼惺忪；有的像舞台上的花脸，一副滑稽模样；有的车顶积雪平坦整齐，好像戴了洁白的帽子。平日里，他们早该生龙活虎、神气活现地竞逐在路上，争先恐后地奔事业、争前途。而今雪天，他们像回到慈母怀抱，裹紧白色小被子，睡一次懒觉，做一回静静的梦。

天色渐渐亮起来了。伏羲在天水分时序、定节令，每一年每一日，天水都从容而精确地度过。举目眺去，鲜红的国旗映着白雪，分外热烈。那是为迎接新年，沿街挂在白玉兰形路灯杆上的。近看，面面挺括；远望，行行整齐。国旗下，古宅前，是忙碌的环卫工人。橘黄色工作服都有些旧了，身躯个个弯下来，拿着铁锹、扫帚，正在除雪。俗语云"各人自扫门前雪"。扫雪，也是黎明即起，洒扫庭除的一部分。记忆中，大人挥动快一人高的扫帚，左一下、右一下，露出一条藏在雪下的路来。孩子们早在院子里的雪上堆起了雪人。

微信朋友圈里,无数别具一格的雪人风华正茂。如果不是电脑P图,摄影都需要专业水平。原生态的雪人就没这么多讲究,小中大三个球上中下堆起来就算小功告成了,再插上把旧笤帚——完美!忽然发现,最接地气的雪人形象,居然是扫雪的环卫工人。从来没人给这些天天起得最早的城市美容师塑像,但每年冬天,又塑出了无数的像,虽然塑像者和被塑者都无名无姓。

天水还在人工扫雪,而大都市如北京,扫雪已很不常见了。专业化扫雪车可以迅速让落在地上的雪痕迹全无。这个多地"暴雪预警"的冬天,北京却始终一片雪未见,更别说"燕山雪花大如席"了。大家一边抱怨空气干燥,一边庆幸出行等生活不受影响。我们都想记住乡愁,其实在工业化、城市化时代,乡愁是有边界的。天水这样的城市,可以说就是乡愁的边界。城区规模不大,四周被农村包围,许多市民进城不久,乡村的生活方式,还时时映入城里。而更大的城市,景观、自然、原生态,甚至乡愁,都已被模式化了。玩雪,到滑雪场;游泳,到游泳池;看景,到公园。每天醒来第一件事,盯床头PM2.5测量值,决定要不要户外锻炼;到医院化验,打出好几页数据,看哪项高、哪项低,确定身体怎样。甚至见到雪,立即反应的,是冷空气、尘埃、水分,以及是不是卫生。一说乡愁,就是余光中……

远远地,眺见了伏羲城古朴巍峨的门楼。橘黄色灯光自下而上,照得飞檐都温暖起来,又平添了富贵与缥缈的气质。不禁感慨,果然是"百王之祖,万帝之先",白茫茫一片大地真干净,依然难掩尊贵与卓荦。老天水五城相连,最西就是伏羲城。城池更易,现代化浪潮冲击下,其他四城都已湮没,痕迹不在,唯伏羲城因庙而存,还新建了许多设施。虽有城门而无城墙,但一门相隔,古今迥异。城门外,现代化高楼幢幢;城门内,两侧俱青墙黛瓦,檩椽井然。每年夏至日公祭伏羲,参加祭奠的人群熙熙攘攘由此步入盛典。雪天之晨,却寂静无声,城门仿佛和雪一起睡着了。

伏羲庙前广场,一夜的落雪,整整齐齐、方方正正盖在地上。伏羲公祭大典时树立的"泽被华夏一万年"标语牌,还如崭新般鲜红,白雪底色下,更加亮丽。都说每年公祭伏羲时,会有祥瑞异象出现,有时日月同辉,有时晴空彩虹,有时如注大雨戛然而止……上次所见,是满空翔舞的燕子。我还用手机拍了一段视频。数百只燕子应和着恭读祭文、乐舞告祭的铿锵之声和雅颂旋律,时而高飞,时而低旋,时而列队成阵,时而散落和鸣。《诗经·商颂·玄鸟》有"天命玄鸟,降而生商"句,玄鸟,就是燕子,中国传统观念中的吉祥之鸟。雪天里,燕子南去更温暖的地方了。这在天水屹立五百年的庙宇,是不是它们的乡愁呢?梦牵魂绕,一到春天,就急急飞了回来。

售票处买票,售票员说:"你外地的吧,这么早就来了。要是初一、十五,早起进庙,就不用票。"小姑娘很年轻,却不减天水人的真诚善良。天水人敬奉伏羲,每月初一、十五,许多人一大早就进庙烧香祈福。

庙中静无一人,唐槐汉柏都披上了洁白的裘衣。陈毅元帅有诗"大雪压青松,青松挺且直",表达的是革命者的坚贞不屈。经历几千年雪雨风霜的柏树槐树,却平和了很多,显出苍老的慈祥。伏羲庙建制同帝王宫殿,红墙碧瓦,雕梁画栋,娆而不妖。大殿前的香炉已清香袅袅,火苗跃跃。"东方欲晓,莫道君行早",原来早有人把雪朝的第一炷香、第一支烛,敬给先祖了。"程门立雪",一直是对学问虔诚的典范,天水人更把最崇敬的心意,奉到人文始祖面前。后院里,曾经富贵鲜艳的凌霄花,仅余萧瑟枝干,冬青一簇簇站着,绿衣白帽,仿佛天地堆就的雪人。见易厅下,"羲皇故里"四个大字豁然在目。前段时间,为伏羲出生在平凉还是天水,着实争论了一阵子。雪天里看到这幅题字,却让我豁然开朗。伏羲无论出生在哪,只有到天水卦台山开悟,才能一画开天。伏羲飞跃为羲皇,由水升华于天,只在,也只能在天水,而不是其他地方。

后门还没开,我原路返回。大殿前已见两三人,清香烛火,更加生动。伏羲依然作夏天装束,赤膊,腰围树叶。殿内墙壁上,绘伏羲十四大功绩,有钻燧取火、兽皮制衣。"雪落在大地湾的土地上/伏羲女娲的肩头一片白",八千年前的雪,可能比现在大,新娘女娲,穿着作为聘礼的美丽鹿皮衣服,守着火塘,和身着虎皮的夫君伏羲依偎,看茅屋前雪花片片。

天水平江话伏羲

甘肃天水市和湖南平江县,一处西北、一在中南,路途遥远,气候不同,民风迥异,似乎很难相提并论,可伏羲文化,却将它们紧紧地连在一起。

地名确实很有讲究,每个地名背后,都有许多故事。如天水,由汉武帝时期"天河注水"之事而来。平江,汨罗江自西向东贯穿全境,鱼肥水美,为楚湘文化之重要源头。后唐同光元年,因县治周围地势平缓,平静无波,改昌江县为平江县。"春江潮水连海平""山映斜阳天接水",平江、天水,都是中国古诗文中常见之意境,氤氲起空灵的水汽。

"智者乐水,仁者乐山",不仅是中国古代"山水比德"说的经典,也蕴藏着深刻的科学道理。水,是生命之源,山水相依,构成人类早期生息繁衍的重要条件。这环境气候,天水和平江同样具有,且孕育流传着共同的传说。

每年夏至日,天水都要举行公祭中华人文始祖太昊伏羲的盛大典礼,是与陕西桥山祭黄帝陵、河南新郑祭黄帝、湖北随州祭炎帝、山东曲阜祭孔并称的五大国家级公祭之一。海内外华人汇聚天水伏羲庙前,向"百王之祖,万帝之先",表达景仰。距天水市区三十公里之卦台山,是伏羲"仰观天文,俯察地理"创立八卦之处。周遭峰峦叠嶂,连绵成圆,渭河蜿蜒前行,冲积成原,名三阳川也。川,古语意为大河,李白"遥看瀑布挂前川"之"川"即是,北方话却更多意指河畔平坦开阔之地。卦台山如金钟坐于三阳川川上。峰峦断续,阴阳爻之来源也,卦台山八方之地形风物,八卦所标示也。

卦台山又名天心山,意为天地之中心。山顶一砖石砌太极图,即为"天心",登山者多在此拍照留念。平江也有名山,为天岳山,与天心山一字之差。"五岳之外有天岳",既称"岳",自然山势高峻,巍峨挺拔。卦台山可以拾级而上,一步步趋近先祖,天岳山却须乘车盘曲登临。到近山顶栖息处,见镏金大字"中国母亲山",我挠首而笑。天水作家王若冰考察秦岭全貌,提出秦岭非天下之大阻,而是"天下之大父",秦岭是中华民族的父亲山。天水处秦岭西端,中国四大石窟之一的麦积山石窟,即处于秦岭余脉。可见,天水平江因山之缘,又联系在一起,一父一母,一北一南,一奇一秀,共同卫护中华民族的天伦之乐。

更深层的联系是,天岳山也有伏羲传说。山下建有伏羲广场,立伏羲石像。与天水伏羲庙明代泥塑之伏羲像同中有异、异中有同。天水之伏羲,乃庙堂之神圣,塑像历数百年,黄袍却常换常新,座前花果,日日新鲜。平江伏羲,矗立于广场,天为庐、地为席,乃山泽之强者。天水伏羲传说,多从其母华胥说起,盖母系氏族时代知其母而不知其父也。天岳山介绍伏羲,首先讲其乃雷神之子。石雕伏羲倚坐石上,左手抚膝,右手持八卦盘,上身端直,双目远眺天际,裸上身,胸肌腹肌块块可见。形象恰如乃父雷神。无祭祀供奉,风云雨露尚飨。天水伏羲,端坐神坛,两手捧八卦盘,双目圆睁,平视前方,慈祥观照进庙朝拜的众生。鲁迅先生曾论中国文化的两大主题:廊庙与山林。天水、平江的两尊伏羲像,正印证这个论断。

天水伏羲,是"百王之祖,万帝之先",政权的最高统治者。平江伏羲,是改造自然、创造生活的英雄。人类早期的发展,正是生产力进步和社会组织形成同时进行的过程。伏羲十四大功绩中,始画八卦肇启文明;结网制罟,以畋以渔;钻木取火,教民熟食;尝百药,制九针,以拯夭疾;制琴瑟,作乐曲;立占筮之法,属于改造自然,提升生产生活能力。造书契,代结绳之政;制嫁娶,以俪皮为礼;立九部,设六佐;禅于伯牛;制历法,定节气;消息祸福,以制凶吉,是一项项建立社会管理制度机制。用马克思主义观点解释,就是生产力和生产关系、经济基础和上层建筑之间的协调共进。天水、平江的伏羲,正标志着这两个相辅相成的侧面。

我在天水工作时,提出天水是中华文明源头区的想法。网络有《天岳幕阜山——古今话伏羲》一文,提出长江流域是中华文明并人类文明的发祥地。虽"大胆假设,想象论证",但也说明一个道理:文明,包括中华文明,是多源头的。正如世界四大文明古国,唯中华文明一脉相传至今,远古之文明遗存,中国东西南北都有,著名的,如马家窑遗址、河姆渡遗址、三星堆遗址等,但只有天水,不仅有标志距今八千年至五千年的彩陶、居室、聚落文明成就的大地湾遗址,而且中国思想起源之周朝、政权治理模式创设之秦朝,都源起天水。因此,天水乃中华文化"长房长孙"。"华夏文明传承创新区""关中平原城市群发展规划",都印证此定位。平江,春秋时属楚地,楚自称王,不服周王室。然其地亦有伏羲传说,天岳山相传还是伏羲归葬地。而通常所知之伏羲墓,在今河南省周口市。故而可知,天岳山之伏羲,为长江流域之伏羲,是"南伏羲";天水之伏羲,在黄河流域,乃"北伏羲"。伏羲之后三千年,黄帝战蚩尤于中原,蚩尤兵败南行,成南方诸部族之共主。黄帝蚩尤之战,史学家认为旨在争夺中原地区统治权,虽生死搏杀、势不两立,然共奉伏羲也。

伏羲、女娲虽并称,羲皇故里天水,还有一个美誉——"羲里娲乡"。大地湾遗址所在地秦安县,即女娲故里。公祭伏羲仪式期间,配套活动亦多,祭祀女娲,即其中一项,而且惯例在公祭伏羲大典前一天。虽规模较小,形式却一致,内容更突出女性色彩。大地湾出土的美女陶瓶,是乐舞告祭之代表形象。

女娲抟黄土造人,被称为人类始祖,又和伏羲兄妹成婚,繁衍后代。二事看似相距远甚,历史真实上却是一致的。伏羲时代,希腊神话称作英雄时代,母系氏族向父系氏族转型。忽发现,"伏羲"和"父系",读音相近,远古传说和现代科学,有了奇妙的巧合,虽无科学依据,也是佳话一则。女娲造人,实乃女娲生人,"补天"亦即部族繁衍。常说"人命关天",真的渊源有自。

卦台山前有九龙山,后有五龙山。相传,大洪水之后,人类几绝,唯伏羲女娲兄妹得存。为人类延续,兄妹必须成婚。然不知天意如何。伏羲女娲一登九龙山,一登五龙山,各滚下半扇磨盘,到渭河中央合二为一,浮于水上。龙马自河出焉,背负图,是为河图。既然天作之合,即在渭河畔山洞成亲,直至今日,结婚仪式最核心的,就是入洞房,喜庆的被褥枕巾上,"天作之合"最为常见。登卦台山,向西北眺望,不远处的半山腰,见一洞口,就是伏羲、女娲的洞房,因合卺之时见龙马,称龙马洞。公路自下方通过,日夜车声不绝，向先祖传达着子孙兴盛、族群繁衍壮大的信息。

天岳山之所以被誉为"中国母亲山"，提出"六亲之尊唯母亲"的感人主题，亦盖女娲传说也。山上，太元天宫刚刚建成，尚未开放，就是祭祀女娲的专庙。建筑为宫殿样式，三层楼宇，檐角上翘若飞。殿顶双龙护宝，殿身金碧辉煌。如故宫大殿，汉白玉栏杆沿阶而起，向两边延伸。铁制烛台、香案端立殿前，尚未启用。上书八字"慈光普照，有求必应"。

天岳山处湘赣交界，树木繁茂，烟云缥缈，泉水自石缝渗出。最称奇者，曰沸泉。泉自地下涌出，泉口有细沙，水激则翻滚，仿佛水沸。顺山而下，万流归壑，汇而成瀑，有数十挂也。虽不如庐山瀑布飞流直下三千尺，却一路随人，映带左右。山不在高，有仙则名，水不在深，有龙则灵，伏羲，龙也。天水称龙城，因其乃伏羲故里。王昌龄"但使龙城飞将在"中的"飞将"，即指天水人李广。天岳山亦有伏羲，故也有龙。飞瀑清流，蜿蜒亦如龙。山中有道长，长发白衣，飘飘若仙。山顶老松，探出枝头，仿佛向悬崖鞠躬。道长盘膝松下，尺八在手，声深沉悠远，群峰侧耳，茂林静寂，都被沧桑的尺八声净化了心灵。

平江处汨罗江畔，屈原往生之河流也。如今端午设立小长假，很多人以为端午节是为纪念屈原而形成的。其实，是端午先而屈子后。端午，其实是夏至的简易记忆。端午，又称端阳，意即正午时分，太阳正在天顶。传统节日，大多为记节气而设。如春节记立春，元宵记雨水，三月三记清明，六月六记大暑，七月七记白露，中秋节记秋分，十月初一记立冬，腊月二十三记大寒。而端午和夏至，一节日一节气，又把天水和平江联系起来。汨罗江因屈原愤而投江闻名于世，成为诗的河流。屈原于端午节去世，端午因屈原而名，一个伟人和一个节日，紧紧地连接在一起。每年夏至，天水行公祭伏羲大典，自明代及今，延续不绝。1989年以来，先甘肃省祭，后国家公祭，恭读祭文、乐舞告祭、献花篮、拜谒伏羲庙，子孙向始祖献上最高的敬意。伏羲乃人文始祖，屈原则是中国历史上第一个大诗人、文人。人文传承数千年后，终于等来了不仅吟诵为诗，一唱三叹，而且寄情山河花草，充溢文人情怀的屈子。屈原没有专门歌咏伏羲,却在《天问》里,像伏羲一样思考天地之远,宇宙之大。

选自《天风水雅》,李晓东著,上海人民出版社 2021 年版

大水天上来

朱朝敏

朱朝敏是生活的雕刻者。经由她的笔触，人们所习见的臃肿与浮华得以去除，被偏见与尘埃掩埋的线条得以浮现。这些线条是人本的、有情义的、温柔的，与此同时，也是现代性的、变形的、坚硬的。她以常情写病态，以馈赠写丧失，以宽怀写窄门。她以一己之笔在生活的表相与真实之间，修建了一条不避黑暗、穿越苦痛的诗性栈道。

——第四届三毛散文奖终评委

1.下雨戴草帽

我习惯赤脚走路。拐弯就是沟渠,沟渠流到了堰塘,堰塘一个一个,在我家右后方连接出深潭。深潭名叫无忧潭。夏天雨水淋漓,路面湿漉滑脚。走在泥水中,落脚都是泥巴,泥巴是沙泥,不粘脚,却总有些沙土和碎屑挤进脚丫里痒痒着。水洼水沟水塘,向我挤眉弄眼,来吧来吧——那明晃晃的水光召唤我的脚。边走边洗,边洗边走。我的脚修长结实。

我其实怕下雨,那瓢泼的哗啦的雨……大水天上来,水流从我们房屋所在的高台冲下,在土台坡路挖出沟壑。万千沟壑,是雨水的皱纹。那从古代来的雨水,动不动就老调重弹。那坡路,不晓得多少年代,青苔遍布,长而滑,总是拧紧了我的心。

赤脚下坡,少不了趔趄,甚至摔倒。上坡也不简单,弄不好就会嘴啃泥。

有兜脚的,草丛石块和大小桑树,我不妨一试。试前,喉咙抬高嘴巴张开,气流就反弹出一声:嗨——我在跟蛇招呼。要不,踏到那东西,惊动了它,可是过错。植物和石块的缝隙,是蛇的家啊,我能不招呼?若不招呼,它咬我一口,这冤屈可无处申。

那东西有时好奇,探出湿滑脑袋,三角形的脑袋上有它略显阴森的眸子。它看我,我不习惯,脸上不自觉地发麻。等我定睛再瞧,那眸子不见了,它是隐匿起来,还是掉头跑掉了?不得而知。我心生歉意,觉得误解了它,心中腾起热切的希望——好家伙,下次再遇,我会微笑。为了及时弥补,微笑就真的浮现在脸庞。这不由自主的笑啊,来自心尖尖上,我看不到,但我看见,我右手竖在胸前,学着祖母念佛号——阿弥陀佛。

你怎么不拄棍子呢?他们——看见我的人问道。爬坡下坡要拄棍子。

这样的交代,充满了好心的提示。我老是忘记,但又不以为然。他们从不打算把手里的棍子借给我,我也不会开口去借,那么,我是要与他们有所区别吗?我看见他们摇头经过,一路丢下他们的叹息,这小妮子有些怪。

如果,他们说的"怪"就是把我划拉出去,这话就没错。

雨水下的他们戴着大斗笠,披着塑料雨披。那塑料就是铺过沙田后的薄膜,气味复杂,被热气和猪粪味道烘焙后的酸气,遇上了雨水,酸臭味强烈得刺鼻。若是老人呢?他们喜欢披蓑衣,蓑衣就是猪圈味道,猪圈味道里不仅有猪粪味,还有不见天日的霉味,又遇上了雨水,可就是腐臭味了。有两个打油纸伞的,林家姑娘和李家媳妇,两人都好看。好看的林家姑娘要进城了,走起路来得意扬扬,眼梢也高了,才不看我这破小孩。李家媳妇更好看,可脸上总带着怯意,为什么?她失去儿子后再也怀不上——这话我说不圆啦,那小家伙从来就没有来到世上,村里人却说李家大小逼死了那孩子,也逼退了好看媳妇后来的孩子。她看上去羞答答,走路捏紧了手脚,生怕遇见了……我眼前闪过一张皱成一团的笑脸。她不怕我却也不理我。两个不理我的撑油纸伞的女人,与他们大有区别,但那伞是破的,伞骨架都快散了。不过,油纸伞走过,留下春天桐花的香气。我暗吸鼻子,心中却在念绕口令,她们与他们有所区别,我与她们也有所区别。

发现这种区别的除了我自己,还有我母亲,因为我戴了她的草帽。积聚太多阳光的大草帽,干净软和阔豁,散发出太阳明亮的芬芳。谁说草帽只能挡太阳呢?宽檐大草帽,下雨天我戴上遮挡雨水。她讶然的神情,再配合瞪大的双眼,她的话语染上重重疑虑,这疑虑如同安装上弹簧,在我耳边弹来弹去。

下雨天……你要戴草帽?

大水天上来,赶走了太阳。我戴上草帽,赤脚下坡,走在泥泞路上,赤脚蹚水,再赤脚爬坡。母亲站在屋檐下的台阶上闪出半个身子,小妮子,草帽漏水,等于没戴呢。

母亲的话要我发笑,我猫着腰,左右脚交换着在坡路上弹跳,跳丁丁婆婆

（单脚跳跃的游戏）一样,加快速度,一口气蹿到台子上。隔着雨帘,母亲也在笑,你像只猫……哦,幸亏咱家坡台上的江踏子(或者将踏之)不长。

2.江踏子

请抬高喉咙,微启双唇,舌尖轻挨上颚——歌声般的音节顿时弹出,舌尖放下,嘴巴张开,咏叹般的调调跌宕而出:江踏子(或者是将踏之)。

毫无疑问,这物件静静地泊在山野时,不过是一块青石而已。离开了土坡或者水流,青石就是一个简单的名词:石头。但怎么会是石头呢?看看,我赤脚抬起,上坡下坡,将踏之呵,路途延伸……石头哪里还是石头?这意味可意会不可言说。于是,我们称呼这样的青石为"江踏子"。

我双手托着茶盘,茶盘上是青花瓷杯,它们有些娇贵,耗着我的注意力,赤脚的我走得异常小心。我机械地下坡,拐过一个小沟渠,就到了无忧潭。无忧潭八卦形状,绕着我们村。潭边的树木参天,无忧潭的水幽绿发亮。我再次屏住气息下潭,将踏之——下坡,再迈脚站在潭边。还是将踏之,双脚踏上斜插进水中的大青石,不,是"江踏子"了。双脚在江踏子上站稳,蹲下,再清洗茶盘茶杯。

青花瓷杯好洗,很快就乖乖地卧在竹茶盘上。我继续蹲着,双手插进绿缎子一样的水面。幽碧的潭水浮起我的双手,我提起手,水面再次漾起细小的波纹,慢慢地,波纹消失,水面镜子似的通透清澈。

你在看什么呢?三两个经过无忧潭边的人丢下询问,随即不见了踪影。

终于,有人询问后留下来,发出一句感叹,小妮子好有趣啊。他的马脸笑嘻嘻的,却也皱巴巴的,犹如揉成一团的草纸。我们喊他马脸叔。

这话说到我心坎上了。我回答他,在看自己,自己看自己当然有趣啊。

我端直了上身,眼睛盯着绿幽幽的水面。我真就看见了自己。一张青涩不乏秀气的脸庞,大而黑的眼睛有些模糊,却直透我心胸。我的面庞贴近水面,遮住了下面的东西。于是,我伸手拨开再拨开,水面荡浮起层层涟漪,涟漪很快平静,就在平静下来的瞬间,破碎的光影的缝隙中,如同庙寺屋顶的黑影斑驳可见。那传说中的……水纹越来越细小,我的面容迟疑地贴在眼前,否定我对瞬间闪现的景象的捕捉。

马脸叔在看什么呢?母亲的声音响起。

她喊那人马脸叔,是顺着我的口吻喊的。母亲喊醒呆愣的我,我侧仰起脸。马脸叔居然还站在岸上,而母亲正向无忧潭走来。

你家小妮子在看她自己……哦,天要下雨了。马脸叔敛起笑脸,两颊耷拉下来,十足的沙皮狗模样(我大舅从昆明带回一只玩具沙皮狗,满脸褶皱,却让我印象深刻)。马脸叔说得没错,天色阴暗,空气紧绷,雨丝飘洒。我站起来,端起茶盘上岸。

你只看见了你自己?马脸叔的脸皮又皱成一团。你不再看看?

要下雨了,回去吧。母亲提着篮子奔到岸下洗猪草,催促我快回家。

我心血来潮,停脚在原地——那马脸叔又要说他知道的秘密啦,关于无忧潭的秘密。要听更多的秘密,就必须交换什么。

我看见了自己,接着自己不见了,就看见了半截江踏子,好长的江踏子,上面刻着莲花、云朵,云朵上面有一些仙人,他们在吹箫骑驴摇扇,接着风来了,他们不见了,我又看见了我自己。

好,好,那半截江踏子插进水里,不晓得有多深,一般人怎么能看见?你了不起啊,那可是一根冲天的廊柱——雨稀拉地落下,不是雨丝丝而是雨豆豆,啪啪打在我脑袋和茶杯上,溅起水花。大水天上来,总要冲散什么,我仰起脑袋看天,却迎来满脸的水花。母亲提着篮子,已经快手快脚地爬上了岸,我只好跟她回家。马脸叔遗憾地耸肩傻笑,挥舞起右手。你晓得吗?无忧潭下有一座倒塌的宗庙,庙前有一条通往长江的路……

啪啪的雨点扯起万千线条,洗濯它们下凡的道路。我连草帽都没戴,要是雨点点看见我挡了它们的道,多不好,我不得不跟着母亲走。母亲的笑语声穿透了雨线,有时轻有时重。怪人倒不是一个啊。

3.重逢的雨

遮挡太阳的草帽被用来挡雨,以后就只能挡雨了,这是草帽子的命。

母亲的话,让我不高兴。她把慷慨赠予说变了味道,把顺水推舟反转成无可奈何,显示了她无比的遗憾。可母亲有错吗?那草帽子呢,看看,哪里还是草帽子?被雨水冲刷过的草帽,宽大的帽檐塌了下来,还有好几处断了线,帽顶也凹凸不平,无论如何都不服帖了。可气的是,草帽被雨水淋湿,我只好趁着大好阳光去晒,晒走了积液,却晒不走霉湿气味,那是黄梅天的味道,雨水和阳光冲撞后遗留的怪味。

我是怪人,却不喜欢怪味道,怪味道冲撞鼻子。那怪……千真万确,与蓑衣油纸伞破塑料遮披什么的明显地一样了,我还能喜欢?而我的怪,是与他们有所不同啊。

但那味道再怎么不好闻,我还是要忍受,因为从戴上它的一刻起,我就接纳了它的一切,包括它的好与坏。平常,它就挂在我睡觉房间的木条子窗前,安安静静,像一朵有些破败却不肯凋谢的花,逢下雨天,我就摘下这朵花戴上。下雨天戴草帽,已经专属我个人的草帽,这多少印证了母亲的命运说。

可想而知,我肩头湿了,我却不在意。雨水落在肩膀上,而我赤脚蹚过水流遍地的道路。马脸叔更怪,他什么都不需要,一个人顶着雨水来来去去。那天,我顶着雨点点回家,回家后不久,雨水收住了手脚。母亲又吩咐我去无忧潭洗菜。我摘下那草帽戴上,端着筲箕赤脚到潭边。刚到无忧潭边,意外地看见了马脸叔,他被雨水淋成落汤鸡,却还没有走,他就站在潭水边上的江踏子上面,勾腰低头朝潭水看。

你在看什么呢?轮到我问了,我边问边下岸。

马脸叔的脸又皱成一团,抓过我的筲箕,三下五除二就洗完了菜。我不接,要求他重新洗。马脸叔蹲下又重洗,再次递给我。我右手接过,用筲箕抵住腰肌。马脸叔恢复他的观察样,左手伸出,缓缓摇摆。就这样,左手摇摆,再摇摆再再摇摆……一条飞鱼蹦出,擦过我眼际又瞬间消失。我打出一个长长的哈欠,泪水湿润眼角。

那廊柱不晓得有多深,顶端就是飞檐层叠、风神欲飞,它们出来了……木雕游龙、石刻人首蛇身、玉琢祥云,青苔爬上它们……哦,有路,传说中的水下通道……

啪啪,雨点打在我的破草帽上,水面洞开小花。雨点说来就来,呼朋引伴地,雨线连绵淋漓。雨下大了。我转身就跳到岸上,耷拉的帽檐活过来,蝶翼般一振一振,呼应密集的雨点。重逢是高兴的事情。我为心中冒出的闪念而激动。于是热情地招呼马脸叔:快上岸吧,雨下大了。马脸叔湿淋淋的。慢慢地,他站起来,但不理睬我,他勾着腰身,双手交握于并拢的大腿前。他是在鞠躬,还是在为雨与潭水的重逢兴奋得准备奋身一跃?

马脸叔就是一个百分之百的怪人。母亲他们说得没有错。

这次的雨水势头有些猛,啪啪声变成了啪啦声,接着变成哗啦声,雨线在我眼前扯起雾蒙蒙的帘子。那些赶路的人、赶路的牛羊,还有板车,全都急匆匆地,在我身边来和去。我不着急,赤脚踏在水旋涡中,提起来就是干干净净的一双脚,修长的白皙的脚。积水覆盖了小道——这重逢的雨,让草帽在我脑袋上开出鲜艳的花朵。

小妮子,你草帽戴得好啊。马脸叔上岸了,跟在我身后,一双破解放鞋灌满雨水,走起来吧嗒吧嗒作响。他夸我,我不理,因为他的怪发挥到百分之百,我要是理了,一时就走不脱了。

小妮子,到达无忧潭下面的通道我……

我倾斜起上身提起右脚,跑起来。赤脚踏在地面的水旋涡中,雨水跟着我的左右脚激荡,再在地面开花。我又看见了自己,就像一条飞鱼,跃出水面,闪亮的刹那又扎进浩渺的水中。那水,在我脚下,还在我头顶,大水天上来,我变成了飞鱼。

吧嗒吧嗒,马脸叔也在跑吗?我忍不住回头,水帘子遮掩视线,根本看不见马脸叔。迷茫中,我的脚步慢下来。飞鱼不见了,但马脸叔那皱成一团的脸递到我眼前。

我说的是真的,六年前,你才出生吧,不会有记性,好些知识青年来无忧潭探过究竟……马脸叔整个人出现在我眼前,他成了雨人,浑身淌水。

大水天上来,裹挟了这个百分之百的怪人。我有些怪,但不想成为百分之百的怪雨人。我转身又跑,跑出了飞鱼。瞬间出现瞬间消失的飞鱼。

4.临彷徨

马脸叔不是村里人,却比我们村里的人更知道无忧潭。母亲讲到马脸叔就笑,他呀,就是咱们村有了无忧潭才有那马脸叔。这话不大符合规矩,却是事实,大家都认可的事实。

马脸叔年轻时被派到我们村来,自然不是下派而是下放咯,我们村里人说"派来",是在客套,毕竟,马脸叔懂得好多。但他的"懂得",慢慢超出了我们村里人的接受范围,他的"怪"气就突出了。被下派的好多人,后来陆续返城,他呢,发现了无忧潭的秘密,多次放弃回城的机会,安心居住在我们村了。那"居住"……怎么说?不返城不说,还不成家不学种庄稼不料理家事,游手好闲一个。有时,我又推翻"游手好闲"之说。听听,马脸叔那番说辞多好听,他解释我们村的房屋都在高台子上的现象,一个字一个字地说:楚之强台,南望料山,以临方皇,左江右淮。

我母亲懂了,我就懂了。母亲说,对啊,我们家家房屋都是左江右湖,都是大门南望,又还都是高台啊,大水天上来,要来免不了,还彷徨个啥啊?母亲说完就哈哈地笑。她在以问做答啊。

马脸叔也笑。笑声嘶嘶,蚊虫一般萦绕,似不大同意,不同意就不同意嘛,却不说,只这样故作姿态地发笑,几乎令人厌烦。母亲不在意,只说,小孩家都喊你马脸叔,我跟着喊,你不介意啊。我心领神会,喊一声马脸叔。马脸叔就竖起大拇指,皱起沙皮狗似的老脸,赞叹,这小妮子好有趣啊。

他才有趣,不姓马,被喊成马脸叔,就是那沙皮狗般的长脸颊的缘故。对这绰号，他毫不反驳，顺当接受。嘿，他知道了，我们在嘲笑他，但我们的嘲笑分明包含了怜惜，因为马比狗帅多了，这个道理他懂吧，他不可能不懂——我们这复杂的嘲笑，就是调侃啊，放到今天来说，是幽默。

无忧潭不是普通的潭，它是长江的一部分，但又比长江深啊……马脸叔三句话不离本行，他与老天爷一样，动不动就老调重弹。

我母亲没闲工夫听，扛起锄头下地种田去。我就听吧，听出无忧潭的种种秘密。无忧潭是八卦形，靠东北曾经有座山地，山顶有个小寺庙，里面住有好多的菩萨佛祖，后来破"四旧"，小寺庙拆除，山地被挖平。无忧潭也越来越小，却永远不会干涸。曾经有一年干旱，整个夏天都没有下雨，于是抽水机从无忧潭抽水到田地堰塘。抽啊抽啊，三五天过去，一个周过去，无忧潭还是那样，潭水丝毫不损，为什么，马脸叔说，因为潭水下面有个无底洞，无底洞里倒放着一座宗庙，宗庙不倒，全靠一根擎天长柱撑着。那擎天长柱有一小截露在潭水外面，就是无忧潭的江踏子，供我们踏脚挑水清洗……

多传奇啊，我心尖尖被拨动了。一有机会，我就蹲在无忧潭边的江踏子上面。双手插进水中，但水面浮起双手，然后敛平了水纹，我看见了自己，接着看见隐藏在水里的青石，青石上的刻雕，还有移动的祥云，还有层叠的飞檐……那时，我就相信，马脸叔不是在粉白。

母亲说我是眼睛发花灵魂出窍了。我的那些小伙伴们听闻，纷纷伸手摸我额头，然后惊呼我生病发烧或发癫痫了。

马脸叔所说的无忧潭下面倒放的宗庙之事，除了我，没人信。除了我，没有人看见。难道，我的眼睛欺骗了我自己？还是我真的灵魂出窍？无法分享的秘密，牵引双脚，抓牢视线，我没事就去看，就像老天爷一样，大水天上来，老调重弹。蹲在无忧潭边的江踏子上面，双手插进水中，但水面浮起双手，然后敛平了水纹，我看见了自己，看见了深深藏匿在水中的廊柱……我的秘密只能属于自己。我有些委屈。委屈日积月累，在某个夜晚蓦地要我醒悟，不是他们没有看见，而是他们从来就不会去看。

不去看……那些隐秘的事情就与他们隔绝，那些古老时代的气息，他们永远不会嗅到。

我却拥有。我为这样的顿悟而兴奋。但我拒绝求证,向马脸叔。不错,是他告诉我的,可我再去求证,好无趣啊,马脸叔,百分之百的怪雨人啊。

马脸叔看见我,蹲在无忧潭边的江踏子上面的我,就会打破砂锅问到底,小妮子,你在看什么呢?我回答,我在看自己啊。他就夸赞,你真是一个有趣的人。怪雨人的话就是好听。我相信他拥有更多的秘密,关于无忧潭。

终于有一天我主动跑去问他,你说什么知识青年也相信了你的话——

他们不信啊,不相信才有了实践,反倒证明了我所说的,你听听,好有意思。那时,你才出生吧,知识青年下乡到我们村来,听我说了无忧潭的秘密,嘲笑我右派分子胡诌,说那块江踏子不过一块长青石,青石不过刚刚插进岸边的淤泥里,哪是什么廊柱?于是,三五个青壮后生合力去拉去抬,费尽九牛二虎之力,最终气喘吁吁地跌坐水边。那拔出一截身子的青石,已经戳到岸上好远,可还是拒绝上岸,未知的部分埋在潭水里,不知道止尽。

见我瞪起眼睛半天不作声,马脸叔皱起笑脸问,你信了我说的,是吗?

我不摇头也不点头,反问,就是在水下倒放着一个老房子,它有用吗?

有用。马脸叔重复这两个字。

我的疑问又来了,无忧潭下面是有很多的秘密,你看了这么多年,打算做什么?我摇摇脑袋,很不满意自己的询问,但嘴巴关不住了,我的疑问继续:你不想回你的老家吗?你不想你的亲人吗?

马脸叔愣住了。沙皮狗脸耷拉下来,他已经老了,可现在被我问住,六神无主,彷徨若孩子。

5.大水天上来

大水天上来。七月底的暴雨连续下了三五天,把我们村的高台下矮了,吞没了那些弯拐小径和沟渠,堰塘和无忧潭连成了一片。暴雨停了,大水疯了,一个劲地抬高再抬高水位,吞没了所有坡路的江踏子。

名词的终结,意味着它延伸的道路也被阻死。没有"将踏之"了,我只能坐在青石门槛上,看那漫过屋檐台阶的大水。它们是天上的水,落到了地上,搅浑了一切,色泽褐黄浑浊,毫无无忧潭的气息。它散发出的气味又闷又腥,传递出凶狠霸道,似乎在提醒,谁也不要小瞧它。我看着它,却不瞧它,不过借此凭空去瞧无忧潭。

一条蛇蹿过青石门槛,飙到堂屋的春台柱子下,抱着柱子缠绕,盘起身体,探出尖脑袋看了看,接着又蹿到屋顶上,瓦片一阵松动。这是一条大水蛇,显然,它不喜欢天上来的大水,游出,来我家玩耍。我祖母拿来长篙请走了它。它去了哪里?不用问,回到无忧潭了。

无忧潭现在是什么样?不是有连接长江的无底洞吗?难道长江的水也漫过无底洞流到了我们村,导致村中大水弥漫?我坐在青石门槛上胡思乱想。母亲他们倒安逸,毫不担心这凶猛的大水,一家人难得清闲,围成一桌喝茶嗑葵花子唠嗑。他们说起了马脸叔,还有那天仙般好看的羞涩的李家媳妇,说起那隐秘的孩子是被李家逼着引产……他们的话隐约飘忽,令我昏昏欲睡。我倚靠大门,在他们时断时续的谈笑中睡去。

选自《黑狗曾来过》,朱朝敏著,广西师范大学出版社 2020 年版

然 鲁

罗 南

颁
奖
词

　　以时间与耐心，以朴素的笔调，以密密匝匝的细节，以同袍的体恤，以文学的关切，罗南写下了他的"后龙村"。此书是对中国脱贫攻坚大役的一次文学性"落地"。他的书写，有外部世界的腾挪与变迁，更有一个又一个的面孔与故事，由此，我们得以辨认出这个时代的步伐，如何一步步带领人们进入生活的内部，走向内部的美好与爱。

　　　　　　　　　　——第四届三毛散文奖终评委

一

然鲁越来越喜欢摆往事，我想他需要人倾听。过去像一条长长的河流，不间歇地朝前奔腾，六十七岁这年，却突然转一个弯，想要回溯。然鲁说话时，眼睛越过我看向远处，那时候总是傍晚，夜幕从山那头落下来，漫过我们头顶。我的眼前是山，更深处也是山，然鲁目光抵达的地方，时光攀爬过来，弥漫在我们彼此的眼睛里。

然鲁的记忆是八岁那年长出来的，长得有些慢，像后龙村被石头挤压得找不到空隙生长的玉米苗。而八岁之前，他所有的记忆，全都垒叠到一起，模糊得只剩下饥饿的感觉。

八岁，然鲁的双脚已经能在乱石间奔跑了，对，就像山羊。每天早晨，光的线刚从燎箭竹墙透进来，母亲玛襟就叫他起床。多少年了，背陇瑶人都不曾进过学堂，玛襟却天天叫他起床去上学。他抓起两个红薯，边吃边往陇喊屯爬。那时候，村部还在陇喊屯，学校也在陇喊屯，一个叫向仁元的汉族老师在那里教书。向老师是从广西省立田西师范学校毕业的，家在陇隘屯。那是一个独家屯，四面高山，铁桶一样严密箍合，那个汉族人家单家独户，孤零零地窝在桶底。多年后然鲁才知道，向老师是躲国民党抓壮丁，逃到后龙村来的。他是后龙村有史以来的第一个老师，陇喊小学也是后龙村有史以来的第一所学校。

然鲁光着脚板，踩过那些玉一样光滑的石头，荆棘从两旁伸过来，咬他的裤角，咬他的脚杆，然鲁没有理睬。一个多小时的山路，才到达陇喊屯，这期间，肚子叫了无数次，他强忍着，不去想口袋里的煮佛手瓜，那要挨到中午才能吃的。

要是学校一直在陇喊屯，然鲁会一直坚持下去，只可惜，五年级之后，就要到县城读初中了，两个红薯无法支撑起这些路的长度，然鲁只好离开学校。叔叔把然鲁带到陇兰屯，指着一堵刚刚砌起基脚的墙，对他说，等到把那堵墙砌完，你就可以出师了。

然鲁熟悉这种墙，后龙村的人几乎都会砌。大小不一形状各样的石块被遵着某一种规律叠垒、镶嵌，两堵棱角分明的墙形成近似垂直的角，顺着山势攀爬，直至两人来高。这种墙，凌云人叫边坡挡土墙，用来阻挡山体滑坡，它的牢固是可以与时间抗衡的。

然鲁只有十三岁，拿不动十八磅的大锤。叔叔让他做副工，帮忙传递打好的料石。叔叔说，等过两年，然鲁的力气长粗长壮了，就可以拿大锤了。氏花拿的就是大锤，她比然鲁大五岁。她将大锤高高抡起，又重重落下，石头便裂开一道缝、几道缝，最后变成料石，散落一地。氏花长得黑，做工间隙，大伙儿坐下来抽烟杆吹牛解闷的时候，她不声不响地隐在人丛中，像一道影子。叔叔说，等然鲁长大，玛襟就会把氏花讨过来，给他做老婆。工地里的大人哈哈笑。氏花背对着众人，低头打草鞋，然鲁只看见她鲜艳的彩珠长耳环，从脸侧吊下来，在阳光下一晃一闪的。玛襟从没说过这件事，叔叔也许只是开玩笑，可也很难说那就不是真的，背陇瑶人的姻缘是几千年前就定好了的。

玛襟说，很久很久以前，背陇瑶先祖从皇门迁到巴拉山途中，遇到一条大河，那条河真大呀，船行走一百个白天和一百个黑夜都走不到头。罗杨卢赵四家人，砍下构树做船身，砍下五辈树做船舱，造了一只船。韦王李那四家人，砍下白木和阴沉木做船，用五彩丝线和珠子，把船装扮得很漂亮。有一次遇到大风浪，那只华丽的船失去控制，水灌进船舱内，另一条船上的人解下长腰带，把他们拉上来，才得了救。后来，同船的四姓成了兄弟，而与另一只船上的四姓，则成了亲戚，并发誓，兄弟姓永世不通婚，亲戚姓永世结姻缘。千百年前的约定，背陇瑶人一直坚守到现在。

等到然鲁抡得动大锤，叔叔却又让他拿小锤。石匠的锤子是越拿越小的,拿到手锤的时候,就能随心所欲地把石头敲出自己想要的样子。一堵墙接一堵墙砌下去,然鲁的手很快跟叔叔一样灵巧有力,他当上砌墙大师傅时,还没满十九岁。然鲁以为,他会当一辈子的砌墙师傅,不承想,一年多后,他就到百色军分区当兵去了。那时候是1970年,国家号召全民皆兵,有志青年都应征入伍了。

世界突然大到没有边际,然鲁看着平展展的稻田、平展展的街道,右江河日夜不停地咆哮,内心里满是惶恐。是的,是惶恐,然鲁清晰记得这种感觉,百色城满眼的陌生让他感觉每走一步都探不到底,这让他无比焦虑和恐惧。多年后,然鲁一次次爬上盘卡屯,劝盘卡屯的人把家搬下山时,他们的眼睛里就是这种惶恐。

从部队复员回来后,然鲁做了几年后龙大队队长兼民兵营长,后来又到县食品公司工作。每天下午下班后,然鲁都要爬一个多小时的山路回后龙村,那里有玛襟,有氏花,还有他的四个孩子。正如叔叔说的那样,氏花后来真的成了然鲁的妻子。玛襟说,小南呀,你不知道,背陇瑶人的姻缘是几千年前就定下来了的。然鲁和玛襟都喜欢叫我小南,这让我感觉后龙村很亲。玛襟说,你上辈子一定是后龙村人,只有后龙村的人才会感觉后龙村亲。

玛襟说这句话时,我还很年轻,那时候也许是2002年,我记不真切了。我常在周末,爬上高高的后龙山,去陇署屯听她唱背陇瑶迁徙古歌。玛襟盘腿坐在火塘边,抽一尺来长的烟杆,七八枚铜板叠串成的流苏,从烟杆尾悬下来,在火光中晃动。玛襟的眼睛长久停留在火塘里,似乎在等待什么,她双唇开启,苍凉的歌声便藤蔓一般,盘缠交错,在屋子里生长繁茂。

然鲁已经回后龙村做村干了,先做村委主任,后来又做村支书。他常年穿一身泛白的旧军装,像是同一件衣服从来不曾更换。然鲁说,当过兵的人,就再也脱不下军装了。

然鲁说起修建学校的事。那段时间,他正计划把三台小学的旧房子拆了,重建一栋三层的教学楼,原来那座木瓦房实在太旧了。那时候,后龙村有五所小学,分布在三台屯、陇喊屯、陇署屯、盘卡屯、马岭屯,其中三台小学的学生最多，生源最广。

然鲁写了好几份报告，递送到镇政府、教办、教育局、民族局等部门筹措经费，接下来还要动员后龙村的人投工投劳，大家一起把旧房子拆下来，把操场挖出来，等建筑工人把教学楼建好，才又一起把操场填方平整。然鲁都计算好了，有学生来三台小学读书的屯，每家出四个工就够了。

三台小学建好后，外出务工的人却越来越多了，年轻人流水一样不断往外走，孩子们跟随父母，流到各地去。后龙村没那么多学生了，五所小学便整合成一所小学，也就是三台小学，后来扩展成后龙村中心小学。十几年过去，学校设施越来越好，国家对少数民族教育的投入越来越大，社会各界的助学捐资也越来越多，背陇瑶孩子上学却仍然有一搭没一搭的，他们有时候去上学，有时候就在家放羊或种地，也或许什么活儿都没干，纯粹只是想玩了，也或许突然就嫁人了，老师去到家找时，早婚的女孩子已腆起了肚子。他们像后龙山山顶无羁的风，没有人知道他们的来去。然鲁把一个没做完的梦，种植到孩子们身上，却似乎没能长出相同的梦来。

二

凌云县城在山下，后龙村在山上。抬头低头间，便能看得见彼此。从后龙山山脚往上走，时光开始变得陈旧，越往上走，时光越陈旧。山道依然曲折陡峭，茅草房依然低矮狭窄，一切都是然鲁二十岁时的样子、十三岁时的样子、八岁时的样子。然鲁的双脚一次次往山上走，一次次往山下走，时光便不断在他脚板底逆流回转。

很长时间里，然鲁的白天和黑夜是撕裂的。白天他在县城上班，看到的是明晃晃的电灯、热闹的电视剧、临街店铺琳琅满目的商品；傍晚回到后龙村，看着氏花点起火油灯，在昏暗的灯光下砍猪菜，玛襟在一旁脱玉米棒，火油灯的焰，被风撩拨，左一晃右一晃的，总像快要熄灭的样子。只不过一个多小时的路程，却已是截然不同的两个天地。因此，当镇里的干部来动员他回后龙村做村委主任时,然鲁二话没说就同意了。

那时候,后龙村识字的人并不多,大家都还打着光脚板,在陡峭的石壁上攀爬,捉蛤蚧,掏山货,或是把一棵棵树砍倒,破开,晒干后扛到县城卖。

2003年之前,整个后龙村还没有一寸公路。然鲁当然没有忘记那条四级公路,那是凌云县城通往逻楼公社(后来改为逻楼镇)的路,也是百色地区通往河池地区的路。这条全程三十六点五公里的四级路,从后龙山山脚蜿蜒爬上来,穿过头台、二台、三台屯,又沿着山势,七拐八弯往逻楼公社方向去。这条路整整修了三年,一直到1975年1月才建成通车。那是整个凌云县修建的第三条四级公路。路的方向,不是后龙村的方向。后龙村的人下县城,或是去别的什么地方,仍然得攀着山道。

然鲁想修一条路,从有四级公路穿过的三台屯接过来,一直修到陇署屯去。这条九点五公里长的路,将从三台屯、陇兰屯、陇喊屯、陇法屯、陇设屯、长洞屯、深洞屯、陇署屯经过,几乎能把后龙村较大的自然屯连接起来。一条路,要从八个屯经过,沿途的坟墓要让,屋基要让,山场要让,这并不容易。后龙村的石头太多,土太少,谁都舍不得。

动员会在陇兰屯坳口开,路需要经过的第一站就是陇兰屯。几个屯的群众代表都来了。等县里镇里的领导说完话,一个年轻人站起来,用背陇瑶话说,从古至今,后龙村都没有公路,我们后龙村人养得一头大肥猪,都没办法扛下县城卖。现在,好不容易有这个机会,这条路我们一定要修。后龙村的人抬头,便都认出他来,陇法屯的启良,后龙村第一个把书读到中专,二十多岁就当上乡长的人,他留着三七分的发型,朝气蓬勃的脸,无论什么时候看,都是一副意气风发的样子。这次回后龙村,是县领导特地让他来给本村的乡亲做思想工作的。

有一个屯的队长猛然站起来,大声说,路是帮你们干部修的,我们农民又不走公路。然鲁站出来刚要开口,队长又指着他大声质问,以前老支书为什么从不这样乱搞?又要过山场,又要过屋基,你这是搞破坏!一旁的群众也激动起来,七嘴八舌表示不同意修路。然鲁记不起他说了什么,或许什么也没说,其实说什么都不再重要了,那么多张嘴同时张合,风暴就来了,也不知是谁先动的手,最后竟推推搡搡起来。

然鲁习惯了。后龙村的人满意他时就说他好,不满意他时就说他不好。路终究是要修的,它会像玛襟说的古老故事里,那棵长了千百年的奇树,一直长一直长,便长进天里去,后龙村的人通过它,就能抵达另一个世界。

路经过的地方,需要占用队长一个屋基、队长弟弟半个屋基。然鲁提着酒,一次次去到队长家,去到队长弟弟家,兄弟俩冷着脸不搭理。然鲁就坐在那里一个人自说自话。然鲁和兄弟俩是亲戚姓,然鲁说,唉唉,我们也不要成仇吧,万一以后两家打起亲家来那可怎么办?便径直起身,从碗架取碗倒酒。也不知是哪一句引得队长开腔的,两个人辩来辩去,争得脸黑脸白的,几碗酒下肚,全都变红脸了。酒能将人的心泡硬,也能将人的心泡软,喝到然鲁和队长都醉倒在桌边时,兄弟俩便让出屋基,搬到别处去。那时候是不谈补偿的,山场让了就让了,屋基让了就让了,没有什么补偿。然鲁帮着兄弟俩把盆盆罐罐搬出来,心里又轻松又难受,觉得欠了他们。

竣工的时候,已是2005年秋天了。开通仪式那天,然鲁早早来到会场,看到八个屯的人几乎全来了,男女老少站的站、坐的坐,把坳口都挤满了。玛襟和几个老人坐在石头上抽烟杆聊天,玛襟说,大家都来看热闹,她也来看看。玛襟九十岁了,至今还没见过车是什么样子。

第一辆车开过来,第二辆车开过来,然鲁看到老人们眼睛里的稀罕。一个县领导知道玛襟从没见过车,便说,让老人家坐上车,转一圈感受感受吧。然鲁便扶着玛襟坐到车里,车带着他们,在新开通的路上转了一圈。玛襟很是不安,摸摸这摸摸那,说,这车吃什么呀?这样大的家伙,吃得一定很多吧?司机笑着说,阿娅,这车也吃草呢,跟牛一样。玛襟瞪大眼睛说,真的呀?然鲁便说,莫信他,他开玩笑呢,这车吃汽油。后来想想,也没法再向她解释汽油是什么,便只是笑。玛襟说,嗬嗬,我的心在肚子里蹦上蹦下,快要落出来了,坐这车还不比光着脚板走路舒服呢。她嘴里说一些嫌弃的话,脸上的表情却是兴奋的。

事实上，1997年那场在全百色地区掀起的人畜饮水、村村通公路、茅草房改造、村村通电、村村通广播电视和改善办学条件的会战之后，凌云县就没停止过基础设施的建设。只是，在这个高山林立石头遍布的国定贫困县，人家户大多窝在大石山深处。从一个村到另一个村，从一个屯到另一个屯，是一重又一重大山。单就运输来说，便是个大难题，一块砖头一包水泥，就连和水泥浆用的水，都需要人挑马驮从山下运上来。所有的艰辛，在多年后，全都模糊不清了，然鲁只记得那些缓慢甚至停滞的过程。一直到2016年，交通、饮水、住房仍然是全县脱贫攻坚工作的重点难点。

三

再次见到然鲁，已是2016年春天，我们坐在后龙村村部会议室里，相视而笑。会议室很满，县领导、镇领导、后援单位、驻村工作队、村"两委"、包村干部，那么多人坐到一起，氛围便凝重起来。

县委书记伍奕蓉说，后龙村四百八十户，就有四百零二户是建档立卡贫困户，这个全市乃至全区贫困发生率最高的村，是我们县最难攻克的堡垒，我们用尽全力，也一定要拿下。为了摸清底数，对症下药，后龙村二十四个自然屯四百八十户，除了第一书记、驻村工作队、村"两委"要遍访，后援单位负责人也要遍访，绝不能漏下任何一个贫困户。她的目光沉甸甸地压过来，我的心也变得沉甸甸的。我又看向然鲁，后龙山那么高，如果没有然鲁，我是找不出那四百八十户来的。

曹润林坐在我前面一排，他刚来后龙村没多久。这个自治区财政厅选派来的驻村第一书记，是湖北人，中南财经政法大学博士。还没来后龙村，我就知道后龙村的第一书记是个博士。那段时间，还有清华、北大、人大等名校的博士、硕士，被中广核、区党委组织部、区老干部局、区旅发委、广西交投集团、国开行广西分行等单位选派下来，到凌云县不同的村做驻村第一书记，这些看起来很遥远的才子，成批成群地扎进村里，让人感觉好像有什么东西，跟以前不一样了。

散会时，伍书记站在门口，跟曹润林说话。我从他们身边走过，听见伍书记说，后龙村是块硬骨头，你可得加把劲了。曹润林说了些什么，我的脚步走远了，听不清了，只记得那是个白净的年轻人。

2016年之前，时间是涣散的，在后龙村，早上和中午没太大差别，一天和几天没太大差别，甚至一个月和几个月也没太大差别。村"两委"办公大多在圩日，村委主任把公章装进袋子里，就下到县城去了。从早上九点到中午两点，村"两委"的人汇集到后龙山山脚下，那里原来是岑氏土司的后花园，现在仍然是花园，有荷池、凉亭，还有茂密的古榕和几张大石桌。大家坐在那儿，抽烟杆聊天等来办事的村民。后龙村的人把带下山的货物卖了，把日常用的东西买了，便也从熙熙攘攘的集市里汇集到这里来，咨询村干政策上的问题，让他们帮填个表格，盖个公章，或是签名领救济，没什么事要办的，也坐到这里来，扯扯各自听到的八卦。

曹润林坐到一旁，看村"两委"办事，背陇瑶古拙的服饰，让他感觉看到了一群从时光深处走出来的人。他们走在衣着时尚的人群中，竟也没有违和感，就像两棵纠缠到一起的树，时间久了，便融进彼此的气息里，成为一体。

一切都是闲散的，一切又都是拥挤的，像另一个集市。曹润林问，为什么要来这里办公呢？然鲁说，从老一辈到这一辈都这样呀，群众来赶圩，顺便也把事情给办了，两样都不耽误。以前没有公路，后龙村的人上上下下都从这里走，大家都习惯集中到这里来。

第二个圩日曹润林又来，等到圩场散去，人群散去，才对然鲁说，这样办公不行，没个规矩，现在不是老一辈那时了，以后村"两委"都要在村部办公，群众有事来到村部，随时都可以找到人。

村部几年前就从陇喊屯搬到三台屯来了，就在四级公路旁，与后龙村中心小学相隔不过百来米远，一个宽敞的院子，功能齐全的村级公共服务中心，都是刚建成不久的。然鲁心里有些不痛快，村人千百年的习惯，早就坚固得像后龙山,也不是说改就能改的,他并不觉得这样办公有什么不好,群众来赶圩,顺便把事情给办了,大家坐到一起聊天,还能了解乡亲们的想法和难处,多好的事呀。城里人是不会明白山里人想什么的。然鲁嘴里却什么也没说,他就想等着看曹润林碰壁。

一连几天,村部冷冷清清的,一个群众也没来。曹润林埋头在自己带来的笔记本电脑前,不知道在忙什么。村部没有电脑,村"两委"没人会用。值班村干说,曹书记,等到现在都没人来,我先回家了哈,家里还有事。曹润林说,群众会来的。仍低着头,双手不停在键盘上忙碌。那不容置疑的语气,是然鲁和村干们所不喜欢的。

后龙村的人需要写请示或证明时,仍习惯去然鲁家找然鲁帮写。氏花拿出玉米酒,然鲁便和来客坐到饭桌边,先慢慢喝上几碗酒,天南地北胡侃上一阵子,才起身翻找出笔和纸,铺在饭桌上写,等到一份请示或证明写出来,一天也就过去了。

后来总算零零星星有群众找到村部来,却也是抱怨连天的,说原来那样多好呀,现在改来村部,还要挨绕一大弯,真麻烦。曹润林笑着说,以后习惯了就觉得方便了。曹润林的普通话,在一群说背陇瑶话的人中,很显生分。就这样拧拧巴巴地过了很久,一年多后,村"两委"和后龙村的人才渐渐习惯这样的办公方式。

时间仍然是涣散的。曹润林召集开一个会,说好是上午八点半的,时间都过了人还没来齐,他拿起电话,一个个催,等到九点人仍没来齐。村干们慢吞吞的,家里总有一堆事等着他们完成后才能出门。曹润林很生气,冲然鲁发火,说他没有时间观念,不像一个当兵的人。然鲁也很生气。然鲁生气就不说话,他蹲在会议室门口,闷着头抽烟杆。他知道,曹润林是怪他这个支书没带好队伍,手下的兵纪律散漫。多少年了,村干都是半工半农,那点工资养不起家,他们要做村里的事,还要做自家的事,开会迟到是常有的。

村委主任谢茂东坐在角落里不说话,不久前,他刚向村"两委"做检讨。他在邻县有个工程要收尾了,赶着去处理,说好请假十天的,谁知工地材料短缺，赶不回来，便拖延了几天。回后龙村那天，正好与曹润林在路上相遇，曹润林从摩托车上跳下来，开口就责问他，你这主任是怎么当的？村里你不在，入户你不跟，工作还怎么开展？你还是不是党员？那天下着毛毛雨，两个人就这么站在雨中，曹润林板着脸，他平时说话声音就大，生气时声音更大。雨落在他们头发上，像白糖，白糖越积越多，掉下来，在他们脸上汇成河流。谢茂东说，我错了以后我改正。曹润林仍坚持让他写检讨书，郑重其事向村"两委"做检讨。然鲁记得，谢茂东在检讨书里说，他做村干做上瘾了，还想继续做下去。然鲁不知道曹润林看到这行字时，会怎么想，也许只有做过多年村干的人才读得出其中滋味。谢茂东从十九岁开始做村干，转眼二十多年过去了，一个人最好的年华都泡在那里，能不做上瘾吗？一千八百元的村干工资，要供女儿读大学，供儿子读高中，妻子做苦力活也挣不来几个钱，谢茂东平时就接些工程补贴家用。三天两头来回跑，两头都不讨好，谢茂东好几次想辞职不干了，最后都没走成。长感情了，丢不下。几十年里，村干走了又来，来了又走，最后剩下来的便像树一样，长出根须来。

四

从后龙山山脚往上走，地头水柜像碉堡，一个碉堡接着一个碉堡，星星点点从石头间长出来。曹润林不知道那是什么。然鲁说，那是储存水用的，后龙村没有水，一村子的人一年到头，就等着望天水了。曹润林便走到水柜边，看到活闪虫的细长脚杆，在水面上悠然地划来划去。树叶飘下来，落在水里，有些腐烂了的，就半沉半浮地悬在水中间。池水浑浊，看不到底。

后龙村的人都喝这水吗？曹润林问。

是的。然鲁说。

村部也是喝这水？

是的。

曹润林吃住都在村部。然鲁想，以后他该吃不下饭了吧。几年前，有几个城里人来后龙村捐资助学,送棉被衣物书包等给学生,然鲁一大早就准备饭菜给他们。一个女孩子看到水柜里的水,吓得惊叫,说,就吃这种水呀?那顿饭便再也吃不下去。女孩子说,为什么不从县城拉纯净水来吃呢?早知道我们拉一卡车的纯净水来。然鲁把目光从她脸上挪开,望向她身后的山,视线所到之处,全都是灰暗暗的石头,像一群群羊,沉默地卧在灌木丛里、荒草里、玉米地里,似乎抽一鞭子,它们就会撒开腿,满山遍野跑起来。后龙村的土壤之下,是坚硬的碳酸钙岩层,从地面往下钻孔,根本找不到水源。为了修建这些水柜,后龙村人费了多大劲,政府费了多大劲,一个大城市来的女孩子是无法理解的。玛襟说,城里人的心是往上长的,山里人的心是往下长的,都长不到一块儿,他们怎么会知道我们想什么呢。

水柜里的水够吃吗?曹润林又问。然鲁说,那就看老天爷了,要是雨水足,水就够,要是遇上天旱,那是不够的。

那怎么办?

挑呗。去有水的地方挑。有时候就去县城挑。现在路修通了,方便多了,用摩托车拉。见曹润林的眼睛还没从他脸上挪开,便又说,把水灌进五十斤装的塑料壶里,拧紧盖子,左一个右一个,牢牢绑在摩托车后面,就可以拉回来了。政府也会送水来。用车拉,消防车,一车车的,送到村里来。

曹润林便没再说什么。以后,仍然吃住在村部。然鲁开始有些喜欢这个年轻人了。

那段时间,几乎天天爬坡走户。进屯的路多是沙石路,路是从山半腰硬生生劈出来的,一边贴着山体,一边临着深谷。曹润林坐在面包车里,把头伸出去,又缩回来,连连说,这太危险了,应该装安全防护栏的。然鲁看了一眼深谷,谷底有人家,八九家或十来家,窝在谷底,或是贴在山半腰。路七拐八弯,将深谷里的屯连起来,要是有一只大手,把路扯起来,那一定像扯着一根红薯藤,嘟噜噜牵出一串红薯来。

面包车在山道上爬了一截,便靠到了路边,接下来的路需要用双脚爬。我们仰头,看见一个"Z"叠着一个"Z",从山脚,拐来拐去地向山顶攀去。那些"Z"是崭新的,从山体破出来的石头颜色,白得晃眼,非常突兀地从绿色和黑色里显现出来。然鲁说,进盘卡屯的路是2013年7月修通的,被雨水冲坏了,车走不了。政府年年修,雨水年年冲,有什么办法呢,老天爷就这么恶。

路陡,石头硌脚,走起来很费劲。一路是雨水冲刷的痕迹,原先藏在土里的石头裸露出来,高高低低立了一地。而路总像是没有尽头的,一道弯又一道弯,从人的头顶盘旋而上。路旁不时见到摩托车,也不知道停放了多久,都长出锈来了。然鲁说,这是村民丢弃的摩托车。他们骑到这里坏了,就丢在这里了。

我和曹润林都很惊讶,在盘卡屯,摩托车竟然可以像一次性用品,坏了就丢了。这真超出我们的想象。我们一路谈论这些丢弃的车,一路感叹。山那么高,路那么陡,谁又愿意费九牛二虎之力扛下山修理呢?叫修车的人来拖到县城,费用和买一辆新摩托车差不多,只好丢弃。曹润林已经不像我第一次见到时白净了,他背着双肩包,条纹T恤被汗水浸透,湿湿地贴在身上,也不知从哪儿摘来一张广荷叶,当成草帽倒扣在头上。

爬到山顶,终于看到盘卡屯了,窝在山底,零零散散的几户人家。其实是三十户,看不到的那些,还窝在更深的皱褶里。于是又盘旋而下。山越高,土越少,玉米苗从石头缝隙长出来,瘦瘦弱弱的。几只山羊挂在高高的石壁上,啃食树叶,它们纵身一跃,在陡峭的石壁上奔跑自如。

房子是一层砖混平房,白墙蓝瓦,整齐划一,沿着地势,从石头上建起来。几年前,这里还全是低矮狭窄的茅草棚,政府实施茅草房改造后,才变成了瓦房,后来又变成了砖混平房。四周很静,看不见家禽家畜走过,盘卡屯的男人女人盘腿坐在家门前,闲闲地抽烟杆,聊天。一个又一个鸟笼挂在树上、篱笆上、屋檐下,画眉鸟在笼子里上下跳跃。

然鲁说,这是曹润林博士,区财政厅派到我们后龙村来的第一书记,这是县文联主席罗南。大家的脸便都转向我们。

曹润林说,我是财政厅的曹润林,大家叫我小曹好了,我就住在村部,大家有事可以随时找我。盘卡路不好走,损坏得不成样了,一定得把它硬化,回头我就向厅领导汇报这个事。曹润林有些激动,我猜想,这一路走上来,他心里记挂的,就全都是那些锈迹斑斑的摩托车了。

然鲁扭头看曹润林,又看我,他一定很意外曹润林说这话吧。凌云的雨季来势凶猛,每年一进入 5 月,强降雨就一波紧接一波。盘卡屯几乎在后龙山最高处,山洪顺着盘卡路冲下来,犹如千军万马,那阵势,根本没有什么东西能够阻挡。他不觉得硬化盘卡路是个好主意,就算真硬化了也是白费,暴雨一来,什么都不会留下。然鲁保持原来的姿势,什么也没说。盘卡屯的人眼睛全都亮了起来,他们说,好哟,曹书记,这条路早该硬化了。

盘卡路最终没有硬化,盘卡屯的人每次见到然鲁,总不忘说,嗬嗬,哄我们老百姓,讲话不算数。一直到 2017 年,县里将后龙村的盘卡屯、陇茂屯、陇金屯、冷洞屯、凉水坡屯等五个屯列入整屯搬迁的规划后,我们一次次爬上盘卡屯动员村民搬迁,他们仍在提这事。也就在那个时候,我和曹润林才深切体会到,说服后龙村的人搬下山竟比修一条路上盘卡屯更艰难。

那天,我们就在盘卡屯走访,走进一家,一个老奶奶正在吃饭,菜是一碗青菜。又走进一家,两个小女孩也正在吃饭,菜同样是一碗青菜。几乎所有的人家都一样,一样的饭菜,一样四壁空空的房屋。整个盘卡屯,全都是低保户。曹润林低头记笔记,盘卡屯的人将目光热气腾腾地伸向我们,传递到我这里时,全变成沉甸甸的石头。我有些无措,内心里有很深的无力感,仿佛深潭里伸出很多双手,而我却无能为力。然鲁又坐在一旁抽烟杆,细长的眼睛半眯着,也不知有没有听到身旁的谈话。下山的时候天已黑透,我们打着手电筒,一路谈论盘卡屯的事。每说到一户,然鲁就将他们的故事展开,那些苦难便血肉丰满地呈现在我们脑海里。我扭头看曹润林,他正好看过来,黑暗中,我看不清他的脸。

几个月后,曹润林从区财政厅申请到扶贫资金,把村部到陇署屯的主干道,全都装上安全防护栏。又将陇喊屯、陇兰屯等八个屯进行屯内硬化。县住建局将更多的太阳能路灯装进村里来,原先寂寞的几盏便热闹起来,流水一般,一点一点亮到大山深处。

五

危房改造一座接一座进行,地头水柜一个接一个建,进屯路一条接一条修,百分之九十二点六的石漠化面积,让后龙村的每一件事都变得无比艰难。伍奕蓉书记、莫庸县长隔三岔五就到后龙村来,督查各项目建设情况,召集县直各相关部门开现场会,协调解决困难和问题。然鲁感觉到,现在的节奏真是越来越快了,一切都以过去十倍百倍的速度在推进。

然鲁常和曹润林争执,为着屯级路选址的事,两个人都将话说得硬邦邦的。曹润林坚持要把路从山坳修到长洞屯,再修到下寨屯,让路从人家户前经过。这样两个屯的人出行就方便多了,车子可以开到家门口。然鲁说不行,其他村干也说不行,路占土太多,群众不会同意的。曹润林不甘心,召集了几次村民大会,都遭到群众强烈反对,最后不得不放弃这条路。

曹润林很沮丧,他独自坐在会议室里,长久不说话。然鲁看得出,他眼里有深深的无奈。他会不会觉得后龙村的人目光短浅呢,从村干到村民,全都目光短浅。平心而论,曹润林是对的,也许再过多少年,那两个屯的人都能开上车,到时又该抱怨路没从家门前经过了。可村里的事就是这样的,得先顾眼前。后龙村的年轻人都外出打工去了,村里只剩下老人和孩子,远一些的地没法种,丢荒了,近的地再被路占去,群众无论如何都不会同意的。

曹润林一定也看到那些土了,薄薄的土,一眼就看得出瘦,玉米、红薯、火麻、饭豆、黄豆,吃力地从土里长出来。构树倒是肥硕的,滥长在玉米地里。后龙村的人种玉米时,就把地里的构树连根拔掉,只留下坎边石缝里的,构树便也听人的话,只在坎边长。那是留给猪吃的。后龙村的猪,能把构叶从农历三月吃到腊月。

曹润林总不忘说种养,吃饭说,走路说,开会说,然鲁知道他在想什么。多少年了,后龙村就只种那几样农作物,它们好养呀,扔进土里,几场雨就能长出来,尽管瘦弱,毕竟还是长出来了,而挑剔的农作物在后龙村是长不出来的。后龙村的人还喜欢养山羊。山羊是山养大的。每天把羊赶上山，又把羊赶回来，羊就自个儿长大了，人费的只是力气。力气当然算不上数的，后龙村的人算账，从来不把力气算进去。只是2017年之后，山羊就不能再养了，县里禁牧，说是山羊对生态破坏太大，再也不能任由它们满山乱跑了。猪却是不敢多养的，吃得多，费粮食，每家只一头、两头的，慢慢养，留着过年。后龙村的粮食，人都不够吃，哪还有猪的份，平时就打些红薯藤、构树叶之类的，混进玉米糠里喂。猪吃不饱，养到年尾，仍然毛耸耸的，不长肉。

仍然爬山走户，带路的有时候是然鲁，有时候是其他村干，几乎天天走，村干们走得想哭，一些窝在深山里的屯，还得双手双脚攀爬。曹润林个子高，腿长，他走两步，村干们得走三步。曹润林走得快，村干们常常被落在后面几十米，他不时转回头来调侃，你们呀，还是太缺乏锻炼。天知道呢，一个城里人，居然比山里人还能走。

去高坡屯那天，是然鲁带，走了几户之后，穿过一片空阔的地，就看到荣宝荣金家了。两间破旧的木瓦房，摇摇欲坠，四周用塑料薄膜围起来，风吹动，便哗哗地响。哥哥荣宝七十岁，妻子早年病故，留下一个哑巴儿子，弟弟荣金六十五岁，一辈子没娶。三个老光棍住在一起，日子实在难过。还是十几年前的事了，当时政府给五百元建房费，需要本屯人投工投劳帮建房子。然鲁动员了很久，却没人愿意，房子建不成，便只帮他们申请了五保户，让他们吃救济过日子。后来国家又出台了危房改造政策，只是这家人自身没有建房能力，便也就算了。然鲁一直觉得这事办得潦草，却也一直这么潦草地过下去，如果不是带曹润林来到这里，或许还会继续潦草下去。后龙村的事，潦草的多了去，就像一个人，身上的虱子多了，也就不觉得痒了。其实然鲁不想把曹润林带到这里来的，曹润林的表情有时候像刀，割得他不舒服。——见到荣宝荣金和那哑巴儿子，曹润林果然又流露出刀的表情，不，不是锋利，是怜悯。然鲁不喜欢怜悯，却也明白后龙村需要怜悯。倒是曹润林，走了几个月的户，原先的激动渐渐平息下来，明白后龙村的事，并不是他想象中的简单，它们像后龙山遍地的石头，从地底长出来，能轻易看得见，却不轻易搬得动。屋子里很乱，所有的物什都有一层厚厚的黑垢。兄弟俩抽着烟杆，笑着说自己的难处，像是说一件久远的事，或是别人的事。在后龙村，极少看到愁苦的脸，每一个人的苦难都很平静。曹润林沉默地将这些难处记进笔记本里，不久后，他把这家人迁到小陇法屯去，并申请到危房改造补助，帮建了两间砖混平房。

荣宝荣金搬走后，一个屯就空了下来。曹润林看着空荡荡的地，突然兴奋起来，说，这里拿来养猪多好呀，远离人家，方便防疫管理。然鲁猜想，曹润林琢磨养猪，一定琢磨了很久。

曹润林想建一个养猪场，养一千头猪，再种三百亩构树。猪吃构叶，猪的粪便又能养构树，形成一个循环。一千头猪呀，后龙村的人想都不敢想。——猪又不是光吃构叶就能长大的，还得放玉米糠。一千头猪得费多少玉米糠呀，全后龙村的粮食加起来怕也没这么多。

莫庸县长来调研了几次，后来伍奕蓉书记和财政厅领导都来了，在高坡屯开现场会，决定由凌云县农投公司和凌云县那山生态农业开发公司一起加入，在后龙村合作发展黑山猪养殖产业。财政厅给了一百七十多万帮扶资金，租赁村集体的土地建设养猪栏舍。养猪场就真的建起来了。这个占地十亩的养猪场，一直到2018年3月才正式投产运营，当年出栏四百二十头黑山猪。后龙村第一次有了村集体经济收入。

村"两委"越来越忙了，2017年之后，电脑使用的频率越来越高，交通、住房、饮水、教育、医疗，还有很多烦琐的台账资料，都需要通过电脑，形成文字，形成表格，输进网络系统。后援单位县法院送来两台电脑和打印机，村"两委"干部都开始学习使用电脑，然鲁却弄不成那鬼东西，只要一坐到电脑前，他的脑子就笨，指头就笨，怎么也记不住那些操作。他看着旁人将一大摞一大摞的资料输进电脑，或是将一大摞一大摞的资料从电脑里输出来，一点儿忙也帮不上。然鲁仍然习惯用纸和笔，谁家刚生小孩，谁家刚娶媳妇，调解纠纷时谁说了什么，谁领了多少低保，谁交了多少党费，全都记到纸上。——我见过然鲁的笔记,厚沉沉的十六本,然鲁的字也真是好看,苍劲洒脱,一点儿也不像只读过小学五年级的人。

我老了。然鲁说。他嘴里含着烟杆,那些话跟着烟雾飘出来,进到我耳朵时,便像是残缺的。从六十六岁开始,然鲁就说这句话,说到六十七岁,话便也老了,像锈掉的铁,轻轻一碰,就哗啦啦掉下来。门外的天色在我们的谈话中暗下来,然鲁的声音消散在黑暗中,便也生出寂寞来。玛襟九十岁的时候,还满山追赶山羊,六十七岁的然鲁当然也没有老,是村里来的那些年轻人让他感觉老了。

六十七岁这年,然鲁把村支书的担子卸了,交到谢茂东手上。谢茂东是汉族人,他祖父从一个汉族村寨搬到后龙村时,他父亲还只有三岁,算起来,那都是快一个世纪前的事了。然鲁是看着谢茂东长大的。1995年,十九岁的谢茂东在百色龙川乡挖矿,是然鲁把他找回来,动员他做了村里的文书,转眼,谢茂东都已四十一岁了。

然鲁又下县城去了,他每天骑着三轮车,接送孙女上学放学,有时候在大街上遇见,他便老远朝我笑眯眯挥手,三个小女孩花朵一样在车厢里笑。然鲁仍每晚回后龙村来,他骑着三轮车,从村级路走过,从屯级路走过,这里的一切都是他熟悉的,每一段路,每一个水柜,每一座房子,每一个人,而这一切,他又将越来越陌生了。

曹润林任满即将回财政厅时,年已经很近了,后龙村开始接二连三杀年猪。谢茂东家的猪突然不吃潲了,他对曹润林说,曹书记,我家的猪不吃潲了,干脆杀了,请大家去帮忙吃。不几天,村委主任石顺良家的猪也不吃潲了,也请大家去帮忙吃肉,接下来村"两委"的猪都纷纷不吃潲,曹润林这才知道,后龙村请人吃饭时,就会谦虚又幽默地说猪不吃潲,他感觉到离别的伤感。几天后,曹润林在村部请村"两委"吃饭,他端起满满一碗酒,笑着说,我是博士,但厅里准备派一个比我水平更高的人来接我的班,他叫于洋,清华大学研究生。

酒一碗接一碗下肚,感伤却来得更猛烈了,每个人的脸都灼烧成火焰,于洋的名字在酒中被无数次提起，大家都很好奇，那个即将来后龙村的年轻人，究竟长什么样子。

选自《后龙村扶贫记》，罗南著，广西师范大学出版社2021年版

第四届三毛散文奖

食鼠之家

羌人六

颁
奖
词

川西北"断裂带上那些核桃般摇摇欲坠的生活和命运",痛苦与迷茫,重负与挣扎,梦想与孤独,撕裂与和解,撼人心魄,催人泪下。对故乡和过往的审视,往往是作家的自我心理愈疗,而读者从中看到一个人如何在逆境之中站定、强大,如何走出荒芜追寻绿洲,也会获得启迪与激励。坚韧的信念,敏感而有力量的内心,极强的文字驾驭能力,足以使人记住"羌人六"这个名字。

——第四届三毛散文奖终评委

一

被大风刮走的20世纪末的某个秋天,亦是家里光景最为惨淡和黑暗的日子。

夜晚从头上慢慢爬下来,顺着额头,蚕一样钻进我瘦小的身体,凉丝丝的,很不舒服。

整个青瓦房又冷又暗,我点燃一支蜡烛,借着它的死亡取暖。

脏兮兮的衣服,皱巴巴的裤子,一双被两只生长迅速的大脚戳破的蛇洞一样的鞋,内心时隐时现的恐惧,还因为吃不好穿不好滋生的饥饿感,让我感到十分寒冷和孤独。

父亲不在家里,他总是不在家里,麻将桌上的那份快活让他变得忘我。

我知道,是赌博勾引了我的父亲,他才夜不归宿的。我还知道,父亲输了很多钱,家里的窟窿越来越大,欠了一屁股债的父亲竟然还想着有仇报仇,从哪里跌倒还得从哪里站起来。因为父亲不在家,家里总是三缺一。

母亲和弟弟在灶屋里剥一只老鼠,它将成为我们的晚餐。

说心里话,我们三个没人愿意没人舍得扔掉一只被粮食养得白白胖胖的老鼠,一只体形十分漂亮的老鼠。也许,再过十几二十年,它会长得比我们还高还壮,谁说得清呢?唯一说得清的是我们的胃。我们的胃在告诉我们,我们想吃肉,我们要吃肉,我们不能没有肉吃,哪怕是一只被母亲用棍子打得头破血流的老鼠。

我们打心眼里欢迎着老鼠成为我们的晚餐,只恨少,不嫌多。

母亲打死一只老鼠的时候,我和弟弟恨不得唱一首《义勇军进行曲》来表示我们内心的激动,不得不承认,这个站在一只老鼠的死亡上面的夜晚,也因此变得美好很多。

弟弟跟着母亲,一步也没有离开过灶屋,仿佛担心已经死掉的老鼠会突然活过来,然后跑掉。我则静静地坐在睡屋里,出神地盯着蜡烛,颤抖的光芒里不时跃出一些美食的身影。

肉香从铁锅里,从母亲的锅铲子底下跑出来的时候,我一下子觉得自己仿佛又长出很多个胃来,肚子里的蛙声一片连着一片。

村子里的人说:猪肉比人肉还贵。我虽小,却能够看清大人们话语的表情,我有些绝望,因为这句话无疑是在提醒,是在跟我和我的饥饿道别。家里的钱都被父亲拿去赌博了,家里拿不出钱治疗我们的胃。

饥饿和恨一样,在这个遥远又清晰的秋天越长越大。我恨我的父亲,自从几个亲戚教他学会赌博以后,他身上的爱和责任就通通死了,一家人的幸福也通通枯萎。我没有理由不恨父亲,就像他没有理由不爱打麻将。

终于,一盘色香味美的鼠肉被端上餐桌,空气里堆满神秘的死亡气息,但我们的饥饿让我们忽略了这一点。饥饿就像这压得人喘不过气来的黑夜,一盘老鼠肉,就像站在黑夜的一支蜡烛,点燃我们的呼吸,用它的死亡看着随时可能从我们脸上掉下来的饥饿。

我和弟弟都迫不及待地将一块被油炸得酥酥嫩嫩的老鼠肉放入口中,嚼得津津有味。在此之前,我从来没想过自己会吃老鼠肉,我从来没有想过自己会不会因为吃了老鼠肉而变成老鼠。几乎认识的每一个人都憎恨老鼠,不管是在田野里、家里或者大街上,一旦发现老鼠,人们的脑海里就会不由自主地出现一个按钮,按钮凹了下去,一句中国人常说的话语便以闪电的速度在我们的心里长了出来:老鼠过街,人人喊打。

话语成为我们内心的统治者,我们内心里立刻汹涌而来的仇恨和憎恶就可以说明这一点,它所凝聚的力气足以推翻我们内心的善良和同情,在所对应的猎物跟前,它就是一种排山倒海似的命令。话语不会死去,它整天在人们的身体里东躲西藏。正因为如此,关于老鼠的话语,会时不时地点燃我们,让我们埋在记忆里的仇恨熊熊燃烧。

的确,这是近乎荒谬和疯狂的言辞,但是已有的经验告诉我:这就是我看到的世界,我正在经历着的生活。准确点说,这是一盘老鼠肉炒土豆丝,在我和弟弟对着那只不幸的老鼠大快朵颐的时候,忧愁就在母亲的额头上闪耀,我相信,那一定是因为嗜赌如命的父亲。母亲的筷子很少动盘子里的老鼠肉,盘子里的老鼠肉很快被我和弟弟消灭得一干二净,我打着饱嗝,对这美好的晚餐感到心满意足。

生活让饥饿的鬼魂无处不在,贫穷让我们成为食鼠之家。

二

吃过晚饭,母亲看着嘴里藏不住事情的我和弟弟,要我们不要把吃老鼠肉这件事声张出去。当然,这跟已经跑进我们肚子里的老鼠无关。母亲的话语言简意赅,我们心领神会。

于是,一只原本死去的老鼠再次活了过来,在我们的身体里,在母亲的话语中,它用它的灵魂报复着我们对其肉体造成的莫大伤害。

在出生地,在我们的潜意识之中,吃老鼠肉无疑是一种耻辱,母亲担心的,正是一个食鼠之家需要共同面临的危机,一种比贫穷还要可怕的困境。敌意无处不在,食鼠之家的秘密如果传出去,左邻右舍,村子里的人,那些见过或者知道我们的人,即使不会嘲笑我们,也会让我们感觉到某种伤害,秘密本身就是一种伤害。不过,肯定的是,我们绝不会伤害自己,我们不会把食鼠之家的秘密传扬出去。

秘密长着我们的脸,一旦传扬出去,秘密就会带着我们的脸在村子里,在田野上,在大街上招摇过市。即便是饥饿永无止境,我们也不愿意自己的脸受到伤害,哪怕一张脸比纸还薄,一捅就破。

然而,我们谁也无法否认这个已成定局的事实:我们正在成为食鼠之家。我们食鼠,老鼠也在用它的方式咀嚼我们的灵魂,直到我们的忧伤在黑夜里一点一点变暗,结成一道密不透风的疤痕。

躺在床上，进入睡眠，是避开内疚避开食鼠之家的最好方式。毫无疑问，食鼠让我们感到自己的可怕，感到饥饿的可怕，因为它竟然可以把我们从我们的肉体上弹开，竟然可以把我们的嘴变成一个毫无顾忌的鼠洞。

我们的嘴就是一个鼠洞。那只又肥又大的老鼠就是从这里进入死亡的，鼠洞里，一只老鼠的死亡和我们的饥饿坐在一起，分享着彼此永远的迷惑。后来，这种迷惑直接影响到了我的睡眠，是的，我曾经有过恶心，我终于想起了我的恶心，它被饥饿用拳头打得晕了过去，这才慢慢醒过来，鱼鳔一样从身体的水面上浮了出来。

有一句话在村子里广为流传，我听过好几次："人不要脸，鬼都害怕。"想起被我吃进肚子里的老鼠，想起平日对它的恶心和仇恨，以及在餐桌上的美味和意义，胃里不由得一阵翻江倒海，好像这只死掉的老鼠还安然无恙地活着。赫塔·米勒写道："一颗热土豆是张温馨的床。"同样，对我们来说，一只老鼠就是一张温馨的床，并且，可能还是一张要命的床。

母亲担心外人知道我们吃老鼠肉，特意吩咐我们不要声张，与其说是吩咐，不如说是一种命令。我们当然不会那么做。我们当然不会有那么傻。

母亲的话语和母亲的形象一样特殊，因为有时候我无法分辨她们谁是谁。她们命中注定似的连在一起，操控我们的思想，就像那句关于老鼠的名言，总是无声无息地跟在我们身后，直到我们遇见一只闯入视线的老鼠，它就会跳出来，指挥我们的思想和行动。

整个夜晚都因为那只成为食物的老鼠而显得特别起来。尤其是我们陷入睡眠的身体，我能看见我的身体，时而是我自己，时而变成一只猫，时而变成一只因为饥饿而显得无比瘦弱的老鼠。不光是我的身体，同样的遭遇还在弟弟和母亲身上真实地发生着。我突然很想大哭一场，又生怕惊动了村子里的人，生怕自己哭出来的声音也跟老鼠一样，"吱吱吱，吱吱吱，吱吱吱……"，而不是"呜呜呜，呜呜呜，呜呜呜……"

然而，奇怪的是，我并没有因自己的所思所想而和往常一样那么讨厌老鼠了。

客观地说,老鼠肉很好吃,还不是一般的美味,在很长时间没有沾荤的日子,家里面最常见的下饭菜就是南瓜。在没有吃老鼠肉之前,我一直认为南瓜是这个世界上最好吃的菜肴;吃了老鼠肉之后,我觉得老鼠肉比猪肉、南瓜都还要好吃几倍。

睡觉的时候,挂着玉米的房梁上再次传来了老鼠跑动和啃噬玉米的声音。我不由得跟着"吱吱吱"地叫了几声,那声音不像是从我的喉咙里发出来的,更像是我肚子里那只老鼠在跟它的同类交流说话的声音。房梁上很快便安静下来,肚子里的饥饿和恐惧在屋顶的上空闪烁,我们很快就睡着了,食鼠之家的秘密在村子里放慢了呼吸。

我、弟弟还有母亲的身体,在浩瀚的星群下一会儿是自己,一会儿变成一只猫,一会儿变成一只老鼠……贫穷的滋味,只有我们自己清楚。

三

父亲不在家,天是黑的。父亲在家,天就更黑了。

我自小怕父亲,也恨父亲,恨父亲赌,恨父亲夜不归家。水涨船高,父亲赌瘾越来越大,上门讨债的人也越来越多。父亲不在家,我和弟弟还小,一切自然由母亲担着。实在扛不住了,就早早关门。印象中有那么几回,讨债的人知道进不了屋,就站在院子里骂,嗓门很大,整个村子估计都能听见。不是熟人借不了钱,父亲借的多是亲朋好友,久了不还,原本的交情和脸面都掉到地上,碎了。

把自己关在屋里,其实也是无奈之举,毕竟,家里根本拿不出钱来还债。母亲一哭,我们便也跟着哭起来。生活不相信眼泪,我们还是要哭。哭不能解决问题,我们还是要哭。哭,至少可以释放我们心中的忧愁,至少可以让我们在毫无希望的时候找到一丝活人的感觉。

父亲不计后果的狂赌滥赌让一个好端端的家败了下来不说,也把我们变成了一只只过街老鼠,虽然还不至于人人喊打,但心里所承受的煎熬是难以形容的。即使没人要债，我们也一样会感觉到一阵沉重，总感觉有人在我们身后用冷冰冰的目光轻蔑地看着我们。

早上上学的时候，母亲总是叮嘱我们路上小心。她担心那些讨债的人报复我们。我很害怕。有一段时间，我几乎不敢独自回家。即使一个人，但凡路上有汽车来，我就会立刻跑到公路下面躲起来，等汽车开远，这才一溜烟似的往家里跑。

跑着跑着，我的耳朵，我的脸，我的鼻子，我的四肢，不知不觉起了变化，瘦弱的身体慢慢换了零件一般，睁大眼睛一看，自己竟然又变成了一只被吓得魂飞魄散的老鼠！我没有哭，我跑得比风还快，哭会影响我的视野，哭会影响我的速度，哭会让我再次变回人形，我不想变回人形，我坚决不哭。

我一边努力奔跑一边为那只死去的老鼠感到悲伤。我们是食鼠之家，现在，我却变成了一只老鼠。一时间，我难以确信我自己的身份。我是人，为什么我要这么胆小，为什么我会如此害怕？我是鼠，为什么我要我的脸，为什么我会如此悲伤和绝望，又为什么，我们宁愿吃老鼠肉而不是南瓜？

跑回家里，心里的恐惧戛然而止，饥饿却随之而来。我没有告诉母亲，甚至不愿意告诉弟弟，我想变成一只大老鼠，被他们用棍子打死，被他们放到锅里煮了吃。也许，吃老鼠本身是无罪的，因为它不是我们的同类。然而，我们却不得不把这个秘密牢牢地关在心底，不让外人看见。白天，我们照常像人一样生活，到了晚上，我们又通通变成了老鼠的样子。不是我们愿意，而是我们的贫穷将我们变成了老鼠，是父亲把我们变成了老鼠，是那些让父亲学会赌博的亲人让我们变成了老鼠。

我已经变成老鼠，但还老想着吃老鼠的肉，喝老鼠的汤。老鼠不是白天黑夜，不可能每天都在我们的晚餐中重复。大多数日子，下饭的菜还是一颗大南瓜，南瓜很甜，但吃得多了，那种甜就变成了苦，比黄连的味道还要苦。

我和弟弟开始焦急地等待下一只老鼠的死亡，冥冥之中，我们开始相信老鼠的肉是干净的，老鼠肉可以治好我们的饥饿，或者说，把我们的饥饿从我们的身体里搬出来。母亲不了解我们的心思，但我们知道母亲的忧愁。

在家里,我和弟弟几乎惯性般地对于父亲只字不提。对我们来说,父亲的存在就是天空的存在,跟我们离得很远,只是偶尔,天上出现的乌云和闪电会让我们产生注意。比起父亲,我们更为注意我们的贫困和饥饿,因为父亲已经是一个无法改变的现实,麻将桌上的那些赌徒才是他的亲人,而他的老婆和孩子,则是三只屁都算不上的老鼠。

和食鼠之家这个概念一样,这已经是一个无法改变的现实。这个现实第一次让我和弟弟成了有秘密的人。也正是这个现实,让我看到了生活的沉重,看到了绝望和羞耻。尤其是羞耻。虽然我的灵魂在拒绝着老鼠,但我的饥饿却卑躬屈膝地躺在一只老鼠的死亡里,祈求着做人的原始满足和赐予。

不得不说,欲望和饥饿才是学习的动力。为了再一次吃上老鼠肉。我很快从一个堂哥那里学会了一种简单却实用的捕鼠方式。一块大石板,一些粮食,一根棍子,就这么简单。捕鼠的地方不在家里,而是在半山腰的树林。堂哥是捕鼠能手,每天三五只不成问题,堂哥总是说他要把这些老鼠拿回家喂猫,我说我也要喂猫,我家就有一只很大的猫,但跟我家挨得很近的堂哥却从来没舍得给我一只。直到有一天傍晚,我到堂哥家串门,老远便闻到了一股足以让人垂涎三尺的肉香,我知道是老鼠肉,转身朝家里走去,我怎么好意思拆穿堂哥的谎言呢?这毫无意义,何况,我们都是食鼠之家。

四

天就要黑了,龙门山的黑夜总是来得很快很急,乌鸦和猫头鹰的叫声在村子里游荡,平通河哗啦啦流着,仿佛这一条河里有着诉说不完的故事和心事。

故事是故事,心事是心事。一旦说到平通河的水鬼,我就知道大人们又要开始讲故事了。如果某某人在某某人面前说某某人跳河的事情,我就知道那个人是在说心事,说自己的心事,也在说别人的心事。不管故事还是心事,这些事都是属于平通河的,虽然,它从不言语。

林子里的风很大，准确地说，这是一片竹林，有的竹子比我们的腿还粗。夏天的时候，我们最喜欢到竹林里捉笋子虫玩。后来，修九环线的时候，竹林被公路取代，公路就在竹林下面，公路吃掉了竹林，也吃掉了站在我们童年里的记忆。

我和堂哥还在竹林里精心设置我们的陷阱，有了上一次的发现之后，我和堂哥就更加地亲近和默契了。不仅仅因为我们的父亲是兄弟，我们身上流淌着相似的血液，还因为我们都来自食鼠之家。我之所以对我的发现保持沉默，是因为我确信堂哥肯定知道我的家里根本就没有什么猫，要是有的话，也是我这种馋嘴猫。

兴许是上一次用的石板太大太沉重，我和堂哥的猎物都被压成了老鼠饼干，吃肯定是没法吃的，我们只好把这些老鼠扔得远远的。堂哥说，老鼠很聪明，绝不能让老鼠们发现自己的亲戚是这样死的，他说，失踪总比血淋淋的死亡好得多。我同意堂哥的观点，并且，可以肯定的是，这一天，我们不约而同地忘记了我们喂猫的事。

每天下午放学之后，我、弟弟和堂哥都要到竹林里来查看我们的胜利果实。开始捕鼠的日子，事情并非一帆风顺，老鼠也确实聪明，我在竹林里设置的陷阱比堂哥还多，但猎物似乎总是更愿意选择到堂哥的陷阱里牺牲。原来，堂哥不但会在陷阱里放玉米，还会放一些面饼，面饼用清油泡过。舍不得孩子套不着狼，怪不得呢！舍不得孩子套不着狼，我恍然大悟。

为了捕到老鼠，我不由自主地成为堂哥的模仿者、跟屁虫，模仿者和跟屁虫有着本质的区别，模仿者是学习，跟屁虫是为了讨好。付出有了回报，渐渐地，我捕鼠的天赋慢慢显露出来。平均每天两到三只，多的时候，每一块石板下面都会躺着一只死掉的老鼠。有时候，一块石板下面会有两只老鼠。不用说，这两只老鼠是一对，要不是夫妻，就是兄弟，我这么想着，还有些心疼。

有了从竹林里捕来的老鼠，母亲眉开眼笑，我们一家人的晚餐也随之丰盛起来。至少，我们再也不用老是吃那种甜腻了的南瓜。不管怎么说，老鼠肉肯定比南瓜营养丰富。就这样,一只只老鼠在食鼠之家的流水线上消失得无影无踪。

在学校里,我则变得更加沉默寡言,宁愿跟一只苍蝇、一棵树或者一只鸟儿聊天,我也不愿意跟我的同学们聊天。他们没有什么不好的地方,我只是不愿意面对自己,不愿意让自己伤口一样驻足于他们无忧无虑的欢乐。我的贫困让我过早地学会了隐藏和自卑。因为没有更多的伙伴,我总是乐意花更多的时间想象以后的生活,想我以后一定要离开这里,远走高飞;想我今后要是有了钱,一定要买很多的肉给母亲还有我和弟弟吃。

我不喜欢课间活动,也不喜欢体育课,因为这似乎意味着我皱巴巴的衣服和破了洞的鞋子可能会彻底暴露在光天化日之下。在学校里,我常常是那个去得最早走得最晚的人。我用了最多的努力来维护我的尊严。尊严,才是人的面孔,可有时候我竟然希望人是没有面孔的。

好在,没人知道我心里的想法,也没有人知道食鼠之家的秘密——我以为。

五

然而,我们的饥饿并没有因为每天都能吃到香喷喷的鼠肉而止步。

我们吃鼠肉的同时,老鼠的灵魂在我们的胃里面仍然活着,没有死去。鼠和人原本水火不容,可是,渐渐地,我惊讶地发现鼠的某些习性,其实在人的身上体现得更为淋漓尽致,也更为残酷。

小学毕业那年,一个同村邻班的同学指着我的鼻子说,他曾亲眼看见我的母亲爬到别人家的树上偷桐子,他毫不避讳地跟同学们说我的母亲是贼,说我的母亲是一只老鼠变的,说我们一家人都是老鼠。说完,那位同学趾高气扬地看着我。

我简直气疯了,恨不得当场跟这位同学打起来,可是,拳头抬起来的那一刹那,我忍住了。我知道我可以将他打得遍体鳞伤,如果我愿意。理智将我的手放下，我想起我那整天都在麻将桌上虚度光阴的父亲，想起了肚子里那些被我、弟弟还有母亲吃下的老鼠，眼睛里满是泪水。

直到现在，我也没有勇气跟母亲求证这件事，不过，种种迹象似乎都在说明这位同学并没有说谎，他看到了一个食鼠之家背后所隐藏的不幸和悲哀，他帮我看清了一个毋庸置疑的事实：生活，已经将我的母亲折磨成了老鼠。家里债台高筑，每天来家里要债的人比赶集的还多，父亲不问家事，母亲作为一个普普通通的农村女人，还能有什么办法为我和弟弟交清那现在看来几乎不值一提的学费？

借钱几乎等于自取其辱，为了我们念书的学费，那一年冬天，母亲不知从哪里捡了很多桐子回来，我们家里没有这么多桐子，我知道。从某种程度上来说，母亲这是在帮我和弟弟去犯罪。母亲别无选择。生活从来都是激烈而矛盾的，没有胜负，可以选择的就是死或者生。

那一年冬天，我和弟弟从外面回来，母亲正满脸泪水地坐在堂屋里，房梁上，一根绳子已经打好了结，只是，母亲的脖子还没钻进去。我们都知道母亲想做什么，我和弟弟都哭了。这时候，母亲却笑着擦干眼泪，说这就去给我们兄弟俩做晚饭，于是，灶屋里又响起了我们熟悉的火苗的声音，于是，我们又听到了母亲用菜刀切老鼠肉的声音……我们真的饿了。

印象里，母亲不只轻生过这么一次，而是很多次。死，对她来说像是解脱。但是，为了我和弟弟，为了两张年纪还小的嘴，母亲把自己留了下来，母亲选择了生，不为她自己，而是为她的两个儿子。

这么多年，母亲一直为她的两个儿子，像一只可怜而又坚强的老鼠那样活着。是的，我可以看见母亲脸上的疲惫，但我无法看见母亲在夜晚所忍受的痛苦和煎熬。对于这样一位母亲，我实在不忍心用道德去评价。毫无疑问，母亲是孤独的，她有自己的世界，她的世界我不曾经历，但是我的心早已为我打开一扇窗子，我的目光可以感受到那里的温度和荒凉，那里真实存在过的挣扎、迷失和混沌。

赫塔·米勒说："他们去领受圣餐，却没有忏悔。"我不得不忏悔，忏悔，就是把灵魂从肉体独立出来,跟记忆和时间对话。

我们来自食鼠之家,老鼠有时就是我们的同类,我们用自己伤害自己。

毫无疑问,我们伤害过老鼠,就像老鼠曾经伤害过我们一样。有一次,看着堂哥将自己那小老鼠一样的家伙喂进弟弟嘴里撒尿,我的伯伯在一旁鼠眉鼠眼地笑着,却并不干涉。我恨弟弟愚蠢,又不敢轻举妄动,我知道我可以将堂哥打得头破血流,如果我愿意。父亲不在家,面对着皮笑肉不笑的伯父和耀武扬威的堂哥,我和弟弟不得不选择忍气吞声。也许,往弟弟嘴里撒尿的堂哥不是和我在竹林里捕鼠的那个堂哥。出于保护弟弟,这件事我没有告诉母亲,总之,我的确这么做了。时隔多年,我不由得淡然一笑:看清一件事,并不比看清一个人究竟是人还是老鼠简单。也许,对他们来说,这只是一个单纯而稚嫩的玩笑,受伤的反而是旁观者,这种伤害,已经远远超出语言对人的控制范围,已经远远超出食鼠之家这个秘密对于我自身的引导。伤害,本身意味着两种可能,一种是超越,一种是毁灭。

"食鼠之家"不是苦难的缩影,而是一个充满寓意的手势,手势在冲着现在的我欢呼、咆哮,似乎在告诉我,我是从它的屋檐下走出来的,不是唯一,而是众多身份尚不明确者的一员。我是少数,又是多数,犹如那些被我们吃掉的老鼠,犹如尖锐的生活在我的脸上刻下的痕迹,我认识它们,它们却不一定认识我。我的秘密生涯让我意识到——卑微和软弱并不是妥协,而是一种大智若愚般的生存智慧:

"我们曾是少数人,但我们许多人留了下来。"

六

多年以来,食鼠之家的阴影,像幽灵一样跟着我。感觉又像是暴风雨之后的宁静,使我更加珍惜眼下的生活。我需要一个家,一个归宿。家不是一个住址,而是心灵停顿的港湾。食鼠之家是我的港湾,尽管遭遇让我的勇气难以接受。事实上,无论走到哪里,我都不喜欢顾影自怜这个词语,也不喜欢那些自以为是的家伙。我羡慕那些表情总是静如流水的人,因为他们的面孔上不会浮出老鼠的面孔,他们的话语不会老鼠一样龇牙咧嘴。我在茫茫人海之中寻找我的归宿,归宿也在茫茫人海里寻找我。

母亲老了,随着我们的成长,她原本再也不用担心什么。沉迷赌博几年之后,父亲再次回到我们身边,父亲终于变成了好人。他四处打工为我和弟弟挣学费。这种情况一直持续到2010年秋天。家门口的那一树核桃结束了父亲的生命。父亲的意外去世让母亲伤心不已,谁也没有想到,一个人竟然会这样在我们面前永远消失。

那一年7月,也就是父亲去世的前一个月,正在读大四的我回了一次家。父亲和母亲都在,只是老了,但他们依然像两只老鼠一样忙忙碌碌。

地震之后,家里重新修了房屋,现在想来,这一栋在村子里绝对算得上气派的房屋,是父亲留给我们唯一的纪念和财富。母亲说,父亲是个固执的人,家里的一切都被他打理得井井有条,他什么都想要最好。父亲去世前的几个月,爷爷刚刚去世不到半年。因为和父亲吵架,母亲喝了农药,在医院里抢救过来。出院以后,父亲除了挣钱以外,还主动承担家里的一切家务,洗衣做饭,喂猪扫地,他用自己的方式讨好着母亲。

这件事是外婆亲口告诉我的。外婆要我回去叫他们不要吵架,否则家里必有灾难,外婆说,这是她从梦里看见的,外婆还说这件事跟死去的爷爷有关。老实说,我并不迷信,当时并未把外婆的话放在心上,以为只是老人善意的提醒。外婆在我们龙门山这一带很有名气,因为她身上有不平常的本事,找她办事的人很多,因此平日里外婆很少有时间在家。在我眼中,外婆是个好人。可是我却没有把外婆的话放在心上。一个月之后,父亲就出了意外。当我再次回头想起这件事的时候,一切都晚了,刚刚开始享福,刚刚住进新房的父亲竟与世长辞。

我曾经跟宁夏的作家姐姐阿舍聊起过这件事,她惊讶不已。

生活不是小说,我虚构小说,却无法虚构我的生活。对我来说,最大的幸运便是将这些来也匆匆去也匆匆的遭遇写下来,把一颗在食鼠之家长大的赤子之心写下来,永远留在纸上。

"人越大就越是相信命运。"在老家平武县城的一个露天广场,喝茶的时候,我跟阿舍姐姐如此说过。那天,参加完县上的文学采风活动,她将启程去九寨沟,然后从成都直接返回宁夏。我们聊得很尽兴,基本上都是我在说话,事实上,我不是个喜欢说话的人,但那一天,我说了很多。其实,内心里我一直不曾把这些遭遇看成是我的苦难,它只是我所经历的一段生活,因为这些生活,我的内心世界才能如此丰富,我的人生才能如此广袤。

我会一直感谢它们,感谢食鼠之家赋予我的韧性和灵魂。在我看来,食鼠之家的阴影,就是一种语言,它时而粗糙时而生动,时而婉转如流水,时而静止如停留在我头上的死亡。死亡站在我的头上,它远远打量着我,当我厌倦了我累了我彻底烦了,就带着我转身离开。

死亡,同样是住在食鼠之家隔壁的阴影,幽灵一样跟着我,为了引起我的注意,它不时钻进我周围的人的身体,犹如一只回到洞穴的老鼠。

七

其实,老鼠并不可怕,虽然我的手指曾被老鼠咬过。有很长一段时间,我都在担心自己会变成一只老鼠。我的贫穷没有让我变成老鼠,功名利禄也不会让我变成一只老鼠。

在关于食鼠之家的这篇文字背后存在的,是我长时间隐居的处所,也许我只是在此借宿,也许我想要在这里定居。远离人群、浮躁和欲望,我借助身体跟别人的文字交谈,也写下我的所见所闻,赋予它们崭新的生命,这就是我目前的职业。尽管有很多人,包括我的亲人和朋友,他们并不支持,甚至公开反对,我依然固执己见,因为我害怕遗忘。

时隔多年,这些经历在我的身体里长成了一棵大树,它经历过风风雨雨,从未倒下。如果说食鼠之家是一个家庭对逆境的反抗,是人对于饥饿的本能反应,是一次关于命运和人生意义的对话。那么,写作就是一场充满反思的斗争,是一场对肉体和灵魂的双重考验,是一道风景的再现,或者,是一次关于记忆的长途旅行。我选择写作,是为了跟自己说话,跟自己的过去和灵魂说话。除了写作,我只能保持沉默,我的话语远远没有我的文字精彩,因为文字有选择和退让的权利,话语和生活是一对夫妻,他们的爱让他们伤害着彼此。

"沉默可能产生误解,我需要说话;说话将我推向歧途,我必须沉默。"这一点,可能是我沉默和选择沉默的理由。我并不排斥说话,说话的方式很多,我选择写作。话语在离开嘴唇的时候就已经倒下了,而文字在踏上稿纸的那一刻开始有了生命。一个是死亡,一个是活着。很多时候,我都在自己的脑子里创造自己的土地,这种感觉,就像是曾经将我们变成食鼠之家的生活。我要像一个国王那样善待每一个词语,它们不是老鼠,它们是陪我一起完成旅途的同伴。

食鼠之家这个仪式之后,我已经彻底看开生活,虽然"人越大就越是相信命运",我还是想要好好活着,好好地活下去。为了亲人,也为了自己。

走在春天的大街上,人群里那些一会儿变成人一会儿变成老鼠的"我们"让我忽然想要发笑。我却情不自禁流下眼泪。

选自《绿皮火车》,羌人六著,作家出版社2021年版

三条河流

王小忠

行走洮河两岸的独特体验，既有对社会变迁的深入描叙，又有对现代性的深切反思。无以言明的复杂情愫，囊括在平静而质朴的文字中；闪烁温暖的人性关怀，萦绕在引人共鸣的乡愁里。呈现给读者的，是真实的生存样态；唤醒读者的，却是千回百转中的思考。这就是王小忠的《洮河源笔记》，一部没有宏大叙事却有着宏大叙事意味的著作。

——第四届三毛散文奖终评委

1

农历十一月初五,下了一夜大雪。天亮雪停了,路面上积雪足有七寸厚。村子沉睡了,鸟雀们也不见了影子。按照惯例,我的每一个早晨都是由鸟雀们吵醒的。住在村委会朝西的小二楼上,和住在冷藏车里没有啥区别。一个旧的生铁炉子,炉面烧得通红,依然难抵直入骨髓的寒冷。每天晚上,我将身子裹得严严实实,半夜里常常被冻醒,只能顾头不顾腚了。如此一来,每天早上起来的第一件事不是急于上厕所,而是整理乱如鸡窝的头发。在小二楼洗头需要极大的勇气,我只好将毛巾在热水中泡一下,再拧干捂在头上,等张牙舞爪的犹如牦牛膝盖般的头发完全贴在头顶上时,才可以飞奔下楼,才可以舒舒服服撒一泡长长的尿。

这样的日子已经好几个月了。起初有鸟雀的鸣叫,有那么一段时间,它们甚至扇动着翅膀,飞到窗台上,叫我起来。然而,这一场雪让我彻底失去了那些可爱的小伙伴们。其实,我应该在窗台上挂几串没有碾尽的穗子。现在才想起来,已经于事无补了。

小二楼对面就是茫茫林海,还好,一条叫车巴河的河流隔开了我和森林的直接来往,野兽偶尔从森林里跑出来,看一眼小二楼上的灯光,便又恶狠狠地返回到黑暗之中。隆冬一到,车巴河的声音就小了许多,它收敛住夏日的狂放,变得平稳而庄严。岸边堆放着柴禾,也站立着青稞架。柴禾是当地群众堆放在那儿的,让其自然风干,用于烧火取暖。青稞早已入仓,此时码在青稞架上的却是芫根和燕麦。大雪封山时芫根和燕麦就用来接济牛羊,给它们补充能量和营养。此时,便是大雪封山了,我没有发现有人去河边。雪地上十分干净,也没有任何动物的印迹,只有我深浅不一且拐弯不齐的脚印。

怕是一个月都不能出山了。大雪封锁住整条车巴沟,我的生命突然就变得寂寞起来了。

抱着火炉,听着车巴河的细声细语,望着黑压压的森林和群山之上的积雪,我又想起了那三条河流。住在那三条河流岸边的朋友们,此时也抱着火炉?桑烟煨着了?白塔四周的经幡还在烈风中不停念经?青春开始疯长?游人络绎不绝?想到这里,我兀自笑出声来。高原寒冬,冬雪封门呀。不过我还是坚信,最美好的、最真实的河流一定是在冬天。对夏日过分被装饰的河流我原本就不大喜欢,可我现在身居车巴沟而不能上路,冬日那三条河流的美好也只能停留在想象之中。有什么样的理由才能走出村子?有什么样的劲力才能走出冰雪封冻的大山?

都怪素日懒散,错失了许多机遇。也是素日只有念想,而缺少行动。现在好了,被封锁在车巴沟里,唯有无尽的怨恨。怨恨只能带来更多的倦怠与感叹。真的,我有点疲惫,只想美美睡一觉。我知道,我就是那只从课本里飞出来的寒号鸟。

深秋的时候,扎西叫过好几次,我的各种借口大概也伤了他的心。实际上,并不是抽不出时间,总想着落一层薄雪再去。现在看来,懒散让人有了妥协和借口,妥协与借口让各种想法胎死腹中,这是活着最不可原谅的。眼下的事情必须要解决,留存的多了,就会有遗憾。有了遗憾,就会憎恨自己。期盼天上突然出现几只金乌来,让冰雪瞬间消失。然而,我面对的却是冰天雪地的现实,也只好抱着火炉,等鸟雀再次归来、冰雪彻底融化的那一天了。

2

碌曲县城东三十公里,即则岔石林景区入口处,有一个美丽的牧村——贡去乎。牧村四面环山,依山傍水;后面是开阔的草原,花团锦簇;前面有茂密的森林,浓荫蔽日;三条河绕村而过,潺潺流水叮叮咚咚。那时候,我的目的地并不是贡去乎,而是深秋的则岔石林。

洮河在碌曲的意义不仅仅是传说层面上的那么简单。碌曲藏语音译为洮河,是从龙王宫殿流出的泉水的意思。早在新石器时代,羌族先民就生息繁衍于洮河一带。但碌曲在历史上的建置并不复杂,没有过多迁移的记载,更没有离开过洮河。属高原寒冷区的碌曲冬长无夏,春秋短促,平均海拔三千五百米。碌曲意为洮河,或许因为境内有八十多条黄河长江的支流。而贡去乎的三条河流仅仅是洮河的小支流。河流也是大动脉,而众多不知名的溪流则是毛细血管,它们一道翻山越岭,构成了山河之脉动,滋润着祖国大地。河流和人类家族一样,交叉着,分分合合,最后归于一处,形成更大的河流。

扎西的家就在这个叫贡去乎的牧村里。扎西大学毕业后又读了研究生,研究生学位拿到之后,他没有去城里找工作。扎西的父亲是本地牧民,没有文化,除了放牧,扎西就是他值得骄傲的谈资了。可是扎西没有去找工作,他的父亲很不高兴,以前见人就夸的语气也有所转变,甚至有无言的愤怒,愤怒里还夹带着看不起他的意思。扎西对他父亲也不似以前那么顺从了。当然,不是说他长大了,就不怕父亲,而是他对生活有了新的想法。扎西不像他父亲那样,他不愿将自己的思想圈定在这条沟里的牧场上。扎西看到这条沟里春夏秋冬都有外地人进进出出,他们或摄像,或画画;或成群结队,出没于山林之间,或踽踽独行,歇息于河流之畔。于是他就有了属于自己的新的想法。

当我在扎西藏家客栈里喝了两碗奶茶,吃了糌粑,突然就有了要多住几日的想法。

住几日,或许有意想不到的收获。扎西也是这么说的。

我告诉扎西我决定住几日,他就高兴起来,且一口答应我,免费提供食宿。

扎西或许是无心说的,但他想了一下,又说,你要答应一件事,要带能写的人来我们村子,要真写家,不要只会三脚猫功夫的假把式。

我听着就笑了起来,说,写还分真假?

扎西有点急了,有点结巴,说,以前来过几个,说是写家,白吃白住,结果啥都没写。

我说,人家或许真写了,你没看到而已。

扎西说,看到了,真是三脚猫功夫,那样的写家你若带来,就食宿自理。

很显然,扎西是"自私"的,我后悔因为自己的冒失而做出的决定,同时也被扎西的坦诚深深打动了。

3

2018年6月,我和扎西刚认识。那次我的目的地是则岔石林。到了贡去乎,其实距离则岔石林已不远,但我还是停了下来,不仅仅为朋友的一片好心,不仅仅为贡去乎这个小小的牧村的美丽和安静。其实,我对扎西研究生毕业后,不愿走出这个牧村的事实产生了兴趣。

那天扎西的父亲不在家,他在牧场,还没来得及返回。

刚进贡去乎村,我就看到了一个小广场。广场旁边的山丘上有座白塔,白塔四周挂满了经幡。广场前方有条走廊,墙壁上画了八宝。站在走廊边上,我又看到了河。是三条河——热乌河,则岔河,多拉河,三条河流从三个不同方向在贡去乎汇聚一起,然后向北奔流,流入洮河,显得很壮观,却又不张扬。相比高山峡谷中的河流,不但谦虚,而且显得极为腼腆。

扎西这次听了他父亲的话,在家等我,同时还准备好了奶茶、酥油和糌粑。扎西的家在贡去乎村的最边上,房屋是按农区传统修建的,土木结构,全院转角二层楼。扎西身体很棒,他踩在楼梯上,楼梯就发出吱吱的声响。楼上房间很多,或单间,或标间,或三人间。每个房间里都挂有来自不同地区摄影师拍摄的照片,或雪山,或草原,或森林,或河流,并且每幅照片下面都写了说明。房间里面干净整洁,装饰简单,大方雅静,且都摆放着一盆从草原上挖来的三叶草,这样的装饰是城市里的宾馆无法拥有的。楼顶上是很大的露天阳台,阳台上摆放着几盆长寿菊、几个木墩子,还有两张用树根做成的桌子。的确是用了心,扎西的父亲怕是永远做不到,也不会想到。

牧区人家,院子里没有杂物似乎是讲不通的。我还没有开口,扎西就不失时机地对我说,以前的老房子占地大,拆了之后就盖了这院房。旧房没有全拆完,留了几间专门堆杂物,就在后面。他一说一指,我便看到这院房的后面果然留了几间小房子,小房子门前有一辆架子车,还有一堆牛粪饼子。

阿爸很不愿意,扎西说,好不容易读完大学,理应去外面闯荡一番。其实他们不知道,一份适合自己的工作很难找。假期里,我总是看到这里来很多人,于是就有了想法。实际上,若想吃一口饭,还是在家门口方便。

扎西的父亲一生都在牧场,所有想法都绕着牛羊转圈。当然,扎西的种种想法,还是得到了家里其他人的支持,也得到了政府的帮扶,否则只能是好梦一场。扎西家拆旧房盖新楼也不过三两年,可这三两年的收入远远超过了十几年放牧的收入。幸福指数建立在大胆的想象之上,然后通过不懈追求和努力得以实现。理想必须践行,才能达到目的。我还想到了一点,成功源于机遇。

4

走进则岔石林时,已是我来贡去乎的第五天了。

天气晴朗,天蓝如玉。其间我多次穿过热乌河,山路崎岖颠簸。则岔石林风景区自然以石林景观群为核心,石峰千姿百态,矗立于森林之中,争奇斗异,峡谷窄而险,阴森可怖。和所有景区大致一样,所到之处皆有石碑说明,内容也没有脱离各种神话传说。神话与传说在光阴的河流中不断被冲刷,有些地方已经不能自圆其说了。面对这样的景观,倘若不用那些神话和传说来解说,反而觉得乏味而牵强。唯一不同的是,则岔石林几乎所有景点都没有离开格萨尔王。格萨尔王在藏族的传说里是莲华生大师的化身,他一生戎马,惩恶扬善,除暴安良,统一了大小一百多个部落,是藏族人民心中的旷世英雄。

则岔石林深居峡谷,峡谷两岸陡石悬立,真像一座石头堆砌的迷宫。我们的先民面对如此之险地,脑海中便派生出许多妖魔鬼怪来,因而一生戎马的格萨尔王就应念而来,成了斩妖除魔的天神。那些因地质突变而形成的湖泊就成了格萨尔王的饮马泉,石柱成了格萨尔王的拴马桩,峡谷里险要的通道也成了格萨尔王一剑劈就的结果。热乌河贯穿整个则岔沟,热乌河在沟内蜿蜒而形成十八道河湾,当地称之为"十八道湾"。河流随季节降雨的大小或激或缓,但从未干涸,水流清澈见底。其上有水转玛尼经房,永转不息。

则岔石林是典型的喀斯特地貌,壁立悬崖之上,溶洞不少。一切都和格萨尔王有关。则岔沟口的那座大山叫护法山神,是格萨尔王派来镇妖的。山脚下有堆起的玛尼石,是祈求吉祥的。半山腰有大溶洞,是格萨尔王一箭射穿的。神话传说赋予了这里一切,因而这里的一切就具备了不容置疑的神秘与神圣。据说,那个大溶洞里别有洞天,可以通向三个地方,长达上百公里。过去人们为逃避战乱,有人或许走过一段。假若真有上百公里,那它的形成也只好交于地质学家去解答了。

还是与格萨尔王有关。当地群众每逢初一、十五都要去那儿祈福。也是因为这个原因,有人在洞口不远处发现了大量的海生动物化石。我的两个朋友曾告诉过我,一切都是真的,因为他们也曾捡到过。我也听说过,某年秋天,广西某大学教授带学生来则岔考察,他们发现化石后,便开始在周边的村子里大力收购,而且价格不菲。但因此地曾多次地震,洞内多处塌方,谁也不愿贸然进洞。

我曾读过一篇科普文章,说青藏高原的形成分九个发展阶段。震旦纪、侏罗纪、白垩纪等等已经记不清楚,而青藏高原曾是海洋一说,我却忘不了。碌曲属青藏高原东边缘地带,境内有黄河和长江水系的洮河、白龙江等主要河流,以及支流八十余条。亿年前的情况,究竟谁能说得清清楚楚?科学家也无法完全解释。地质学家在青藏高原层层叠叠的页岩石灰层中,发现了大量恐龙化石和许多海洋生物化石,这虽然是科学证据,但依旧很难跟眼前的现实对接起来。现在说则岔曾经是海洋,甚至会引起当地群众的不满,因为他们看到的只有森林和石林。倘若将时间退到亿年前,那不纯属扯淡吗?则岔石林溶洞中的化石在当地群众眼中,更多的可能都和天神有关了。早年来过这里的那些教授们曾多次考察,其实我一直在等待,通过那些化石,他们能告诉大家关于大溶洞的真相。可他们收走化石之后,再也没有了任何消息。

5

随旅游文化的发展,但凡有山有水有树的地方,都渐渐被人们熟知,何况则岔石林是碌曲县主打的景区之一。扎西聪明的一点就是就地取材,因地制宜。只有十二户人家的贡去乎被世人熟知,就源自扎西藏家客栈。

藏家乐的出现,升级了牧区经济形态。藏家乐的出现,使藏区自给自足的自然经济,开始向市场经济转变,传统的牧业也开始向现代商业迈进。一定程度上,藏家乐的出现改变了牧区的产业结构,推动了传统牧区经营方式向现代多种经营方式的转变,成就牧区产业发展的一次结构性飞跃。这种转变看似缓慢,但渗透性极强。多少年来,生存在洮河沿岸的农牧民,一直沉醉于传统的耕作与放牧中,不是不思进取,而是求新求变思维方式的形成,需要一定的时间,乃至机遇。牧民自古逐草而居,他们的理想和追求都是在马背上完成的。要他们用很短的时间接受新理念是不现实的,观念不仅要渗透,还要灌输,这是一个必需的过程。扎西能很快走出落后的传统观念的窠臼,求新求变,与他接受过完整的高等教育密切相关。知识改变命运,在扎西这样的新一代藏族牧民身上体现得尤为显著。那么,我们也就没必要苛责扎西父亲那一代牧民了。

扎西藏家客栈的兴办与成功,除了他的大胆设想和政府的扶持外,主要原因还是占有了先天的优良环境。贡去乎村位于碌曲县东北部三十公里处，想去则岔石林，贡去乎你是无法绕过的。

扎西告诉我说，贡去乎全村草场面积八千五百多亩、林地面积一百三十多亩、耕地面积二百二十多亩，除了牧业外，没有别的经济来源。而牧业收入也很有限，大家只能另想办法。往往是有困难就有机遇，机遇就在困难的夹缝里存在着，平时不显山不露水。扎西说藏家乐的兴起实际上也是举步维艰，但他们不能失去机遇。一个人富了不算富，要大家一起富起来。大家一起积极创建经济实体，全村群众的生活水平才能不断提高，农牧民增收的目标也就实现了。我心里有数，自然不大理会扎西所言大的政策的宣传和要求。他能打破传统观念，放弃进城工作，一心扑在改变家乡的整体面貌和族人的观念上，我很佩服他。

进则岔石林，首先要进贡去乎。贡去乎在热乌河的臂膀里，真成了世外桃源。有水流的地方一般不缺灵动，何况这里有三条河流汇聚。热乌河，则岔河，多拉河，或来自贡巴，或来自尕秀，或来自郎木寺波海，但它们却在贡去乎汇合在一起。无论地理位置，还是环境条件，贡去乎自然胜出一筹了。

热乌河在则岔沟蜿蜒十八湾，十八湾所经之处山形奇特，森林茂密，河水潺潺，格桑盛开，河谷中空气清新，这样的具有原始魅力的旅游处女地，谁人不喜欢呢！有水，山就有灵了。穿过热乌河，沿小路前行，三条河流便各自去了一边。极目远眺，千里草原平铺，唯河流在阳光下熠熠生辉。则岔石林之景观气象万千，雄伟壮观。蓝天白云下，黛青色的森林绵延于山峰间，加之大小不一的各种溶洞，以及岩壁之上记载各种传说的壁画，这里的一切很难逃脱与神话的纠缠了。

那天，我和扎西坐在门楼顶的露天阳台上，喝奶茶，吃糌粑，说着理想的伟大和追求的空茫，说着千万条路而唯其一条不能选择的艰难时，都有点激动了。三条河流送来的清冽之气和轰然巨响，令我们忘记一切，只沉醉于眼前的美景之中，宠辱皆忘。"耳得之而为声，目遇之而成色。取之无禁，用之不竭，是造物者之无尽藏也。"若为己有，那个贪字就写得有点太大了……

此时，却是寒冬腊月，却是大雪封山。看不到行人，也听不见鸟鸣。坐在朝西的小二楼上,抱着火炉,心有愧意。答应过扎西的,一定要去。那么现在就动身吧。哪怕大雪深埋我的足迹,三条河流依然会带我抵达诗意的前方。

选自《洮河源笔记》,王小忠著,广西师范大学出版社2021年版

大　命

甫跃辉

　　有时候作家能重新发现、重新命名自己的家乡,这是作家和故乡的关系中最美好的一种。《云边路》就是如此。甫跃辉在上海遥望云南,在成年回望童年和少年,个人经验和地方历史交织,记忆和现实辉映,建构了复杂而立体的人文地理和文学世界。小说家细致入微的观察力和文字表现力,在作品中得到很好的呈现。以静气,以深情,以灵动,从个人抵达世界。

——第四届三毛散文奖终评委

这是三十年前的生死豪赌，赌的是我的一条命。

高考前夕，我看着模拟考成绩一次比一次好，不由得踌躇满志。吃饭时，大姑妈却迟疑着，说："你小时候……嗯，现在能考上一般的本科就很不错了。"我有些愕然，才意识到，大人们并未淡忘这事。然而，我记不得多少了。多数情节，是从爸妈口中得知的。

爸妈曾经一遍又一遍讲起这事，当着自家人或亲朋好友的面。你讲一个情节，我补一个细节，一遍遍讲述后，那些早已消逝的日子仿佛获得了无限的延展性，比真实的生活还要真实。我像是在听别人的故事，又像是凭借了言辞的灯火，望向那记忆不能烛照的昏昧渊林。我已经分不清，哪些细节是自己真正记得的；哪些细节，是因了爸妈的讲述而想象的。

这件事发生时，我才三岁多——

某一天，我感冒了。到县城医治，护士扎针多次，都没能命中静脉，阿爸和护士吵了几句，来了一个手法娴熟的护士，说手上血管太细，只得将针扎进了我的脑门。我至今记得，我半躺在街边小诊所的藤椅上，翻眼看头顶晃荡的吊针管子。大姑妈来了，问我想吃什么。我说想吃罐头。不多时，大姑妈买来一个菠萝罐头，摇一摇，玻璃罐里一瓣一瓣黄色的菠萝，在糖水里沉浮。我抱着罐头，继续翻眼看头顶晃荡的吊针管子。

这个情节是如此深切地印刻在我的脑海。我一直记得，这是后续的治疗，然而，妈坚持说，这是之前的事了。灾厄的到来，是在这之后三四个月。

那天，家里割谷子（水稻）。早上起来，妈用开水给我泡了一碗白米饭，米饭里放了稍许白糖。我用勺子舀了饭，却没吃进嘴里，而是鼻子额头地到处抹。妈让阿爸看。阿爸蹲下，捏住我的手，将勺子喂进我嘴里，刚一松手，我又将勺子抽出，鼻子额头地到处抹。爸妈忙带我到县医院，初步诊断后，怀疑是脑炎,须得立即做进一步检查。家里正割谷子,那是半年的收成啊,怎么办呢?爸妈决定先带我回家。回到家里,一家人忙得脚不沾地,一天里收尽了田里全部的谷子。到得晚上,爸妈再次将我带到县医院。

抽血,抽脑脊液,种种化验做下来,确定无疑了,是脑炎。

我住进病房。后来,想起这病房,我总想起初中宿舍,光线昏暗,床铺拥挤。病房里住了六七个小孩,最大的不过十来岁,得的都是脑炎。爸妈说,那年脑炎很"流行"。陪护的大人们或坐或站,让本已拥挤的病房愈发拥挤。我躺在靠窗的位置,窗后一座小山——近三十年后,我陪妈到县医院看牙齿,特意查看,住院楼后是否紧挨着山。我的记忆没错,还真挨着,是几十米高的石鼓坡。

不久后,病房里又住进一人。十四五岁,是个大孩子了。妈说,他刚住进来那晚,病房里沉闷的气氛,被这孩子的妈妈打破了。也不管别人愿不愿意听,她大着嗓门说,我家小娃没事的,他爸取钱去了,家里不缺钱,我们医得起……然而,到第二天晚上,也不知道他们家的钱取来了没有,那孩子已然断气了。女人哭得声嘶力竭,孩子由沉默的父亲横抱着出门,长长的腿耷拉着,碰到门框上。妈说,她和外婆吓坏了,忙用裹被的带子将我的一只手绑在床头,生怕我的"魂灵"跟了那死孩子走。

刚开始习练小说这种虚构的技艺,这段记忆便难以阻遏地跳出来,成为小长篇《刻舟记》里的一个重要细节:

> 我漫长生命中第一个来访的记忆正如一片孤零零的胚芽……窗户被一座矮矮的山塞满了……一个女人从玻璃窗下端走上小路……她缓慢地往上走,两只手费力地托着一个白布单包裹的孩子,孩子已经死去多时,小脑袋沿她的手臂垂下,小小的脸蛋浮现出青草的颜色。床上的孩子清楚地看到了这张跟他一模一样的脸,同时感到自己正缓慢上升,跟躺在摇篮里没什么两样,甚至比那还要舒服……

　　这情境固然有许多小说化的演绎,但现实里,我确有这么个模糊的印象。一个女人抱着死孩子上山。也许只是个女人抱着一包肥料上山。是我把肥料附会成了死孩子?肥料,死孩子,于宇宙来说,有什么本质的区别呢?

　　我的病况持续恶化,日日高烧难退。退烧针打了,没什么效用,得物理退烧。然而,医院里冰块奇缺。怎么办呢,阿爸只好出门买冰棒。整整一箱冰棒倾倒在我光溜溜的身上,冻得我皮肤通红,嘴唇发紫,仍然没把烧退下去。这细节,我隐约记得起来的,冰棒散发出的香甜、冷冽的气息仿佛仍升腾萦绕在周身。那是我平日里想吃又吃不到的冰棒啊。现在,只能眼睁睁看着它们化成水。

　　有天晚上,某种我必需的药告罄了——爸妈说了具体是什么药的,我记不得了。怎么办呢?这时候,给我打针的护士说,她家里存有这药的。阿爸问小护士,能不能去她家里拿药。小护士同意了。就这样,阿爸骑单车,带着小护士往她家里赶。路不近,又没路灯,只有一轮月亮朗照大地。拿了药赶回医院,已经是三四个小时以后。

　　突发情况一个接一个。多年以后,爸妈讲起来,仍然提心吊胆。然而,我最终大难不死,又让他们得以轻松地说笑。比如,爸妈说,我刚进医院,医生过来检查,看到我的脚掌特别宽,竟找了尺子来量。阿爸很恼火,说你们不忙着看病,怎么忙着看脚啊。——爸妈讲述这事儿时,不再气恼,反倒笑出声来。再比如,我刚住下第一晚,在床上搞了件大事。爸妈没在医院待过,全然不知如何处理。情急之下,把我抱起,卷了床单,换到没人的隔壁床上。次日护士来查房,发现情况,捂着鼻子,连连问,哪个干的啊?昨晚住这儿的是哪个啊?爸妈心中有愧,又难免有种恶作剧的快乐,只能别过脸去,装作毫不知情。

　　这几件事里的护士,是同一位么?爸妈没说,我也没想起来问。爸妈和那位救急的护士一直有联系,几年前,我还去看过她。在县城路口接我的,是她二十岁出头的女儿。三十多年前,她还没到她女儿这般年纪。她叫作李保翠。现在大概已经退休了吧?

153

我的病况,仍在不可遏止地加重。每次挂吊针,我都浑身疼痛,痉挛成一团。爸妈看在眼里,疼在心里。然而,能怎么办呢?家里世代务农,爸妈连医学名词、药剂名称都很难记清,更不认识什么有名望的医生。

又有人走了。家属哭声一片。外婆再次将我的手腕绑在床头。

爸妈发现,旧的人抬出去,新的人抱进来,进进出出,竟没有一个人是治好了走的。

阿爸每天到水房打开水,渐渐和烧水师傅熟识了。爸妈常常说起他,却从没说过他的名字。这位我不知名姓的烧水师傅,向阿爸介绍了个人,姓杨,名剑中,在县城中药铺卖药,偶尔也给人看病。病笃乱投医,大概阿爸觉得通过"熟人"介绍的人,更值得信任吧,便托烧水师傅请杨医生来看看我。到了晚上,杨医生果然来了,望闻问切一番,开出几味中药。此后每隔一两天,杨医生便会悄悄在夜间过来。阿爸拿了中药,到开水房,托烧水师傅帮忙煎药,煎了几道,浓缩成近乎糊糊状的一小碗,偷偷端到病房给我喝。

之所以这么偷偷摸摸的,是因为杨医生说,不能让县医院的医生们知道。如果他们没医好的病人让他医好了,大家今后就不好见面了。

几天后,我渐有好转之色。爸妈自然高兴,然而,医生来了,一针下去,我又痛得全身痉挛,蜷成一只大虾。一天,医生打完针,又要从我的脖颈处抽血化验。爸妈悄悄让我喊疼。我一喊疼,爸妈就挡在我面前,不让抽血。

终于,爸妈做出一个重要决断:出院。

医生非常不解,说如果你们家执意出院,这小孩顶多还能活三天。三天!这两个字一再出现在爸妈的讲述里。我后来读到海伦·凯勒的《假如给我三天光明》,立马想到的就是这个。三天,三天光明,三天生命。三天的可能或不可能阿爸问,那如果不出院呢?还能活几天?医生不说话。

爸妈是怎样的心情?犹疑?伤心?绝望?他们没有讲。

爸妈抱着我,毅然决然往医院外走。

爸妈带我去找杨医生——这是爸妈一遍遍讲述的重点。妈说,他们找到杨医生所住的小区,上楼后,站在门口,敲门,没人应答,再敲门,还是没人应答。是不是赶街去了?阿爸决定到街上去找找,又恐杨医生回来后错过,就让妈抱着我,守在楼梯口。妈看着阿爸下楼,转出小区,到街上去了。这时,听见有开门声。杨医生端个痰盂,从门框里走出来。杨医生回头看妈一眼,完全不认识的样子。妈和杨医生虽然见过,却没说过几句话,和他打交道的主要是阿爸。妈一时慌乱,杨医生转过头去,走向走廊另一端,从别的楼梯下去了。妈忙冲大街上喊阿爸,不多时,阿爸跑回来了,气喘吁吁上楼。

"他一直在里头!才端着个痰盂出来了……"许多年后,妈在复述这句话时,仍然是焦急的语气。不多时,杨医生端着痰盂,上楼来了。见到阿爸,杨医生才说:"哦,是你们家啊。"杨医生对不认识的人上门,一直是心存警惕的。

阿爸说了出院的事。杨医生说,不让抽血是对的,再这么折腾下去,小娃哪里受得了。阿爸问杨医生,还有救吗?杨医生又一番望闻问切,说,吃他的药,保管我"一个月自己吃饭,两个月下地走路"。爸妈听了自然高兴,又不免有些狐疑。

我们一家住到外婆家。骑单车从县城到外婆家,用不了半小时。我们住二楼,为了吃药方便,煎药的炉子也放在二楼。每天要煎好几次药,药渣被外婆扔到路上去,让行路人踩踏。在外婆看来,踩踏的人越多,我身上的病就能被带走越多。白天黑夜煎药,楼板长时间受热,有一天,竟烧起来了!所幸扑救及时。挪开炉子,楼板上破了黑乎乎一个洞。

炉子挪到了楼下石阶边。炉子一天天烧着,药罐子一天天咕嘟咕嘟着。药喝完了一碗还有一碗,一碗比一碗浓稠,一碗比一碗苦涩。每喝完一碗药,我会用一柄黄铜小勺喝糖水或麦乳精,多少可以甜一甜嘴。小勺在唇齿间留下一股浓重的金属味儿,让我久久不能忘却。中药的苦涩,似乎已深入了黄铜的内部。

汤药如海,药海无涯。这天中午,我不愿意喝了。喝那碗药,就如逼迫我纵身入海。

记忆里,这是在家中耳房发生的事。但是妈说,这时还在外婆家。我们都清楚地记得,阿爸给了我一巴掌。阿爸是木匠,常年干活,手又糙又重,打在脸上,我的鼻腔涌起一股咸腥味儿。就记得这味儿。我没向爸妈求证,当初是否真的流了鼻血。

妈说,本来她也恼我不喝药的,阿爸打了我一巴掌,她又很心疼,心头被"针扎了一下"。大姑妈也说阿爸,怎么下手那么重。

我大概是哭了吧?记不得了。只记得那一大碗中药,终究没能避开。

一个月自己吃饭,两个月下地走路。杨医生所说的,一一应验。

爸妈不忿于县医院医生们对我的判决,特意带我去医院看那位小护士李保翠。看到我走进医院,医生们很惊诧:"这小娃,还活着,真是命大啊!"

我走路时屁股一扭一扭的。爸妈问杨医生:"阿辉是后遗症?"都担心,我今后走路会像得过小儿麻痹症的人那样。杨医生让我再走几步,下了结论:"没事的,针打多了,屁股疼而已。"又过了些日子,我走路正常了。爸妈总算松一口气。然而,爸妈又似乎一直没完全松下这一口气。直到我十七八岁了,他们看我走路,有时还会觉得,是不是有些"与众不同"。

爸妈更担忧我的智力,常说,他们从没想过我读书能成器。妈说,我不到一岁就会说话了,这场大病后,我整个人都呆滞了。在他们看来,脑炎是脑子上的病,智力受损是没法避免的。就连我自己,也时常怀疑,自己记忆力的差劲,是否当归因于这病。

高考后不久,收到复旦大学录取通知书,爸妈带我去看杨剑中医生。他已经是七十多岁的老人了,在县城一处僻巷开了一爿诊所。爸妈让我喊杨医生大爹。大爹背靠着一排排中药柜,站起来打量我,问爸妈:"这就是当年那个小娃?想不到,想不到……"

病人不时来访,大爹坐在夏末明艳的日光下,和他们慢慢地说话,慢慢地开方子。病人们似乎也不着急,说话和动作也都是慢慢的。日光在诊所对面土坯墙上慢慢地移动。我很莫名地想,我当年真的被救过来了吗?我还活着,这是真的吗? 如果当年换作是我,我会做出和爸妈一样的决断么? 我想,大概率是不会的。

经过多年教育的我,对中医总是抱持很大的怀疑态度。鲁迅先生在《父亲的病》里,写到中医那些匪夷所思的"药",同样是我所不能理解的。我明白,西医没治好我,中医治好了,只能说明当年西南边境小县的西医水平实在有限,或者说,是我格外运气好,碰到了一位医术高明的中医。我没法以一己经验评判中医西医孰优孰劣。我能说的只是,我活了下来,从前前后后死了十来个人的病房里,独自一人活了下来。

这样的结果,时时提醒我,活着,是多么偶然,多么珍贵。

大命由天,小命由人。能活下来,是我的"大命"。

三十多年前,病房里那十来个孩子,我已无一有记忆。但他们终究是和我有过那么一段极为重要的交集的。他们都活在我赢来的每一个日子里。每当我对"生命"困惑不解,对"生活"疲于应对,我不免会想,或许正有十来双眼睛,在遥远的地方注视着我。

选自《云边路》,甫跃辉著,北京十月文艺出版社 2020 年版

生命中的二十四个月

陈　涛

作者胸怀理想与美好的星空，以甘南绵延逶迤的群山为立足点，将个人的精神锤炼与独特的生命体验相结合，为读者展现了一个既立体多面又真切鲜活的边地。村庄见社稷，山水存风云。苍凉与寂寞，活泼与温暖，甘南的流云，壮丽的阳光，以及无数的人们，皆充满着作者对时代与社会的深度思索。

——第四届三毛散文奖终评委

离开甘南后，我多次在梦中重回那个群山环绕的小镇。

梦中的我，站在熟悉的街头，不识往来行人，四处打量着周遭的屋舍，只觉陌生，无论如何都找寻不到居住过的小屋了。还有一次，我梦到了窗外的核桃树，那棵高高大大的核桃树，风吹过，鲜亮的叶子轻摆，簌簌作响，闭眼倾听，只觉天地间最美妙的声音也不过如此。

我极爱这棵核桃树，无数次，长时间坐在树下，目光越过对面的楼顶，与流转变幻的白云一起打发时光。或者在一个午后，看镇政府的朋友们打核桃。那时，许多人围在树下，将木棍、橡胶棒，甚至砖块向枝头扔去，运气好就会有两三个核桃掉下来。一帮人冲上去抢，抢到的欢乐，抢不到的继续抢，而像我这样的旁观者就在一旁笑。也有身手矫健、胆子大的，沿着树干爬上去，挑一根细一点的枝子拼命晃，很多核桃哗啦啦落下来，连同之前扔上去被枝条缠住的棍棒。于是更多的人喊叫着围扑上去，更多的欢笑爆发出来。虽然我每次只是围观，但常会有人顺手送我吃。一个叫晶晶的小女孩儿，上小学六年级了，有天跑来我的房间，送了六颗核桃给我，并让我一下子吃完。后来当她得知我只吃了一颗时，不禁噘起嘴，一脸的失望。我告诉她，每天吃一颗，美好的感觉可以持续六天。她不理解，说自己一次可以吃很多。也有那么几次，在夜深人静的时候，我躺在床上，在黑暗中想一些久远的事，偶有一颗核桃落在窗外楼下的水泥地上，“啪”的一声，清脆悦耳。明天它会被谁捡走，又会滑入哪个口袋或谁腹中？这念想伴我坠入深沉的梦。

有时也会回忆起在甘南的那段时光，它以细小瞬间的方式闪亮定格，并一个个涌向我。想起一个人走很长的路去任职的村子，道路两旁欢快的溪流以及远处被阳光洒上一层淡淡金黄的绵延不断的山；想起许多次骑摩托车沿着曲折环绕的盘山路进入大山深处,站在路旁向山下望去时,扑面而来的壮美以及伴之而来的哀愁;想起自己对一盘绿叶菜的强烈渴望,最后竟通过吃三鲜馅儿饺子中的点点青菜得到满足;想起大家夏日时在茂密森林与广阔草场"浪山"的情景,大块吃肉,大碗喝酒,醉卧于草地,醒来又是划拳碰杯,谈笑纵情,心无旁骛;想起山里孩子们可爱、羞涩的模样,以及双手接到礼物时眼中流露出的简单纯粹的欢喜;想起许多次师友们的到来,更想起任期结束返京前的那晚,与朋友们一次次地举杯,记不得饮下了多少酒,只记得情难自已,潸然泪下。

如何看待这段时光里的自己?

是否完成了应尽的责任?

这些念头冷不丁地蹦出来,当然,每次的结论也不尽相同。

理想,自然有理想的光芒,但现实,常会让这光芒暗淡。对一名挂职干部而言,既要尽力而为,更要量力而行。量力是前提,尽力是态度。不自量力下的尽力而为,是滑稽式的可怜与荒唐式的悲壮。这两年,为十多所乡村小学建立、完善了图书室,并提供了许多的玩具、文具、书画作品,为十余个村子建立了农家书屋,以及购置了健身器械、安装了路灯。做事时,困难如影随形,坚持与放弃,反复交织绕缠。深夜,在台灯下,信笔涂写,更多的词语竟然是时光。是啊,时光,属于我自己的时光,属于我自己的不可被辜负的时光。时至今日仍清晰记得路灯安好的那个夜晚,我们在一团漆黑中沿着盘山路爬行,行至拐弯处,抬头就看到远方高高的山腰处有一盏灯,灯光温暖明亮;再一个拐弯,满目光亮,黑暗被彻底甩在了身后。"天上的街灯亮了",脑海中反复回响这一句。所谓的蛮荒之地,所谓的穷乡僻壤,究其本质,都与黑暗紧紧牵连。如今,光亮洒满了这个高山上的村落。抬起头,望向布满星辰的浩瀚夜空,群星明亮硕大,站立于街口,半是难自控的欣喜,半是难言的酸楚。

在小镇的日子里,我始终在学习如何独处。意大利导演费里尼说,独处是"人们嘴上说要,实际上却害怕的东西",害怕什么呢?"害怕寂静无声,害怕那种剩下自己一人与自我思绪及长篇内心独白独处时的静默"。短暂时间内的独处,是自我内心与情绪的平衡与调试方式;长期的独处,则需要一种特别的能力。旷野无人,天地静寂,一人独坐,是独处;人来人往,众声喧哗,穿行于其中,其却又与己无关,那一张张看似熟悉的面孔,陌生到难以听懂的语言,无不提醒着自己外来者的身份,这同样是独处。

关于独处,周国平也有讲过,人在寂寞中有三种状态:一是惶惶不安,茫无头绪,百事无心,一心逃出寂寞;二是渐渐习惯于寂寞,安下心来,建立起生活的条理,用读书、写作或别的事务来驱逐寂寞;三是寂寞本身成为一片诗意的土壤、一种创造的契机,诱发出关于存在、生命、自我的深邃思考和体验。对照之下,第二与第三种状态,我都占了,只是第二种状态多一些,第三种状态略少一些。

独处时的我,封闭内敛,沉默却日趋坚定。我会在核桃树下坐许久,大脑空白,无所事事;也会在午后或黄昏的暖阳中沿着河边行走,此时的我同样会将大脑放空。有时会随手捡起一根柳枝在身前随意舞动抽打,只是那样走下去,再折回来,一抬头、一转身,碰到好的景致就停下脚步,欣赏一番后离去。甘南的天气多变,经常走不了多远就遇到落雨,于是匆匆跑回房间。待回到居住的小屋,关上门,只觉世界都安静了。鲁迅讲的"躲进小楼成一统,管他冬夏与春秋",说的就是我这种人吧。小屋不大,十平方米的样子,一床一桌一沙发一茶几,简陋但温馨。我在里面居住、办公,一晃就是两年。斗室中的那个我,时常手插口袋低着头来回踱步,有时会思索一些事情,更多时候则无甚可想,只是那样反反复复地来回踱着。从入门处的书柜到窗台,正常六步走完,走得慢些则需八步。走久了,便一屁股坐在正对门口的那个砖头垫起的破败不堪的沙发上,整个人沉陷下去,接着随手取一本书读,再起身时,也不知时间又过去了多久。读书时,会泡一壶茶,或水仙,或肉桂,或滇红,慢慢来品。我有几把钟爱的壶,如梅桩、掇只、石瓢,建盏也有几只,以束口居多。极无聊时,会把所有的紫砂壶摆放在茶台上,分别放入不同的茶叶，再一一注满开水，盖上壶盖，用热水轻润壶身。对于它们，我是喜爱的，它们始终陪伴着我。在无数个深夜里，我们互相凝视，在孤独中，我们互相诉说，在陪伴中，壶身日趋温润，盏内五彩斑斓，它们如同我最亲近的朋友，以这种方式见证并陪我记录了这段时光。

　　写到这里，我想起了与我朝夕相处同时也是命运多舛的那盆绿植。植物是小屋的前任主人留下的，初见它时，它在堆满烟头的花盆中一副枯败模样。我为它更换泥土，每天浇水让它感受阳光，两个月后满盆皆绿，小屋也多了一份生机。春节后从北京返回，再见它时，上面爬满了白色的小虫，不管我如何照料，它仍旧是死掉了。几根干枯的枝条立于盆中，似乎在向我痛诉。我是自责的，每天仍旧会给它浇水，明知所做的一切徒劳，却从未放弃过对奇迹的期许。直到有一天，奇迹竟真的出现了，一枝幼芽从枯枝的顶端冒出，或是被我内心深处不屈不挠的祈愿打动。我将它放入土中，依旧每天浇水晒太阳。在一年多的时间里，它从最初的两片小叶，到六片，再到八片，茁壮成长。后来我再次返京，托人照看，不知被谁不小心碰到，根部脆断。"这是你的命运！"我心疼地对它说。我想扔掉它，但又鬼使神差地把它插入水中，它也鬼使神差般地生出了根须。我大喜，把它插入盆中，就这样，它再次回到了我的生活里。现在，我又离开了甘南，不知何时还能回去，也不知它现在怎么样了。

　　在小屋里的那个我并非总是安静平和，我做不到也不应该假装坚强，无视那些莫名的脆弱，我不能因为那段时光的远离而否认那些情绪存在，因为那就是我。想起有次去麦积山，在一个洞窟中见到了释迦牟尼雕像，灯光下的佛祖正大庄严，一副慈悲的样子。他左小臂抬起，肘于腰间，手掌朝上，手指自然下垂，右臂微举前伸，五指略拢，手心下是自己的儿子罗睺罗。关灯后再去看他，却惊讶地发现光芒消散后，此刻的他与其说是万人敬仰的佛祖，不如说是一个关心儿子的父亲。微光中的他双目噙泪，望向罗睺罗的方向，努力前伸的手掌停在半空，是一种爱而不能的状态。人前的风光气派，人后的黯然神伤，或许佛祖也是吧。

于是在某个甘南的夜,忽然就落下雨来,忽然就飘下雪来,而我,忽然就流出泪来。记得一个夜晚,女儿给我打电话,她的声音很低,对我说:"爸爸你什么时候回来?"我不知该如何回答,只是安慰她说很快就回家。她问我为什么还不回来?我继续安慰她说很快就回家。她命令我早点回来,要在她第二天晚上入睡前返回,我安慰她说:"好。"她让我保证,不许撒谎,我缓缓地说:"好。"类似这样的情绪都在随后的某一天某一刻,突然化作眼泪,从心底涌出,毫无缘由,只是单纯地为了流泪而流泪。今日写下这段文字,不介意被误解为矫情,亦不会有难为情之感,我怀念那些莫名流泪的夜晚,因为那是情绪的自我梳理与平衡,我甚至觉得有泪可流是一件幸事。

很庆幸在自己的生命中有这样一段美妙的旅程,将我从固化的生活轨道中抽离,投入充满新奇未知的世界。我知道,有些东西悄然发生了变化,我感受得到,并且欣喜于此。一位苏联作家说,如果不是把他拘禁起来,他是无论如何也想不到自己会成为一名作家的。而我如果不是到小镇任职,写作于我的意义可能要在多年后才能意识到。在小镇,我写下了很多文章,在文字中不断地确认着对生活的感受与认知。我还在这里完成了自己的博士论文,尤其是在读到丁玲对中央文学研究所的作家学员们谈实践学习时说过的一段话时,会心地笑了,她说:

> 我认为下去是换换空气,接触些各式各样的人,使生活开阔一些,是要去锻炼自己,改造自己,不要犯错误,不要留坏印象给人家,也不要像钦差大臣一样下去调查一番。回来能写就写,不能写也没有关系,总结一下经验,看是否比过去不同,有些什么收获,看一些新事物,也是好的。

在甘南待得久了,所做所行如丁玲讲的那样,整个人也越发松弛,随之而来的是长期形成的谨严有序如夏日冰雪般消融。

记得初到甘南时,朋友们带我四处游走。从未有过一次旅行如这般漫不经心，走走停停，停停走走，随心随性，不克制也不压抑自己的内心。被认真与一丝不苟过度训练的我起初多有不适，我不知道目的地，也不知道我会在哪个确切的时间以怎样的方式抵达。但最后，在这场旅途中，那些似乎已经印入我躯体的精确、秩序、规则等一一退场，我一点点地将早已攥紧多年的手掌伸展，并如同浸入水中的肉桂茶在松弛中日趋饱满，逐渐沉浸在由大概、也许以及模糊主导并由此而产生的愉悦中。的确，谨严有谨严的美，但散漫，也有其内在的难与人言的妙趣。也唯有散漫，能将自己丝丝缕缕地融入小镇的生活，学会在生活的内部去生活，破除刻板印象，重建对生活及世道人心的认知。这也是一个令我日趋沉默的过程，记不得从哪天开始，突然丧失掉对生活这份言之凿凿的自信，是生活教会了我谦卑。面对每天发生的生活事件与他人的言行，我不再像之前那样轻易断言，并以一种言之凿凿的姿态评论。所谓的悲悯与愤怒随时面临着转换，唯有小心翼翼地去表达对某件事情的看法。"不确定""可能性"突然变成了充满魅力的词语，如此迷人，一如海面之下的冰山，丰富巨大，耐人寻味。

在甘南的小山村待久了，气息似乎也变了，再回到北京也就有了陌生感与疏离感。有次外出购物，面对地铁与商场中迎面而来的汹涌人流，一时间竟有些惊惶，甚至有些畏惧。走在摩肩接踵的人群中，他们一个个经过我，仿佛带着巨大的声响，我第一次感到如此格格不入。回京后时常睡眠不好，辗转反侧难以入睡，每逢此时便格外想念那个遥远的小镇，想念那个窗外有两棵高大核桃树的小屋子。当我真正回到那里时，如同一株枯萎的植物被投入清澈的泉水中，那些焦虑的情绪便会离我而去，我也会瞬间平静下来，失眠的症状也就顷刻间烟消云散了。

回望这二十四个月，从最初的新鲜感到中间的煎熬期，到适应期，再到最后的留恋不舍，一步步地走过来，不知如何评价与总结，只觉得竟然就这样过来了。看看做过的事，读读写过的文，想想交过的友，念念动过的情，我想，我是尽力了的。对这段时光，我有用真心对待。虽不是每天充实，但也不算虚度。遗憾总是有，但也没那么多。

　　记得春节回京后的一天下午,几乎每隔两个小时就会接到来自村里的信息,先是三点多钟,一个小伙子告诉我他的儿子昨天出生了,拜托我起个名字,算起来,这是第五个让我起名字的孩子了。后来五点与七点分别接到了两个老师的电话,其中一个要请我去家里吃饭,还给我准备了土特产让我带回北京,他说这都是他自己做的东西。我告诉他我要春节后回去,电话那头就没了声音。他说别人告诉他我只是回北京开会,没说春节前不回村里。我听到了他隐隐的压抑的抽泣,他反复说就一个春节,为何走前不告诉他。我跟他开玩笑说,等我回到镇上会第一个给他打电话,会带着二锅头去跟他喝酒,他才破涕为笑。离开小镇前的最后一个月,当地的朋友们开玩笑讲要用这一个月来欢送我,虽是玩笑,但他们真这样做了。等到最后离开的那天,几十个人聚在一起,朋友们带来了自己珍藏的酒。我不记得那晚喝过什么酒,也不记得喝了多少酒,只记得宴会到最后,跟朋友们频频举杯,接着一饮而尽。言语,已毫无意义。宴会散了,一帮人互相搀扶着离去,那个叫晶晶的小女孩儿掉泪了,我摸摸她的头,跟她说笑,而眼眶突然湿润了。当朋友们唱起"祝你一路顺风"时,我的眼泪彻底涌了出来,掩面,号啕,他们紧紧抱住我。我在很多很多年未曾有过的大声哭泣中感受到了这段时光的意义。

　　在这二十四个月的时光里,还有一件事是我必须谈及的。离任职结束还有四个月的时候,凌晨我从梦中疼醒。恰逢周末,没有电,房间冷得厉害,所有的一切都是冰凉的。我吃力地下床,摸索到桌上的手机,它也没电了。绝望在黑暗中蔓延,紧紧包裹着我。我用尽各种姿势缓解我的疼痛,结果都是徒劳,最后只好背靠墙壁蜷缩着身子,在疼痛中等待黎明与朋友的到来。两个半月后,疼痛再一次降临。这是另一种病症,它让我彻夜难眠,止疼药、止疼针也毫无作用。住院时,不能进食,不能饮水,每天只能躺在病床上,看不同颜色的药液通过红肿的手背流入身体,十天瘦掉十五斤。好在运气好,无须手术,躺过几天后,大夫允许我进食。一碗粥,一个馒头,一片面包,两份不过油的小菜。当我把它们一一摆放整齐,凝视它们时,我第一次对食物产生了虔诚之心与敬畏之情。我像一个一心向学的孩童般端坐在桌前，神情专注又认真，没有人可以打扰我，我缓缓品尝每份食物的味道，我充分调动我的味蕾，用心一点点地咀嚼，再将它们全部吃下，一点都不剩。其实，我所遇到的这两种病症在小镇很普遍，当地的朋友戏称它们为高原病。初时，年轻、健壮的我有些难以接受，疼时，也从未因此而对小镇与这段生活有所怨恨，我把它当作小镇对我节制欲望、善待肉身的劝诫，这注定是一份深刻而又深远的影响。从此以后，我因小镇而改变，而我的生命，也彻底地与小镇联系在一起。

如今，这二十四个月终于过去，到了该说再见的时候了。难说再见，但是，再见。今天，我用这篇文章与生命中的二十四个月告别。此刻我又想起任职结束返京的那个湿漉漉的清晨，镇政府的小院里块块低洼地面雨水仍存，亮晶晶的。乡镇的朋友们帮我把行李从二楼的房间拎下来放到车上，我们在车前一一握手、拥抱，空气越发潮湿了。马强开车载我出镇，山路两侧熟悉的建筑、林木、河流慢慢离去，或者说是我正从它们的躯体中逐渐剥离。我的胳膊靠着车窗，手托着脸，一路无言。但这也正如马洛伊·山多尔说的那样：

有什么东西结束了，获得了某种形式，一个生命的阶段载满了记忆，悄然流逝。我应该走向另一个现实，走向"小世界"，选择角色，开始日常的絮叨，某种简单而永恒的对话，我的个体生命与命运的对话。

但我知道，不管怎样，从此以后的那个远方，以及那些远方的人们，都与我有关了。

选自《在群山之间》，陈涛著，辽宁人民出版社 2021 年版

第四届三毛散文奖

临 帖

辛金顺

　　身在海外的华人，借临帖这个绵延不断的动作，接通了两代人的心灵，领悟了文字背后的文化底蕴和心理奥秘。笔毫在宣纸上一路行去，文字与身份认同的密不可分，家族传承和文化血脉的水乳交融，不着一字，尽得风流。以诗性的语言写出了历史的沧桑、人生的离合，以及一代代人书写汉字带来的内心喜悦。读来清芬沁人，同时清晰感到文化的血脉跃动其中。

——第四届三毛散文奖终评委

　　子夜的灯光灿亮地在斗室中敞开,在这十五坪多的空间,我将雪白的宣纸摊平,铺在桌上,然后开始研墨,让心情慢慢沉淀下来。窗外的风雨刚过,雨声逐渐邈远,仿佛一场湿淋淋的梦,从许多人低洼的睡眠中静静离去。一种宁谧的情境从墨砚中溢了出来,宛如今年中秋我独自坐在五楼的阳台上,看着浑圆的月亮从丹南平原间悄悄升起,清光照落,身前身后都是一片晃晃的清凉。我静静磨着墨,一心淡定。当墨磨到均匀处,我忽而抬头往窗外望去,外面树影在暗夜中凝成一片漆黑,更远处依稀有灯光淌出,并在时间里流走,然后所有一切看起来都不真切了。

　　提笔,悬腕,屏息,凝神。看不真切了,这岁月与蘸在笔尖上的墨水,在触及宣纸的刹那,在顿挫转折之间,一些记忆纷纷剥落。"羲之顿首:丧乱之极……"墨路前行,云雨天涯,我不断地回头,不断探寻岁月流逝支离前的自己。那个初识中文的童骏之身,如何用短短的2B铅笔,在四方形的小格子簿上写下"天"和"地"两个字,黝黑的笔芯紧张地抵着薄薄的纸面,一横一撇如蚓如龙,朴拙扭曲地躺在纸上,框框套不住它们纵横的身姿,却刚好抵住了岁月里最纯稚的梦。

　　而"天""地"过后是"山""河",笔芯越写越短然后折断,我用从母亲子宫壁上倾听而来的语言,对着老师说断了,仿佛所有的文字也断了,再也写不下去。然后老师帮我削起铅笔,一刀刀地把笔芯削了出来。于是"天""地""山""河"后,"日""月""星""辰"也一个一个冒出,并填满了格子簿。只是字的结构有松有紧,笔势错落,在纸面上游行,一路从不回头地蜿蜒远去。

　　我感觉笔锋在纵舍之间的缓急,通过毫末,笔道流变,字与字在行草中展现了一种神气,那是生命的韵律,无形中而有形,贯穿了我一路走来的岁月;天地在此敞开,日月迢递,星辰运转,我握笔向前直行,毫底汩汩而生的墨字紧密相牵,随着我的心情和室内的气温微微变化。

那是古老之字啊,我仿佛听到久远岁月的深处,有童音稚稚,清亮地从一座简陋的校舍中传来。

三十年了,老师用粉笔在黑板上写下的字,大大的,在我们漆黑的瞳孔中爆亮。我们用心模仿着老师的字形和笔画,横、竖、撇、捺,每个字都坚守着它们应有的姿态,然而在我们小手挥动的铅笔之下,却全变换了形状。那些字或长或短、或粗或细,或横七竖八的像顽童相互追逐和躲闪,在空格中,努力地想去表现自己。然后,我们听到老师用拼音念着:这是"yǔ",上面一横是天,下面盖头是云,水从云间落下,叫"雨";那是"zǒu",一短横一竖再一长横,底下是分开的脚趾,一如人甩着双臂,大步向前,念"走"。于是"雨"循着老师的唇音走进了我们的心里,并化成了一场蒙蒙的细雨,下在我们童年纯真的岁月里。

再然后,我们从这些文字里,开始辨识自己,和自己的身份。

仿佛,每一个拼音的文字都懂得指认,叫出隐藏在元音背后的自己。我静静坐在那简陋的校舍中,并开始懂得用华语叫出了自己的名姓。文字却四四方方嵌在格簿之中,为一个儿童启蒙的时代张开眼睛,以去指出天地间的万事万物。而校外荒蛮野地,草树茂盛,我们时常背起书包里的方块字从林树间的小路来回。走着走着,光就在前面,影子在后面跟着,我们知道走在这条荒凉的路上不会迷失自己。即使走得再远,只要童伴用华语叫出我的名字,我就知道我在哪里。

是的,我知道我在哪里。毫笔在手,天地在握,我读自己成为一路远行的行书,在异乡,倾注了自己一生最美好的岁月。像小时候,父亲握着我的小手,写下了我的名字那般,歪歪斜斜的笔画,稚嫩异常,但那几个字却含蕴着父亲的血温,从他的掌心,传递到了我小小的五指之间,挹注入那些字里,成了有名有姓、有血有肉、有光有影、有声有色的故事。然后故事都会沿着那些笔画走出去,不论走得多远,总有一天,也会沿着那些笔画,找回自己最初的老家。

而父亲从澄海南来，十四岁，受过几年私塾教育，只会潮州话，不谙华语，但却能写出一手漂亮的行书。在异域，在一个纯马来人居多的乡野中，开一个小小的杂货店营生，努力地学习马来语，并以荒腔走板的语音与周围马来居民沟通，只有到晚上时，把店门闩上，才能将门外那些异乡言语隔开，而唤出压在舌尖底下说着潮州话的自己。有时，父亲会摊开一份报纸，执笔蘸墨，畅快地把自己的胸中意气全都倾吐在纸上，那一行行草，在笔尖的钩挑之间，字与字彼此相互牵连，而不至于随着笔画各自离散而去。

那时，我不知那些中文文字，是如此艰难地在这块土地上挣扎求存，尤其在这马来语遍地开花的异域，父亲寂寞地拥抱着自己的身世，在那墨迹斑斑的文字里，沿着一条行草的路，回到梦里遥远的故乡。而在那故乡的老屋，会不会有一个驼着背脊的祖母常常守候在门前，等待他回家呢？

此刻，我压低了毫笔，中锋垂直而下，当腕力宛转，心随意走，援笔一路行去，却是一行"追惟酷甚，号慕摧绝，痛贯心肝，痛当奈何奈何"的字从笔底流泻而出，迤逦向自己的岁月深处。然而四十年回首，父亲孑立在灯下写字的身影，却仍如此清晰地刻在我的脑海中。那一头苍苍白发，说尽了人世沧桑，也道尽了在异域的几许孤独感。而父亲，他一直都未曾回过家乡，一直到老死，他的骨灰坛上，只以小小中文写上他的名姓，三个字，寂天寞地地在那漠漠马来半岛东北的乡落，一个暹庙的灵骨塔中，静静地，注释着他曾经在这人世的短暂存在与停留。

我的笔锋顿了一下，情藏胸中，心仍有所挂碍。而人行世道，总是会有悲有喜，有爱有恨，有聚有散，有生有死，因此人只能一路走过，无法回头；无法回头，就一路一路走下去，勇敢地，将自己走成一路一路的人间风景。

父亲过世那年，我开始练起书法，从楷书入手。起初的一笔一画，仿佛小时候执笔写字那般，总是无法控制笔势，歪歪曲曲，如春蚓秋蛇，丑态毕露。但我也经由书法，重新认识了中文的书写韵律，那些文字的笔势，线条的粗细，转折和钩捺，带我进入了一个重新认识文字的世界。每个文字都有它们的姿态和性格，声音和生命，我只能顺着笔画和线路，才能找到那些文字内在的精神。因此,我常常把写字称作"叫魂",即召唤出每个文字最初的魂魄,并在墨路行止之间,体贴地感受着一份人与文字合而为一的和谐与喜乐。

那些在宣纸斜行如闲草的字,枯瘦肥润,不一而行,总在考验着我的耐性和心力。而笔下方圆,徐快缓疾,都随着腕力宛转,吞吐出一个又一个越来越工整的字。这就像人行世道,入世渐深,也就渐渐知道人情世态,方寸之间,自有其规矩和礼数,其间轻重的拿捏,如行笔的提按,深入了之后,也就圆熟和轻巧起来了。

我在明亮的灯光之下,奕奕于墨迹之中,寻找着一条回家的路。在那里,我会遇到父亲吗? 在行草的路上,有父亲走过的墨路,如今却有着我正在走着的行迹。而在我临摹王羲之的《丧乱帖》时,想起年少时也曾看过父亲临摹过此帖,他那雄放的笔势,颇见奇宕洒脱,然而在文字的转折和流纵中,却可看出,在其笔底的顿挫之间,仍怀着一份难言的伤痛之情,沉沉郁郁地全被压入了纸底。

要过多少年后,我才知道父亲是在日军侵入和占领了澄海之后,只身逃出来的。祖家尽毁,祖父身亡,他只能在安顿了祖母之后,投靠到南洋偏隅马来半岛东北方小镇的大哥那里。我无法想象父亲压在心底深处的伤怀,但从他放纵的笔墨之中,依稀可以感受到那份心理创伤的痕迹,以及隐藏在字与字里的忧郁。

去年,我趁着参加在韩山师范学院主办的"全球汉诗国际学术研讨会"之便,第一次回到了澄海,回到了父亲出生和走过童年的土地。然而在不断发展的那座城镇,许多旧宅已被拆除,并重建出一栋栋新的层楼来。许多旧梦都吹不过那些高楼了,在白昼车尘的飞舞中,我看到许多时光轰隆隆地去远。我不知道父亲走过的足迹,是在澄海的哪一个角落,但站在这片土地上,听着身前身后温柔婉约的潮州话,我感觉到像是已经回到了自己的故乡。然后我随着这些语音,往前走去,前方,我仿佛看到了父亲童年时矮小的身子,就躲在楼口不远处的地方,静静地,对着我挥了挥手……

　　"虽即修复,未获奔驰,哀毒益深,奈何奈何!临纸感哽,不知何言。"墨字淋漓,势去玄远,毫巅凝神,及至纸末。然而字体却因行笔速度加快而变形,甚至有些潦草。时间寸寸转移,窗外的夜色依旧暗黑,灯光下的影子也全睡入寂静里,并安于各自的方位。这时,我把笔势收起,伫立,突然感觉我在临摹中,终于微微了解到父亲当时临摹这帖行草的心情了。

　　时间不断流逝,万物来,万物去,让伫立在时间前面的人,不能不怔忡于两代人对文字的追慕,对岁月消失的无奈,对命运嘲弄的唏嘘。此刻,我放下了毫笔,转头回顾,只看到墙上挂着父亲的遗照,似笑非笑的,看着前方。

　　前方,依稀有一个小孩,仍用短短的2B铅笔,在四方的小格子簿上写字,那么专注地,一笔一画,一个字一个字地写出"鱼""虫""草""木""风""雨""雷""电"来,那小小伏案的身形,就像书帖中"顿首"二字,静静地躬身在时间深处,显得那么悠远,那么缥缈……

选自《香港文学》2020年2月号

杭州听茶

劳罕

漫山遍野的嫩蕊，上下飞舞的采茶女，作者以"西湖龙井"为最小角度切入，延展至中国茶文化的博大精深，在追古中巧妙衔接当下茶事，将中国传统文化的高深与雅趣有机融合。种种"茶道"，已豁人耳目，转而"听茶"，更沁人心脾，香扑烈，味淳厚，新意与张力皆出。杭州听茶，一春心事，皆在龙井。

——第四届三毛散文奖终评委

一

杭州地界产不少茶,最有名气的当属"西湖龙井"。

作为中国十大名茶之首,"西湖龙井"素以色绿、香郁、味甘、形美"四绝"而著称,被誉为绿茶中的极品。

都说"一方水土养一方人",其实,改成"一方水土养一方茶"也丝毫不为过。杭州茶博园的专家告诉我,"西湖龙井"所以口感独特,与产地的气候、光照、土壤、水源大有关系。

狮子峰、龙井、梅家坞一带,地势北高南低,加之周围山峦重叠,林木葱郁,既能阻挡北方寒流,又能截住南方暖流。谷地里溪流纵横,泉水泠泠,经阳光照射,水汽蒸腾,在茶区上空常年凝聚成一片云雾。

对茶叶生长来说,这片云雾很重要:阳光直晒,口感就有些"暴";完全没有阳光,则不利于茶树生长,即使勉勉强强长出了叶片,质地也太"懦",经不起一泡。而这一带的云雾,不薄不厚,不淡不浓,可谓恰恰好!

好的茶田,必须通风。风也很有讲究:直来直去的风,太尖厉,嫩叶经不起蹂躏,叶片还没有舒展开来,汁液已损失了很多,做成的茶口感就会太"燥"。需要的是那种不徐不疾缓缓吹来的风。狮子峰、龙井、梅家坞一带的茶田,大多团拱在"畚箕状"的谷地里,沿畚箕口扶摇而上的气流,大都具有这种特点。

而且,这种气流在爬坡过程中往往因地势增高,遇冷凝霜。如此,便赋予茶田独特的小气候:无霜期短,空气湿度大,冬季低温时间长,直射的蓝紫光较少。

这种独特的气候,有利于植物中氨基酸等氮化合物的形成和积累。

181

无独有偶,造物主对这里的土壤也特别垂青:九溪十八涧带来许多矿物质,所以无论是山坡还是洼地,土壤中均富含茶树生长所需的钾、镁等元素。

种种因素叠加,为茶叶生产提供了得天独厚的自然条件。

千百年来,为了使龙井茶更具特色,茶农在种植方法上也进行了探索:茶田四周遍植香樟,茶畦之间插种桂树,于是,春日香樟花的清幽、秋日桂花的馥郁,便都一股脑儿浸入了茶树的每一片叶片。

你想一想,这样的茶叶泡出的茶汤,味道能差?

正宗的龙井茶,茶形似碗钉,色翠似糙米,滋甘似鲜醇,回味似兰香。总之,清淡低调,又不失优雅。1963年4月,毛泽东主席在杭州刘庄品了龙井茶后曾感慨:"龙井茶,虎跑水,天下一绝。"

龙井村,是九溪十八涧的源头,也是狮峰龙井茶的主产区。喝茶讲究的人,常这么说,"狮、龙、云、虎,狮为首"。

也许是因为喝茶道行不深,我觉得这几处茶的口感差不多。

狮峰龙井,之所以名气大一点,应该与那个爱玩的乾隆有点关系。相传乾隆皇帝下江南时,曾到龙井村狮峰山下的胡公庙游玩,见此处山峦起伏,溪涧清洌,烟岚缭绕,满目翠微,他流连忘返。这时,看到远处绿油油的茶田里,几个穿着鲜艳衣裙的女子正在采茶,犹如一幅天然的山水画(这几个采茶女子,是不是杭州知府安排的,就不可知了)。乾隆来了兴致,踱进田里煞有介事地采了一番。

皇上采的茶,随扈官员岂敢怠慢!马上找来当地最好的茶师,精心炒好,请皇上带回。返京后,一次太后小恙,乾隆前去探视,交代把带回的龙井茶带给太后品尝。

太后品后,免不了夸上几句。乾隆为了取悦太后,随即传令,将杭州龙井狮峰山下胡公庙前那十八棵茶树封为御茶,每年采摘新茶,专门进贡太后。

茶叶有多种人体需要的营养成分。最近看了一篇文章说,美国哈佛的研究机构多年研究发现,绿茶对各种癌症具有一定的抑制作用,包括乳腺癌、肺癌、前列腺癌和结肠癌。

文章言之凿凿:绿茶对肿瘤的化学预防作用主要来源于多酚类化合物。

我不懂化学,绿茶有没有抗癌作用,不敢妄言。但喝茶对身体有好处,对于经常喝茶的我来说,深有体会。

二

全国各地,都有各自的茶文化。杭州的茶文化有自己浓郁的地域文化特点。

明代钱塘人、著名戏剧家高濂在他所著的《四时幽赏录》里,把"虎跑泉试新茶"作为四十八种幽赏之一:

> 西湖之泉,以虎跑为最;两山之茶,以龙井为佳。谷雨前采茶旋焙,时激虎跑泉烹享,香清味冽,凉沁诗脾。每春当高卧山中,沉酣新茗一月。

其实,杭州人喝茶,何止"沉酣一月"。

喝茶,是杭州人生活的重要组成部分。

杭州人喜欢户外喝茶,一年四季,只要天气晴好,杭州的茶室、农家乐门前的空地上,都会支起一张张茶桌,坐满一个个茶客。桌上其实很简单,或一碟花生,或一碟瓜子,或一碟茴香豆,或一碟干笋丝,再加一壶清茶,杭州人能悠笃笃地泡上半天,甚至一天。

这些喝茶的所在,收费大多不贵,一般工薪阶层都能消费得起。

春日、秋日,是杭州的旅游高峰期。要想喝茶,就要早点预定了,从早到晚,很少见到有哪张桌子空过。

听本单位一个老员工讲,老底子杭州人很会生活,即使在物资很不丰盈的上世纪六七十年代,杭州人也不忘春日里去踏青、秋日里去登高。用玻璃瓶灌些茶水,买两根葱包烩或者几块定胜糕,一家人坐在湖畔,自在地享受

183

旖旎风光。

杭州人有句口头禅，叫"小落胃"。我曾问过许多老底子杭州人，这句话究竟是什么意思？解释不太统一，大体的意思是：小小的满足。

其实，"小落胃"有大智慧。生活的要义，不管说得多么的高大上，究其本质，不就是开门七件事——柴米油盐酱醋茶嘛。也许杭州的老百姓，才真正参透了生活的真谛。

品茶，一半是品茶味，一半是品美景。美味、美景俱佳，才可能有好心情，也才能品出醇厚悠长的味道来。

现在人们生活水平提高了，如果来个亲眷或是多年不见的老同学，大可以请他们到西湖边的茶楼去品茶。这些茶楼大多临湖，窗含西湖潋滟波，目尽环湖众山翠，室内檀香氤氲，有乐师持琵琶或古琴轻拢慢捻，韵味自然不俗。很给你撑面子呢。

茶博馆、湖畔居、理安寺等都是品茶的好去处。

理安寺，古称"涌泉禅院"，因内有与虎跑泉齐名的"法雨泉"而得名。这个寺躲在西湖群山的褶皱里。寺前一条小溪，终年碧水清清。水不深，水底游鱼、小虾清晰可见。周围是一望无际的楠木林。

杭州人很少来这里。许多人甚至不知道山里有这样一处所在。游客更是鲜有人涉足。

据载，五代时，高僧伏虎志逢禅师曾栖居于此地。吴越王为之建寺。

因为有山和林的阻隔，连风也刮不到这里。所以，这里一天到晚，静得出奇。能听到的，除了鸟叫声，就是法雨泉的"叮咚"声。

法雨泉，紧贴石壁，上覆石亭，靠石壁那面呈半弧形凹陷进石壁里。泉水不是从地里涌出，而是自岩隙里汩汩渗出，不时冒出一串串水泡。

壁顶汇聚的水汽，集聚到一定程度便"叮咚"跌入水中。因为安静的缘故，"叮咚"声如同被麦克风放大了一般，脆生生的，非常悦耳。

石亭朝外一面的石柱上，镌刻一副楹联"碧螺澄法雨；绿树荫清泉"。只有置身泉边，才能领略到此中的妙意。

这是一处冷泉,非常清冽。连泉底的细沙都看得清清楚楚。我曾经试过水温,砭人肌骨。坐在泉旁,向泉的半边,凉飕飕的。泉边有个平台可放两三张桌子,夏天在这里喝茶,不用吹风扇,绝不会出一滴汗。

因为水温低的缘故,夏天快正午的时候,泉四周水雾蒙蒙。冬日的早晚,外界气温低,这里亦是水雾蒙蒙。那种水雾,由水面翻卷着往上蒸腾,仿佛有一种巨大的力量在鼓捣着什么,给人一种神秘感。

古人有诗赞曰:"晓为云气夕为岚,石上飞泉松下庵。欹枕欲眠惊未得,恍疑秋雨落澄潭。"

清代俞樾在其《春在堂随笔》一书中写道:"寺僧导观法雨泉,清莹可爱。中有泉龙,不过二寸,而有四足,具五爪。"

其实,是俞老先生缺乏科学知识了。据考证,所谓的"泉龙",是两栖类蝾螈的一种。这种珍稀古生物活化石,现在已不多见。我去理安寺喝茶,每次都睁大眼睛寻找,一次也没有看到。

理安寺喝茶,价格比较公道:我第一次去时(2008年前后),按人收费,每人十元。一壶茶,一盘吊瓜子,一盘花生米,你尽可以慢慢坐品。喝多久都行,没人催问。如果你想在这里留餐,也可以,两菜一汤,二十五元。

这里星期天也鲜有人来,所以采访归来,我经常携笔记本电脑来这里写稿。有时候,一写就是一整天。

现在喝茶是不是涨价了? 我不知道。

三

喝茶的地方,要论名气,恐怕当属"满陇桂雨"了。

当代文学大家胡适、徐志摩、郁达夫、巴金等名人笔下,都写过这里。1937年春,周恩来与蒋介石还在这里举行过国共第二次合作的高层会谈。

满觉陇,又称满陇,是西湖南岸的一个小村落。村落位于南高峰与白鹤峰之间的谷地里。一条石板路沿山势逶迤而下,房舍分布在石板路两边。

因古时此地建有满觉院而得名。

这里满山满坡,房前屋后,溪边道旁,田畔两侧,清一色种满了桂树。

最初的桂树,大约由寺僧所植。后来,附近的村民祖祖辈辈都以种植桂树为生。史料记载:唐代起,桂树已蔚为壮观。又经千年积累,这里的桂树便绵延成林海,沿着谷地,逶逶迤迤、密密匝匝达数公里。

有资料说,这里目前已有上万棵桂树。

金秋时节,琼枝捧蕊,珠英吐芳,万花竞开。这里的空气、草木、房舍、甚至尘埃,都被香气浸透了。

因为桂树的品种不一样,一树丹桂一树红,一树金桂一树黄,一树银桂一树白。红、黄、白攒集在一个谷地里,随风荡漾开去,那是一种什么阵势?

花,有开必有落。桂花花期不长,未几,便落英缤纷,密如雨珠。人行桂树丛中,头上、身上,甚至鼻尖上、眉毛上,旋即都挂满了桂花,如同沐浴了一场豪华的"桂雨"。

地面刚刚扫过,这不,也就刚过了几分钟,又铺上了厚厚的一层。所以,称"满陇桂雨",应该是很恰切的。

旧时杭州有"绝艳三雪"之说:"西溪的芦花,名之秋雪;灵峰的梅花,名之香雪;而满觉陇的桂花,名之金雪。"

这样的盛景,明代人高濂的《四时幽赏录》里自然不会落下。在"秋时幽赏"里,他专门写了"满家巷赏桂花":

> 桂花最盛处,唯南山、龙井为多,而地名满家巷者,其林若墉若栉。一村以市花为业,各省取给于此。秋时,策蹇入山看花,从数里外便触清馥。入径,珠英琼树,香满空山,快赏幽深,恍入灵鹫金粟世界。

高濂不愧是养生达人,很懂得怎样享受:

就龙井汲水煮茶,更得僧厨山蔬野薇作供,对仙友大嚼,令人五内芬馥。归携数枝,作斋头伴寝,心清神逸,虽梦中之我,尚在花境。旧闻仙桂生自月中,果否? 若向托根广寒,必凭云梯,天路可折,何为常被平地窃去? 疑哉!

无论是花开时分,还是花落那霎,在桂花树下喝茶,都是一种无与伦比的享受:裹着浓浓的香风,桌几是香的,椅子是香的,杯盘是香的,茶水是香的,邻座的那个人是香的——不,所有的人都是香的……就这还不够,香味,还肆无忌惮地往鼻腔里钻;桂花,争先恐后地往茶杯里跳。别再犹豫了,你就连桂花一起痛快地喝下吧。

近些年,杭州旅游业如火如荼。为了延长花期,科研机构对桂树进行了品种改良,这里花已谢,那厢花方开,花期陆陆续续可以绵延一个多月。村民们,家家户户院落里都摆满了茶桌。

桂花可嗅,亦可食。于是,杭州的茶食糕点,便和桂花攀上了关系。在满觉陇喝茶,佐茶的,少不了桂花糖、桂花糕、桂花瓜子。有的热心店家,还会殷勤地为你奉上一碗热气腾腾的桂花圆子羹。

我曾向满觉陇一位九旬老翁请教过桂花糖的制作方式。初始,老先生顾左右而言他。熟了,才透了点玄机:桂花将谢时,在桂树下,铺一张大被单,然后蒸香熏撩。随着香烟缭绕,桂花便纷纷坠落到被单上。

"就这么简单?"我紧追不放,赶紧又奉上一支烟。

老先生过足了烟瘾,这才又透了一点秘诀:香,离花的距离一定要掌握好。约三寸许,不可太近,也不可太远。太近,破坏了桂花香味;太远,不利于桂花坠落。香的质地,最好是柏香而不是檀香——檀香太冲。香的形态,最好是塔香而不是线香。用塔香,是为了更好地控制香与花的距离。

桂花采下后,在背阳处阴干,放进大木桶里,撒上厚厚一层白糖,然后用厚布把桶盖扎紧——一定要密不透风。一些些空隙都不能留! 这样经过半个多月发酵,糖分会渐渐融进桂花里,待糖化完了,桂花变成了红褐色,便可以贮藏起来。

这种桂花糖,放多久都不会坏。无论是做糕饼,还是圆子羹,都是绝好的配料。老人神秘地说:"过去,满觉陇许多人家就是靠卖桂花糖发了家。"

老先生还告诉我,采桂花,千万勿用棍敲。早落的桂花,质量很难保证。

这个道理容易明白:就像瓜农为了抢市场,瓜还未熟就摘了下来,口感能好吗!

我把老先生的商业秘密透露了出去,老先生不会怪罪我吧?

四

喝茶地点,如果你不追名气,可选的地方那就多了。

杭州周边的村庄,几乎家家种龙井茶,户户开农家乐。龙门坎、龙井、灵隐、翁家山、杨梅岭、梅家坞、外桐坞、叶埠桥、慈母桥等等,都是喝茶的好去处。

这里的农家乐,就开在茶田边上。有的家庭,甚至用木栈道把茶桌摆进了茶田里。

眼前的情形是怎样的呢? 你且瞧:

那伴着山势蜿蜒起伏的茶垄,宛若大自然画出的绿色五线谱,而戴着斗笠的采茶姑娘就像是一个个跃动的音符。如果你有音乐细胞,一定迫不及待地想谱出乐章。

周大风先生那首著名的《采茶舞曲》,或许就是触景生情创作的吧:

> 溪水清清溪水长
>
> 溪水两岸,好呀么好风光
>
> 哥哥呀,你上畈下畈勤插秧
>
> 妹妹呀,你东山西山采茶忙
>
> 插秧插得喜洋洋

采茶采得心花放

插得秧来匀又快呀

采得茶来满山香

你追我赶不怕累呀

敢与老天争春光

…………

周大风先生是一位深受大众喜爱的音乐家,生前创作了许多脍炙人口的作品,这首《采茶舞曲》,至今仍传唱不衰。

这首歌曲,原本是周先生为越剧现代戏《雨前曲》谱写的主题歌。歌词清新活泼,曲调富有江南地方特色。

这首歌,凝聚着周恩来总理的心血呢。

1958年9月的一天晚上,周总理和邓颖超同志在北京长安剧场观看《雨前曲》后,来到后台与演员畅谈。周总理高度评价了这首主题歌,同时也建议:"有两句歌词能否改一下,'插秧插到大天亮,采茶采到月儿上',插秧不能插到大天亮,这样人家第二天怎么干活啊?采茶也不能采到月儿上,露水茶是不香的。"

遵照周总理的嘱托,周大风回到杭州后就到梅家坞茶乡体验生活。可绞尽脑汁,也想不出更好的词句。

几年后的一天,周大风正在茶园劳动,一辆轿车停在了身边,走下来的竟是周总理。周总理和蔼地问他,词改好没有。

周大风只好实话实说。

总理沉吟了一下,说:"你看,改成'插秧插得喜洋洋,采茶采得心花放'如何?"

一位日理万机的总理,一直惦记着一个普通的文艺工作者和一首歌曲。真是令人感喟!

从中体现的是,人民总理时刻把人民的利益放在心上。在总理的眼里,人民利益没有小事啊!

五

说到喝茶,想起了苏东坡和茶的一个典故:

一次,苏轼游莫干山,来到山腰一座寺观。和尚见来人衣着简朴,冷冷应酬道:"坐!"摆摆头对小沙弥吩咐道:"茶!"

苏轼落座。同和尚闲谈几句,和尚见来人出语不凡,马上请苏轼入大殿,摆下椅子说:"请坐!"又吩咐小沙弥:"敬茶!"

苏轼继续与和尚闲聊。苏学士那是什么学问呀!妙语连珠,金句滔滔,惊得和尚暗叫不好——今天碰到高人了!他赶紧问:"施主尊姓大名?"

苏轼捻须一笑:"小官乃杭州通判苏子瞻。"和尚连忙起身,请苏轼进入一间静雅的客厅,恭敬地说:"请上座!"又吩咐小沙弥:"敬香茶!"

和尚低声下气地请苏轼题字留念。苏轼写下了一副对联:"坐请坐请上座,茶敬茶敬香茶。"

"茶、敬茶、敬香茶",喝出的是:世态炎凉!

就喝茶的境界来说,确实有层次之分。窃以为,可依次分为:喝茶、品茶、听茶。

一提喝茶,映入脑际的是"牛饮状"——奔波得累了、渴了,嗓子直冒烟,端起粗瓷大碗,一顿猛灌。末了,用手背狠劲一抹嘴巴。

品茶,则是擎着龙泉青瓷小杯,轻轻呷上一小口,慢慢咽下,然后,闭着眼睛细细回甘。

而听茶,则到更高境界了。

龙井村位于西湖风景名胜区的西南,通往村口的路上,有一座廊亭,上书:龙井听茶。

我第一次路过时,不觉莞尔:茶是用耳朵喝的吗?听茶,噱头罢了!

可回去细细一想,击掌赞叹:妙极了!一个"听"字,境界全出。

宋人罗大经《茶声》写道：

> 松风桧雨到来初，
> 急引铜瓶离竹炉。
> 待得声闻俱寂后，
> 一瓯春雪胜醍醐。

这首诗叙述的是煮茶的全过程，很浅显，细品却余味无穷：你瞧，茶声初起，若松桧林中刮过一阵劲风，洒下一场急雨。主人迅捷地把煮茶的铜瓶拿离炉火正旺的竹炉。待到声音静寂下来后，掀开瓶盖，只见一瓯子春雪般的茶汤冒着浓浓香气扑鼻而来。主人不由得叹道："哇，真好闻，比醍醐的味道还好啊！"

听，是指用耳朵接受声音。按照《说文》的解释，本字从旗，tīng声，即耳有所得。

要想耳有所得，那就必须用心去感知。

而用心去感知，这茶，也就有了境界。

如同"美人莫凭栏，凭栏山水寒"一样，听茶，首先得有闲适的心情，躁急不得，太高兴、太悲戚也都不行。

只有心无俗事，意无杂念，荡去了胸中块垒，远离了尘世纷争，面前只有茶时，你才能和茶喁喁对话。只有这时，才有兴致"扫将新雪及时烹"，才能体会到"茶烟轻扬落花风""从来佳茗似佳人"的妙趣。看到嫩叶在水中翻滚，你会颔首一笑，"状似凤头戏碧波"（而不是伍子胥过昭关——"心中好似滚油煎"）。

听茶，得有一定的阅历。蒋捷那首《虞美人·听雨》写得真好：

> 少年听雨歌楼上，红烛昏罗帐。壮年听雨客舟中，江阔云低，断雁叫西风。

而今听雨僧庐下,鬓已星星也。悲欢离合总无情,一任阶前,点
滴到天明。

的确,不同的年纪,对人生的体悟是不一样的。听茶,实则听的是人生、
听的是阅历、听的是学识、听的是好恶、听的是境界、听的是过往的一切
一切。

稚童,一张白纸,再好的茶,能听出味吗? 不可能!

听茶,得有合适的场合:

寒夜客来茶当酒,

竹炉汤沸火初红。

寻常一样窗前月,

才有梅花便不同。

听茶,如同饮酒一样,得有知己:

一枪茶。二旗茶。休献机心名利家。无眠为作差。

无为茶。自然茶。天赐休心与道家。无眠功行加。

听茶,得有合适的时间。"矮纸斜行闲作草,晴窗细乳戏分茶"。忙得鬼
吹火似的,头汤还没有泡成,就要去签一笔大单,能听出味吗?

或者身居动荡、战乱的国度,耳畔炮声隆隆,空中子弹乱飞,你得时不时
窥着窗外的动静,纵有好茶,安能听乎?

听茶,得有合适的条件。首先茶不能太差:

雨前虽好但嫌新,

火气未除莫接唇。

藏得深红三倍价,

家家卖弄隔年陈。

听茶,茶器也得讲究,"泉甘器洁天色好,坐中拣择客亦嘉""活水还须活火烹,自临钓石取深清""素瓷传静夜,芳气满闲轩"。

听茶,得有一定的知识储备。听茶,一定意义上讲,就是听文化,"香叶,嫩芽。慕诗客,爱僧家"。

有了知识的储备,才能有诗意的回甘,"焕如积雪,烨若春薮""竹下忘言对紫茶,全胜羽客醉流霞。尘心洗尽兴难尽,一树蝉声片影斜"。

只有到了这时,这茶,也才能"听"出功效来:

一碗喉吻润,两碗破孤闷。

三碗搜枯肠,唯有文字五千卷。

四碗发轻汗,平生不平事,尽向毛孔散。

五碗肌骨清,六碗通仙灵。

七碗吃不得也,唯觉两腋习习清风生。

蓬莱山,在何处?

玉川子,乘此清风欲归去。

茶,一旦到了"听"的境界,已经不是单纯满足口腹之欲了,正如黄庭坚云:"味浓香永。醉乡路,成佳境。恰如灯下,故人万里,归来对影。口不能言,心下快活自省。"

是啊,此时已由"形而下"上升到了"形而上"的层面。听出了人生的感悟,听出了做人的道理……

饮茶,如果到了"听"的境界,才算真正品出了味道……

选自《湘江文艺》2021年第6期

云端上的乡音

徐 迅

　　气冲霄汉的京腔里，有一缕皖西南的浓浓乡音；状貌威武的徽班中，有一个皮黄巨擘的孤独灵魂。以《程氏族谱》的一段记述为源，娓娓道出尘封已久的徽班进京历史。凭借烛光独照的人文情怀，串联起散落于史料与传说中的颗颗珍珠。金钟大镛虽已广陵散绝，却有《云端上的乡音》定格一位戏曲伟人的铮铮铜像。

　　　　　　　　　　——第四届三毛散文奖终评委

一

1988年1月8日，我在皖西南一个普通平静的村庄找到《程氏族谱》。当我沉迷在程氏家族神秘的传说里，打开有关程长庚的资料时，我万万没有想到，我打开的是中国戏曲史上"徽班进京"中的一支著名班社的辉煌谱系——戏子不上家谱，程氏家族让程长庚在家谱上有了记载，显然是号称程朱理学名家的程氏家族一种莫大"恩惠"。尽管家谱中没有"徽班领袖""京剧鼻祖""伶圣""剧神"等称呼，咨啬得只有人的名号和生卒年月。

但有这些就足够了。

随着程长庚籍贯纷争的尘埃落定，仿佛一场大戏的舞台帷幕缓缓拉开，程长庚和以他为角儿的一段尘封已久的"四大徽班"进京历史，就像一池荷花全部浮出了水面。清水芙蓉，摇曳生香。这时，我突然发觉响彻云霄的京腔里竟有我的一缕浓浓的乡音。

按照现在的戏曲史定论，徽班进京是乾隆五十五年（1790）。那年是乾隆皇帝的八十寿辰。徽班就是专门进京为他贺寿的。清代杨懋建《梦华琐簿》记载："乾隆五十五年庚戌，高宗八旬万寿，人都祝厘，时称'三庆徽'，是为徽班鼻祖。今乃省'徽'字样，称'三庆班'。"

实际的情形是，"三庆班"是浙江盐务奉闽浙总督伍拉纳之命，将徽商推荐的安庆徽班带入京城的。开始，他们只是在浙江盐务承包的地段内的"天街"临时戏台，参加"祝厘"演出。但在完成了祝寿演出后，三庆班在京城已小有影响，于是他们试着进行了一些商业性表演。当时带领徽班进京的是一位名叫高朗亭的艺术家。

高朗亭（1774—?），号月宫，安庆人，原籍江苏宝应。入京时三十岁，以唱二黄腔著称于伶界。《日下看花》说他"体干丰厚,颜色老苍,一上氍毹,宛然巾帼,无分毫矫强。不必征歌,一颦一笑,一起一坐,描摹雌软神情,几乎化境"。就是年纪稍长,也别有丰姿。众香主人在《众香园》中说他"偶尔登场,其丰颐皤腹,语言体态,酷肖半老家婆,真觉耳目一新,心脾顿豁"。戏曲界后来都以"徽班老宿,脍炙梨园"评介他。

清王朝经历了很长时间的休养生息,到了乾隆时期已是社会稳定,经济繁荣。这为戏曲提供了丰厚肥沃的生存土壤。此时,京都的戏曲舞台琴笛悠扬,诸腔杂陈,百花争艳。可谓鱼龙混杂,泥沙俱下。当时在北京流行的剧种,规模较大的除占主流的昆曲之外,还有京腔、秦腔、徽调、汉调等等。但戏剧开始受制于朝廷。清代统治者把当时的戏曲分为两大类,一种叫"雅部",一种叫"花部"。李斗的《扬州画舫录》记载:"两淮盐务,例蓄'花''雅'两部,以备大戏。'雅部'即'昆山腔';'花部'为'京腔''秦腔''弋阳腔''梆子腔''罗罗腔''二簧调',统谓之'乱弹'。"戏曲舞台的色彩缤纷,也导致了"花""雅"两部之间的纷争。清廷垄断了他们喜爱听的"昆曲"后,认为"花部"粗俗下流,不登大雅之堂,对"花部"进行了一次次政治性的打压。

第一次打压是乾隆刚登基不久。弋阳子弟携腔入京,开始了弋阳腔演变而成的京腔与昆曲之间的争斗。杨静亭《都门纪略》中记载,当时出现了"六大名班,九门轮转,称极盛焉"的场面。京腔压倒昆曲,很快占了上风。但宫廷内舞台对"昆弋大戏"一视同仁。京腔进入皇室戏台,却与昆曲一样成了御用声腔——仿佛一朵花靠近另一朵花,这次打压最终落得一个"南昆北弋",花开并蒂,皆大欢喜。

秦腔进京就没有他们这样幸运了。秦腔名伶魏长生(1744—1802)生于四川,艺成于陕西。他携秦腔进京,一台《滚楼》"大开蜀伶之风,歌楼一盛"(《花间笑语》),昆曲顿失颜色,京腔也难以与之匹敌,以致造成京都"六大名班无人过问"(吴长元《燕兰小谱》)的局面。于是,"六大班伶人失业,争附入秦腔觅食,以免冻饿而已"(戴璐《藤阴杂记》),结果惹怒清廷,说秦腔是"亵词秽语""无非科诨海淫之状"。乾隆四十四年(1779),他们遭受了花雅之争后的第二次无情打压。

乾隆五十年(1785),朝廷正式颁布了禁止秦腔演出的谕令:

> 乾隆五十年议准,嗣后城外戏班,除昆弋两腔仍听其演唱外,其秦腔戏班,交步军统领五城出示禁止。现在本班戏子,概令改归昆弋两腔,如不愿者,听其另谋生理。倘于怙恶不尊者,交该衙门查拏惩治,递解回籍。(《钦定大清会典事例》)

圣旨一下,魏长生只得于乾隆五十四年(1789)离开京城,仓皇南下。

然而,就在"花部"遭到第二次打压的四年后,却因为给乾隆皇帝祝寿,徽腔又登上了京都的戏曲舞台。这次登上京都的戏曲舞台不要紧,要紧的是紧接着,四庆徽班、五庆徽班都到了北京。京都的舞台一下子就出现了三庆、四庆、五庆争雄的场景。再接着,就迎来了以三庆班为先,春台班、四喜班与和春班并奏的"四大徽班"声名鹊起的戏曲大时代。

被迫离京的魏长生在嘉庆六年(1801)回到了北京。次年夏天,他表演秦腔《表大嫂背娃》一戏,终因劳累不堪,一下舞台便长眠不醒,年仅五十四岁。他死后,秦腔这一艺术曾以"南梆子"名目出现在京剧舞台——对一生挚爱戏曲的魏长生来说,这算是对他最大的慰藉了。

二

"徽班"两字,在明代万历四十五年(1617)方应祥《青来阁初集》一书里就有出现:"优人演《古城》,异其色之鲜,问之徽班也。"不过,那时安徽还没有建省,所以专家们大多认为那时的"徽班"不过是由在杭州、扬州、苏州等经商的徽商家养的戏班。戏班的演员都是安庆石牌一带的艺人——真正的徽班就是在安庆石牌形成的戏班。

清康熙时,安徽已经建省。徽班的指向就更为明确。清代最早说到"徽班"的是一位名叫汪必昌的清廷老太医。他愤怒地写道：

> 乾隆廿六七年，安庆班之入徽也……予在内廷宫值，窃窥南府、景山两处，教习高、昆二腔，讲曲文，究音调，辨字眼，言关目，忠孝节义之剧，尽善尽美，未闻乱谈。谁识徽处山僻，放浪形骸，竟容乱谈以伤风化！尤可恶者，昔年逐出徽境之班，到处不称安庆、石牌，而曰"徽班"。

汪必昌深居内廷，又是地道的徽州人，他对徽班的诟诽，既为"徽班"的起源提供了有力证据，又为清廷对"花部"的打压做了最好的证明。"安庆色艺最优""梨园佳弟子，无石不成班"……与他同代的包世臣在他的《都剧赋》里却是大加褒扬，说——"徽班昳丽，始自石牌"。

但徽班进京从来就不是一路凯歌。在完成祝寿之后的第八年，即嘉庆三年（1798），花部又遭到了来自清廷的第三次打压。乾隆1796年初禅位给嘉庆（嘉庆元年），嘉庆四年（1799）去世，只做了两年太上皇。这次打压虽然有些虎头蛇尾，但一道谕旨却实实在在地刻在苏州城老郎庙庙碑上。

圣旨如下：

> 元明以来，流传剧本皆系昆弋两腔，已非古乐正音，但其节奏腔调犹有五音遗意。即扮演故事，亦有谈忠说孝，尚足以劝感劝惩。乃近日倡有乱弹、梆子、弦索、秦腔等戏，声音既属淫靡，其所扮演者，非狭邪媟亵，即怪诞悖乱之事，于风俗人心殊有关系。此等腔调虽起自秦皖，而各处辗转流传，竞相仿效。即苏州、扬州，向习昆腔，近有厌旧喜新，皆以乱弹等腔为新奇可喜，转将素习昆弋两腔抛弃，流风日下，不可不严行禁止。嗣后除昆弋两腔仍照旧准其演唱外，乱弹、梆子、弦索、秦腔等戏概不准再行唱演。所有京城地方，着交和珅严查饬禁，并着传谕江苏安徽巡抚、苏州织造、两淮盐政。一体

严行查禁。如再有仍前唱演者,惟该巡抚、盐政、织造是问。钦此。

此一时,彼一时也。圣旨虽措辞仍然严厉,却没有人很好地执行。随着乾隆皇帝驾崩、和珅被嘉庆皇帝抄家查办,清廷似乎把这事丢到了一边。"离离原上草,一岁一枯荣。"经过几番风吹雨打,进京的徽班在时代的缝隙里悄悄完成了自己的华丽转变,就像一株牡丹绽放出更为艳丽的花朵——当时北京"戏庄演出必徽班,戏园之大者,如广德楼、广和楼、三庆园、庆乐园,亦必以徽班为主"(杨懋建《梦华琐簿》)。"三庆的轴子,四喜的曲子,和春的把子,春台的孩子"已成为北京剧坛上的美谈。

回溯"四大徽班"进京的历史,应该还要说到一个人——盐商江春。正是他创办了春台班。三庆班的入京也得到过他的资助。

江春(1721—1789),字颖长,安徽歙县人,据说他出生时有白鹤翱翔于庭,故号鹤亭。他是两淮盐商的总领。有钱有势,精明能干,深得乾隆皇帝赏识。乾隆六下江南落脚扬州,每次都是他为乾隆"扫除宿戒,懋着劳绩"。为了迎驾,他费尽心思,自己出资创办雅部德音和花部春台两个戏班。春台班就是他选拔扬州当地和苏州、安庆等地唱二黄调等乱弹腔的演员组成的流动徽班。前面说的秦腔花旦名角魏长生南下扬州,也曾投身于春台班,使春台班有了京、秦"二腔合流"之说。春台班进京时间大约在嘉庆元年(1796),班社以年轻的少年演员为主,所以人称为"春台的孩子"。

三庆班于乾隆中期在安庆组成。当是正宗的徽班。当时,在安庆流行的徽戏声腔有枞阳腔(石牌腔)、吹腔、梆子腔、高拨子和二黄调。三庆班以安庆二黄融合京腔、秦腔同台演出,故名"三庆班"。三庆班的"轴子",是指三庆班不断编排新戏,而且是新编连排的整本大戏。三庆班的几任班主都任过北京戏曲行会组织"精忠庙"庙首,进京又早,因此三庆班便有"京都第一"之誉。

"公会筵开白昼间,嗷嘈丝竹动欢颜,新排一曲《桃花扇》,到处哄传四喜班。"这首传诵一时的《都门竹枝词》,写的是四喜班演《桃花扇》轰动京城的情景。四喜班在安徽组建后,曾流动到苏州、扬州演出,吸收了一批善唱昆曲的苏扬名伶,徽调昆曲兼唱。到北京后又以擅长昆曲的演唱闻名,后来由于二黄、秦腔等乱弹盛行,四喜班的名角们一开始坚守昆曲声腔不习乱弹,但终因大势所趋,最后在道光年间也"尽变昆曲",改唱了西皮、二黄。

关于和春班的成班,《中国京剧史》说"是嘉庆八年(1803),由庄亲王出资,邀请安徽艺人组成的。时称'王府大班'"。但《鞠部拾遗》却认为它是在扬州组建而成。和春班进京演出的年代大约在嘉庆八年的春节左右。它以乱弹戏《收姐姬》而一"收"走红。和春班演戏以武戏见长,徽昆、徽秦兼演,在花部与雅部之争中也向皮黄合奏靠拢了。

四大徽班都在北京前门大栅栏一带胡同里居住,但他们都以各自塑造的艺术形象活跃于清中叶京城的戏剧舞台。到了道光二十五年(1845)竟形成了"以老生号令天下"的格局。

就是那一年,三庆班出现了首席老生程长庚;春台班出现了老生名角余三胜;四喜班产生了老生张二奎;和春班出现了老生王洪贵……

乾隆后期以唱二黄腔为主的"四大徽班",至此不仅在京城各自站稳了脚跟,还取昆腔、京腔和秦腔而代之,博采众长,各演其能,在历经了徽、昆、京、秦、楚、汉、皮、黄兼演的阶段后,有意无意间,为中国京剧的形成完成了一次美丽的艺术蜕变。

所以说,徽班进京直接奠定了京剧艺术大厦的基石。没有徽班进京,就没有国粹京剧。斯言不虚。

三

1790年徽班进京,实际上离程长庚降临人世还有不短不长的二十一年时间。对于一个时代来说,这是无数生命漫长而有意味的生长年轮;但对于中国戏曲来说,却是京剧这一株艺术奇葩的孕育与等待、开花与结果,水到渠成的过程。

摆在我面前的两套家谱，一套是1833年修的《程氏族谱》，一套是1941年编的《（井股）程氏支谱》。打开族谱，我看见《程氏族谱》的序言就是程长庚儿子（兼祧子）章瑚所写，他说，族谱"开刷之日，问序于余，予愧不能执笔……"他显得十分谦逊。

族谱载程长庚："祥浤子文橄，字长庚，嘉庆十六年（1811）辛未十月初七日午时生"，"卒于光绪五年（1879）己卯十二月十三日亥时，妻庄氏合葬于京都彰仪门外石道旁路北，父祥浤墓前另冢。""嗣子二人，长子章圃……工老生，后改文场"，"从子章瑚，为长庚兼祧子"……有关程长庚的线索在家谱里时隐时现。步入仕途的章瑚以及清末民初做过多国外交官的十几位后代，族谱记录得详尽备至。对于长子章圃，即后来"三庆班"的司鼓及他的孙子、著名京剧小生程继仙，也有完整的身世与生平。

称"井股"的程家井，毗邻村庄环绕的有三口清水塘，四周是程氏家族祖祖辈辈世代休养生息、耕作不止的田园。族谱序言说，程氏先祖"……元时游寓安庆，乐皖山皖水清涟秀丽，兼多醇厚之风，于是作室于潜之古城山下即毛家坨，耕田食，凿井饮。而程家井之名起矣"。现在古井依然，程家井却已繁衍出二百多人口，四十多户人家。除一户姓吴外，全部姓程。这一群老实巴交的农民牢记祖训，除了田间垄上，他们几乎没有一个人走到比县城更远的地方。

在程家井，我听到了一个关于"夜朝官"的传说：古时程家井东厢富裕，西厢贫困。西厢人认为是坟山不好，于是，趁年夜用石碌抵住了东厢人家的大门，在风水先生所勘定的鸭形宝地偷葬了一棺坟。第二天，风水先生大惊失色，说："你们应该白天葬啊！夜里葬，只能出夜朝官（即舞台上官）哩！"——"怕就是出了程长庚这个武旦生吧？"当地人说完这个逸闻，顿了顿，突然冲我一笑。我没有回答。我想，这是无数名人身上容易附会的一个荒诞故事。但程长庚确实做了一辈子舞台上的官——后来，"清文宗赏其能歌，给五品顶戴"。这也算为风水先生的预言提供了一个"佐料"。

他们喊北京叫"京里"，知道祖上有位"唱戏不打脸（化装）"的人。但面对我这个不速之客,他们却显得茫然不知所措。

成名后的程长庚曾说:"余家世本清白,以贫故执此贱业。近幸略有积蓄,子孙有啖饭处,不可不还吾本来面目,以继书香也。"(徐珂《清稗类钞·优伶传》)他这样说,也这样做了。他后来把家产分成了两份,一份给从子章瑚,让他出了北京城,耕读于河北的正定府;一子居京,仍习业梨园。这与家谱记载他后代"一官一戏"的情况一致。

在那个社会的风俗里,艺人一度被认为是有伤风化,有辱先人,有的还被逐出祖宗的祠堂。就是清朝当时的法律也规定,唱戏人的子弟,三辈子不得参加科举考试(《齐如山回忆录》)。程长庚有如是举动,只不过表明他思想的矛盾与内心曾有过的煎熬。

由于缺少准确的资料,程长庚从小与戏曲的关系一直众说纷纭。刘豁公在《戏剧大观·俳优别传》里说,程长庚父亲本就是一位名角,但过世很早。长庚没跟父亲学到什么,却得到了父亲一位入室弟子的传艺。那弟子见程长庚为人忠厚,悉心相教,程长庚"性聪质敏,声术遂以大进,箕裘克绍,赖有薪传……",说得绘声绘色。而徐慕云的《梨园影事》说他"幼随父北走燕蓟,坐科于保定某班"。《梨园系年小录》说得更煞有其事:说他在北京著名的昆曲科班"和盛成"学戏,与名丑杨明玉及潘阿巧、稽永林还是师兄弟。还有,说他是卖笋卖到北京的,如"嘉、道间,长庚與笋估都下,其舅氏为伶,心好之,登台演出……"(徐珂《清稗类钞·优伶传》)。日本人波多野乾一的《京剧二百年之历史》认为,程长庚幼年经常出入京都,"……嘉庆道光间,彼为卖乐器之小行商,其舅氏业剧,知程之善歌,一日劝其演戏,彼欣然允诺,粉墨登场,不意博得观众倒彩,失败而归。彼大挫之余,三年之间,不出户庭,日夜研究"。说他是卖乐器的小商贩。

以上种种,似乎证明程长庚从小也有着一座"戏曲世家"的艺术楼台——这与他说的"书香门第"或有不同。尽管他的老家"民每轻去其乡,佣贩自给"(《潜山义园记》),但称为"戏曲之乡"却是名副其实的。那里地处吴楚交界,"皖水上游,山川蕴蓄雄浑,民多俊秀,音中宫声,即农人亦多能高歌者,故有清一代名伶最伙"(程演生《皖优谱》),"风俗清美,天性忠义"。春秋皖国大型歌舞《夏龠九成》即编演于此。"金陵歌舞甲天下,怀宁歌者为之冠。"明朝著名戏曲人物阮大铖在天启、崇祯年间"名满江南"的"皖上阮氏之家伎"也是昆弋腔的留存。有一种戏曲叫作"老徽调"——潜山弹腔,在他的家乡至今遗响未绝,余脉绵绵。

史料载,他的家乡在清代中叶就有弹腔班组存在。如官庄的牛兰湾余家,在乾隆元年(1736)组建了弹腔班,道光十年(1830)由余万全领班,忽而南京,忽而重庆,并到过北京演出,最盛时,演员有八十多人。光绪五年(1879)才停班。除此还有同乐堂、积善堂等弹腔班社。如今潜山许家畈的弹腔班,几乎是当地现存的弹腔样板。这个班最早受教于与程长庚同时代的汪焰奇门下,至今还保留着《二进宫》《郭子仪上寿》《徐庶荐诸葛》《渭水河》《杨四郎回朝》《程咬金上寿》《三奏三》《沙陀国》《辕门斩子》《王春娥教子》《祭塔》等剧目,有心人把当地弹腔与春台班乾隆三十九年的戏目对照,就有《文王访贤》《湘江会》等五十余种相同。延绵二百多年的潜山弹腔,无疑就是京剧的母体艺术。

因程氏族谱有"老林坦戏台基"的记述,人们以此推测程长庚的父亲程祥湉曾师承父业,在家乡组建过一个弹腔班,名字就叫"四箴堂"。程祥湉于道光三年(1823)携程长庚及族中叔伯兄弟一行北上入京。这个结论不知是否正确,后来程长庚以"四箴堂"为堂号却是不假。戏曲行家们所说的程长庚唱徽调,余三胜唱汉调,张二奎唱京腔,这在他们各自的故乡都能找到满意的佐证。

这是一块被戏曲深深浸润的大皖之地。这块土地在二百多年前成就了京剧艺术,后来又贡献了另一颗戏曲的璀璨明珠——黄梅戏。

四

"时尚黄腔喊似雷,当年昆弋话无媒。而今特重余三胜,年少争传张二奎。"这是道光二十五年（1845）《都门杂咏》里的竹枝词。历史走到同治三年（1864），《都门纪略》却变成了另外的一首："二奎今日已沦亡，三胜由来没准常。若向词场推巨擘，个中还让四箴堂。"两首竹枝词的变唱，说明程长庚在京城开始以首席老生主演皮黄戏时，还没有余三胜、张二奎出名。但时隔十九年后，事情显然发生了天翻地覆的变化。

关于京剧，一般认为是以史称"老生三鼎甲"，即程长庚、余三胜和张二奎三位艺术家的出现为其形成标志。他们三人是京剧艺术成长期的三根"台柱子"。

在"老生三鼎甲"中，余三胜年纪最大，成名也最早。

余三胜（1802—1866），名开龙，字启云，湖北罗田人。有人根据京都《潜山义园记》的碑刻，说他也是安徽潜山人。少年时，他在安庆学戏，后入湖北汉戏班，是一位有名的汉调演员，进京后又入徽班，为春台班当家生角。余三胜擅唱"花腔"，曾以"时曲巨擘"之称名重京师。他舞台经验丰富，演戏讲究表情动作，能随时即兴发挥。有一次与程长庚、张二奎合演《战成都》，张二奎饰刘备，余三胜演马超。马超本没有多少戏份，同行担心他不好演，但演到剧中的刘璋问他为什么投降刘备，他却口若悬河。一连吐出十几句念白，直斥刘璋的昏聩，诉说刘备的仁义。念白抑扬顿挫，浑然无错，让人连连叫好。还有一次，他演《四郎探母》里的杨延辉，因演铁镜公主的搭档没来，他硬把一个四句唱词唱成七十四句，直到那位搭档来了才停口，赢得满堂的喝彩声。

也因为喜欢临时发挥加词，有些演员不习惯他。有一次唱堂会，俞毛包演的大轴戏是《金钱豹》，他唱《珠帘寨》。俞毛包知道他有这么一出，叮嘱他"到台上省点力气，早唱完早回家睡觉"。他非但不听，反而唱得更起劲。气得俞毛包在后台骂街，他在前台撒欢，直唱到东方露白。

而张二奎（1814—1864）却是以票友的身份成为一代名角的。

张二奎原名张士元，原籍河北衡水。幼年随父辈经商到京，因喜好戏曲，二十几岁任职清廷时就下海唱戏。经常以票友身份被约请在徽班和春班演唱，取艺名张二奎。但当时清廷规定，凡在朝任职者不得唱戏，因触犯了清规，他被革去功名。无奈之下，索性搭上和春班演戏。初演即成名，自立"双奎班"，后入四喜班，成为四喜班的头牌老生与一代班头。

张二奎身材魁梧，面相雍容，气度不凡，一登场便有帝王之风。行家说他"嗓音宏亮，行腔不喜曲折，而字字坚实，颠簸不破"，被称为"干腔"。因生长在北京，人们就称他的声腔为京腔。他有不俗的武功身段、雍容端庄的扮相，一时名盖京华。有人曾编打油诗戏谑道："四喜来个张二奎，三庆长庚皱皱眉。和春段二不上座，急得三胜唱两回。"

但辞了清廷官职，他的母亲想不开，郁郁寡欢，含恨而逝。张二奎负疚不已，拿出积蓄为母亲办了一个很有排场的葬礼。却又因此被告发"以优伶潜用官宦排场举动"，被判发配，愤然死于北京通州，一代戏曲状元像一颗流星归于杳渺，令人扼腕。

余三胜、张二奎相继谢世，"老生三鼎甲"只剩程长庚一人。如前所述，程长庚在北京出道，曾奇怪地"失踪"过三年——说他首演《文昭关》唱砸了后，一连三年，发愤研习音律。终于在某一富贵人家的堂会上演《文昭关》里的伍子胥，以慷慨激昂的唱腔，声震屋宇，于悲壮中透出一股奇侠之气，"冠剑雄豪"，以"叫天"名轰动全座。从此，他独步梨园，以"皮黄"熔徽调、昆腔为一炉，推动徽戏向京剧的嬗变。王梦生在《梨园佳话》中说，"在京师戏界，言长庚，犹如文家有韩（愈）欧（阳修），诗家有李（白）杜（甫），人人视为标准……"。对于以书香门第自居的程长庚来说，这个信息极其丰富的文化符号，包含着人们对他艺术成就的心服口服。

程长庚会唱的戏很多。

据说，他能表演的剧目大约有三百种，如《文昭关》《群英会》《战樊城》《鱼藏剑》《举鼎观画》《让成都》《镇潭州》《捉放曹》《击鼓骂曹》。他能反串花脸，还为何桂山表演的《白良关》配演过"小黑"尉迟宝林（尉迟恭）等。在道光末年经咸丰至同治年间，他在戏曲舞台上耀眼夺目，被推崇为艺术圭臬。咸丰帝奕詝、慈安太后、慈禧太后都很喜爱皮黄，也很喜欢他。慈禧说，"优伶名角，要推长庚"。后来他以三庆班身份兼管四喜、春台两个戏班，荣任"精忠庙"庙首，执伶界之牛耳，被称为"程大老板"……

再后来，《中国近世戏曲史》干脆就发出一阵惊呼：徽班"忽出一伟大艺人，即安徽人程长庚是也"。

五

清代有一幅十分经典的戏曲演员写生肖像画——《同光十三绝》。

画像依次排开，有在《群英会》里饰演鲁肃的程长庚、《战北原》里饰演诸葛亮的卢胜奎、《四郎探母》里饰演杨延辉的杨月楼、《恶虎村》里饰演黄天霸的谭鑫培、《一捧雪》里饰演莫妈的张胜奎、《群英会》里饰演周瑜的徐小香、《雁门关》里饰演萧太后的梅巧玲、《琴挑》里饰演陈妙常的朱莲芬、《桑园会》里饰演罗敷的时小福、《彩楼配》里饰演王宝钏的余紫云、《行路训子》里饰演康氏的郝兰田、《思志诚》里饰演明天亮的杨鸣玉、《探亲家》里饰演乡下妈妈的刘赶三。众星捧月，余音绕梁。这也是中国戏曲史上一次豪华的"群英会"吧？

"一轮明月照窗前"是程长庚在《文昭关》里的唱词。在徽班进京、群星闪烁的戏曲年代，程长庚这位皮黄巨擘就如天上的那轮皎皎明月，不仅照在窗前，更照亮了19世纪中国戏曲舞台，照亮了京都无数的不眠之夜。

但程长庚从不以剧坛大佬自居，作为三庆班班主、钦封的"五品顶戴"，他节衣缩食，却视同行如兄如弟，演员家庭有困难，他慷慨解囊，毫不犹豫。拿现在的话就是"德艺双馨"了。遇"遏密八音"的国丧，停止一切娱乐活动，演员生活无着，他总会倾其所有。例如，同治甲戌冬（1874），清同治帝载淳病死，北京各个戏园停演了两年零三个月。程长庚仗义疏财，施粥赈饥，接济同侪。后来演员们感谢他的救命之恩，为他立了一个"长生禄位牌"，上书"优人大成至圣先师"，视他如"孔圣"。

有一年冬天，雪拥京城，广和楼剧场只有一位观众。手下主张回戏，程长庚特意绕到台前与那位观众寒暄道:"今日如此风寒雪冷,他人均足不出户,你却独来,可见是个知音。"他要求戏班照常演出,并自演《文昭关》。次日,京都一片哗然,"程老板"为一人演唱拿手好戏成了梨园佳话。后广和楼每有演出,座无虚席。

程长庚执老生首席,但为声望不高的演员配戏,从不推却。有人怕影响他的盛名,加以劝阻。他说:"众人为我,我又怎能不把众人视为手足同胞呢?"而对在演戏前,旦角演员站在台上供人观赏,或陪官僚富豪们玩乐的陋习,他却坚决反对。演出时,面对观众的狂叫喝彩声,他说:"吾曲豪,无待喝彩,狂叫奚为? 声繁,则音节无能入,四座寂,吾乃独叫天矣。"甚至对当朝的皇帝,他也一视同仁。说"上呼则奴止,勿罪也",弄得皇帝也只好大笑许之。

国难当头,都察院要他演堂会,强行绑了他,他不唱。当知道他们点的戏是《击鼓骂曹》,便破例应允,饰演祢衡。他祖身击鼓,气概激昂,指着堂下就一通怒骂:

> 方今外患未平,内忧隐伏,你们一班奸党,尚在此饮酒作乐,好不愧也! 有忠良,你们不能保护;有汉奸,你们不能弹劾。你们一班奸党,尚在此饮酒作乐,好不愧也!

坐在台下的官僚显贵们如坐针毡,悔恨交加。

吴焘在《梨园旧话》里以唐代诗人评点"老生三鼎甲"的声腔,说余三胜就像韦应物、孟浩然,声如闲云野鹤,"空山鼓瑟,沉思独往";张二奎如沈佺期、宋之问,声能"应制各体,堂皇冠冕,风度端凝……一洗筝琶凡响矣";而程长庚嗓音高亢激昂,具有沉雄之致,让人有"天风海涛,金钟大镛"之感。程长庚的嗓音是脑后音,行家说他造鼻音法(鼻腔共鸣),是由丹田而出来的真声,又叫"膛音"。《异伶传》说他"语至尾声,虽平调必千回百折,愈吐愈高,响彻云霄而后已","声调绝高……登台一奏,响彻云霄","如长江大河,可以一泻千里,一啸能振屋瓦,一咽能感毛发",声音有着极强的穿透力,开口便能气冲霄汉。

他演的关羽戏,当朝名叫周祖培的一位尚书竟听得"肃然起立",莫名万状。

还有一个有名的故事也发生在堂会上。礼邸堂会邀他演《水淹七军》,正当满堂宾客觥筹交错之际,他扮演关羽上场,只见他"剔起卧蚕眉,神威赫赫",忽而在台上一抖青龙刀,本就生有异志的礼邸吓得寒热大作,生了一场暴病。"自此以后,终身不敢看关公戏。"据看过程长庚戏的人回忆,他不仅演《水淹七军》里的关公,就是演《战长沙》《华容道》里的关公,也是"状貌极其威武,而又双目炯炯,尤令人不可逼视","升帐之际,双眉一竖,长髯微扬,圣武威状逼视红氍毹之上"。

这些都不是传说——只可惜那时没有录音,遂使广陵散绝。

对声音天生异常敏感的程长庚,因为声音,还影响了他对三庆班班主的选拔。晚年,谭鑫培(1847—1917)、孙菊仙(1841—1931)和汪桂芬(1860—1906)三人被称为"后三鼎甲",名噪京华。其中谭鑫培是他最看重的,但他却担忧谭鑫培的"云遮月"之音。说谭鑫培"惟子声太甘,近于柔靡",对此,他充满着无可奈何。以致缠绵病榻时,还对谭鑫培语重心长地说:"我死后,你必独步,然吾中国从此无雄风也!奈何奈何!"最终把三庆班班主的位子交给了杨月楼。而他所说谭鑫培的"亡国之音。三十年后,吾言验矣",随着清王朝的覆灭便得了印证。

生命最后的几年,程长庚坚持登台表演。有人不以为然,劝慰他:"君衣食丰足,何尚乐此不疲?"他叹道:"……某一日辍演,全班必散,殊却可惜……三庆一散,此辈谋食艰难,某之未能决然舍去者,职此故耳。"他义无反顾——直至生命永远定格在红氍毹上。

一百多年后,这位戏曲伟人的塑像回到了故乡。

故乡隆重地接纳了他。伴随着熟悉的紧锣密鼓、急管繁弦……再次走进程家井,我发现我竟也用了三十二年光阴。其时,新建的程长庚纪念馆前,一抹晚霞正在西边静静地燃烧,霞光映照着程长庚轻舒折扇的铮铮铜像。

我感到一种无边的安静。

突然,一声京调响遏行云,穿云裂石般破空而来。我觉得有一缕乡音滑落在暮色四合的大地之上,上升、上升……

在云端。

选自《中国作家(文学版)》2021年第8期

若有光

陈蔚文

作曲家皮亚佐拉的名曲《遗忘》在说遗忘也许是美好的，至少摆脱创痛。可是，如果你记不起悲喜交集的过往，也像没有活过一样。这是个悖论。《若有光》里的陈蔚文像一只燕子，在文学的本质命题——存在与虚无之间飞来飞去，行文沉挚而又空灵。像克拉克星鸦那样在文字里撒下哲学的种子，记录人类永远争取又永远失去的两样东西：爱与遗忘。

——第四届三毛散文奖终评委

在我以前没有时间,在我以后没有存在。

时间与我同生,时间也与我同死。

——丹尼尔·冯·切普科

1

"每天倒着写五个字!"我再次建议正找东西的母亲。是一档电视节目里介绍的,说倒着写字可防"阿尔茨海默病"(它曾长期被称作"老年痴呆症")。母亲置若罔闻,只顾满屋子翻找。

钥匙、钱包、票据、病历……寻找已成母亲的日常例课。

"到底搁哪了?"她苦苦寻思,得出结论,尔后推翻,重新回忆。事实上她的回忆越来越不可靠。她的忘性虽还未大得对正常生活构成要害性影响,只频频添些乱,却也够呛。比如最近一次她认定手机失窃,立即报了停机,半小时后,她发现它就在兜里。

她有时和人说到我或姐姐的过往,以一种具有小说家潜质的叙述侃侃回忆,而往事并非如此。她对我的不认同颇为不满,认为我试图篡改历史,她比我早二十八年进入这世间,当然比我更有发言权。有时她对同一桩事件的回忆会出现若干版本(甚至前后矛盾),但她不容人置疑。

在与她争执无果时,我真希望能有白纸黑字的当年记录以做佐证。但没有,事物正行进时,没人认为事实会被遗忘与混淆,然而,它以比我们想象快得多的速度变得凌乱模糊。

母亲建立起一套自己的往事体系,她的听力日益下降,这为她杜绝他人的干扰进一步提供了保障。她获得了记忆绝对的话语权。

科学资料说，人脑的眼窝前额皮层，有一个鼎鼎大名的"奖赏系统"。它指挥人们去寻求快乐，与其他额叶皮层一起见识大脑中产生的感觉、记忆和想象信息，区分真实和虚幻，设定信息的优先级。当眼窝额叶皮层出现问题时，就可能导致"虚构症"。虚构症者往往以"脑补"的方式来填补忆间的空白。

对母亲接下去的晚年生活我不无担忧，怕她套牢在寻找中。找钱夹，找钥匙，找名字，找莫须有的往事……

有时和她争辩时，我告诉自己，何苦争呢？宏大的人类历史都不知有多少虚构，就如《人类简史》的作者，"七零后"历史学家尤瓦尔·赫拉利所说："讲述虚构的故事是人类大规模合作的核心。银行家最会讲故事，他们创造了全世界人民都相信的故事：金钱。"赫拉利还说："国家、公司、金钱，也都不是客观存在，而是虚构出的故事。包括上帝。"

如果上帝都是虚构之物，我干吗要和我妈争个子丑寅卯呢？

我对母亲的担忧，逐渐转为对自己的——寻找的场景已从她的日常复制进我的生活。我寻找的频率并不低于她，只是我比她的动静要小些。

遗忘业已侵入我中年的身体U盘，格式化掉不少内容。

有一次会议，有人热情向我打招呼，我尴尬微笑。啊，这个面熟的人，这似曾相识的声音……在哪里，在哪里见过你，我一时想不起。直到次日，我才突然想起她是谁，是的，一个月前我才在她家乡参加一个活动时与她同席，我们还就当地的风土人情聊了一会。

还有次尴尬是某培训班同学聚会，我带了些新书赠给大家，签到其中一位女同学时，我竟然忘掉她名字！她守在一旁，兴冲冲等我签下。我几乎想丢人地询问：你叫什么？笔悬半空，顾左右而言他，尽可能拖延落笔。芒刺在背，女同学神色已有疑。一位同学从外面进来，一阵寒暄，我装着打电话迅速打开同学微信群，查到她名字……

类似事情的频繁发生使我想到"短暂性全面遗忘症"——此病表现为短暂性失忆，与其他失忆不同的是当事者记得个人信息，认知也无障碍，失忆内容往往几天后会逐渐恢复,但也有永远丧失部分记忆的。

再纠正母亲的回忆时,我有了动摇:没准她的记忆更牢靠?

当马尔克斯笔下魔幻的马贡多镇集体患上遗忘症,居民们给每样东西标注名称,在路口贴上"马贡多",以免忘记故乡的名字;在镇中心贴上"上帝存在",以免失掉他们的信仰——文字成为拯救记忆的最后路径。

我为儿子乎乎记日记(有时是周记或月记),大概也为避免今后重蹈母亲凭一己记忆定义往昔岁月的覆辙吧。问题是,乎乎今后对这些琐屑有多少回顾的兴趣?与其说这些文字是我为他提供成长的佐证,不如说,是我借由日记定格这些岁月,以抵抗今后衰老带来的各种遗忘……

2

"家乡的真正危险不是骗子,而是八卦,住着一群记忆力超强的人,左拾遗右补阙……"台湾作家唐诺说,这简直像在说女友Z。她之所以离开江南小城,只身漂在上海,就为逃离家乡那群"记忆力超强的人"。他们一直记得Z与当时男友的恋爱始末,记得Z与男友母亲的一顿大吵,还有男友后来的婚事。

憎恨平庸,认为平庸是种不可恕罪行的Z,不能忍受自己的经历为小镇生活贡献新的平庸——那种茶余饭后,闲聚一处的"左拾遗右补阙"。在邻里唇舌间,她与前男友的情史不断演绎,永不能翻篇。

仿佛用张失效船票,她一次次被推上并不想登上的客船。

Z辞掉家乡安逸工作,只身去沪。她喜欢上海这城广阔的层积,足以容纳大量匿名者。往事成为秘密,得以恪守。

在沪的第五年,Z买下一套中山公园旁的小二手房。她和它都是旧的,对彼此又都是新的。也像与上海的关系,各自旧着,又都互为新人。她隐在这座城中,避免口舌拨弄。

对Z,这是一座"看不见的上海"。那些乱糟糟的往事,变质后发酵的耻辱,沉下去,生出暗绿苔藻。她通过一个隘口,凫游进另一个宽阔水域中。

这是许多人去到大城市的理由吗?和 Z 一样。一座深阔的城市,其深阔成为个人的掩体。

卡尔维诺在《看不见的城市》中写到贝姬的居民,这座城里居民的记忆会在每一天的零时被清空。在一次又一次的记忆重启中,居民们获得了永生——死亡对于他们没有意义,死亡也不过是完成一次清零,因此死神也远远地避开了这座纯洁城市。

婴儿般纯洁的居民,每天重新出生一次,清白地住在这座失忆之城里。某种意义上,大城市也是这么座失忆之城。它像一块巨型海绵,汲取着记忆,绝不轻易泄露。

Z 又从上海去了南欧。出国前一年,她的房内贴满西班牙语单词。冰箱、床头、橱柜,甚至马桶。手机调成西语制式。四十二岁的年纪,她被扔向天空,落在二十七个字母的异国,离江南小城(连同上海的若干故事)愈远。记忆进入新的飞地。

3

电视剧里的某个男人有些眼熟,像一位旧友。他的名字再想不起。除了面容,其他部分已虚化,消失于记忆之河。这条河里壅塞诸多沉落物,正如我也是他人记忆河中的沉落物。

亲人,会不会彼此遗忘?

某年春节,去女友海茗家,她给我们看去陕北高原旅行的照片:她头裹花布骑在马上,模样俊俏。她母亲,一位八十多岁的老太太凑过来,端详照片,问这女子是谁?我们说,是您女儿哇。老太太满意点头,一会又指着照片问,她是谁?有时老太太会看着海茗,羞涩而惶惑地问:"你是谁,干吗对我这么好?"

失忆症向来是影视剧热衷的桥段。主人公因失忆,人生重来,把棘手问题往失忆症里一扔,最后电光石火,找回记忆。现实版"失忆"情形要残酷得多。它多和阿尔茨海默病勾结,成为国际上继癌症之后第二个让人害怕的病症,医学释之为"一种进行性发展的致死性神经退行性疾病,临床表现为认知和记忆功能不断恶化,日常生活能力进行性减退,并有各种神经精神症状和行为障碍"。

海茗的老母亲,每日站在七楼窗口向下望,看见了什么?她认不出从自己体内分娩出的儿女,这一刻,尘归尘,土归土,她把一切交还尘世,去了另个时空。那里,林深人不知,明月来相照。

海茗的老母亲是幸运的,有几个轮流照管她的儿女。我的旧邻方老师则没这么幸运,阿尔茨海默病将其晚年送进悲惨。她是解放前大学生,在北京工作多年,一头银发,风度雍容,普通话纯正。丈夫老卜搞文史研究,早年就读于北大和清华,魏碑功底深厚,在文化部工作时曾和赵树理同事。一次中风后,他变成奇怪的走路姿势,一只手朝内蜷,定格髋骨处,另手持拐,每行一步,牵一发而动全身,艰巨犹如将一堆报废零件努力拼合在一处。他坚持每日晨昏在院里走若干圈,不久后还是走向了死亡。老卜走后,方老师精神渐恍,患上阿尔茨海默病——这对一个体面的知识女性,是比死更可怕的病。儿女极少来,请了个阿姨。阿姨不善,嫌照看麻烦,给方老师吃得很少。防盗门后,她究竟过着怎样的悲惨生活,邻里不知。只是从方老师的瘦削程度可推断,阿姨的照管相当马虎。

院里人提起方老师都唏嘘,有人向她儿女单位反映过,但家事究竟难管,未有下文。

某年秋天深夜,院里突然响起喊声,是方老师。院子铁门锁了,她奋力拍打,嚷着要出去,到北京给红军战士们送草药,大伙正等着。年轻时,方老师曾在离毛主席很近的岗位工作,这是她一段辉煌的人生记忆。

她心急如焚地喊着,普通话字正腔圆,她求门卫开开门!北京等着她送药救人呢!

谁来救她呢?

院里几人出来,劝方老师。可她焦急执意地要去北京送药,人命关天,背负革命重任的方老师态度越来越激烈。这位知识女性蓬发趿鞋,在黑夜中声嘶力竭。

我母亲几经周折,查到方老师女儿电话,打去。对方推说有事,口气中有嫌我们狗拿耗子的不耐烦。

无奈,我跟方老师说:北京刚打电话来,一定让您明天再送药去。反复劝说,她将信将疑,踽踽走进楼道。不久后传来方老师去世的消息,院里人私下说,她近乎是饿死的,保姆嫌恶她拉在身上,常饿她……

一个被记忆抛弃的老人,也被尊严所抛弃。

有资料显示,近年中国阿尔茨海默病患者已逾千万。预计到2050年,患者人数将达两千七百万。并且,中国的大多数阿尔茨海默病的患者都错过了最佳诊断时间,"中国AD病人从出现症状到首次确诊的平均时间在一年以上,百分之六十七的患者在确诊时为中重度,已错过最佳干预阶段"。

曾经,我觉得肉体的疾痼是最可怕的,现在我觉得比肉体之疾更可怕的是精神症候。它使人尊严受辱,斯文扫地——那时即使肉身完好又有何意义呢?

据说年轻时用脑过度会增加该病的发病率。我想起我妈,从事财务工作一辈子,做过的报表连起来长度和那个知名奶茶杯子近似,亲友公认的"脑瓜子好使",如今她的忘性愈来愈大,记忆于她有时像那个纸条游戏——A事件的时间搭上B事件的地点,再饶上C事件的人物,组合成一桩由她创造的新事件。

我自己无疑也属"用脑过度"人群,码字生涯加上失眠增殖出的思虑碎片,让我对今后患上失忆症的概率毫不乐观。

上海华山医院一位神经内科主任谈到阿尔茨海默病与年纪大了记忆减退的区别时,有四点可判断:一,前者经提醒也想不起许多事;二,对周边环境失去识别能力;三,逐步丧失生活自理能力;四,基本无烦恼——这第四点,听上去像是对此病的一些精神补偿。若真如此,此生"想多了"的苦算得到根治性矫正,一切折磨人的记忆从此去向"无执无障",干净了断。

可是,与难以忘却的苦相比,我为何更恐惧的是失忆后的"放下"——那如断崖下的万丈空白?

4

纳博科夫说:"生动地追忆往昔生活的残留片段,似乎是我毕生怀着最大的热情来从事的一件事。"他的意思是,记忆是一生最重要的不动产。

可这笔不动产若遭贼呢? 贼还不是外来的,是"监守自盗"。

和纳博科夫相反,博尔赫斯在一次访谈中说,如果世间真有上帝能赐予永生的话,他希望上帝能赐予他遗忘:"我宁愿不知道博尔赫斯的所有情况,不知道他在这个世上的经历,如果我的记忆被抹掉,我就不知道自己是否存在了——我的意思是说,我就不知道自己是不是同一个人了。"

"我"与"非我",不仅仅是博尔赫斯的迷宫,也是更多人的迷宫。

有次听亲戚说起我青春期的一桩事,几乎不能信,那个不可理喻的家伙怎会是我? 在亲戚的陈述中,那个家伙乖张敏感,长满倒刺。我像听一个陌生人的传闻般,听亲戚说着,带着一点尴尬的侥幸:我不记得,那就不算数。

但我其实知道,那的确曾是我,敏感尖锐——那看似朝外的刺,刺向的其实是自己。

在遗忘类型中,大脑会自动生成一种"选择性遗忘":遗忘内容经过高度选择,以满足特殊感情的需要。例如,完全忘记某一重大事件的经过,以致矢口否认此事曾发生的事实。这种遗忘方式,就像人遇上红灯,会本能自动地刹车一样。

上过一堂心理课。上海莘庄,在美国心理女博士的指导练习下,有人在台上痛哭失声,描述自己"像陷在一个洞里",那个黑洞就是她的创伤漩涡:她和父母的关系。另个衣饰讲究的女人上台,在博士指导下,她亦突然失控,泪水迸发,因为与女儿的关系。她说女儿曾有很长一段时间说话不敢看

221

她的眼睛……

台下的我诧于她们上台与当众痛哭的勇气。大概,人人内心都有个或浅或深的"记忆黑洞"? 青春期,郊外一座小桥边,我和女伴聊天,聊到成长,她突然说,我永远不会说出一件事。幽暗中看不清她的脸。她的声音低而坚定,表明她将永守一桩秘密。晚风吹来草皮与河水略腥的气味,货车从公路疾驰而过,卷起一波波尘土。

重潜那个黑洞,就能获得救赎与光明? 那次课上,我问自己,你有勇气上台吗? 有勇气当众潜入记忆深处去做回顾吗? 不! 我知道自己多紧张于这一切的发生。那些旧日之伤,请停驻原地,我已走远,琐碎如蚁而心系一处地生活,人生愿景不过如王朔所言,"不闹事,不出幺蛾子,安静本分地等着自己的命盘跑光最后一秒"。

那天的课没上完我就返程了。午饭前,我突然感到身体出现难以描述的巨大不适。出了教室,我在院里的一架紫藤下想等待不适过去,想坚持把下午的课上掉,但不适愈来愈严重,严重到返程像是桩不可能完成的任务。

接下来,莫名大病一场,各项检查都查不出具体症结……

记忆的本能,懂得趋利避害。选择性遗忘,可以有另个命名"保护性遗忘"。

不过,并非所有"被遗忘"都能得到保护,譬如情感上的"盲视背叛"。

整整几年,我都充当着亲戚 X 的心理辅导师。自从发现丈夫外遇,她就陷在自我折磨与折磨他人的双重角色中。她拒绝离婚,四处跟踪丈夫,同时原谅他一次次谎言。她无法消化掉的深入骨缝的痛苦,部分化作对亲友熟人的倾诉,我成了她重点倾诉的对象。但后来发现,一切劝说其实无效。她一次次原谅背叛的伴侣,无视对方的冷暴力,她不愿为承认这背叛而选择离婚。她宁肯"忘记",像钻进沙子的鸵鸟——不,鸵鸟钻进沙子以躲避危险原本是人类长期来的误解。事实是,鸵鸟一旦发现敌情,会将脖子平贴地面,身体蜷曲,以暗褐色羽毛伪装成石头或灌木。它们并没钻进沙子,否则肯定会被闷死。

而"盲视背叛"者的所谓"忘记",却是真正一头扎进了沙子。

几年后,她终于离婚了,独自回家乡小城生活。离她最初发现丈夫的背叛,已过去十年。

5

"作家们最习惯于找到过去的现在和现在的过去,永远生活在时间的叠影里。"重读《小团圆》时想到这句话。一个优秀作家,正是时间地质的勤奋勘测者,如张爱玲。她的强大记忆复苏着那些一掠而过的细枝末节,易被常人疏忽的语调、眼神、手势……它们是小说,也是她人生的一部分,她从没丢开的一部分。那些"嘈嘈切切错杂弹"的记忆始终蛰伏于她异乎敏感的神经中。这书从20世纪70年代开始创作,张已年过半百,她开始借《小团圆》对过往做个总结。至去世,稿未能完成,也未曝光,遗嘱中她要求将手稿销毁。往事历历,不吐如鲠在喉,吐了恐惹非议。但终于,还是示予了天下人。

博闻强记,与其说是技艺,不如说是命定。好比张爱玲,她注定要借"九莉"还魂。称职的作家兴许都像一种鸟——克拉克星鸦,为储备冬天的粮食,星鸦辛苦劳作,收集森林中的松子,然后埋在一个很远的地方。每年秋天,一只克拉克星鸦要将两万两千到三万三千粒松子埋藏在五千个不同的地方。待到冬天食物稀少时,它们逐个挖开埋藏点,不论时隔多久,总也不会忘记藏粮之地。

有些人一生混沌,如传说中只有七秒钟记忆的金鱼,他们所经历的重大事件只是"物",没有引申,不加注释。

不肯忘者,他们皈依记忆,为之立传。

林贤治先生记一亡友,女作家黄河,他初见她,微胖,开朗,之后她移民,两人有些信件往来。他未想到在黄河开朗外表下有隐痛的内心,而且她不愿接受M教授教示她的现代心理康复疗法,即任何时候有机会都应尽量向人诉说自己的痛苦经历(据说这样易于平复旧日创伤)。黄河写道:"我发现我并不真正想遗忘那伤痛。那是我童年和少年时期唯一留下的印记。也许从心理学的角度说，这是自虐是病态。但对我来说，如果我把它们彻底遗忘，那个时代于我还剩下什么！……"

黄河死了。林分析她的辞世，认为肯定同早年的创伤种子有关，与长期压抑、恐惧、不安之感有关。引林贤治语："它终究在黑暗中占据你，控制你，吞噬你的生命，而你竟然以为凭自由意志可以战胜它，真是太小觑它了。生命是有极限的。所谓'抵抗遗忘'，抵抗的力量算得了什么呢！"

遗忘或许是剂偏方，但忘或不忘，是命数。有些事物间注定永远无法达成和解。对黄河，唯"不忘"才可证示存在。去世前，她还在以义工身份为一名七十多岁的上海移民（因申请穷人的医疗保险时遇到麻烦，跳地铁自杀，被救起后截断双腿）的利益而作争取努力。这位热爱自由的女性，曾写到对理想主义者的敬意，尽管"那通体的伤痕就是他们能得到的唯一奖赏"。

同样对记忆不忘的还有张纯如，这个美丽的华裔姑娘写成二十万字的《南京大屠杀：被二战遗忘的浩劫》，在搜集资料过程中，她患忧郁症住院。张纯如最后的精神崩溃乃至举枪自杀，与"浸入式"写作此书显然有关。

传说中的匠人，以身为薪，瓷器方得以烧成。黄河、张纯如们，也同样跃入历史的熊熊窑火，明知不返，却执意将自我血色熔入其中。

当某些记忆变得吞吐、游移乃至滑向"集体无意识"时，总有绝不妥协，沿献祭道路而去者。他们用提前殒殁的背影提醒着历史的真相。

6

"越近的事情越容易忘记，越久远以前的事情反而记得越是清楚。这是初老症的症状。"对照此条，我大概还非初老，是中老了。因为常忘掉近事，却连在摇篮中被姐姐不慎推翻在地的惊慌，都记得。还记得一些场景与瞬间——童年的寒冬早晨，外公用煤油炉煮面的香气；七八岁时，家里窗台上盛开的鸡冠花、指甲花，院子里的夜来香和红艳的美人蕉；江边往来的驳船，天空的流云,施工队在街道挖出一铝盒锃亮针具,引发的各种充满离奇想象的街坊猜测;小学二年级,从外公家旁的街道小学转入父母家附近的重点小学,让我先考试的女班主任威严高大的身影(这个乌云般盖下的身影成为她所教授的数学的隐喻);学校隔壁省委大院内的柚子树和紫云英,雨天沉甸甸地落在地上的紫色泡桐花;还有,邻班一对高挑清丽的表姐妹在夏日街上走着,穿牛仔短裤,露出在那个年代显得惊世骇俗的白皙美腿。多年后,看电影《西西里的美丽传说》,那位美丽女人玛琳娜走在西西里岛小镇上,那双美腿顿时让我想起她们。

进入这所重点小学后,不快的回忆愈来愈多。同学对我这个插班生的疏离;十岁时外公的离世;每回父亲从部队探亲回来时我的惊慌(这意味着母亲的告状与父亲的"整风")……

"像一个夭折的婴儿/种进土壤里/生根发芽/一再重复地长出他自己",我在一首诗中曾写道。

一生再长,或许都是童年的某种延续与变体。

再有一些凌乱的青春记忆:暴雨夜的通宵电话,摩托车掠过的立交桥,厚厚的几大本日记,拒绝与被拒绝,出走与归来……没有主线,每一天都在渴望后一天,每一天都在懊悔前一天,心智孩童般不定,又如老人般迟暮。像茨维塔耶娃的诗句:"我的青春! ——我不会回头呼唤,你曾经是我的重负和累赘。"

转眼坐四望五,距印度作家阿兰达蒂《微物之神》中说的"三十一岁,一个可以活着,也可以死去的年龄"已逾十年。还在努力活着,愈来愈靠近"夕阳红"模式。但身体的疲势仍不容分说,包括记性的衰退——据说到了四十岁,脑神经细胞的数量开始以每天一万个的速度递减,从而造成记忆力下降。是的,夜半忆旧事,恍如前世。诗人说,"只要想起一生中后悔的事/梅花便落了下来",现实中梅花并未落满南山,只有懊恼弥漫,天迟迟不亮,"仿佛被灌进一整个冬天的黑暗"。

那些旧事部分被写下,部分的,永不会被写下。已发表的绝对诚实的文字是稀有的。在写下(发表)与真实之间,注定隔着不可被全部指认的罅隙。

或许只有日记相对诚实。

8月,在去北欧与俄罗斯旅行途中认识了一位湖北黄石的冯老先生,从赫尔辛基到圣彼得堡的车上,他埋头记着日记。从小学六年级起,他已记了五十多年的日记,一天不落。

回国后,他拍了几则行程日记给我看——

2016年8月20日　星期六　阴,阵雨转多云

圣彼得堡—莫斯科

圣彼得堡时间五点起床,在宾馆大厅遇一北京游客,一聊,知与我同年同月出生,与我同届(高66级),且性格兴趣同。他参加的是俄罗斯十日游,除俄罗斯的莫斯科、圣彼得堡外,还有新西伯利亚和莫彼之间的一个小城,原价九千元人民币,因有人临时退团,他捡了一个漏,只花了六千元。互相交流了旅游经历及感受,像是久别重逢的朋友,聊兴浓,话无尽,情难舍。

我对俄罗斯有难舍的情怀,这可追溯到20世纪60年代初上初中时,那时中苏关系不错,我迷上了俄语,并把到苏联留学作为自己的目标,因而俄语成绩不错。1963年初中毕业,高中全市统考,我因俄语九十九分的成绩被优先录取到省重点高中——黄石一中。高中三年我也把俄语作为我学习的重中之重,1966年填写高考志愿,前三都是外语专业。这个梦经过半年的迎考准备,因"文革"开始而化为泡影!更黑色幽默的是,在"文革"初期查抄的学校档案中,发现全校应届高中保送生中,有保送我上北京外国语学院的学校推荐书。很久以后,听到这个迟来的信息时,我已下放农村插队,在"广阔天地"里接受再教育。再次燃起希望是在十二年后的1978年,恢

复高考的第二年,因年龄限制(外语专业限二十五岁以下)我未能如愿进外语系,而被无多大兴趣的财经专业录取。这就是我的俄罗斯情怀,所以,退休后的第一次出国,我就选择了俄罗斯(2006年)。这次来北欧四国加俄罗斯是旧地重游,仍心潮澎湃,激动不已。

…………

　　人间惆怅客,笔底忆平生。这是五十多年的岁月串联而成的日记,不,应当是五十多年日记串联而成的岁月。这次旅行后,黄老先生和一位同样热衷行走的老友建了个小群,把我也拉进了。他们分享着与老伴共走天涯的记录,黄老先生最近分享的是"大巴尔干希腊九国十六日游记",还发了不少视频与图片,包括南非开普敦豪特湾的海豹岛上,数以万计的海豹栖息于礁石的奇观。

　　感佩这些老人的脚力与心力,他们尚有去看蔚蓝的大海和船帆的热忱,并付诸记录。而我成为一个所谓的职业写作者后,反而很少以日记的形式记些什么,包括这些年的异邦旅行,旅途中多用手机镜头记录,结果是不少记忆始于手机镜头,也终结于镜头,走马观花的景状杂糅成一片。澳洲的海和加拿大的海混在一块,意大利帅哥的脸和德国乐手的脸重叠在一起,纽约的太阳辐射着洛杉矶的楼宇,那些古老辉煌的教堂,多数想不起名字,只余相似的庄严……

　　我是真的到达过这些地方?对一名路盲与健忘者,旅途何以成立?

　　所幸,还清晰地记得一些与人有关的画面。

　　新西兰的一所教堂(关于它神圣的背景资料全忘),一如其他到过的教堂,华美的穹顶使无神论者都会产生上帝在俯瞰的错觉。东张西望间,见进门左手边有座钉在十字架上的耶稣像,一位短发的东方女子抱紧耶稣的腿,像抱紧骨肉相连的亲人,抱紧所有的罪与罚。她久久地,一动不动。这具清瘦背影,与传说中钉在十字架上的耶稣身影一般让人震动。直至出教堂,我也没看到她的脸。一个在承受也在被慰藉的背影,这背影,仿佛是更多人的背影——负轭前行中对希望与救赎的苦苦寻找。

北欧,从峡湾盖洛小镇去往挪威松恩峡湾的公路上,大巴车窗掠过不远处的山头,成片的积雪还未化,在阳光下闪烁着碎光……寂静的公路忽然掠过一个人,孑然走着,在这前不着村后不着店的公路上,不可思议地走着。大巴飞快地往前开了十几分钟,半个钟头,个把小时,仍未见到任何人迹(包括服务区,加油站,商店)的公路上,刚才那个行走的人像是错觉。但我分明看见了他,像一只微小、固执的蚁,也像是超现实的神的信息。

温哥华的史丹利公园中,一个跛腿老男人用摄像机偷拍一位躺在公园长椅上小憩的女人(她有着丰满迷人的腰臀),阳光照射着他的紧张与迷恋,我甚至想象他的手指正微微发抖;夕阳中的澳洲海滩,金色短发的同性恋人,她们长久倚靠在一起,偶尔微笑对视一下……

这些画面,偶尔从尘世生活里跳出,像灰白风景画中的一抹彩色,吸引我的下一次行走。

记忆是有定向的,向一些事物关闭的同时,向另些事物打开。定格下来的记忆,似乎超越了风景的存在而成为一种独立的画面,成为某种隐喻与化身。

这些记忆,以及另一些可堪记取的事物,从一地鸡毛的俗世生活里浮现。如是我见,如是我闻,它们将生活的庸常性与神圣性奇异地融合在一起。

7

秋天,从常走的一条路——省府大院内的一条小路走过,两旁杂花生树,金桂馥郁,上世纪七八十年代的三层楼房皆由青灰砖砌成,鸟雀穿梭于高大树冠间(一只黑白羽翎的伯劳鸟活像风度翩翩的小开),一条英俊的白色哈士奇懒洋洋卧于路中,即使对面骑来一辆自行车它也懒得动弹下,车得绕着它走。因为它的英俊,人们都好脾气地配合它的任性。每回经过,我与它对视几眼,看着就要笑起来,它的眼眸中有孩子的神情。

傍晚,某个窗口传来钢琴声,另个窗口飘出烩小杂鱼的香味,贯通着童年未被篡改过的气味。路边大丛夜来香(它有个好听的学名"晚香玉")随夜色开放,释放出令人昏眩的香气……

这一切,像为永恒而搭建的布景,近于梦魇,是的,很快这个位于市区中心的大院就要翻天覆地了。随着省政府迁往九龙湖的行政中心,开发商加快了改造省府大院的脚步,这些老房,这些时光,将与这些生长多年的花树一道消失。

于上世纪50年代建成的这处省府大院,汇聚了当年从各地来此工作的省直单位干部职工。这条路上,住了大半辈子的老人们操着北方话、上海话、湖南话……开的店有粮油店、丝绸店、美发店、面食店等等,有人说它就像是南昌的"眷村"。可没什么能阻止得了"开发"的脚步,大院东边几栋楼已然开拆,立于楼顶的民工挥舞着大铁锤,一记记奋力砸下。楼一点点坍塌、缩小,窗户没了,露出里面的房间,老式木门框上贴着春联,墙上是一个倒着的"福"字,旁边贴了几张稚气的儿童画。曾住在楼里的一户人家,那个画儿童画的孩子必也随大人迁走了,他会记得童年住过的这幢楼吗? 楼的青灰外墙多好看哪!

我抓紧行走,在这条路。我曾无数次牵着儿子乎乎的小手走过的路,这片由老房、树木、旧时光同构的路。贪婪地听、看、嗅。在消失前。

乎乎的时间被越来越多的课外班占领,从这个教室到那个教室,人工光源照射着他的成长。这条路,更多是我独自在走,从家到单位。阳光,阴霾,雨水。树长新叶了,从绿转为赭色,又落了。风吹过来,复止歇。墙上用白石灰写着"每天念佛一千遍",字丑而虔诚。

走在这条路上,人感到生的确幸,也预见到死的必然,二者交叠如树冠间那只伯劳鸟的黑白羽翼。鸟的啾鸣传递着一个可见的世界,也提示着在不可见处的发生:人类个体的生命正以比植物迅疾得多的速度走向衰惫,属于他(她)的记忆在风里将陆续散佚,直至随同他(她)从这世上消失。

会有新的人群汇入新的记忆。"结局时的人群仍是开始时的人群,没有人变老,也没有人死亡。"记忆有着个体的崭新,又古老得似洪荒初辟。依旧是生老病死,喜怒悲欢。逢秋至,微风乍起,风中充盈过往的群声喊喳。

远方以远,林尽水源,山有小口,仿佛若有光。

选自《上海文学》2020年第4期

带灯的人

草　白

这是一篇饱含深情的怀人之作。作者往返于乡村与都市之间,以现代女性特有的生命意识,从容地追述了祖母沧桑而又繁复的一生。祖母的沧桑人生,既是中国传统女性命运的完整映现,也是中国乡村文化伦理的高度聚合。祖母的繁复生命,源于现代日常生活的变化,也承载了她对生与死的独特理解。她是一个带灯的人,用地母般的情怀,照亮了这平凡的人间。

——第四届三毛散文奖终评委

　　祖母的一生致力于制造炊烟,即使在年老体衰、摇摇晃晃的暮年,还习惯像先人们那样生火做饭。古人用木和金燧火、用石头敲出火,祖母用的是火柴,那种涂着红色易燃物的火柴头,很方便制造出火花,也很容易因受潮而覆灭。当火柴逐渐退隐,打火机取而代之,祖母娴熟地用打火机点燃松针、麦秸秆、铁狼萁,或许还有烟蒂。她习惯在喂柴的时候吸烟,火光和烟雾在她脸上聚拢起来,又慢慢散逸开去。她对木柴、灶台和烟熏火燎的岁月的挚爱,是一个从小使用电炒锅、以吃外卖为主长大的人所无法体会的。她本能地弃绝电饭煲、燃气灶等一切可以使饭菜快速熟透的烹煮工具,并表现出顽固的对抗姿势。那张皱纹密布的苍灰色的脸因长期暴露在烟雾之中,而分辨不清到底属于哪朝哪代。偶然看到那张脸庞的陌生人,大概是要惊吓得狂奔而去;就连熟识之人也不忍细加打量,就像创作者不忍对一个可怜之人过于苛责,那将是双重的打击、加倍的残忍。

　　说什么都太晚了,祖母已至老境,耄耋之年,不能一口气说太多话,不能一下子走太长的路。我在不算遥远的童年时代所遇见的那个人,比眼下的她可要年轻得多,至少腿脚灵便,说话声哪哪响,将山核桃和脆锅巴也咬得嘎嘣响,还没有到要人搀扶和庇护的地步。很快,她就迎来了这一天。不知从什么时候开始,或许当所有的时间都浓缩成一股飓风吹向她的脸庞和发梢,她便成了那副让人害怕的模样。

　　一阵轻飘的风或一片摇摇欲坠的树叶,都可能让她摔跤。即使没有风,她也能将自己绊倒在床沿前、井台边,哼哼唧唧,无法动弹。她牙齿脱落、肌腱受损、骨头断裂,最终一劳永逸地将自己送到病床之上。即使到了这一步,她还如此傲慢,不近人情,拒绝暴露自己的身体,拒绝以任何途径让自己获得他人关注,并将此视为奇耻大辱。最终,她只能将自己化作一道温热的火光、一阵轻盈的烟雾,飞往另一个世界。整个过程迅疾、酷烈,让人不忍卒视。即使如此,她仍然是那间宅屋里待得最久的人。是上天选择了她,让她成为最后离开的人。在独子和丈夫相继过世后,她房门紧闭,独坐阁楼之上。她避人耳目,将自己藏匿起来。现在回想起来,无论多么长寿之人,在人世的日子都是短的。人们要死那么久,却只能活短短几十年,甚至比不上木头墙壁里寄居的虫蚁,只要木头不腐,房梁不倒,便生生不息。

如果不是断骨,要将身体隐私毫无尊严地暴露在人前,她或许还能活得再久一些,哪怕只是苟延残喘,哪怕胸膛之内只有微弱的气息流淌,她也会活下去。她并不排斥活着的日子,她熟悉那种感觉,并多少拥有一些算不上宝贵的经验。她知道如何将樟脑丸包裹起来,放入衣柜的四个角落里,不让它们直接接触薄软、滑凉的衣物。她还知道最好的引火物是干燥的松针、质地松软的木柴以及所有含松脂的木料。至于如何救活一簇奄奄一息的火苗,如何在炎热难耐的长夏午后只以一柄蒲扇来对抗蚊虫和酷暑,如何在滴水成冰的日子给饭菜和自己的膝盖保暖……所有这些,她都有自己的一套。

只是,现在的冬天越来越仓促,往往是寒冷还没真正开始,便提前传来衰竭的信号。盛水缸被冻裂的辰光、屋檐下悬挂冰凌的时日,早已一去不复返。下雪的日子越来越少。即使是越来越稀薄的雪,像一条破毯子似的丝丝缕缕的雪,祖母也独自看了很多年。

从前,檐下有燕子呢喃,后院有哑巴学语。现在,家人、哑巴和燕子都离开了。窗户被垒起的木柴封住,只够漏进一些微光。光线落在陶罐、酒瓮、瓶子和碗钵上,也落在油腻腻的毛状灰尘上,它们板结成团,不轻易挪动位置,衰老的人早已学会与其和平共处。某次织网或诵经的间歇,祖母倚靠窗前休憩,将花白的脑袋无限靠近外面的声响和光,但绝不探出头去。她不想被注视、呼唤和谈论。

每次想起祖母,脑海里浮现的总是那个小小的身体在灰暗屋宅里踽踽独行的场景。一个头发灰白的老太太,在堆积着南瓜和土豆的屋角落里走来走去。丰收的果实充满她的小屋,时间的蛛网结在橡木与屋梁之上。一年四季,步履蹒跚地从她窗前爬过。青苔趴在石头缝里,最终爬上高高的墙头。不远处是日夜奔走的溪流,永远在那里流着,不停地流着。生老病死、婚丧嫁娶,不过是枝上结出果子,又坠落了。她的世界破败却完整。那间屋子也是完整的,处于孤独的上升期的屋顶与阁楼,充满梦幻色彩的廊檐、天井、马头墙,还有楼梯和雕花门窗所通向的往昔的旖旎世界,不期而至的风雨、冰霜、闪电和月光也属于这间家宅的馈赠物。不能没有这些。这座有空间根基的宅屋,好像是大地之上长出的植物,是私人宇宙的中心。无论从梦境还是现实的角度看,它都是完整的,一座房屋该有的它都有。

祖母在老家屋宅里安然入睡,我却在无法忍受的噪音里失眠。一开始是租来的房子,许多人共处一室,别人的脚顶着你的脑袋,说话之声嘈嘈切切,不绝如缕。这世上真有如此逼仄的空间,这空间里全是密密麻麻的人,交换着站立与躺倒的姿势。后来,情况好些了,可以找到离阳光近些、站在窗前可以看见绿树的房子,幸运的话,还能看到河水。无疑,离家之人从来没有放弃过对家宅的寻找。很快,他们就找到了那样的地方,比鸽子笼更大一些的地方。那是由不同功能的房间所组合而成的套间,所有物品都可以找到它的摆放位置,沙发、床、书桌椅、台灯,还有书架,都在视线之内一览无余的地方。它类似于蜗牛的壳、虫蚁的洞穴、乌龟身上的硬质铠甲。即使小,也是宇宙的核心,各种力量的汇聚之地。你以为自己真的找到了那种地方——全宇宙最静谧的所在,但你很快发现,你的左边、右边,你的头顶和脚底下全是人,是深夜里的人声、下水声和油锅爆炒声,你们之间以管道相连,以电线相连,以深夜里的呼噜声和梦话相连。

当然,最重要的连接来自那种叫作"电视机"的家用电器。那些年,它们在无人的房间里代替人与观看者讲话、互诉衷肠,制造"高朋满座"的假象。祖母的房间也有电视机,起先是十四英寸,后来变成十七英寸、二十一英寸,由黑白换作彩色,电视节目更是换了一茬茬,不断有新的出来,老演员生下小演员,这个剧里的小女孩在另一个剧里当了小孩的妈,甚至还有年纪轻轻就死去的女演员,某著名主持人以及专门以逗乐为能事的小品演员也赫然列在死者名单上。当然,电视之外,这个屋宅里的人也在一个个离去,他们在体育解说员的慷慨陈词中、在保健品和汽车广告的轮番轰炸下进入弥留之际。祖母是家里唯一能把众多电视连续剧看到"剧终"的人,谁也没有她看的电视剧多,连广告也不放过。很多年后,祖母也进入弥留之际,她躺在那个没有电视机的临终的房间里,叫嚷着要把电视机关掉,说里面的人吵到她了;从前是那些从来没有见过面的人陪伴着她,到了最后关头,也是那些从来没有见过面的人打扰了她。

当她在电视里看见高楼、街道、红绿灯、穿梭往来的汽车以及从汽车里走下来的人时,大概也会想起我。我十六岁那年离家之后,便住到一个她从来没有去过,也永远不会去的地方。她知道,我就住在她在电视里经常看到的那种"鸽子笼"里,还会坐那种车身很长、车上设有广播装置的车子去上班,有空的时候去那种有一点点水的公园里划船。说是"船"不过是改造成动物形状的小铁皮,大多是鸭子造型。岸边还有拍照的人,这样的照片在被塑封后大概不止一次地寄回家里去——被祖母耻笑成旱鸭子戏水。电视让她见多识广,让她轻松识破骗子伎俩,也让她失去部分自己的生活。

很显然,那个伸着触须的黑匣子所提供的生活更加绚丽多彩。它可以提供任何地方、任何种类、任何维度的生活,古代的现代的、凄惨的欢乐的、虚假的真实的,应有尽有,但不负责提供具体的感受。当然,祖母老了,也不需要这种无用的东西。足不出户的她在编织渔网的同时,就能将整个世界一览无余,这在过去无论如何都无法办到。

祖母仰面凝望小匣子里的生活,目光在玻璃窗、水泥楼梯、曲曲折折的管道上攀爬,眼神投注在一个个长形或方形的格子上。某个时候,她忽然发出轻蔑的笑声。她环顾自己的家宅,再看看那些被整齐分割的、像抽屉一样的格子——还没有她家里的谷仓大,不如她后院的兔子房大,反正它们看上去都好小。她全然沉浸在自己的世界里,认为屋宅之外的空间混乱不堪、一无是处。那个世界的老人好像不是自己的同类,居然住在那么高的地方——比她房前的楝树还要高,就像是住在高高的树杈上。总有一天,他们会像熟透的果子那样掉落下来，像树梢上的絮状物被风吹到深深浅浅的沟渠里去。

从祖母的视角看世界，世界在一刻不停地滚动着、旋转着，风风火火，摧枯拉朽，却一无是处。那是别人的世界。她的世界在尘埃弥漫、蛛网遍布的角落里。她甘愿缩作一团，她的脸和身体也渐渐成皱缩状态，就像很多年前她曾饲养过的蚕茧。可她毫不在乎。

祖母睥睨众生的表情至今还清晰地印在我记忆的板壁上，不知是谁给了她那样一副骄矜自满、不可一世的神气，难道是来自电视的无上馈赠？一个蜷缩在犄角旮旯里的老人面对鲜乐缤纷、花香馥郁的世界应该感到羞愧才是，而浮现在祖母脸上的表情除了骄傲还是骄傲，这实在毫无道理可讲。

我曾萌发过带祖母到我生活的地方去见识一番的念头，坐白色的快车或绿色的慢车都可以。我还有时间给她讲讲未来人类可能经历的生活，那是我和她都没有办法抵达的生活。但我终究没有这么做。每次从外面回到古老的屋宅里，满脸羞愧地站在她面前——我等着回答她的问询，哪怕是领受她的训斥，我为自己居然过上了与过去完全不同的生活而庆幸而自得而羞愧。如果这时候祖母提出什么要求，哪怕是让我难堪的要求，我也不会拒绝。很多老人千里迢迢跑到某个地方，只为了拍照，他们占有这个世界的方式就是不停地拍照，把世界缩影在一张白纸上，便于随身携带。这是一种很好的安慰心灵的方式，我以为祖母也需要这样的方式。

可她在观看了足够时长的电视节目后，连对此也产生了厌倦。在此之前，她可不是这样的。她总是得意扬扬地说，这是东方明珠，这是天安门广场，这是万里长城！可它们看上去并不怎么样啊——后来，当她这么说的时候，我即刻打消了带她去远方"遨游"的念头，她只在自己的屋宅里"遨游"就够了。另有一些时候，相似的念头又会顽固地升起，她真的应该去外面看看，哪怕仅此一次，哪怕她实际感受到的只有喧嚣的噪音和肮脏的尾气。

毫无疑问，我不会真的鼓起勇气提出这样的建议，除非提出这个建议的人是她自己。但她永远不会这么做。祖母有一根竹制的"痒痒挠"，她对它的喜爱甚至超过任何一个儿孙，儿孙不可能时时刻刻在侧帮她解决难忍之痒,"痒痒挠"却可以。激动欢喜之余,她肉麻地称之为"我的宝贝""我的如意"。她总是说,我从不求人的!言下之意,如果真的要求,她求的也只是"痒痒挠"!不用说,这个长柄、一端有弯形梳齿儿的小物件帮助祖母解决了几乎所有难题。那些隐秘角落里的岁月,亲人离散的日子里,她唯一能倚靠的也只有它了。

既然有了这件"不求人"的器物,有了它可暗通款曲、互诉衷肠,既无限信赖于它,也将隐私向它无尽敞开,祖母怎么会与他人(哪怕是亲人)提及不切实际的要求呢?所以,她能铁骨铮铮地说,我从不求人!她只求己,求"痒痒挠",求时间的馈赠与流逝,求手上的梭子穿越墨绿色的网眼时最好不要发出任何声响,她不要听见大海的咆哮声,风暴中船只的触礁声,也没有深夜里双眼紧闭时所产生的声音幻觉。

祖母的一生依赖双手和嘴来劳作,她先是以双手编织渔网,后来则是不间断地诵经。她织网,编织着一个个充满漏洞的世界——这是她的祖母、祖母的祖母都可能涉足的营生。它不再是营生,而成了先人之间的对话方式。她们通过无数的网结、孔隙以及作为标志物的红绿布头,通过自相矛盾、无法被拆除的方式,彼此联结在一起。祖母不分昼夜,打下一个个、无数个结,那些纵横的结合,经纬的交点,既是现实世界存在的印证,也是对自身所属角落的心灵定位。

与先辈们不同的是,祖母生活的时代是所有时代的总和,也是它们的终结。她的编织生涯戛然而止,它被打断了,准确地说是被无情地取代了。渔网不再是古老的渔猎工具,它成了速成品,是流水线上的一环。相应地,它所对应的猎捕事业也成为杀戮和牟利的工具、商业时代的资本增值魔方,再也听不到来自深暗世界里的呐喊。

不多久,祖母以念经取代织网。她整日端坐阁楼之上,双眼微闭,好似在用另一种方式聆听。窗外,蜿蜒的青色山脉似回忆中的往昔,亲人故交慢慢进入那草木葳蕤的世界。头脑中的经文却源源不断奔流而来,无须任何思索,便自动呈现。那些声音使楼阁上的空间变大,一切都在增大,好像她不是坐在宅屋的阁楼之上，而是在不断生长的树木与树木之间。她占据了中心地位。这么多年，她始终以为自己占据的是这个世界的中心。

祖母所在的屋宅属于海边山地一隅，在它四周常年演奏着风与大海的乐章，无穷尽的山林环绕着它，并从高处俯瞰着它。对这一切，祖母一无所知。她去过的最远的地方如今成了谜。有人说她去过上海，也有人认为她脚步所及最远之地不过是镇上混乱的街市。她织好的渔网就是送往那里。某一天黄昏，她从那里回来之后，再也没有在距离家宅五十米开外的地方活动。

那些年里，祖母好似成了远古时代的人物。当母亲告诉我她开始诵经并且以此为生时，我毫无障碍地接受了这个新形象，好像这就是祖母该走的路，她总有一天会走到这条道路上。颓败屋宅里的人从渔网的编织术中挣脱出来，开始致力于给远去之人送去最后的安慰。那些被反复念诵的经文，与当初打下的结一一对应，有多少网结便需要多少重复出现的诵经声，它们在祖母干枯的胸腔里涌动着，如汩汩不息的暗流。

一开始，那些找她购买经文的人，还会狐疑地望着她。怎么回事，难道这些堆积如山的东西，它们都是真……真的？真的有用吗？真的有神圣的经文附着其上？

他们对金黄色的、来自干燥大地的麦秸秆的质疑，惹怒了祖母。她不知道世道的衰微是从人们开始怀疑一颗土豆、一枚松果、一粒麦子的真实性开始的。他们从祖母手里接过东西便惊慌失措地逃走了。他们被她的怒气吓着了，暂时忘却了内心的质疑。

离家渐久，我逐渐忘记祖母的脸，甚至无法回想她怒气冲天的模样。但祖母在阁楼之上诵经的形象却在不断放大，它逐渐脱离阁楼和她所置身的天地，成为我熟悉的书本里的形象。我常常将过去时间里的人与熟悉的书本里的人物进行比较，并将两者混为一谈。自十二岁离开祖母的屋宅，我在回忆中不断修订她的形象。它不断增多、放大、逸出，一种不断变化的关于祖母的形象已经在我的脑海里扎下深根，死亡只能让这个形象进入更加迷离、惝恍的状态，而不是彻底消失。

祖母的一生几乎没有离开过自己的屋宅,只有在那里,她才可以随心所欲,可以骄傲蛮横,可以怒气冲冲。那里才是她的宇宙中心,生命能量的聚居之地。我应该用构建一个空间的方式来想象祖母形象的多变性与统一性。重要的是后者。时至今日,脑海里的祖母仍坐在一个封闭的空间里,或织网或念经,或编织竹篮或纺织棕榈线。她做着这些古老的营生,它们不仅是营生,还涵纳着她对这个变化莫测世界的所有想象。

有时候,我甚至认为她随时可以抛下它们,去做别的事,去过另外的人生。她可以轻松地把自己放入另一个世界,如元宵之夜,人们把河灯放在黑暗的河床之上,让它顺水流走。

祖母停灵的日子,他们要我回屋宅里去取一盏灯。在那个屋子里,祖母给自己留了一盏灯,现在,她要走了,必须带着那盏灯上路。我不知道那是一盏什么模样的灯,除了祖母本人,谁也没有亲眼见过它,但所有人都异口同声地肯定它的存在,特别是母亲。当我忐忑不安地打开祖母生前的屋宅,发现那里早已成了堆积如山的旧物的陈列馆,十几二十年前使用过的物品层层叠叠堆放在一起,散发出一股古怪的、属于另一个世界的气味。最多的是经文,以红纸覆裹的经文、各种形状的经文,在幽深、静谧的角落里给人一种火光跳跃的悸动感。没有灯。我脑海里浮现的是纸灯笼,元宵夜的纸灯笼,烛光在青石板上跳跃和闪烁。

母亲知道那盏灯,说祖母一定准备好了,她可以忘记别的,唯独不可能忘掉灯。不知从哪个夜晚起,母亲也开始和她那个年纪的老人们围坐在一起通宵达旦地念经。她这么做,据说也是为了得到那盏灯,为了在离开尘世之时将它带在身边,照亮黑暗的路。这是我没有想到的。连母亲也在做这样的事,她是怎么忽然想起做这样的事?

关于那盏灯,母亲并没有告诉我更多。她只是说在某些夜里,她要丢下家务和放弃一整夜的睡眠,去某个地方——大概是去一个信仰虔诚的村民家里,她和她们在那里度过了一个个不眠之夜。说起这些,母亲的神情是坦然的。她已经是这个家里年纪最大的人了,那盏灯也应该属于她。她总有一天会用得着它,这是迟早的事。

最终,我找到了祖母的灯。它就挂在板壁上。它不是纸灯笼,而是一盏小小的、可以收起来的布做的灯笼;它看上去甚至不像是灯笼,而像两块可以折叠的、看不出明确颜色的布。其实,它一直在那里,在整个屋宅最干燥、最孤独的角落里,从祖母获得它并安放它的那一刻起,再也没有挪动过位置。

在我的家乡,所有六十岁以上的人都要有一盏属于自己的灯——这里所说的是女性,好像男人并不需要那种东西。我从来没有听说过谁家的祖父或外祖父带着这种东西上路。他们总是骂骂咧咧或唉声叹气,脚脖子一伸,眼睛一闭,便去了那个世界。只有祖母和外祖母们才带灯。对她们来说,余生没有比准备一盏灯更重要的事。

童年里,停电的时刻,祖母的屋宅里点着油灯。棉线做的灯芯浸在煤油里,豆大的火苗获得了灯油的滋润,但并不发展壮大,它的光影在墙壁上和屋梁上颤抖、闪动、跳跃,试图照亮更多的角落。

油灯之前是蜡烛,那是更为微弱的火焰,随着时间流逝随时可能终止的火焰,它们放射出的微光只在事物表面打转,这给人一种恍惚感,好像这个屋宅里的时间永不会终结,它是循环的——因为黑夜也是循环的。

祖母很少打开那盏十五瓦的卡口灯泡,她宁愿在黑暗里进食、织网,或者念经,做所有这些事都不需要太过明亮的光线。她讨厌浪费,不需要弥布整个空间的光。她喜欢的可能是火苗,垂直向上的火苗由古老的油灯、蜡烛释放而出,灶膛里也留有它的踪影——伴随着木质纤维的断裂发出噼啪响声。

晚年的祖母,越来越少发出声响。她直挺挺地摔倒在水缸边,不呼喊求救,不大声嚷嚷,甚至不让自己发出难听的哼哼声。隔壁宅屋里就住着一对夫妻,两家可以听见彼此油锅的爆炒声、胸膛里的咳嗽声。祖母完全可以大声求救于他们,想必对方绝不会袖手旁观。但祖母一声不吭。她惯于把自己伪装成一个没有困难的人,这样做的后果是,当真的困难来临时,她便只能沉默以对了。

离家之后,我搬过无数次家,短暂的寄居之地终将成为遗忘的对象,唯有老家昏暗的宅屋及祖母弓腰驼背的形象时常在脑海里闪现。直到有一天,我发现自己的人生居然与祖母之间存在某种程度的耦合,惊诧不已。我从未想过去学习祖母的生活,尽管我也会织网,对《心经》早已耳熟能详。我以为自己过的是另一种生活。毕竟,我早已离开祖先的宅屋,不断学习外面世界的生存技能,住在电视机里的人们所居的屋舍里,过着大多数人都在过的现代生活。但我明白,事实并非如表面那样一目了然。

祖母对火光的执念,让她熬过了最艰难的岁月,也让她受尽苦头。尤其是暮年,哪怕仅仅是将最简单的食物煮熟,也绝非易事。被无限放大的自尊和对单调事物的沉迷,将她的人生撑到最后,并终结于此。而我呢,这些年过着近乎避世的生活,并越来越安于这样的现状。

祖母跌断的是左侧股骨,人体最大、最重要的骨头,在她这个年纪,这根起支柱作用的骨头不可能在没有任何外力作用的情况下自己长好。当她果断拒绝来自他人的帮助,便也自行掐灭了生之焰火。

祖母去世后,我在一本书里无意读到以下文字:

> 多年以前,有人问美国人类学家玛格丽特·米德:"在您的研究中,您认为人类文明最初的标志是什么?"
>
> 询问者心里想着,玛格丽特的回答或许会是类似鱼钩和陶罐等器具或是类似衣服的东西。然而,玛格丽特给出一个令人始料未及的答案:"一段愈合的股骨。"
>
> 玛格丽特解释说,在古老的年代,如果有人断了股骨,就无法生存,会被四处游荡的野兽吃掉。除非他们得到别人的帮助,否则就不能打猎、捕鱼或逃避野兽的伤害。

那天,担架来到祖母床前。母亲和我都站在那里。我们早知祖母的选择,但救护车和抬担架的人还是来了。随行医生说,断掉的股骨不会自己长好,除非借助手术或医疗器械。祖母充耳不闻,无论他们说什么都与她无关,她甚至奉劝那两个从救护车下来的年轻人赶紧回去,别在这里浪费时间。

——我不去医院。

——我这辈子从没有去过医院。

她神情镇定,没有坐以待毙者的哀怨和沮丧。她仍然是大嗓门、睥睨的眼神,表情执拗而不屑。她放弃医院和他人救助,她放弃了生,选择死。

她在床上又挣扎了二十一天。退烧药、止痛片、白酒在她体内轮番上阵。她昼夜疼痛,白天喘不过气,夜里睁不开眼,渐渐油尽灯枯,于腊八节晴朗的冬日黄昏辞世。彼时,窗外溪水淙淙,山林沐浴在夕光里。彼时,我在城市屋宅所在的小区里散步。眼前没有河面,却有水汽弥漫,白腻透亮,如在梦中。黄昏回到家中,静坐片刻之后,手机铃声响起,得知祖母已逝。家人发现时,她双目微闭,唇口微张,好似刚刚喘出最后一口气。而脸颊、下巴上仍留有温热的气息。她刚刚离开,去了另一座山坡、另一片梦境。

那天午后,我和母亲从山上下来。冬日的阳光罕见地温煦,风吹在额头上并不冷,还有树木的清香从空气里渗透出来。我们在一条山溪前停下奔走的脚步。那一刻,母亲脸上流露出如释重负的表情,说祖母真会挑日子,多年诵经,终于功德圆满了。

一个断掉股骨的人只活了二十一天。从断骨的第一天起,生命便开始了它的倒计时。祖母被搬离旧宅,安置在新房二楼的卧室里。朝北的房间,可以望见远山,但没有阳光。阳光只停留在房子的另一面,不越雷池半步。小辈们会在固定时间给她送来水和食物,并更换尿不湿。后者引起她强烈的羞耻感,比断骨本身更让她痛心疾首。这让母亲感到不可思议:一个人行将就木,怎么还在乎这些。

断骨事件发生后,我回到家里,像个客人那样站在祖母的床前。我努力说出安慰的话,但没有成功。她让我赶紧去休息,不要管她。任何到她床前探望的人,都遭到她的驱赶,好像她根本不需要别人的探望和照顾。

二十一天，五百零四个小时，三万零两百四十分钟。一个人在断骨之后，在不接受任何医治的情况下，可以活二十一天、五百零四个小时、三万零两百四十分钟。这是我们之前所不知道的。祖母终究没有等到下雪的日子，她在最寒冷的时日到来之前悄然离开。

她带走了灯笼，还有经文——那是她给自己准备的"盘缠"，也是带给那个世界家人们的礼物。在白雪覆盖大地之前，她步履轻快地赶往那里，好像是去履行某项重要使命。

那年冬天，祖母屋宅所在的地方，寒冷依旧，却没有一片雪花落下。这之后的很多年里，冬天都没有雪。很多时候，你会沮丧地发现，雪或许正在寻找适合它的世界，它将我们遗弃，去了一个更加明亮、温暖的世界。

选自《人民文学》2021 年第 3 期

第四届三毛散文奖

北方有所寄

宋长征

颁
奖
词

从清末到现今,一千八百万山东移民把遥远的满洲变成了有烟火气的东北。指引他们的不是财富,而是血缘从虚空中发出的指令。宋长征的《北方有所寄》在替所有的山东人书写家书,里面有无数一掠而过的姓名、地名和场景。在这里抒情是可耻的,每个字后面都藏有一个闯关东者的身影。此文让我们看到从山东延伸到东北的家族血管与毛细血管分布图,像一片殷红的落叶。

——第四届三毛散文奖终评委

　　我从公共汽车上下来，一脚踏进了冰天雪地。大风刮着，大片大片的雪花飞舞，让人睁不开眼睛，看不清楚眼前白茫茫的世界。我收了收那件破旧的军大衣衣领，风还是从领口、袖口灌了进去，冰凉，刺骨。有倒骑驴的三轮车夫围了上来，一张嘴哈出一口白气，很快便烟消云散。"去哪？到谁家？找谁？我拉你，便宜。"我尽管有些茫然，到底还是心里有底气，好像一场做了多年的长梦，终于到了苏醒的一天。

　　大哥和二哥，都在这片荒寒之地。打从最小时候的记忆开始，我就知道了世界上有这么一个地方，在极北之地，在远到站在树梢上也看不见的地方有我们的亲人。大哥第一次返乡，那时二哥还在老家，有人从县城捎信回来，说大哥来了。去县城的路有些远，自行车尾巴上绑着一架板车，板车上驮着一床老粗布棉被和我。大哥后来说，多亏了那床棉被，一看就知道是我们家的。那次大哥的返乡，给我的童年增添了许多回忆。院子里的老椿树还在，大哥带来的有着一根背带的半导体收音机在老屋里响着。快到年关，院子里放着劈好的木柴和同样作为柴烧的树根。侄女小我三岁，扎着长长的辫子，拎着一截长长的树根满院子追着我跑，一边跑一边嘴里喊着"小羔，小羔"。其他人在院子里看着笑。母亲总说，大哥走的时候十七岁，啥也不懂的毛孩子，就这样跟着我唯一的舅舅去了东北。

　　接下来是漫长的回望，接下来只有一封封书信作为母亲思念的出口。我上三年级的时候，已经开始学会写信，以母亲的口吻，写给大哥，写给舅舅，信里全然看不到我的影子，但一定处处都是我。

　　二哥返乡，也是有一年接近年关的时候，在厨房盘了一铺炕，那时侄女微微刚刚出生。我记得二哥走关东之前的日子，在所谓的给他盖的那处院子里，轧棉花，榨油，用火碱点棉油的味道难闻，溢满了整个院落。和他年龄相仿的几个男青年，大多结了婚，晚上会打牌到很晚。白天去，会看到满地狼藉：倒在地上的酒瓶子，剥了一桌子的花生壳，吃剩还有一截的驴大肠放在报纸里。我在众多的花生壳里寻找遗落的一粒或半粒花生。我把那截香味悠远的驴大肠放进嘴里，不舍得一下子咽下去。我站在院落里看满满当当的轧花机、弹花机、柴油机和用来生产棉油的锅灶。再没有什么了。二哥追随大哥去东北的时候，只给家里留下一辆大金鹿自行车和一台缝纫机，这样正值青春的二姐和三姐就可以用缝纫机来制作衣服。二哥他们回来了，且生了一个可爱的小姑娘，母亲自然是欢喜，忙前忙后，一直张罗到过年后的那个春天，二哥骑着自行车，前面是我，后面是二嫂抱着还在褪褓里的婴儿微微，又返回了这片极寒极北之地。

我在脑子里搜索，有关东北的记忆竟然荡然无存，只有模糊的想象，北大荒，一眼望不到边的黑土地；北大仓，在课本上学到的——改造之后的良田与石油；黑土地，流着油一样肥沃的土地，一定可以安放梦想与希望。倒骑驴车夫倒是干脆，在我说出舅舅的名字时说出了大哥二哥的名字，而我还纠结于地址的正确与否。三轮车逆着风，风雪也不见小一点，树上是雪，墙上是雪，屋顶上也是厚厚的积雪。脚下更不用说，那位热情的中年车夫屁股离开了车座踩着脚镫子。我不忍心，说："下来吧，我走着，钱不少你。"他并不应声，口鼻里呼出的白气照旧随风而散。那座村庄离下车的地方并不远，二哥家租的房子，靠近一条大路；大哥就在二哥家后面，多年不曾修缮的老屋低矮，上面苫着一层乌拉草，一匹老马在偏房里咀嚼稻草，一群鸡鸭在露天的圈里，安静躲在窝里打盹、望天，一群羊也在里面挤着，干巴巴叫了几声便待着再也不动，看雪一片片落下，覆盖了整个院落。

鬼使神差，我也不知道究竟为了什么来到这里。过年之后，我和发小一起回到打工的大连，那时他已经从一家歌舞厅辞职到了另外一家酒店；我在水泥厂的活不想干了，虽然承诺三年后可以转正，但想起来仍觉渺茫，谁知道中间有没有变数。发小找酒店老板商量，问我能否在后厨学厨师，老板答应了，可以试试，可以从切墩开始。我穿着胶皮靴子在后厨走来走去，如果逢上忙的时候,大厨会抡着手中的马勺边骂边喊,那时也不知道从哪读来的一篇小说,说一个小学徒跟着师傅学手艺受尽了侮辱,不仅是尊严,连身体和精神也受到了极大伤害。我看着大厨一脸的横肉,手中锋利的菜刀落下,切下了小半个指甲。在一顿臭骂后,跟发小说我要辞职,去更北的地方。

在我幼年的意识里,所谓亲人就是可以无条件依靠之人,家就是很多个个体的分子组成,这些分子之间又互为关联、影响,每一句话都可以作为誓言。我开始厌倦没有前路的漂泊,我开始更深地理解自己,一定不是一个可以长时间离开家乡离开亲人的人;但老家是不能回的,如果硬要说原因的话,就是不能囊中空空如也地返回,面对父母愁苦无奈的眼神。这是我唯一可去的地方,这种念头一霎时扎下根来,毫不动摇。

北方,北方,火车在北方大地上奔驰,普兰店,瓦房店,熊岳城,大石桥,海城、鞍山、辽阳、沈阳、铁岭、开原、昌图、四平,由南而北,贯穿整个东北三省。在这些熟悉或陌生的地名里,有我破败的青春记忆,有些地方至今也难以忘记。有时会想,如果有一天我简装出行,再一次回到那些曾经留下青春记忆的地方,会是什么感觉? 是慨叹,是怅然,还是或许遇见曾经相熟的人时某些情绪在瞬间复活? 很难说,无根的浮萍路经之地没有风景,时光的不可逆在于往事只能存在于个人记忆之中。

我还是迷失了方向,在下了倒骑驴之后,迷失了方向。这种感觉很让人头疼,原本的方位已不存在,剩下的是一个被自己无意改变的世界,日出与日落,房屋的朝向,道路的能指,全在脑子里颠了一个个儿。齐齐哈尔,在达斡尔族语中原指"边疆"或"天然牧场",从字面即可看出地域的辽阔与荒寒;而梅里斯是"有冰的地方"之意,梅里斯达斡尔族区是齐齐哈尔下辖的一个区。我在信封上很多次写到梅里斯达斡尔族区,却并不知其中含义。这个村落也叫梅里斯,若干个村小组分布在道路两旁。我舅算是我们家族第一个来到这个村子里的人,也是我母亲唯一的兄弟,几年前,因为一场疾病将尸骨永远留在了这里。我见过一次舅舅。那年他去我家,有着和母亲仿佛的面容,在听到我跟母亲要五毛钱买本子时,他掏出了五块钱。我有些受宠若惊,就像手里拿着一块烫手的山芋。我只要五毛钱。而今那个给我五块钱的亲人已经被埋进了异乡的泥土。

舅舅的骨血还在。即便后来我唯一的表哥也患病死去,我的几个表姐还生活在这座村庄里。二表姐最熟,因为表姐夫的父母都在老家,每到年关时会回来,到我家做客;即使他们不回老家,表姐夫的兄弟也会代替他们来串门。表姐夫的兄弟,一个浪迹各处的修鞋匠,善饮善吹,在和其他亲戚到一个酒桌上时终于原形毕露,略带几分江湖气息将一顿酒喝到不欢而散,从此再没登过我家的门。二表姐家在二哥后来置办的一处院落后面,没有院墙,前院种植生活所需的菜蔬,后院种植玉米,养了一群大鹅,在夏天的某日被人挖开土墙全部偷走。四表姐家在大哥家的东面,她在我很小的时候在老家牵着我的手去拜访她的干爹——我们村一个和舅舅同辈分的人,而现在除了因岁月老了几分面容几乎没有改变。三表姐家日子过得相当殷实,表姐夫出外包活,家里房屋也盖得体面,就在前几天我们加了微信,她正住在昆明儿子家里,因为疫情的原因暂缓回东北。大表姐不知所终,或许是我的记忆出现了偏差,其实大表姐也住在离她们不远的村子里。

这是一个家族的血脉,先是舅舅一个人来到这个"有冰的地方",瓜瓞绵延,才有了更多的亲人。虽然后来因为房产的原因几个表姐和大哥二哥之间出现了嫌隙,但毕竟骨子里流着同样的血,并不显得太过生分。我在村子里穿梭,以一个陌生而熟悉的身份在他们中间游走,或许因此为这个家族的关系增添了几分牢固,同时也弥补了我和他们因年龄差异所造成的疏离。

关里关外,是我很早听到的一个词,那时村里忽然多了很多操着东北口音的人,无论大人小孩,一口浓浓的大碴子味儿,但不时又从嘴里蹦出来熟悉的方言,证明这里是他们的根脉。20世纪80年代初期,分田分地,他们的到来让村庄热闹许多,也多了几分揣测,是走是留,对于村庄里的人们来说很是重要。如果留下来,本就紧张的土地每个人都会分一杯羹出去;但留下来也顺理成章,毕竟他们都是村庄里的人,只是过了多年之后重返故里。

我也在记忆中重返,五娘是母亲提及最多的一个人,一座老屋,五娘个头矮矮的,头上盘着个发髻。五娘的到来只为女儿的终身大事,她两个女儿相继嫁到离我们村不远的村庄。母亲说起五娘的好,就像在说自己血脉相连的姐妹,说父亲当年脑梗,家里没钱,多亏了一封电报跟五娘家借了三百块钱,才拉回了一条命,那钱到底也没能还上。五娘和母亲坐在暖暖的灯光里,就像时代留下的真实剪影,她们说及往年,说及各自的家庭,而我作为一个若有若无的时间记录者,在用儿时的记忆将这一切刻进未知的光阴。

还有我的大姑,也在很早的时候和姑父一起去了东北,北安,红星林场,我在写信时可以毫无差池地写出来。我在想象那是一个什么样的地方,广阔的森林,密林中奔跑的野兽,空中盘旋的飞鸟,大姑一家人,就住在树林旁的一片空地上,木屋,木篱,房屋上方袅袅升起的炊烟。人的想象有多么好,可以把陌生之地想象成自己需要的影像,可以把远方的亲人瞬间拉回身边,感受久别的暖意。但这些都没有,也从来不曾真实发生过。我和父亲交替拉着板车在土路上行走,如此可以节省一个人的体力,大姑的老家,也就是和姑父共同的老家(在另外一座村庄),家里只有两位年迈的老人,是姑父的父亲和母亲,女儿都出嫁了,平常只有两位老人在一起生活,很大的一座院落,青砖瓦房,说明他们家在早些时候也曾经辉煌过。我和父亲,打着走亲戚的幌子,每年来他们家吃几次饭。只是后来二老相继死去,那座房屋包括宅基地也被姑父卖掉;姑父善饮,一喝多的时候嗓音如锣鼓,母亲说那叫吹牛,到底姑父还是死在了酒上,酒精肝,腹水,最后脸色蜡黄,只剩一副空空的皮囊。

大姑还在,大姑是我最后的一位长辈亲人。

闯关东,一个闯字让字面的含义丰富起来。之所以叫闯,就有闯的理由。柳条边,也叫条子边,纳兰性德写过一首叫《柳条边》的诗:"是处垣篱防绝塞,角端西来画疆界。汉使今行虎落中,秦城合筑龙荒外。龙荒虎落两依然,护得当时饮马泉。若使春风知别苦,不应吹到柳条边。"广义上的东北,原为边塞之地,柳条边其实就是一种形式上的疆界,将满汉从地域上进行分割,宽三尺,高三尺,土堤上栽植柳条,以防他人擅自闯入。

但防又怎么防得住，如果说历史是一条浩浩汤汤的大河，那么写下闯关东这条大河历史的人就是千千万万的关里人。自乾隆年间始，关内的人口迅速膨胀，尤其是山东，人多地少，加之土地兼并严重，人口压力增大，而视为"龙脉"的关东地区又地旷人稀，形成了清时期的第一度移民大潮。但这样的情况并没有持续多久，《黑龙江述略》载："而雇值开垦，则直隶、山东两省为多。每值冰合之后，奉吉两省，通衢行人如织，土著颇深恶之，随事辄相欺凌。"随着人口的增加，关里人与当地土著的矛盾也在日益加深，为维护东北固有的风俗和保护满蒙，康熙七年（1668）清廷下令"辽东招民授官，永著停止"，这与当时的清廷组织移民时颁发的诏令"招至百者，文授知县，武授守备"形成极大反讽。幸而守边人并不太执意阻止闯入者，睁一只眼闭一只眼，看浩浩荡荡的移民队伍闯过柳条边，继续填充着这片广漠的冰雪之地。如此，延续到民国时期，由于铁路和公路日益发达，山东人闯关东的人数一度达到一千八百三十多万。"闯"过之后也不过是投亲靠友，打工学艺，靠一己的体力混口饭吃，不用详述，在每个闯关东者的背后一定有着更为漫长的艰辛，或种地为生，或在当地人的夹缝中找到一项适合自己谋生的行当。

时间到了20世纪50年代中期，母亲常常念叨的1958年发大水让人心悸，大水一日一日漫上来，我们家是村里最高的地方，也就成了最为安全的避水场所，连片的庄稼倒伏在水中，房屋倒塌，耕牛、家禽也都顺水而去。接着是连续几年的天灾人祸，让刚刚体会到解放的人们进入了艰难的挣扎之中，以至于很大一部分青壮年劳力，或只身一人，或拖家带口，再一次踏上闯关东之路，投奔远在东北的亲友，以求活命。而我唯一的舅舅，就是这支逃荒大军中的一员，再往上溯，我并不能找到舅舅投奔的源头。那些旷远的时代已经深埋于黑土之下，冰封于白山黑水之中。

我有一种尴尬之感，在没有任何邀约或者没有任何打算之时，贸然闯入这片陌生的土地。雪隔三岔五落下，风是雪的近亲，时常拍打着窗户。二哥家买来的院子极为破旧，甚至连一截低矮的土墙也没有。想象有时是骗人的，并非他人承诺，只是你自己选择性想象某些美好的事情，没有我惦念的窗明几净的房屋，没有在梦中出现过的草原与河流，甚至没有一种像样的生活。我从里屋的另一铺土炕上醒来，炕洞里的热气已消失殆尽，日常两顿饭食，并不能塞饱我的肚皮，只能转移到大哥家混最后一顿。大哥执拗，属于男人中的犟人，从年轻时养成的简直可以叫酗酒的习惯从未改变。他不吃大楂子，也不吃玉米做的饼子，要白面，要大米，和大嫂分锅而食，几个孩子穿得破旧，惯常的打骂与吵闹让他们变得怯懦、忧郁，侄女再也不是当年那个拿着树根追着喊我"小羔"的小女孩，见人羞怯、害怕，甚至走路时也很少抬头。我在极力复原自己当年的感受，或者企图从中找到一些温暖的印象。但没有，有的只是愁苦的面容和破旧的院落，有的只是在风雪中飘摇、艰难前行的家的驳船。

风雪停住之后，大哥家东面院落里的一位老妪时常会坐在门口，目光呆滞，眼睛茫然地望向远方，望向老家所在的南方。夜里，是绝望的呼喊与哭泣，她要回家，要回那个几千里之外的只存在于记忆中的老家，她知道那里有她此生耕种的土地，有她每天相遇的村人与亲邻，有她一生所有的回忆和守望。但现在那位年迈的妇人已白发苍苍，风湿让她几乎失去了行走的能力，只能拍着窗户对着夜空喊，对着无望的冰天雪地喊，喊出心中的绝望与忧伤。大哥说，她的老家在离我们村不远的郭村，家里一儿一女，原本跟着女儿生活，后来女儿得病死了，不得已从关里接到关外。我远远地站着，她坐在轮椅上的样子像一截枯木，甚至在听说我是从关里来的时候眼神中忽然发出光芒——带我走哇，我要回家。分不清是在跟我说话，还是在喃喃自语。等我下次从一个工地回来时，听说她已经死去，死在了春天，异乡的春天。

我不是来探亲的，也不是来观光旅游的，我是在青春时期的某个时段突然闯入这里的人。但在某个层面上，我的身份并没有丝毫改变，并没有从那条自清朝开始就绵延的逃荒者或者闯入者的队伍中分割开来，尽管这时已经到了20世纪90年代中期，北方人开始加入南下的狂潮，逆向而行，在东北地区日渐衰落的黄昏中投奔市场经济的主战场。

我什么都没有,一无手艺,二无所长,有的仅仅是一股子蛮力,或者只待日后才能慢慢萌生的梦想与渴望。所谓的建筑队就是临时组织起来的一帮人,有河北人、山东人、河南人,也有当地人。包工头是河北老马,当过兵,长着一身硬朗的腱子肉。建筑队分为两班:一班在市区,或者富拉尔基等附近的城市;一班在乡下,活动在以梅里斯为中心的各个乡镇之间,由老马的小舅子,一个姓鄂的达斡尔族人带领。

我把菜刀压在枕头下。所有人都睡了,或者有的只是在暗夜中睁开疲惫的眼,建筑队的活不轻,几乎全靠人力,上砖,上梁,上瓦,大概十几天就能完成一座砖瓦房。这时已到初夏时节,我们休息的地方在一个叫卧牛吐的达斡尔族村,时间太久了,当地人和汉民几乎已经完全融合,通过联姻等各种方式形成了一体。他们衣着相似,口音相同,生活方式乃至习俗也在时间的流逝中达成一致。一位姓敖的人家,上梁结工,剩下一些零散的小活儿,安排几个人留下就好。为了犒赏,也为庆祝,主家送来一条狗,煮了一锅狗肉汤,准备了烧酒和啤酒。房间外是一片偌大的园子,园子里的小葱长势旺盛,狗肉,狗肉汤,小葱黄瓜蘸酱,每个人很快就进入醺醺然之中。这时,鄂队长开始安排,说让二哥和另外一个人留下来,处理工地上的善后事宜,不知怎么就打了起来。动手的是一个叫大国子的年轻人,和我二哥,大国子的师傅老吴也在旁边,顺手把手中的汤碗向二哥甩去。我终于没能忍住,在第一时间加入了混战。

异乡,是一个不知名的地方,一个外来者的加入从来没那么简单。所有的闯入者几乎都有一个相同的名字:盲流。没有目的的盲目流浪者,自从咸丰十年(1860)正式开禁放垦,东北地区再一次打开虚掩的大门,"东三省之开放设治,遂如怒箭在弦,有不得不发之势矣"。伴随着关东地区的逐渐开放,出关谋生的流民越来越多,每年都在增长,山东、直隶流民更是"闻风踵至","终年联属于道"。此种情况一直延续到民国,延续到新中国成立之后,使东北终于成为一个移民社会。移民社会的典型特点就是融入与接纳之间的矛盾,就像把一滴水混入时间的河流。大哥不止一次提起当年的壮举,手举一把铁锹将当地的一个小混混拍在地上,方在第一时间为自己的存在树立了尊严。二哥性格温和,早已适应了多年的东北乡村生活,在很快的时间内学会了泥瓦匠的手艺,找到了一个糊口的营生。

那天夜里,我的神思始终在半梦半醒之间游移。我想,如果大哥二哥没有当年的出走会是什么样?在村庄里耕种,在父母身旁陪伴,也就不会有眼下所遭受到的欺负与侮辱。老吴是大国子的师傅,也是迁来了很多年,放弃了老家的妻儿,在当地又组建了一个家庭。老吴在咆哮,二哥和大国子扭抱厮打在一起,我几乎没有犹豫,瞅准了机会将大国子放倒。鄂队长和其他人拉开了我们,唯独老吴还在咻咻不已。我想,无论是作为防备还是在战火重起时报以颜色,都应该收好那把锋利的菜刀。此时的菜刀非为凶器,而是一种抗拒与拼争的象征。

嫩江发源于内蒙古辖区伊勒呼里山中段南侧,自南瓮河(南北河)、二根河(也称根河)汇合点起,由北向南,流经多地,汇入松花江,因水色黝黑成为白山黑水中的"黑水"。此地属嫩江平原的北部,一年一收,旱田与水稻间作。关里与关外,来到这里的山东人几乎很难改变骨子里的勤俭,小时候,当大哥说起他们家二三十亩田地时会咋舌——怎么可以拥有这么多土地!但是真实的情况并不让人乐观,虽说一年一收,但缺乏灌溉设施,一亩田收不了多少粮食,加之谷贱伤农,很多人已经抛弃了耕地或者出租出去,自己外出打工。春天时节,我曾跟随大哥二哥去荒芜的田野里打茬子,就是将去年收割后遗留在田里的玉米根节挖下来,作为烧柴,既用来做饭也可让炕更暖。漫天遍野的雪已经融化,斑驳的雪水渗透进脚下的黑土地,远处几株在风中挺立的白杨树的树皮已经返青,这是一片怎样的土地啊,两百多年来吸引着大批大批的流民奔逐到此,人们为之哭泣,为之欢喜,为之付出一辈又一辈的努力,而今还在泥土中匍匐。

幸好有水作陪,幸好还有乌拉草。乌拉草的盛名是在初中课本上见识的,东北有三宝,人参、貂皮、乌拉草,前两者富贵,到现在我也难得一见,后者亲切而宽容,就苦在大哥家的屋顶上。我们来到嫩江畔的时候,还看见有人将河滩上长有乌拉草的地皮切成坯块状,几乎每家房屋的土墙都是用这种草坯垒砌而成,舅舅死后坍塌的房屋是,大哥家的房屋是,就连二哥新转到手的那座破旧的房屋也是,仲夏之后新苫了一层草,以迎接雨季的到来。

卧牛吐就在嫩江左岸,相距也不过七八公里,村里最后一座房屋即将结工。鄂队长提议,去江边野餐。无边无际的野草,一条大河在流经一片草地时形成很多支流,野生的芦苇茂盛,水鸟在其间栖息鸣叫,野火燃起,锅中沸腾的是嫩江之水,嘎啦和鱼,一种野味的香飘溢出来,让人暂时忘记了家在何处。而这样的时间是短暂的,除了每天繁重的劳作,很难再有其他想法。当年的高中同学已经毕业,顺利升入了大学,在来信中提及家里的窘境,看我是否能帮衬一下。当然,我没有任何迟疑,将汇款地址清清楚楚写好,寄了过去。

我似乎一下深陷昨日与今天的时空,在跳跃的叙述中很难分清当年和现在的自己,这之间有着一条若有若无的线索,看起来早已失去了彼岸消息,却又时时牵惹着神经。翻开影集,一张照片跳入眼帘:倒梳的发型,一件青白色夹克,嘴唇上的胡子已初露端倪,显示出一个蓬勃青年的形象。旁边是侄子侄女,大侄子大运,十二三岁光景;小侄子小利个子很矮,有着多数少年的羞怯模样;侄女大红已经上了初中,长长的头发,脸上有少女独有的羞涩。那是我临走时候留下的一张照片,我们去梅里斯镇街的照相馆拍的。尽管从那之后,我们再没有相见,但我知道一条血脉的河流从来不曾断过。

血脉,家族谱系延续的另一种方式,隐秘而深邃,流淌在时间的背面。有些事物是会遗传的,比如长相,比如走路时的动作,比如——某些隐疾就像被遗忘在某个角落,在你猝不及防的时刻突然到来。江南第二附属医院,这是2019年的冬天,刺眼的灯光打在医院粉刷白色的墙壁上,大哥蹲在病房的一角,面前一包榨菜,馒头是侄女大红刚从医院食堂买来的。他的脸上沟沟壑壑,与母亲去世那年判若两人,他的行动有些迟缓,就连吞咽的动作也显得机械而麻木。多少年了,他始终保留着吃馒头的习惯,他说大楂子拉嗓子,不如馒头好嚼好咽。十七岁离开老家,吃过狗肉猫肉,吃过一切能搜罗到的可以吞咽的食物,最早的生活还算殷实,在梅里斯一家浸油厂上班,所谓上班,也就是扛大包,将沉重的装有大豆油葵的麻包扛到榨油机前,每次下班回家时,可以从军大衣里抖搂出来瓜子、黄豆。他的那匹马还在,二十几年了竟然没舍得卖掉,帮人运送蔬菜和粮食,有时一天也能赚到一二百元。只是现在大哥的脸上显现出困顿的神情,大概一周了,大儿子大运脑出血躺在床上,上肢下肢都不能动弹,从家里带来的钱已经花光,二儿子小利从工作的西安赶来带来了部分,但第二次手术仍有很大的费用缺口。

心脑血管疾病的遗传性几乎已成定论,祖辈里的基因不会在短暂的时间里有所改变。父亲偏瘫的时候也是中年,三哥在几年前开始嗜睡,经检查亦有这方面的隐疾,而现在已经延及孙辈,这多少让人感到突然。大运,我该怎样界定这个我们家的孩子:年逾四十,常年在外打工,至今尚无婚姻。没有生病时跟着当地的一个女包工头来到无锡,在工地上做架子工,卡上的三万多块钱已经全取出来交给医院,女包工头来了一次再没露面,小利和大红去工地找了几次,不是推诿就是被从工地上赶出来,没有劳务合同成了一个致命的环节。我也曾试图联系当地法律援助中心,最后仍然无果。

大哥在终于坚持不住的一刻给三哥打了电话,三哥来找我商量,坐在理发店的长椅上无言抽烟。在乡间,最怕的就是生病,就是突如其来的事故或灾难,钱当然是有一些的,儿子准备买房,供孙子上学,也不能完全满足看病的需要,最后商议一人先拿出一些帮大哥渡过眼前的难关。我几乎透支了这些年因写作而结下的交情,在电话中指点大红如何操作做一个筹款的帖子,帖子发出,几乎全国各地的亲朋好友都伸出了援手,很多是我尊敬的老师,他们的书写曾经给我指引方向,而今又用实际行动感动着我们。我在想,每一个真正的书写者的身体里一定住着一个干净善良的灵魂,在文字中捕捉善念,在行动中彰显真诚。

三哥去东北的时间要稍微早一些,也在去年,视频中几乎所有的亲人都在场:大哥二哥,大嫂二嫂,还有几个表姐表姐夫,这边是从未改变的乡音,那边是一口纯正的东北味儿,饭菜在餐桌上冒着蒸腾的热气。过了许多年,很多旧年留下的嫌隙也已消弭,一个家族,分岔为两条支流,而后又隔岸相望。三哥去了北安红星林场的大姑家,大姑尽管有些耳背还是能认出自己的侄子;三哥去了在拜泉的堂兄家,堂兄堂嫂都已六十几岁,家境生活尚好;三哥去了当年在父亲生病时汇来救命钱的五娘家,虽然两位老人都已离去,但后人仍情意暖暖……这是一次遥远的探望,从关里平原腹地的纵深到极寒之地的松嫩平原北部,三哥或许已不能详细记住自己的行程,却会在想起某个细节时说个不停。

我在下半年被安排到市区建筑工地,那些新建立的楼群耸立,没有一户会成为我们未来家族的居所。有时我想,是不是时间久了他们已经忘记了家族基因中勤劳的传承,在一日日消耗着时间和体力,而或当地寒冷的气候所造成的每年只有少量出工的时间终至贫穷,或者因为没有文化基础,在漫长的漂流中失去了生命的锐性?我找不到答案,当时间进入 21 世纪时他们仍然一无所有,仍然为贫病所桎梏,问题到底出现在哪里?

北方工业的落败几乎很早已成定局,大批大批像当年一样有着"流民"身份的人开始向南方汇集,仅仅两百多年的时间,就发生了天翻地覆的变化。日本小越平隆《满洲旅行记》载:"于昨三十一年五月,由奉天入兴京,道上一山东妇女拥坐其上,其小儿啼号,侧卧辗转,弟挽于前,兄推于后,老媪倚杖,少女相扶,踉踉跄跄,不可名状。有为丈夫之少妇,有呼子女之老姬,逐对连群,惨声撼野。有行于通化者,有行于怀仁者,有行于海龙城者,有行于朝阳镇者,肩背相望焉。"而现在,仅海南三亚一个城市就"有几十万因就业、经商、就读、度假等原因流入的东北人,他们为三亚的 GDP、人口素质、城市文化贡献着"(澎湃新闻)。

生存,生存,当人类如候鸟般迁徙或集散,一定有着历史深层的原因,骨子里求生的欲望或本能,驱使一个个体或家族不得不从此地迁往彼地。我能想象当年舅舅和家族中其他亲人的心情,在漫漫风雪中一步步走向那个陌生的所在——"有冰的地方",而后扎下根来,在权衡中或留下,或在未来的某个时日返回故乡。二哥不止一次提起,再过几年回到老家。二哥当年的院落还在,自从母亲走了之后空了下来,长满了野草和三嫂种植的葡萄、枣树与青菜。

我也要回去的,一年的时间很快就过去,时空交换中,我仿佛看见当年的自己,站在一座尚未完工的建筑顶层,看着城市里的万家灯火。嫩江左岸的草已经开始枯萎,江水在日夜流淌中越来越寒凉,1994年的第一场雪落下来,像来时一样,落在莽莽的原野,落在孤寂的村庄,落在我旧时的记忆,白茫茫的大地,白茫茫的归途,似有所寄。

选自《野草》2021年第1期

杀牛记

黛 安

　　黛安是一位行者。她的写作从主题上看，有着极宽广的地理跨度，总能抵达目力之外的僻远。同时，她也在打破时间维度，在经验与记忆里跋山涉水，不断打捞。《杀牛记》的"及物性"令人赞叹，密集的物、器、意象、事件、命运，雨点一样迎面打来。她有哀物之伤，有惜物之心，更有托物之大，经由她的书写，消逝的一切获得了文学的隽永。

　　　　　　　　　——第四届三毛散文奖终评委

艾冷家要杀牛了。

他茶叶生意做得大，每年过关门节都要杀一头牛。今年从西双版纳勐海花六千元钱买回一头小水牛。布朗族讲究，一定得是水牛，不能是黄牛。车厢用竹竿横着加高了几层，牛捆着站在里面，仿佛一个五花大绑的人被押赴刑场——事实上，的确是刑场。八月，正是云南的雨季。每天，雨像一挂大帘子，从天上垂到地下。细雨中，车开到寨子外偏僻的古茶林。那里的茶树，一辈一辈传下来，顶老的少说也七八百年了。古茶树并不繁茂，碗口粗细，一人半高。牛从车上下来，鼻子、角、前腿、后腿分别用绳子绑在车厢与一株茶树上。众人散开，屠夫登场。这是他的舞台。他无数次在这样的舞台上亮相并演出。他的道具永远是一把斧头。演员只有两个：他和牛。屠夫叉开双腿，站在牛正前方，高高举起斧头，抡圆了，狠狠砸向牛的脑门。这是他熟悉的动作，单调，有力，致命。他的演出从不需要虚妄而华丽的背景或铺排，只需要力气。斧头落下，牛的头跟着低了一下，不等抬起来，又一斧头。牛似乎意识到了什么，开始挣扎。越挣扎，屠夫砸得越猛。牛全身的血开始奔涌。屠夫全身的血也开始奔涌。一开始，屠夫站在地上。他是个瘦小的男人，大约力不从心，干脆爬到了车厢里。高度的悬殊给了他优势。斧头重重地从天而降。被四面牵拉着的牛动不得，只有头能微微摆动。摆到左，斧头在左；摆到右，斧头在右。到处都是斧头。大约十几下之后，终于，牛喘着粗气轰然倒地。对牛来说，从一开始注定就是一出悲剧，毫无悬念。

自始至终，小水牛没叫唤一声，任由痛闷雷一样在体内翻滚。也许迎面而来的连续钝击对它来说太突然了。它只是惊愕。它不到两岁，还是一头小水牛。在它活着的有限的几百天里，还没开始思考这个世界。意外来得那样突然，它在倒下去的那一刻都茫然不解。没有人是一头牛。莫言在《生死疲劳》中，让一个被冤杀的地主经历了六道轮回，曾有一世，他投胎成了一头牛，有着人一样丰富的思维。然而，终究，那不过是一个魔幻现实主义作家对一头牛天马行空的想象，一个披着牛皮的人而已。归根结底，没有人真正知道一头突遭钝击的牛是如何想的。或许，能理解一头牛的，只有另一头有着同样命运的牛。

十几个穿红绿雨衣的男女鼓起了掌。这掌声，使得刚才的一切像极了表演。人们总是习惯把掌声送给胜利的一方，哪怕战胜的是一头没有反抗能力的牲畜。人类有时候就是这般狭隘。那些人是专门来收拾这头牛的：剥皮，开膛，剔骨……气喘吁吁的屠夫蹲下来点了一支烟，疲惫地笑着，慢悠悠地抽。那笑一层影子般浮在他深黯的脸上，极不真实，甚至有几分怪诞。远一点看，青烟从他的发丛里生出来，他的头颅冒烟了，雨也不能将其浇灭。

我想过去和他说几句话，比如，有没有觉得对不起牛。一想算了。既然选择了做一名屠夫，对得起对不起，他都得如此。一头牛不死在他手里，也是死在另一个屠夫手里。

扔在泥巴里的斧头很快被淋湿了，泛着微光。手柄处的木头细腻光滑，几乎被磨蚀掉了纹路。万物有灵。一柄斧头一定有它的呼吸与记忆。它一定记得曾与多少牛头进行过交锋。但它只是一柄斧头。用时，提在手里；不用了，弃在一隅。它与牛，只不过是人生活里的一个工具。大概，它与屠夫一样，早就麻木了——节日到了，总要有人，总要有一把斧头，总要有一头牛，为节日做点什么。而人的生活，时不时就要靠节日支撑一下，仿佛日子是一只口袋，不装几个节日进去，就枯瘪了。

牛刚倒下，早就手持长刀候在一旁的人，嗖一下把刀插进牛的脖子，那样快，像一道劈进去的闪电。拔出的瞬间，鲜血喷溅，接着咕嘟咕嘟往外翻涌，流在事先备好的盆子里。一直暗暗涌动于牛身体最深处的那无数条鲜红的河流此刻骤然汇聚在一起，决了堤。牛吃的是绿色的草，变成的却是红色的血液。这真是一件奇妙的事。我们无论吃进去什么，血液总不会是绿色。上帝说，要有光，于是就有了光。上帝说，血液要红，于是就成了红的吗？洒在地上的血，顺着一条小水溪，红色的水蛇样，蜿蜒着钻进了路边的草丛里。

乘飞机，坐大巴，搭面包，拦摩托，经过黄河、长江、华北平原、云贵高原……我从山东一路辗转，抵达云南普洱市澜沧县翁基古寨，已经在寨子里的民宿客栈住了些日子。当我一天天逐渐深入一个民族日常生活的内部时，不期然地目睹了一头牛被杀死的命运。

当然，所有生命有一天都会死去。人活不过一座山，一条河，一棵树，一块石头，一粒沙子。人实在只是一个卑微的物种。生即死，生命的尽头是虚无。人用尽了各种办法练习适应活着，唯独没有练习适应死亡。在死面前，人永远无所适从。

我也并不觉得牛不应该被杀死为人所用。自然界的生物链不是人为，而是天意。只是想，如果并非只有钝击这一种办法，怎样的方式才能让一个生命结束得安详且有尊严？

长久以来，《庖丁解牛》里住着屠夫庖丁和几千头牛。那些死去的牛，一直活着。一个"解"字，让庖丁不朽："手之所触，肩之所倚，足之所履，膝之所踦，砉然向然，奏刀騞然，莫不中音。合于《桑林》之舞，乃中《经首》之会。"这是两千多年前的战国中期。当时，庄子凭借自己非凡的想象轻描淡写地描述了庖丁在肢解一头牛时如何出神入化到具有了音乐的韵律美，但他没有提及，在庖丁十九年间解几千头牛之前，人是如何杀死一头牛的。以斧击之？以刀杀之？以剑刺之？以石夯之？一个惯于杀牛的人，在杀一头牛时，是否也暗合了某种音律？庄子有一条秋水，一条鱼，一只蝴蝶，一只鲲鹏，一头牛……逍遥自在。他深谙天人、物我、生死，以至万物，唯不提及一头牛死时要不要有尊严。

我后来去了沧源的翁丁原始古寨，见了牛的另一种死法。选中的牛被拴在木桩上，在左肋心脏位置做上标记，然后屠夫——他们叫镖牛手——将锋利的镖枪猛地刺向牛的心脏。因为所用武器是镖枪，这种杀牛方法就叫"镖牛"。镖牛讲究节奏。一枪毙命最好，不然，就要连续刺杀数枪。被镖杀的牛是用来祭祀的，长得要"美"：健壮、威猛、毛色油亮，最重要的是，犄角要大。当充当巫师角色的魔巴将血淋淋的牛头置于神圣的祭台，一头俊美的牛就算完成了它在世间庄严的使命。对于一头牛,美貌从来不属于自己,更不属于哪一头母牛。它一降生,注定了是神的子民,要献身于无处可见却又无处不在的神。

二舅家的大表姐在东北吉林,她去赶集的地方叫二道沟。逢年过节,有人会在集市上将牛现杀现卖。第一头尚未卖完,第二头就被牵了过去准备屠宰。它看看同伴所剩不多的几块肉,嗅一嗅,流下泪来。那一刻,它清晰地窥见了自己的命运。它看看刀刃,明白原来死神锐利而冰凉。

小水牛死后,嘴巴和眼睛都是大开着的。有人过去给它合上,手一松,啪! 好像有一根弹簧,立刻又张开了。一头牛的喜怒哀乐一向深藏在心里,面部没什么表情,这最后的姿态,怕是它一生唯一的一次心事的流露。也许它想看看,想问问,究竟是怎么一回事。它不甘。但它的疑问只是一团燃烧的火,在胸腔里噼啪炸响,它的嘴被人绑着,发不出声来。人没有给一头面临死亡的牛最后一次发声的机会。

侧卧在地的牛被几个人架着腿翻了半个个,脊背朝下,仰面朝天。这是牛最陌生的一个姿势。它耙地、拉犁、吃草、饮水、睡觉、思考、发呆,都是面朝地,背朝天。很少看到一头牛仰着脖子看天空的样子。极少数的时刻,当它躺在地上打滚撒欢时,它才会看一眼万物之上的天空。但它从不迷恋,它总是一翻身就过去了。天空在它眼里只是一闪而过,像一道蓝色的幻影。它没有为头顶之上的任何事物停留过,除非一片可以入口的肥美的叶子高过了它的眼眉。在一头牛看来,虚妄的天空远远没有一片叶子具有诱惑力。只有人仰望天空,牛都是俯视的。在北方,天空是铺在水盆里的一幅画。一头牛在低头饮水时,也许有那么一瞬,它被盆中的景象弄迷糊了。有时它看到一片慢走的白云,有时看到一只疾飞的黑鸟,有时太阳掉进去了,一盆水变成了金汤,有时月亮一块白璧一样静静地在水中晃荡。它在盆中看到了自己。它的脸贴在天上,与天空融为一体。一头牛既在地上又在天上。它舌头一伸,整个天空都乱了。当一盆水都被它喝光时,一头牛的胸中,就装进了整个天空。水牛站在水里,它见惯了满天的白云煮沸了一样在水里翻滚,也见惯了整块的蓝凝固了似的一动不动。整个天空都在它脚下。一头在水田里劳作的水牛,高于大地,也高于天空。

牛的腿被四下扯开,胯间的性器毫无掩饰地裸露了出来。我第一次如此近地看一头水牛的性器。牛死了,它也跟着死了。它像一个失去了水分的浆果,瘪瘪的,皱皱缩缩的,小到还没一只攥紧的拳头大。它不像从牛的体内长出来,倒像小孩子用泥巴胡乱捏了个团"啪——"一声糊上去的。我从未见过一头发情的水牛,不知道彼时它的性器如何饱满健硕。但是我见过骡子和毛驴的。从腹内长长地滑出来,硬邦邦地杵在胯间,像匀匀地涂过油脂,又黑又亮,真是好看。少年时代在乡间,我们所见过的东西里,最接近一头骡子或毛驴的性器的,只有茄子——不是摘下来逐渐萎枯的,是那种正长在茄棵上的,鲜汁旺液的,粗而长的,紫到发黑,在阳光下闪着幽光的茄子。茄子触之凉而爽滑,因此每当那个神奇的黑棒棒出来时,我都想猫着腰过去摸一摸,攥一攥——这是真的。我想象着它会有黏糊糊的东西黑漆一样粘我一手,我的手掌顷刻间变成了黑的,往黄土墙上一抹就会留下一个黑手印。但我从未碰过。骡子会踢死我的。我知道它不像茄子是凉的,而是热的,像是刚从温水里捞出来,因为,冬天,它刚滑出来时,分明冒着一团白茫茫的热气,看见的人们总是笑。男人们咧着嘴露出满口参差的黄牙哈哈大笑,女人们低着头掩着嘴咻咻地偷笑。我那时尚不懂人们为什么笑话一头牲口,它有鼻子有眼有耳朵有嘴,它有头有腿有尾巴,难道不应该有那样一个黑棒棒吗?只不过,它的肚子里有一个口袋,平时它把它的棒棒像盛一只茄子似的收在里面,想给它晒太阳时,就让它出溜下来。直到有一天,一头毛驴刚把它的热腾腾的棒棒亮汪汪地挂出来,迎面来了另一头毛驴。这下不得了了,它像受了惊,突然嘚嘚嘚嘚,嘚嘚嘚嘚不顾一切地奔过去,一跃而起,从后面紧紧贴住了那头毛驴。刚晴了天化了雪,毛驴倏然腾空扬起的两只前蹄,泥水飞溅。多年后,我依然记得那头毛驴身体的节奏和韵律。它像一架张开的大弓,不断地把自己弹出去又收回来。它通体黑褐,在雪后灼目的阳光下闪着青幽的亮光。被它拥着的那头花毛驴,我看见,它扭着身子朝后望了一眼,目光驯服而清澈。多年后的今天,一日,一个朋友说起他少年时代牧的那匹白马,在跃上一匹母马的瞬间,像一道耀眼的白光。那一刻,我分明看见了两个重叠的童年。村里恰好路过的人停下脚步,都围过来看两头分不开的毛驴。二狗哈哈大笑,指着我们一帮流着透明鼻涕的半大孩子,也斜着眼说,你们这窝王八羔子小兔崽子就是这样出来的!不久二狗有了娃,我见了他,仰头问,二狗叔,你家崽崽是哪头毛驴的? 一向嬉皮笑脸的他突然烙饼似的翻了脸,扯开两条大长腿撵得我从胡同这头窜到那头,咋咋呼呼,鸡飞狗跳。而当我知道某些事情的真相时,已经是多年之后了。他身上某个地方背叛了他。他亲自去山里找了个汉子。他要借种子。某个夜晚,他蹲在上了闩的大门口,支棱着耳朵焦灼地捕捉着没有点灯的屋子里某种压抑而又难以自持的轻微的声音。纸卷的旱烟一点一点烧到了他的手。后来,我与他的儿子在窄窄的胡同里迎面相遇,那是迥异于二狗叔的一张脸,是山里人特有的脸。十八岁的他,眼神明亮,脸庞俊朗,蓦然间映衬得我们整个桃花坞黯淡无光。

五个人,手握明晃晃的短柄剔刀,一人劐膛,其他四人每人抱着一条腿,从蹄子处下手开始剥皮。刀刀翻飞,在雨中闪着凛凛的白光。小时候在乡间常听人骂:看不剥了你的皮!虽是当不得真的,然几个字伴着凶狠的表情从牙缝里啦啦挤出,依然让人不寒而栗。因此,倘若想伤害一个人,不需要匕首、枪弹,语言就是最好的武器。民国时期鲁迅与梁实秋之间著名的"梁鲁之战",笔墨言辞间全是刀光剑影。论战的最高潮,便是我们熟知的鲁迅的那篇著名的杂文《"丧家的""资本家的乏走狗"》的发表。以中学时代十几岁的年龄是理解不了鲁迅的,只是看文字表面的热闹罢了。如今读来,一个字一把刀,像剥皮割肉,让人无地自容,真是替当时的梁实秋捏着一把汗。

皮与肉之间有一层白膜,撕扯时发出耆耆的声音,像有风从里面刮出来。往年冬日,我常在小城的菜市场附近看见人剥羊皮,除了几个宰羊人的闲言碎语,并未听见来自羊本身的什么声音。也许,一头水牛整天生活在旷野里,风日日吹拂,是不是有一些风,从它的眼睛、耳朵、嘴巴、鼻孔、蹄尖,灌进了它的身体,储藏在了皮肉间?牛皮被完整地剥下来了,铺在地上,像是给牛脱下了一件黑褐色的外衣。牛被杀之前,皮毛光洁,仿佛刷过釉彩,雨点打在上面纷纷滑落。即使在雨中,一头牛仍保持着它一贯的从容与健美。而此时,被人扒了衣服的水牛,颜面尽失,圆鼓鼓的白肚腹冒着热气,像一只吹足了气的巨大的椭圆形的蛋,一览无余地袒露在众人眼前,完全看不出它曾是一头牛还是一头驴。然腹部的肉与血管还在一下一下有节奏地跳动。它身首异处,灵魂出窍,而身体竟然还没死。它遭遇钝击,倒下去时只是昏迷,真正的死亡来临得很慢。血流尽了,不死;头砍下来了,不死;皮剥下来了,不死。等到皮肉都被炖烂吃光,骨头化成青烟,世间再无一头牛的痕迹,它才彻底死去。

　　北方空阔的田野里,牛不慌不忙地犁地。土地是黄的,牛也是黄的。仿佛庄稼生自泥土,牛也是从土地深处长出来的。故乡只有黄牛,没有水牛——或者我见识短,有,只是不知。一个人很容易囿于自己狭隘的眼界与心胸却自认为无所不知。自然,田野里也有马。春雨在牛马间飘洒,秋风在牛马间游荡。我们的童年在牛马与风雨间慢慢长大。那时候,为了区分一头牛与一匹马,我曾专注于它们的尾巴。马身形俊逸,尾巴亦大而漂亮,甩一下,搅起一小股风。垂落不动时,则静静地反射着阳光,月光,星光。那些在乡间自由成长的岁月里,我一定曾痴迷于对美好事物的触觉捕捉——比如捏起一只蚂蚁任它顺着我掌心的纹路仓皇逃离——因为我总忍不住想去抓握一束马尾。它一定滑腻得让人气馁到以为什么也没有,或者,一根根长长的尾毛与我的手摩擦发出细微的窣窣声,像一把沙子从指缝滑落。它凉飕飕的,它热烘烘的。但始终没有。马的屁股上长着眼睛。只要它给我一蹄子,我就会归于尘土。因此我对一束马尾的所有感觉都来自想象,无端的,凭空的。而牛的尾巴像一根粗糙的绳子,只在末端蓬松着一小截尾毛。但牛是下地干活的好材料。谁家有一头牛,那是比伺候一个人还要上心的,哪里会杀了吃肉。父亲既买不起一匹马,也买不起一头牛,四个只会读书的丫头片子休说下地干活,连地在哪里都找不清楚,想燎一穗嫩玉米吃都会误掰成别人家的。我们除了书读得好，对于土地之上的稼穑，真是没用。这在乡间无疑是大忌。父亲因此长时间被人瞧不起，特别是那些有着一窝龙虎一样男孩的人家。当然，如果生活是一出戏，这只是序幕。随着情节的进展，剧情最终发生了根本性的反转。不过，那是十几年之后的事情了。当时，父亲不得不买了一头小毛驴。干完活儿，父亲先让它在村头的空地上打几个滚撒几个欢，然后把它拴在驴棚里的石柱上，母亲给它拌好草料。那草料是剁成段的青草和撒得匀匀的黄玉米糁子。青的青，黄的黄，真是好看。天井里弥漫着一股浓郁的鲜草香。我站在不远处，看小毛驴吃草。它的嘴张得很小，一下一下左右滑动，我的嘴也跟着一下一下左右滑动。它抬头看看我，喷个响鼻，有些狡黠地眨眨眼，无声地笑了。是的，它会笑。它的脸那么长，笑容从嘴角扯到眼眉，也长长的。它是双眼皮，双得整齐匀称，比我薄薄的单眼皮好看多了。直到我十七岁，有天早晨醒后，突然发现一只眼皮跳上去叠起来了，几天后另一只也如此，并且都不再落下来——那一刻，我一下子想到了曾经的那头小毛驴。站在一头毛驴的对面，从它含笑的眼睛里，我看到了八岁半的自己。我们是彼此的镜子，它从我含笑的眼里看到它自己了吗？我们家先后饲养过两头毛驴，都没杀掉，在它们无力拉动一个又一个季节的时候，父亲把它们牵到不远的集市上卖了。空手回家的父亲，看到我坐在小毛驴的棚子前，嘴一动一动，无声地咀嚼一根青草。

　　我与毛驴之间一直存在的一个东西丢了，我不知道是什么，只觉得很大，成团状。后来，我渐渐明白，那是一个词语：欢喜。此后多年，我常常丢失这个词语。有时越想得到，越是徒劳。它野兔一样难以捕获。它的气质，接近风与流水。

　　我嚼了一根又一根青草。我想着它在另一户人家的样子。娘给父亲说了句什么，我没听见，只见父亲很快就捉住了一只公鸡。平时都是家里来了客人才舍得杀鸡。可是那天并没有客人。父亲一手攥住鸡，一手握着刀，先是口中念念有词，然后才在鸡脖子上抹了一刀。后来，过了很多年，我突然想起那个情景，就问父亲每次杀鸡都对鸡说些什么。父亲说，他说的是：鸡、鸡你别怪,你是贫苦农家一道菜。

父亲在请求一只鸡的宽恕和谅解。

有没有一只鸡,宽恕并谅解过父亲?

给玉米地施完肥,我们桃花坞的六伯赶着七伯家的牛去翻地。六伯绵软,那牛听话得和只绵羊似的。六伯的地翻完,五伯也赶着那牛去翻地。五伯犟,他把鞭子甩得叭叭响,鞭梢像小火苗一下下燎着牛屁股,牛跳起来,和他对着干。最后,牛把他一截肠子顶了出来。差点没命的五伯从医院出来提着刀就去了七伯家。七伯再也没把牛借给过他。在路上,他见了牛,瞪着一双牛眼挥拳头,牛见了他瞪着一双牛眼刨蹄子。从此没人敢像五伯那样对待一头牛。乡村就是用这样土坷垃一样朴素的方式让我们懂得,狗急跳墙,兔子急了会咬人,不要轻易惹怒一头牲口,在一头为自己劳作的牲口面前,要温和而谦卑。那样,在一头牲口的眼里,人才是人。

春草家住在桃花坞最南头。春草很小的时候,爹就害痨病咳死了。有一年夏天,春草的娘搭船过汶河回娘家。船不大。那天船上只有开船的和春草娘两人。不知怎么,好好的,船说翻就翻了。哥哥春生三十好几了还打着光棍。有人说媒,是个花朵样的姑娘,但是春草须得嫁给那姑娘的哥哥——一个哑巴。春草哭了一个晚上,第二天一挑花门帘,说,行。可是春生又哭了。春草说,不就是不会说话嘛,咱家牛也不会说话,不照样好好的。春生突然想起了牛,想杀了卖肉给春草换嫁妆。春草哭着说,哥,他是个哑巴,你是个傻瓜呀?后来,只要春草回来看哥哥嫂嫂,花朵样的嫂嫂都会在牛背上多少搭点什么,半袋子萝卜,半袋子地瓜,半袋子棒子……牵着牛把春草送出几里地去。两个女人絮絮地说了什么,青春,日子,男人,孩子,庄稼,鸡鸭鹅狗猪牛……很多年,只有那头牛知道。牛老了。它已经干不动活儿。它卧在太阳光里,不吃不喝,长久地闭着眼,像一块有棱有角的石头。人们都劝春生趁早把它杀了还有肉吃,春生不肯。它越来越瘦,骨头顶着皮,摸上去硌手。后来那头牛死了,自己把自己老死的。它刚死就下了雪。春生把一半的牛肉给了春草。那个冬天,春生的天井里几次飘出熬炖牛骨的香味。

那是春生家一辈子最香的时候,此前没有,此后也没有过。

我家屋后,隔着一条不宽的土路就是牲口棚,生产队的十几头牲口养在里面。除了大门朝着路,牲口棚那三面矮矮的围墙之外都是无边的田野。喂牲口的叫五齿耙。他一生下来两只脚就像两块姜,只有五个脚指头。他有两个弟弟:弓和一只眼。弓下煤矿砸弯了腰,再没能直起来;一只眼的另一只眼小时候放炮仗炸烂了。弟兄仨一律打着光棍。牲口棚里成天静悄悄的,能听见一院子的阳光里,牛、骡子、马、毛驴唰唰地甩尾巴,沙沙地嚼青草,铁链子碰着青石槽子,叮叮,当当。和我一般大的红英,小时候高烧烧坏了脑袋,十三四岁了,成天袖着手在胡同里转悠。她见人就笑。那笑像是风吹花瓣,一层层打开,静静地,一点儿声都没有。她天生一头自来卷黄头发,在桃花坞的阳光里闪着玉米穗一样黄澄澄亮汪汪的光。她一转悠到牲口棚里,五齿耙就急慌慌地把大门关了,从口袋里摸出一粒水果糖,剥开。五彩的糖纸像一只要飞走的蝴蝶,红英伸手去捉。糖真甜。我们一年也吃不到一块。红英一次次去捉蝴蝶。等到红英的爹发现不对时,红英已经大了肚子。他抓着菜刀去了牲口棚,照着五齿耙甩了过去。五齿耙像是被跷跷板嗖一声弹出去的,飞过墙头,消失在了高过人头的玉米地里。刀擦着一头母牛的肚子咔嚓一声插在了后面的木头柱子上。两天后,从地里钻出来的五齿耙不得不娶红英。新房是牲口棚腾出来的一间盛饲料的屋子。夏天到了。下了几场暴雨。红英的肚子像池塘里越涨越高的水,越来越大。她依旧到处晃悠。一天雨后,红英哧溜一脚滑进了池塘。捞上来搭在牛背上,高高鼓起的肚子,让她远看像是趴在一个球上。牛在小学操场里不紧不慢兜了一下午圈,红英还是死了。那头差点被刀伤到的母牛很快生了一头小母牛。小母牛真漂亮。长来长去,细看,眉眼里竟意外地有了红英的几分模样。我们桃花坞的很多动物——猪啊狗啊猫啊,很多植物——树啊草啊花啊,长着长着就有了我们桃花坞特有的样子,有了养它的主人的样子,好像它们也是主人生的。王二麻子家的狗,连看人的眼神和走路的姿势都像极了王二麻子懒洋洋的样子。歪脖子二爷爷家的一株柳树,长着长着就长成了歪脖子，和二爷爷一个样。后来，那头小母牛被杀了。谁杀的，为什么杀，七嘴八舌。有人说，常看见弓和一只眼去牲口棚，去了就把小母牛牵到曾经准备做新房的饲料屋里，关上门，好半天不出来。娘有时候让我放了学去给猪割一抱嫩草，我背着筐贴着牲口棚的墙根往玉米地里走。有一次，墙内先是传来咻咻咻咻的喘息，接着传来嘿嘿嘿嘿的笑。我转身就往外跑，那声音也蛇一样追着我跑。跑到地头明晃晃的阳光下，胆子才又大了，我蹦起来往牲口棚里看，什么也看不见。

《醒迷琐言》中记有"群豕索命"：宋朝淳熙初年有个叫赵倪的屠户，有天晚上梦见群猪要他性命，第二天即大叫发狂而死。这似乎不稀奇。我老家就说屠夫迟早会遭鬼找算。小时候听人讲，我们邻村的朱屠户，生了个儿子不会说话，只会像猪一样哼哼；后来又生了个女儿，打会走路就爬到树上不下来。后来两个孩子都早早夭折在猪圈里。此事不知真伪。那些年，在乡间，漫漫长冬闲来无事，好事者随口编些骇人的故事也是有的。

第二天关门节，艾冷把拾掇好的牛肉煮了几大锅，包括牛头，请了芒景镇的领导和亲朋好友一大屋子的人去吃。雨中，湿润的香味飘出很远。艾冷的女儿也邀了我。女孩十七岁，每次看到我，都无声地笑笑，黝黑的脸上，一双眼睛沉静明亮。杀牛那天，女孩打着一把小花伞跩着一双小花拖鞋站在雨中，默默观看，不动声色。每年关门节她家都要杀一头牛，一年又一年，想必女孩是看惯了的。她是一个生命的看客。彼时她正在普洱一家职教中心学习茶道，放假在家。观看死亡的过程是一个人的心变硬的过程。她小小年纪，面对一头牛痛苦的挣扎，神色平静得仿佛那是一场虚假的表演。我则目光躲躲闪闪。我不知道应该为自己感到庆幸还是羞耻。

坐在众人中间，我盛了一小碗。牛肉入口鲜香，是那种来自肉本身的滋味，纯粹，幽密，一丝一缕，从肉的深处生发出来，在唇齿之间奔走缠绕。可是不好嚼。有时一块肉在嘴里翻滚半天，想吐出来，可是当着一桌人的面，不好意思，只好咽下去。这与我故乡的牛肉大不相同。我故乡一个叫演马庄的小镇专做牛肉，加工过程繁复精细：切割好的肉块搁在木架上晾干，下锅,加水漫过肉十厘米,大火烧开,铁勺盛二两火硝点燃加入锅内,约莫半小时,撇去浮在水面上的白沫和污物,按百分之三的比例撒上盐,大茴香、小茴香、山奈、白芷、砂仁、紫蔻、花椒、丁香、橘皮、企边桂等一应作料轧碎装入纱布口袋投入锅中,倒入老汤,旺火煮一个半小时,文火煨两到三个小时,捞出肉,沥干……用的是鲁西黄牛。通过这样好一番折腾,牛肉微红透亮,香,脆,酥,烂。而艾冷家煮肉完全另一个样子:路边支一口大锅,肉啪啪扔进去,水哗哗倒进去,木头呼呼烧起来,任凭肉在锅里打着滚一直咕嘟个不停。通常,南方人比北方人做事周到仔细,但众多的少数民族似乎是个例外。对自己传统的坚持与坚守,正是他们独特的迷人之处。

　　艾冷的妻子又给我盛了一碗,这次有几片牛肚,嘴里像塞进了橡皮筋,嚼起来咯吱咯吱响,牙齿与它厮磨了半天,最终不得不放弃。很多时候,硬在软面前,无能为力。生牛肚我看见了,杀牛时,剖开膛,在胸腔的最上方,因满塞着食物,圆鼓鼓的,与底下同样圆鼓鼓的腹腔连在一起,一小一大,像一个大细腰葫芦,当地人因此说牛有两个肚子。切断上下相连的部分,像从树上摘一只波罗蜜一样摘下,由内而外翻出来,倒掉草料,仔细冲刷。洗干净的牛肚,淡黄色,厚厚的,弹性十足,内里光滑,外表布满了蜂窝状的褶皱,像一个柔软的马蜂窝。看过了生牛肚,就明白为什么当地人把波罗蜜叫成牛肚子果了。八月,在云南,正是波罗蜜大规模上市时,一只只圆滚滚的,恍如牛肚,一堆一堆码在路边卖。但我觉得叫刺猬果更合适。它表面凸起的一粒粒锥形的刺,密密地排列着,好像给一只水果覆了一层刺猬皮。未熟的尚挂在枝头的翠绿的波罗蜜是绿刺猬,熟透的黄澄澄的是黄刺猬。我对波罗蜜的认识最早始于它的一粒种子,别人从南方带回来,我把它种在了花盆里。竟然,真的发芽了,叶子绿得近乎青色。然长到一拃高时死了。后来我知道,波罗蜜是结在树上的,不像南瓜,垂在藤上。我没有一块土地,我的花盆盛不下南方一只水果的雄心和梦想。波罗蜜那样大,买一只提不动,要双手抱在胸前。每次看到一只波罗蜜,我都在想,打开它的最好方式应该是:啪地摔地上,让它自然炸开,香气迸发。然而在云南那么多日子,我并未吃过一口波罗蜜。有一次买了一只,打开,坏了,就罢了。一个人是吃不赢一只的。那是一种适合与人分享的水果。"赢"的用法也是在云南的那段日子学会的,什么事情忙不过来,他们就说:忙不赢。吃不到也好,我似乎更喜欢波罗蜜这个让人舌尖缭绕着甜味的名字。

土生土长在云南的一位朋友说,牛肚可以做"牛撒撇"。他说了就过去了,风轻云淡,而我上了心。杀牛前一个多小时,先给牛喂五加叶草和香辣蓼草。两种草皆为中药。五加叶草五片簇生在一起,近似菱形,叶子一圈有锯齿形的刺,又叫刺五加,清凉,味苦,有镇静作用,可止咳,祛痰,平喘。香辣蓼草形似辣椒叶,又苦又辣,可杀菌消炎。《本草拾遗》曰:"蓼主疠癣,每日取一握煮服之;人霍乱转筋,多取煮汤,及热捋脚;叶捣傅狐刺痣;亦主小儿头疮。"杀牛剖腔后,从胃里取出初步消化的草汁,与已洗净烫过切成条的牛肚拌在一起,再佐以小米辣、花椒面、花生末、八角、草果面、味精、盐、新鲜的切细了的刺五加叶和香辣蓼草以及从山里采来的野香葱,最后淋一汪牛小肠里一种很苦的汁水,一道纯粹的牛撒撇就做好了。撒,傣语里意为凉拌;撇,因是音译,也有的写为"苤"字,不知何意。据说吃这菜颇需要些勇气,尤其那苦,有点儿像芥末,礼花一样瞬间爆炸在口腔里,登时让人手足无措。或许,这正是这道菜的诱人之处。剑走偏锋很难说是好是坏,但流于平淡,自然不会让人怦然心动。牛撒撇是傣家常见的一道菜。夏天闷热,一家人常食牛撒撇消暑,小孩子更是用芭蕉叶包一撮边吃边玩。不久,再次与那位朋友相聚。天色已晚,我们坐在北京簋街一家安静的小饭馆里,我反客为主,详细地给他描述那道菜。他说,理论上如此,实际上哪有那么精致复杂呀,就是吃牛胃里的那坨东西嘛,黏,混合着胃液……我们小别重逢,眉里眼里都是欢喜,点了热腾腾一锅羊蝎子。当时我刚嚼了一口,口腔里突然就有了异样的感觉,看着他,嘴不由顿了下。窄桌对面的他立刻笑起来,几分孩童的顽劣与不羁。我瞪他一眼,也笑了。常常,他说着说着什么我们就开心地笑了。他的笑声是圆的,橙色的,亮堂堂的,带着毛茸茸的蔓,像一张网,把我密密地罩在里面,说不出的欢愉。其时他已背离故乡十几年,即使回

277

去,一年不过一次半次。然而那片土地幻化缩小为一团,如他的影子,始终紧紧跟随着他,让他总是在不经意间流露出故乡特有的某种气息。那很迷人。那种时刻,他的笑,他的声音,他的样子,让我恍惚置身于云南的一小片蓝天下。云南,是第一个我反反复复奔赴的地方。仿佛,它给我下了蛊,让我情非得已,魂不守舍。人的命运果真冥冥中有一条既定轨迹吗?我在人世间茫茫然走着,不明就里地,一股奇妙的力量,把我置身于飓风中心一样,将我带到了云南那片神秘的土地上,让我认识它,亲近它,感知它,体悟它,甚至,不期然地目睹一头牛的死亡。与这样一个遥远的异乡的独处,超越了我的故乡。它的人文、山水、食物,已经不可逆转地进入了我的记忆、肌肤、血脉。深秋过,已是霜降,银杏叶由绿渐黄,眼看着一天比一天冷。真好,冬天就要来了。寒假一到,我又可以行走那方山水了。一双脚丈量哪里,我尚不明晰。然而我从不担心。我相信一直有神灵引领着我,在我前,在我后,在我左,在我右。神无所不在。我是神的女儿。待那时,我定要点一盘味道浓郁的"牛撒撇",用一道菜,建立与一个地域、一头牛的亲密联系。

吃完牛肉,屠夫把牛皮平铺在地上,拿哧哧喷着蓝色火焰的液化气枪一寸一寸烧。烤干的牛皮皱缩着,又黑又薄,整张翻卷起来。这张牛皮似乎不是吃的,要另作他用,比如卖掉、加工皮鞋。毕竟,世界上有那么多人要穿皮鞋,甚至,有的一个人就要几千双——这是真的。初秋,有天晚上,诗人欧阳江河老师站在了我们的课堂上,给我们讲了一个他亲历的故事。他在纽约时,他的朋友,一个女同性恋者,一步也离不开车,只要车轱辘能转到的地方,绝不用脚走。有时候,比如一瓶酱油,明明只要几百米,她也要开车,宁肯多绕几里地。她的脚,似乎只是为车而生。后来,她出了车祸,双脚死去,不得不截肢。大约三年后,欧阳江河老师去辞行回国,戴着假肢的她领他去一个房间看。一屋的皮鞋。她把家里最大的房间腾出来专门放鞋,各种颜色,各种款式,足足三千双,还在增加。她说,自从她的脚像两只腐烂的红薯被切下来扔掉,她就老是做同样的梦,每个梦里都有一双脚,但没有鞋子穿。老梦见赤脚走在旷野里,老是梦见。梦见一次,她就买十双鞋把那个梦葬

278

掉。她梦里的脚，在梦外穿上了鞋子。几乎，她把所有的钱都花在了买鞋上。后来我总是想，既然她的脚不是用来走路的，那场车祸是不是像一只早就潜伏在某个地方的猛兽，只等机会袭击她？白天，她常常看着满屋的鞋出神。她看见，有一双脚，从她的残肢里生出来，挑一双鞋穿上，大步走出去，狂奔起来。脚背上呼扇着一双翅膀，她可以飞起来。但她极力控制住自己不飞，她不敢离开地面。她怕一旦脱离地面脚就没了。她每一步都要实实在在地踏在大地上。她太想穿着鞋子走路了。夜晚，她常常在睡觉前去看看那些鞋子。她看见所有的鞋都在动，每只鞋子里都有一只脚。都是她的。婴儿的，少女的，青春的，老年的，濒临死亡的……贯穿她一生。六千只鞋，六千只脚，在挪，在跳，在走，在跑，在蹒跚。房间成了脚的森林。她躺在床上，浑身有一种奇异的痒，然后，像春天，一棵树芽叶新发，她全身上下——额头，眼睛，耳朵，胸口，乳房，肚脐，小腹，阴部，大腿，膝盖，胳膊，指缝——萌生出无数的小脚丫来。新新鲜鲜，蓬蓬勃勃。它们越长越大，撑破房顶，伸到天上去了。

艾冷的妻子用她仅会的一点儿汉语磕磕巴巴地告诉我，牛皮不卖，要吃。我问怎么吃？她说，洗净，煮熟，切得一小块一小块的，加上葱、姜、花椒、辣椒、盐，腌起来，一个月就行了。

牛皮腌好之前我离开了翁基古寨。那头水牛并没消失，它无处不在。我们每个人的身体里都住着一头牛。朋友璎珞是金牛座。我不知道星座与一个人的命运之间到底有没有联系，如果有，有多少。有两年，像一头牛将自己虔诚地交付给土地，璎珞把自己毫无保留地交付给了一个男人。这种毫无保留，甚至已经超越了身体，是灵魂。那两年，她虽然生活在我们中间，但我确信那只是她的躯壳。她的灵魂生活在别处。和我们在一起，她黯淡，缄默，只有谈起那个男人的时候，她才突然间被赋予生命，眼神光芒万丈。那时候我就隐隐觉得，那对她有多危险。那种奇异的东西迟早会离她而去，因为她付出的太多了，多得远远超出了爱情本身这个容器。爱情只是一樽小小的酒杯，她酿了满满一大缸酒，每天不停地往酒杯里倒，不停地溢出来。那个时候，我正好读到著名的英语诗人、同性恋者 W. H. 奥登的《葬礼蓝调》

那首诗。我就知道,那首诗冥冥中也是写给璎珞的。其中一段是这样的:"他曾经是我的东,我的西,我的南,我的北,我的工作天,我的休息日,我的正午,我的夜半,我的话语,我的歌吟……"还有一句。璎珞爱到差不多两年时,那一句毫无悬念地出现了:"我以为爱可以不朽:我错了。"一把背弃的匕首,像一个狙击手刺杀一头牛,投向璎珞,直中要害。璎珞的生活瞬间化为了灰烬,一无所有。那段日子,璎珞在一个又一个夜晚睁着眼死去,床如棺木。躺在深浓混沌的黑暗里,她抱紧自己。然而身上的肉受惊的鸟群一样纷纷飞离她的躯体。仅仅几天,当她在一汪微弱的晨曦里挣扎着重新站起来,她像一头被人剔过的牛,只剩了骨头。指尖滑过身体,顷刻间奏响一把竖琴。那一刻,她是一束白光,一道闪电,一个鬼魂,一抹幽灵。她轻盈如云,如风,如花瓣,如落叶,在渺茫的人世里飘。我们眼睁睁看着她,无能为力。还好,璎珞比一头牛幸运。她死过后,从地狱爬出来,重生了。爱逼着她死。爱逼着她生。她从自己残破的躯体里重新长出一个新的自己。她孕育她自己。她是自己的母亲。她是自己的婴孩。她把双手高举过头顶,十指舒展,为自己燃放礼花。一个人的张灯结彩,一个人的举杯欢庆。璎珞在欣喜中,泪如雨下。她不想死。除了那个像土匪一样的男人——那时她总那样对他说:你这个土匪!你这个土匪啊——她对这个世界,还有留恋。

现在,小水牛只剩了一堆白骨,像一首凌乱的诗句,如果重新排列一下,它就可以踏空而来,那嘚嘚的蹄声,像骤然奏响的琴弦,美妙而急促。曾经,它是一头年轻的小水牛,骨骼匀称,肌肉饱满,目光清澈。它有的是力气。它已经成熟。没来由的欲望像一道道闪电,在它的体内左冲右突。也许,曾经,为了争夺一头漂亮的小母牛,它和其他牛抵过角,打过架,进行过决斗。它一定有过那样销魂的时刻。它勇猛骁健。它昂扬愉悦。它血液奔腾。人们在围观,而它一点儿也不觉得羞耻。那一刻,它的生命得以延续。

那是它一生中最好的时光。

选自《十月》2020年第2期

来，我们玩跑得快

赵燕飞

你可以说老年是人生的败象，是无趣，是煞风景，但老年是所有人最后的驿站。世界上并没有老年，只有陪伴或不陪伴。赵燕飞的《来，我们玩跑得快》描写了父母晚年的处境，笔端不乏温情。孝，被古代中国人置放在最高的地位，高到"五四"的人们要打倒它。但在如今，孝又出现在人们的选项中。当上世纪五六十年代出生的人进入老年后，他们会痛切地感受到人生成功并不重要，重要的是陪伴。

——第四届三毛散文奖终评委

多年前，台下是黑压压的观众，台上是欢天喜地的她。

"好春光啊，"她唱道，"过了一山又一山，丛林茂密遮日光。连理枝头比翼鸟，粉蝶成对映晨窗……"这个对人类和爱情充满向往的小狐仙，单纯美丽的模样令多年以后的我心生惶恐。

如此年轻如此迷人的母亲，其实我从未看到过。在我日渐模糊的记忆里，母亲那些腋下总有黄渍的汗衫，显得格外清晰。华美的戏服，层层黄渍的汗衫，母亲手里的拐杖轻轻一点，戏服与汗衫之间便隔了银河。银河水深浪高，我的想象力无法泗渡。

前些日子，母亲突然给我打电话，说要买公墓，双棺的那种。我当时正在阳台上侍候茶花。那是一盆烈香，芬芳更胜其美貌。花事已近尾声。凋落的花朵，香气依然不管不顾。从地板上捡起来的烈香，我一朵接一朵，全晒在了窗台上。我要用她们做一个香囊，虽然毫无理由也毫无必要。

手机开了免提，倚放在窗户旁，我一边接听母亲电话，一边修剪茶树的枯枝败叶。母亲的话有些突兀，我的手一抖，剪刀碰落了一朵将谢未谢的烈香。

母亲说："十五栋的刘姨走了，上午还在公园里散步，下午就走了。"

十五栋的刘姨"走了"与母亲买公墓有什么关系？

母亲又说："我和你爸存了点钱……"

"不是钱的问题，"我打断母亲的话，"钱不是问题。"

我的话有点绕，母亲嗫嚅着还想解释什么，我忽然明白过来，母亲要为她和父亲做最后的"划算"了。母亲常说过日子要有"划算"。我没想到买公墓也在母亲的"划算"之内。母亲有很多忌讳，过生日时桌上不能有豆腐，过年时不能穿白色衣服，初一、十五要给观音菩萨上香上供品……自从摔伤腰椎,母亲对自己的未来更加悲观,但越是这样,我越不敢在她面前提到买公墓之类的事情。我甚至企图在潜意识里过滤掉父母终有一天要弃我们而去的真相。公公去世时,我假装不知道生我养我的父母也有永远离开我的那一天,假装不知道如果那一天真的到来自己会有怎样的悲伤。不过,有很长一段时间,我总是莫名其妙就湿了眼眶。车开得好好的,忽然忆起那次一大家子去韶山玩,两三台车,公公想坐我这辆,我却建议他坐另一辆,就因为公公常年抽烟,而我无法接受自己的车里有烟味。我的自私甚至不需要有人来提醒。公公上山的那天,我站在一间大门紧闭的房子里,做着所谓的面试答辩。早知结局已定,早知自己不过是一只小小的蚂蚁,我却固执地要将那些巨大的脚掌看个真切看个明白。这不是最重要的,最重要的是,我错过的,永远都错过了,从此再无机会弥补。哪怕是在为了准时参加第二天上午的面试而连夜独自开车赶回长沙的途中一直泪眼蒙眬以至差点出了车祸,哪怕之后的每个清明节我都会去公公墓前想要和他说声对不起,哪怕此刻的我不得不向后仰起头……我都无法原谅自己。

母亲喜欢逢人就夸她的儿女有多孝顺。以母亲的争强好胜,哪怕自己的子女不够孝顺,她也会夸出一朵花来。为了对得起这些夸赞,我会假装自己真的很孝顺。那天,我为母亲按摩腿,随口问她怎么不染头发了,如果染发剂没有了我可以马上去买。在我的内心深处,其实是反对母亲染发的。一则经常染发有害健康,二则六七十岁的人了,满头白发是正常现象,有什么必要总把头发染得那么黑那么亮。母亲淡淡地说:"有什么好染的,连路都走不动了还染什么头发。"这话,不像是从母亲嘴里说出来的。大前年受的伤拄的拐杖,前年一直染发,去年一直染发,今年怎么就不染了呢?不染头发的母亲,反而让我更担心了。

近几年,母亲变了很多。我从小喜欢种花,母亲却颇有微词。当我嫁为人妇,可以在属于自己的小阳台想种什么花就种什么花,想种多少花就种多少花时,我甚至一次又一次引诱母亲种花,母亲始终不为所动。直到母亲买了新的电梯房,为了去甲醛,破天荒同意我搬了几盆绿萝回去。慢慢地,母亲的飘窗上有了吊兰，有了小家碧玉，有了长寿花，甚至还有了动不动就开爆盆的天竺葵。

那盆烈香刚到我家时，满树繁花，我特意和母亲视频聊天，将镜头贴近开得最美的那朵，我问母亲这花好看不。母亲说好看，确实好看。

"不仅好看，还香得不得了，等我下次回老家，带一盆给您，要不？"

"不要不要，家里这几盆我都不想养了。"

母亲说她不想养花了，我不太相信。母亲的养花水平，远在我之上。我家的花，换了一批又一批。米兰，月季，凌霄，飘香藤，三角梅，木瓜海棠……她们乘兴而来黯然而去，除了那棵对我死心塌地的幸福树。母亲却是养什么都活泼泼热辣辣的。那些长寿花，红的红，粉的粉，紫的紫，从春开到夏，从秋开到冬。母亲随便折几枝下来插在什么空盆子里，便又是崭新的花花绿绿的一大盆。我说这花了不得，好看，吉祥，还这么好养。母亲反问一句："你不是养死了一盆吗？"

母亲偶尔得理不饶人，尤其是在父亲的面前。父亲经常被母亲驳斥得哑口无言。每回都是父亲早早"投降"："好好好，我蠢，全世界就你最聪明，我们家幸亏有你这么个聪明人……"

母亲聪明一世，也有难免糊涂的时候。比如打跑得快，她总是看不出自己手里有顺子。作为老师，父亲不急不躁，他告诉母亲按数字的大小顺序扯出牌来，3，4，5，6，7，8，9，母亲还拎得清，到了10、J、Q、K、A，母亲便半天数不出来。我是个急性子，启发式教学不奏效时，便直接去扯母亲手里的牌，母亲没握稳，被我一下就扯落了好几张。父亲慢条斯理地发话了："莫急，一张一张地扯。"这方面父亲比母亲厚道些。若是拎不清握不稳牌的是父亲，母亲肯定要骂他蠢了。

学打跑得快的母亲，完全颠覆了几十年来聪明而又强势的能人形象。母亲盯着手里的扑克牌，脸上的表情很投入也很无辜，像一个牙牙学语的孩子。你无法想象母亲曾经有多讨厌打牌之类的"不务正业"。父亲历来喜欢打扑克，他有一群比较固定的牌友，都是退了休的煤矿工人。当然，父亲也是一位退了休的煤矿工人。只要不下雨不下雪，他们每天吃了中饭就会围坐在小区花园的石桌旁打扑克。玩的是升级，不打钱，也不粘胡子。有时热得衣服湿透，有时冻得直打哆嗦，但他们照打不误。母亲想不通他们为什么会有这么大的瘾。小区里有很多麻将馆，满屋子男女老少，好几桌同时开战，吆喝喧天的，一块两块的赌注，不大，但绝对不会不打钱。赢钱的想多赢，输钱的想扳本，上瘾还可以理解。连胡子都不粘一根，一坐就是一下午，难怪母亲想不通，连我都想不通。

每每母亲埋怨父亲不该打扑克，我就劝母亲别生气，老人家就该打点牌，可以预防老年痴呆，回过头来我又说父亲，打牌可以，但不能一坐就是一下午，打个把小时，站起来走动走动再接着打。父亲只是笑。去年，母亲中过一次风，出院后，拄着拐杖都走不稳路了，两只手也不太灵活。我建议父亲教母亲打扑克。一是锻炼双手的灵活度，二是锻炼脑子。刀不磨会生锈，脑子也一样。刚开始时，母亲很抗拒。在她看来，打牌赌博是败家子才干的勾当。我说打牌和赌博是两回事，如果不想变成"老糊涂"，就得每天打几把扑克……固执了几十年的母亲，忽然就开窍了。某个周末，我抽空回了趟老家，吃完晚饭，母亲坐在升降茶几旁叫我："来，我们玩跑得快。"我以为自己听错了。父亲从厨房里走出来，边擦手边对母亲说："等一下，我帮你热了中药，吃完药再打牌。"

我不想评价父亲和母亲谁对谁更好，谁为谁付出更多，但自从母亲摔伤，父亲就成了一个尽职尽责的好保姆。做饭，熬药，洗脚，按摩……有一回，我看到父亲蹲在母亲脚边，为她穿袜子，母亲的脚有点肿，袜子便有些紧，父亲的动作却非常熟练。我的鼻子忽地一酸。父亲高又瘦，母亲矮而胖。母亲坐着，父亲蹲着，看上去差不多高，那一刻的他们，从未如此般配过。很久很久以前，外婆家门口有一棵杨梅树。拖着鼻涕虫的父亲，趁着外公外婆都不在家，噌噌噌爬到树上去，揪一颗青里泛黄的杨梅，往嘴里一扔，酸得龇牙咧嘴。再揪一颗，闭上眼，又往嘴里一扔……母亲站在树下，警惕地望着通向菜园的那条小路。远远的，看到外公掮了弯嘴锄朝这边走来，母亲对着树上喊："别吃了！我爸回来了！"父亲赶紧往树下一梭，黑不溜秋的鞋子穿反了，他也顾不上，沿着另一条路撒腿就跑。父亲的这些"丑事"都是母亲告诉我的。我便开玩笑说："论身高，老妈配不上老爸；论聪明，老爸配不上老妈。"我的话音未落，母亲懒懒地斜了父亲一眼。那眼神，貌似不屑，我却忽然想起了小狐仙娇羞的模样。

母亲坐在茶几旁喝完父亲端来的半碗中药，我已将扑克牌洗好摆在了母亲面前。母亲抓牌握牌都很慢，我一边等母亲一边顺手替父亲抓了牌。父亲坐下来整理属于他的牌时，我便指点母亲整理她手里的牌。"小的放右边，大的放左边，按顺序来，"我对母亲说，"这样就能一眼看出来有没有顺子。"母亲小心翼翼地扯着手里的牌，一张方块 K 掉到茶几上，母亲好不容易捡起来，却分不清这张牌应该插到哪个位置了。我说别急，慢慢想。母亲盯着左手握住的牌，右手举着的方块 K 僵在半空。好一会，母亲还没理清自己的思绪。她皱着眉，额头沁出了微微一层汗。父亲凑过去，想指点母亲，被我摇手阻止了。母亲又思考了一小会，还是不敢确定，她着急地说："怎么得了，我脑壳里全是粥……"我这才提醒母亲："您从 10 往上数。"母亲以低得不能再低的声音数着，终于，母亲明白过来，将那张方块 K 插进梅花 A 和红桃 Q 之间。我笑着说："非常好，就是这样摆的。"母亲的表情瞬间从懊恼变成得意。父亲呵呵地笑了。

在摔伤腰椎之前，母亲无论做什么都是风风火火的，要她花几分钟的时间只为找到某张扑克牌的正确位置，那是多么不可思议的事情。当我敲出风风火火这四个字，脑海里却突然回放几十年前的那场大火，那场我试图将它埋葬在记忆最深处就当从没发生过的大火。母亲一手抱着才几个月大的弟弟，一手胡乱搂了床薄棉被，她那惊恐的尖叫声吓得我和妹妹跳下床赤着脚就跟着母亲往外跑。"起火了！起火了！救火啊！天哪！"母亲的喉咙很快嘶哑。有人来救火了。一个，两个，三个，很快来了一大群。火舌咬破铁桶一般的黑夜，让我们的悲伤无处遁形。我的身体不可控制地颤抖着，上牙齿嗒嗒地叩击下牙齿。那一刻，父亲可能正在遥远的矿井里埋头挖煤。他或许正想念年幼的孩子和年轻的妻子。父亲知道，一旦走进矿井，他的命就攥在了老天手里。父亲绝对想象不到，他的妻子和孩子差点被一场莫名其妙的大火吞没。他绝对想象不到，自己的妻子与孩子们跪在熊熊燃烧的房子旁边瑟瑟发抖哭作一团，冲天火光映照出他们脸上的绝望……

那场大火是一个谜。成年之后，我曾试图解开那个谜，母亲却不肯多说半句。我理解母亲。无法改变的痛苦过往，我们要么遗忘，要么原谅。当母亲渐渐老去，刚说过的话转眼就忘，终有一天，她会真的忘记她想要忘记的东西，甚至连不该忘记的东西也一并还给某双看不见的翻云覆雨手。母亲左手握着一把扑克牌，右手举着一张黑桃J，她的眼神略显慌乱。母亲说："这张牌要摆在哪里？我怎么又想不起来了。"我安慰母亲："没关系的，您从3开始往上数，不要急，慢慢来。"我想，母亲可以忘了怎么数数，可以忘了我是她的女儿，只要她还认识扑克牌还想玩跑得快，只要她能吃能睡能发脾气能拄着拐杖在家里笃笃地走过来走过去，我就应该知足了。

因为家境不够宽裕，父亲和母亲一直都很节俭。他们舍不得倒掉剩饭剩菜，更舍不得为自己买件好一点的新衣服。母亲其实很爱美。再旧的衣服，穿在母亲身上，也是干干净净的，有棱有角的。母亲唯一舍得花钱的地方，就是染头发了。家里来客，出门做客，母亲都要事先染好头发。这么多年，母亲只跟我出了两次远门。一次是去北戴河和北京，一次是去杭州。仅有的两次长途旅游，还是我再三做母亲的思想工作，骗她说这是会员福利，不用我自己花什么钱，机会难得，如果不去的话，白白浪费了好不容易才争取到的度假指标。北戴河与北京之行，母亲玩得很尽兴。第一次乘坐豪华游船出海，第一次吃原汁原味的海鲜，第一次爬长城，第一次参观清华北大天安门……母亲没读多少书，但她很想看看我心心念念若干年的清华北大到底长什么样子。遗憾的是，那一回，父亲坚持留在家里"守屋"。我说又不是家财万贯，有什么好守的。父亲反正不听我的劝。我知道父亲其实是舍不得让我多花钱。去杭州时，父亲终于一起去了。他不得不去。母亲的腰伤虽然痊愈，却一直离不开拐杖，也离不开父亲的搀扶。为了劝说他们去杭州，我天天打电话,又特意请了假跑回老家当面做思想工作,只差没有声泪俱下了,母亲这才松口。母亲松了口,父亲自然也不好反对了。

杭州之行,是父亲和母亲第一次一起出门旅游。作为母亲的御用拐杖,父亲自己其实也需要一根拐杖。父亲的双膝因半月板磨损严重而经常疼痛。父亲牵着母亲的手,母亲蹒跚着,父亲也是一瘸一拐,我亦步亦趋地跟在他们身后,心里说不出是欢喜还是难受。好不容易陪父母远游一趟,也不过是坐了两天火车睡了几晚宾馆,不过是去灵隐寺走了走看了看,打车去西湖边转了两三圈。所幸西湖里的荷花开得正好。我给父亲和母亲拍了很多合影。母亲的笑容比荷花更灿烂。他们从没拍过婚纱照。我要父亲和母亲面对面手拉手,他们扭捏了半天,总算给了我这个"导演"一回面子:父亲低了头去看母亲,母亲微微仰起头去看父亲,两人的双手终于拉在一起。我赶紧按下快门……那张照片,成了父亲和母亲合影里最生动最有纪念意义的一张。

母亲常常抱怨父亲不够体贴。母亲抱怨的时候,父亲大多保持沉默。从他们身上,我无法验证爱情作为命题的真伪。曾经做过一个很奇怪的梦:我喜欢的男人要结婚了,新娘不是我,我是那个鞍前马后的女司机。梦境无比清晰,我开着一辆陌生的银灰色越野,接客人去酒店参加婚宴,一拨又一拨,一趟又一趟。梦醒之后,我还能明明白白地记起梦里发生的一切。我再三叮嘱陪同新郎敬酒的人,要将白酒偷偷换成纯净水,不能让新郎喝醉了,醉酒伤身……

中过一次风的母亲,就算有拐杖的支撑和父亲的搀扶,也很少走出家门了。母亲害怕再次摔跤,更害怕再次中风。现在能让母亲暂时忘记病痛的,大概只有玩跑得快了。买了公墓之后,母亲似乎了却了最重要的一桩心事,她不用再"划算"什么,更不用担心百年之后的安身之所了。那天晚上,因为身体很不舒服,母亲半是赌气地说:"天天不是这里疼就是那里疼,还不如死了算了。""那怎么行?"我说,"要您陪我玩跑得快呢。"母亲眉心的结立刻松掉了,高兴地说:"要得,我们玩跑得快。"我说:"等一下吧,老爸还在洗澡。"

母亲说:"不等他,他喜欢耍狡。"

等父亲加入"战斗"时,我问他为什么要在母亲面前耍狡。父亲叹了口气:"你妈有时手气差,我好心好意告诉她出牌,她的牌实在太烂了,左打是输右打还是输,她输了就怪我耍狡。"果然和我猜测的一样。等母亲上洗手间时,我悄悄对父亲说:"您老人家实诚了一辈子,还不晓得变通?您让老妈每回都先抓牌先出牌,如果她的牌实在太烂,您可以自己出错牌让老妈赢啊。"

父亲嘿嘿一笑,认真地说:"那有什么味呢,打牌就得讲规矩啊。"

选自《湘江文艺》2021 年第 5 期

汤姆叔叔的告别

〔美〕陈 九

这是一篇情真意切的离觞之作。它从人情与人性出发，围绕汤姆叔叔的离世，在不同族群、不同性别之间，展示了一个温馨舒朗的人类情感共同体。它是由爱、关怀和奉献构筑而成，隐含了人类生活的内在信念，坚不可摧，令人神往。它既带有域外社区文化的特点，又深入现代文明的内在根基，为人们面对各种灾难，提供了一种独特的生活视角。

——第四届三毛散文奖终评委

早上天蒙蒙亮,对面的玛丽婶婶就来敲我门,她不喜欢按门铃,我家门铃挨着大门,不会看不到,可她还是把门敲得咣咣响,九啊,快起来,汤姆走了,汤姆走了呀!我一阵悲哀,非常浓缩的悲哀,缺氧似的压得我不能动弹,我对着天花板大喊,听到了玛丽婶婶,我马上下来!

汤姆叔叔到底没撑过去!

昨晚我去看过他,他家跟我家隔着两栋房子。自他染上新冠肺炎后我们几个邻居轮流送水送饭,由玛丽婶婶牵头。她跟汤姆叔叔邻居一辈子,感情很深。几年前汤姆婶婶因肺癌去世后,她就隔三岔五给汤姆叔叔送吃的。这次又这样,她来敲我的门,九啊,知道汤姆染上新冠了吗,他一个孤老头怎么办哪?我们准备轮流给他做吃的,九,你加入吗?加入加入,我加入,他喜欢我做的炸春卷呢!

汤姆叔叔是犹太裔,七十多岁,一辈子没儿没女。我叫他"叔叔"是跟着孩子们叫,日子一久成了习惯。他曾是《时代》周刊的摄影记者,20世纪70年代初有一张著名的黑白反战照片,俄亥俄肯特大学的草坪上,一个长发女生搂着被子弹击中的男同学哭泣,那就是汤姆叔叔的杰作。我来美前就见过这张照片,没想到竟和拍摄者成了邻居。那年月的中国留学生很多都有类似经历,有个朋友在长岛石溪镇买的房,几天后遇到邻居觉得很眼熟,定睛一看这不杨振宁吗?汤姆叔叔后来因腿伤转到纽约市政府工作,还是搞摄影,为政府的宣传品拍照。几乎与此同时,我也从美国运通公司调到纽约市政府做数据主管,所以三十年前一搬到这条街我就和汤姆叔叔成了朋友,我们乘同趟火车上下班,一路聊。

或许因为我是新移民,汤姆叔叔老爱强调他也是移民,只不过比我早来几年而已。其实他出生在纽约,他父母小时候随家人自欧洲来美,当时正逢美国的"镀金时代"，用他的话说，那时美国非常像今天的中国，电力铁路的普及，石油的发现，整个北美魔幻般高速发展，曼哈顿今天的格局就是那时定下的。于是大量欧洲移民蜂拥而至，汤姆叔叔说，我祖父母一家最早就住现在的唐人街一带，当时那里聚集着大量新移民，意大利人、爱尔兰人、犹太人和部分中国人，他们既没钱又不懂英文，全靠出卖体力，我爷爷奶奶给人家缝衣服，每天早上承包商送来成堆的布料，他们没日没夜地缝，连说话时间都没有。听汤姆叔叔这么一说，我突然想起在他家钢琴上看到的一张老照片，一对夫妇坐在椅子上，女人手中拿着一件未缝完的衣裳。对呀汤姆叔叔，我看过那张照片，你奶奶干吗照相时都不肯放下手上的活计？九啊，她是故意那么照的，就为记录自己的生活，怕后人遗忘。

我下楼开门时，玛丽婶婶戴着口罩已退至十步之外，远超纽约州长科莫规定的六英尺社交距离。纽约是新冠疫情重灾区，马上颁布了居家令隔离令，不许扎堆儿，不许聚会，关闭公园海滩博物馆等公共场所，要保持六英尺以上社交距离，等等。即便如此还是十分被动，很难立竿见影刹住成势的病毒。比如汤姆叔叔，他说他是在超市被传上的，开始发烧时叫过救护车，附近的北岸大学医院口碑不错，几天后病情缓解又回到家里。玛丽婶婶带领大家给他送饭送水，我们穿戴齐全，口罩手套防护服应有尽有，都是我国内朋友寄来的。我们把做好的饭菜放在门口，由汤姆叔叔自己取用。就这样好好坏坏，瑞得西韦、羟氯喹都用过，没想到还是不行。玛丽婶婶要把他再送回医院，他拒绝了。

玛丽婶婶的眼里淌着泪水，声音也在颤抖。她比汤姆叔叔小几岁，也是犹太裔，举手投足依然流淌着昔日的风采。她是这条街的主心骨，什么事都可以找她商量。美式英语中有个词叫"犹太妈妈（Jeuish Mother）"，指主意正、能力强，又有担当的已生育女性，玛丽婶婶就是典型的犹太妈妈。她对我哭诉着刚才的事情，天没亮她去看汤姆叔叔时，发现人已经走了。她打电话叫来救护车，眼睁睁看着救护车拉走了汤姆叔叔。汤姆真不该这时候走，连说再见的机会都没有！她不断重复着，仿佛要把汤姆叔叔唤回来。玛丽婶婶这样做自有道理,按常情,不少美国人选择在家去世,一般是先找一家殡仪馆,由殡仪馆保存遗体,安排追思仪式,直到下葬,殡仪馆是送你上天堂的那个人。而疫情却把人生最后一场有尊严的告别抹去了。纽约市规定,所有因新冠肺炎在家去世的都必须叫救护车,由救护人员做防护处理后,出具证明带走遗体,并交由指定地点焚烧,再通知家属领取骨灰。汤姆叔叔已经没有家属了,他说他有个弟弟,我们从没见过。汤姆叔叔的墓地早就安排好了,在松树陵园,汤姆婶婶旁边。按说弟弟是间接继承人,如果没有直接继承人,汤姆叔叔的房子应该就是弟弟的,他会为哥哥举行一场体面的安葬仪式吗?

说起这座房子,我温情满满。这是一座斜顶独栋建筑,不很大,应该说是比较小的一栋。他叫汤姆,房子又比较小,老让我想到斯托夫人那本《汤姆叔叔的小屋》,一部终结美国蓄奴制的伟大作品。我不好意思说出口,怕无意间伤害了汤姆叔叔,但不说又憋得慌,便试探着,破闷儿似的逗他:

汤姆叔叔呀。

嗯哼?

汤姆叔叔您有个小屋。

汤姆叔叔的小屋,斯托夫人?

哇,您也知道啊?

我猜到你要说什么。

我告诉他这本书是我最早读过的美国小说之一,所以忘不了。他却低眉昂首长长一叹:那个时代的美国一去不返了,自由已被金钱绑架,谁还顾得上同情弱者关注未来呢? 而善良和同情是一切美好社会的源泉,没有这些就没有伟大。我知道汤姆叔叔早年参加过民权运动,那张反战照片就是他的青春写照。我能想象那时的他是多么激情狂热,蓄着浓浓的胡须,挎着徕卡相机奔走在风口浪尖上。如果你看过电影《阿甘正传》,就可领略20世纪60年代民权运动中的美国是什么情景,那是一场深刻的社会变革,民权运动、反战运动、嬉皮士运动、性解放,都混在一起分不开,涌现出一代政治家艺术家,比如比尔·克林顿,比如鲍勃·迪伦。我突然想起20世纪60年代末,在纽约上州举办的乌斯达克音乐会,您参加了吗汤姆叔叔?当然了,那是全世界规模最大的露天音乐会,五十万人,标志着摇滚乐从此走上历史舞台,我们为和平而来,摇滚乐的灵魂就是个性和爱,可惜当时主流媒体基本不予报道,但我还是拍了不少照片登在《时代》周刊上。

> 如果你去圣佛朗西斯科
>
> 请在头上戴着花
>
> 如果你去圣佛朗西斯科
>
> 你会遇到好朋友

我情不自禁唱起这首《圣弗朗西斯科》,当年嬉皮士运动的经典之作,这首歌也出现在电影《阿甘正传》中。汤姆叔叔一听激动得两眼放光,他叫起来,欧买嘎,九啊,你嗓子真好,干吗不早点告诉我呢,我认识这首歌的原唱斯科特,他来过我家,来过你说的这个"汤姆叔叔的小屋"啊!

清早的风徐徐地吹,五月的长岛依然春寒料峭。玛丽婶婶问我,亨利回去了吗?回去了,他太忙,看看汤姆叔叔就赶紧回医院了。是啊,真是个好孩子,还专为汤姆回来这么多天。玛丽婶婶说的亨利是我儿子,在纽约上州瓦萨大学医院做急诊医生。他一听汤姆叔叔染上新冠肺炎马上赶回来,还陪他去看了急诊。亨利毕业于索菲戴维斯医学院,他的同学尼克就是北岸大学医院的急诊室医生,他们共同商量治疗方案,竭尽全力救治,汤姆叔叔很快退了烧,临床肺部阴影也消失了。纽约是新冠疫情重灾区,但纽约没有足够的医疗资源,没有雷神山、火神山医院以及方舱医院,所有医院的急诊室都人满为患,很多病人只能躺在走廊的救护床上。亨利要尼克为汤姆叔叔找一张病床,直到出院也未能如愿,这也是汤姆叔叔一俟好转坚持出院的原因,他一点余地都没有:儿子(他叫亨利儿子),我一分钟都不要待在这里,死我也死在家里。他真不该提"死"这个字!

　　亨利临走前特意给汤姆叔叔开了很多药,退烧的、止泻的,还有汤姆叔叔常用的糖尿病药、高血压药、前列腺药,一项项解释给他听,您出现这个情况就吃那个,出现那个情况呢就吃这个。汤姆叔叔说你赶紧走吧儿子,我没事,到家就踏实了,走吧走吧你。汤姆叔叔管亨利叫"儿子"并不奇怪,按美国惯例,年长者叫年轻人儿子是一种爱称。比如看到个小伙子把手机落在桌上,我会说,嘿儿子,手机是你的吗?他一定倍感亲切。但汤姆叔叔叫亨利儿子的含义比这要多。

　　我们搬到这条街时正处在人生最需打拼的阶段,我新有晋升,我太太的设计公司又创业不久,每天早出晚归,压力山大。为此特意请孩子二姨妈来美帮助照看两个孩子——女儿艾琳卡和儿子亨利。每天放学做作业时,只要有问题孩子们都会去找汤姆叔叔,那时汤姆叔叔已经退休,他不厌其烦地回答各种问题,没想到他的知识面竟如此之广。有一回女儿艾琳卡复习社会学考试,美国初高中的社会学课就是历史加政治,对谁刺杀了宋教仁,阻碍亚洲建立第一个共和制的考题犯起迷糊,她问汤姆叔叔到底谁杀谁,是袁世凯杀宋教仁还是相反?这种问题你问一百个老美一百个不会,他们连谁杀了肯尼迪都搞不清楚还管你亚洲的事?可汤姆叔叔斩钉截铁地告诉艾琳卡,当然袁世凯杀宋教仁,记住了,暗杀都是坏人杀好人,袁世凯和宋教仁中袁是坏人,肯定是袁杀宋。下班后孩子们跟我聊起这件事,亨利好奇地问,干吗好人老被坏人暗杀呢?汤姆叔叔怎么解释的?他什么也没说。那我也不知道啊。本来这次艾琳卡也要回来看汤姆叔叔,但她离得太远,又在一个专利事务所做项目主任,非常忙,只好让弟弟代表她,两个孩子对汤姆叔叔的感情比我还深。

　　为感谢汤姆叔叔的关照,我和太太经常做些中餐送给他和汤姆婶婶。他们非常喜欢吃炸春卷,每次见面必开红酒,还要我陪他共饮。汤姆叔叔喜欢一款加州的黑钻石红酒,产自电影《教父》导演考波拉的酒庄,它回口偏涩,但汤姆叔叔专好这个感觉,说像刺啦剥去一层皮似的。我们边喝边聊,我向他介绍最近荣获的市政府年度科技大奖,市长朱利安尼亲自签发并将奖状交到我手里,还邀我陪他一同参加今年的美国国殇日大游行。天哪,这可是大事,是什么项目?汤姆叔叔问道。一个监管缓刑犯人的大型数据系统,我们第一次将DNA作为数据类型加以存储,这大概是获奖的主因。

一提到与科技金融相关的产业术语,汤姆叔叔就不无感慨,借着三分酒意宣泄他的情绪:我这辈子啊,经历了美国从浪漫的人权时代走向金融霸权的整个过程,从里根总统"放松管制"开始,华尔街凭借美元的垄断地位,用利率、货币供应量和股市这三驾马车向全世界收割利益。金融的暴利迫使制造业必须提高获利预期,否则无法生存,这必然导致制造业流向远东,以降低劳动力和各类资源的成本。暴利与挥霍成为生活的本质,文明不再是形而上,倒成为形而下的帮凶,我们正用赤裸的欲望焚烧着未来,这种无度甚至突破中世纪的底线,托尔斯泰的《复活》、霍桑的《红字》,这些故事今天算什么,什么都不算嘛,关键是没人在意这些了,暴利与分化让人们失去思考的冲动,反而争先恐后投入角逐。

自汤姆婶婶去世后汤姆叔叔就自己生活。汤姆婶婶生前不工作,里里外外忙着家务。她身材高高的,一条大辫子盘在头顶,老是笑眯眯的。但自从被确诊肺癌晚期,人一下就不行了,像积木抽掉最下面一块,顷刻坍塌,一个多月便随主而去。后来松树陵园墓地的选购、仪式的安排,都由玛丽婶婶和我们几个邻居操办。玛丽婶婶问汤姆叔叔要不要去养老院,起码还有人照顾。但他坚决否定了这个选项,当时他就说过,死我也死在家里。从此次疫情看,汤姆叔叔的决定不无道理。有数据显示,疫情丧生者中三分之一来自养老院,有些养老院竟发生"弃护"现象,因为怕感染新冠肺炎,工作人员居然跑光了,很多老人由于无人护理,不能按时吃饭服药而身亡,结局十分悲惨。幸亏汤姆叔叔没去养老院,虽然同样是走向终点,汤姆叔叔是自己的抉择,这本身就意味着生命的尊严。

起初我有点不解,汤姆叔叔病情加重为何不返回医院?我问玛丽婶婶,她的回答很直白:这个倔老头,肯定舍不得咱们呗。他们邻里一辈子,从结婚成家到生命终结,这种陪伴别说是互动频繁,即便只点头微笑也见证了彼此一生。跟玛丽婶婶相比我是后来者,但非常庆幸遇到汤姆叔叔这样的邻居,我们之间心心相印的人文观念,浪漫的理想主义色彩,他用毕生经历和呼之欲出的镜头人物,那些可以闻到味道、听到声音的人生际遇,把我活生生拽进美国的文化之河,让我将书本上的冷静文字变成火热生动的立体图像,随风飘舞。"飘"这个词老被解释为随风而去,并不尽然,同样可以随风而来,历史就在我们头上飞舞,一天都没离开过我们,与历史对话不能仅靠几本书,绝对不够,更要有情感沟通,历史是有温度的。

昨晚去看汤姆叔叔时就感觉不好。他又在发烧,入院前的症状全面反弹,吞噬着他的肌体。我们要叫救护车,送他回北岸大学医院,他却再次拒绝了,甚至还飙了句德文"du fandest ruhe dort"。美国犹太裔很多来自德国,说几句德语并不奇怪。我问玛丽婶婶什么意思,她说大概是海涅的诗吧?后来我查出这是德国诗人缪勒的作品,还被作曲家舒伯特谱成套曲,汤姆叔叔说的这句诗正是歌曲《菩提树》的最后一句,意思是"到那里寻求平安"。小时候我跟母亲学唱这首歌,当然是中文版,大学期间还在联欢会上演唱过,它浓郁的悲伤与宿命色彩一直在我心底挥之不去,成为我情感表达的依据,没想到竟在汤姆叔叔弥留之际再次听到它,这是何等的巧合!当你伸开双臂拥抱世界时,世界早在等你。

所以我坚信昨晚的一面是汤姆叔叔在向我告别。我们隔着超过州长规定的社交距离,像往常一样措施齐全,但无论相距多远,包括口罩手套防护服,都影响不了我们的交流。他微微抬起手指向墙上的挂钟,又在自己脖子上轻轻划过。我知道他在说"我的时间到了",英语里这句话非常简单,"my time is up"。我拼命摇头,握拳的手不停挥舞,鼓励他一定要坚持住,顶过一天是一天。他缓缓地向我摆手,示意我快点离开。当我转身时,他做了个美式军礼动作,手搭在右眼眉梢迅速切下,他做得很勉强,手在空中颤抖着。而恰巧这时墙上的挂钟开始报时,发出当当的响声。我猛回头,只见汤姆叔叔正在微笑,甚至笑出了声,旋律般与钟声交响合鸣。我被这笑声感动得也笑起来,情不自禁,恍惚间看到那款黑钻石红酒在空中挥洒,女学生乌黑的长发,乌斯达克摇滚音乐会,"如果你去圣弗朗西斯科的话",所有这些霎时在我们之间飘舞起来。死亡可以埋葬一具躯体,却无法带走充实的生命,绝不可能。

汤姆叔叔的弟弟后来继承了汤姆叔叔的小屋,但他并未为汤姆叔叔举行下葬仪式。玛丽婶婶说等疫情过后她会筹办追思会,给大家一个向汤姆叔叔表达敬意的机会。九,你加入吗?加入加入,我加入,他喜欢我做的炸春卷呢!

我脱口而出,热泪盈眶。

选自《散文》2020年第10期

第四届三毛散文奖

远山中的淡影

四四

这是生活在贫穷土壤上的中国父亲最复杂的艺术形象,卑微与倔强,狭隘与宽容,暴戾与温和,如此矛盾却如硬币之两面已融为一体。对复杂人性的深刻洞察和展示,一腔既憎恶又敬畏的情怀,让所有回忆如烟,所有悲伤如脂。慢条斯理的笔调,如歌似泣的叙述,手术刀般的解剖,使《远山中的淡影》直抵灵魂深处。

——第四届三毛散文奖终评委

一

微灯一盏,四野空旷,大雨如注。伴随着无垠的夜幕汹涌而来的不只是孤寂和愤懑,还有升腾在这孤寂和愤懑之中的一帧帧岁月的剪影。它们在大多数时间里是模糊又破碎的,是卑微又沉默的,是温情又幽暗的。它们迟早会在时间的裹挟和摧残中变得遥远又虚无。而我,无论怎样努力,都无法将它们从记忆的岩穴和幽谷中打捞出来,并一一再现。为了减弱这注定的遗憾造成的心灵上的暗影(我确信它们会无限扩大并使我沉湎于悲伤),我决定把它们变成赫克斯科所说的私人文学。是的,它们的确是我一心要忘记的,但也是我终生不能忘记的。

此时,世界像在举行一场盛大的祭奠,祭奠那些瞬间的存在和永恒的消逝。小区的高压钠灯放射出柔和的金白色光芒,因为有风,法桐的阔叶微微颤抖着,它们在立秋那天就呈现出衰颓之势。而那些深扎于土地的高楼静默着,和无声流淌的黑暗一样,静默地承受并收纳着人间的一切。

我站在四楼的阳台上向远处眺望,我知道,除了些微的灯火和零星的狗吠,我看不到什么,也听不到什么——黑夜不是静止的,但它是黑暗的,是残忍的,它吸纳一切,湮灭一切。

那座在晴好的白天里才能显现出模糊轮廓的太行山,那些伏卧在它脚下的小小的卑微又破败的村庄,那群被土地永恒囚禁的披星戴月、面朝黄土,在兀兀穷年里熬煎挣扎、苦乐悲欢的农民……此时,他们与黑暗融为一体,成为黑暗的一部分。我年过七旬的父母也在兀兀穷年里煎熬挣扎,他们以老病之躯孤独又顽固地经受着世俗庸常,及绵延其中的苦乐悲欢。自然,欢乐微乎其微,而悲苦多如牛毛。而我,既不能解除他们身体上的苦累,也不能粉碎他们精神上的重负。大多数时间,我只能像个冷漠的旁观者眼睁睁任由他们朝着冰冷的深渊踽踽而行,他们行进得决绝又凄凉,即使明知道那深渊里遍布着辜负、绝望、嘲笑、伤害……或者更为残酷的词语正从渊壁的罅隙探出脑袋,它们时刻准备着对这两个被命运愚弄但心存幻想的老人发起更为酷烈的进攻……

我不知道自己在阳台上站了多久,也不知道窗外的大雨止于何时,只觉得两腿变冷发麻,而眼泪又簌簌落下,那时,只感觉寸心欲碎,曷其有极!

二

如果一定要追根溯源,每一个家庭的悲剧或许来自两个在精神层面分歧很大的男女的盲目结合。虽然,由于种种可道不可道的原因,他们得到过爱神的眷顾。但这眷顾毕竟是短暂的,甚至,也是残酷的。

父亲是个冷酷暴戾、狭隘自私的男人,而母亲性情温和、宽容大方、乐善好施。他们被爱神眷顾之时,父亲是领着微薄薪俸(月资六元五角)的代课老师,而母亲是身为村长的外祖父的掌上明珠。外祖父知识渊博、和蔼可亲,一天中的大多数时间坐在竹椅上看报纸,细声细气但不容置疑地决断着家里及村里的大小事务。在当时,年轻人的婚事并不掌握在自己手中,虽然"实行婚姻自由、一夫一妻、男女平等的婚姻制度"早在1950年就写入了《婚姻法》。但多数年轻人都不能被那光束照亮,他们甘愿以愚昧的忠孝赌博自己未来几十年的命运。外祖父可能对"代课老师"的字眼过于信赖,也可能是祖父一家人正直肯干的好名声蛊惑了他,总之,在缺乏对未来女婿深刻了解的基础上,他草率地决定了母亲的婚姻。

其实当时,品貌出众又接受了高小教育的母亲已经有了心仪的恋人,他们在私底下羞涩又甜蜜地相思、相爱、交往,并瞒着家人憧憬着美好的未来。然而,窈窕淑女,君子好逑。父亲的求婚贴放到外祖父屋里那张泛着暗光、雕饰着花纹的黑漆桌子上之后,那两个初涉爱河的年轻人犹如惊弓之鸟劳燕分飞。为此,母亲和父亲开始了漫漫一生的对抗和厮守。为此,外祖父也开始了终其一生的歉疚和懊悔。他曾在父母一次激烈的争吵之后发话将永不上门,要知道,母亲是他头生的唯一的女儿啊,两家只隔着一座小山,步行仅需要二十分钟。事实上,他的确三五年也不来我们家一次,即使碰巧路过,也会做贼一样从那条幽深狭窄的巷子逃了去。穿过巷子就是那座小山,他总会在山腰或山顶的某一处面朝我们的村庄伫立良久,目光呆滞,黯然伤神。他不能面对的并不是我们家摆脱不了的贫穷,毕竟,大多数人都在贫穷的泥淖中挣扎。真正戳了他的心的是父亲冷酷暴戾、狭隘自私的性格,用母亲的话说,父亲终其一生都不懂得爱和宽容,他是个一条道走到黑的独槽犟驴。父亲作为村子里好事者公选的"八大怪"之一,的确存在着性格上的不足,这些致命的不足为我们的童年蒙上了灰暗的悲剧性色调,也使我们陷入了无边的恐惧和绝望。

记忆中的父亲是块僵硬的石头,铁青色的脸上长年见不到笑容,有时候,我宁愿他这种仿佛与生俱来的僵硬是由于某种疾病所致,比如先天性面瘫导致的生理上的缺陷。但事实上,他一直很健康,即使最近几年患过脑血栓,也绝对没有影响到面部表情。他不擅长笑,不会笑。我想,他的不笑完全和心理有关。母亲一连生了四个女儿,这使他感到羞耻。但他终究没舍得把任何一个女儿送与他人,而是全部留在了身边,任凭我们小树一样野蛮成长。他无从知道我们是如何惧怕他那一副僵硬乌黑的脸色,惧怕他毫无来由、汹涌澎湃、无休无止的恼怒,惧怕他恼怒之时发出的雷霆海啸般的声音。如今,我不想仔细描摹任何一副父亲狰狞可憎的画面。因为,我的血管里流淌着他的血,在一定意义上,我是他的影子,是他留在这个世界最生动的回声。他性格上的大部分缺点像蛇一样在我身体里爬行,蛊惑我,撕咬我,腐蚀我,试图把我变成父亲的翻版。但我不能轻易就范,我需要坚强的毅力和卓越的智慧与它们斗争,我知道,一个有着独立思想和价值追求的人有能力战胜它们。孔子所言"四十而不惑",我就是在那一年才获得了小小的胜利,不再轻易计较、怨恨、发怒,而乐意以从容、豁达、温和的方式面对亲人和生活，自然，也获得了一些满足和慰藉。

我们终会长大，离开，从而摆脱父亲制造的阴影，而母亲，她只有和父亲耗着，耗到死；或者，即使死，她也不能摆脱。是的，按照民间习俗，他们百年后必然会紧挨着沉睡在村西的墓地，日日夜夜，永不分离。尽管那儿是一片依山傍水的清幽之地，但我知道，这不是母亲的愿望。她曾在一个我陪伴她的夜晚叮嘱我，她死后要独自葬在一处，以摆脱父亲专断、蛮横而又傲慢的统治，从而获得作为一个人的尊严和自由。当时，我没有应她，只是敷衍性地笑了笑。显然，对于那人生的最后归处，我们彼此都心知肚明。她叮嘱我只为消遣。因为我们都知道宿命不可违。

三

尽管我用尖酸刻薄、面目可憎的词语形容父亲，但这并不代表我不爱他。的确，我是爱他的。滤掉我在早年间曾短暂产生过的惧怕和憎恶，这爱中更多地杂糅了敬畏的成分。因了这敬畏，滋生了诸如怯钝、隔阂、漠然等不太明媚的情感。或许，这些情感的根源在于一个人天生的性格。但这"天生"终究离不开家庭的塑造，而父亲是家庭的核心，也是一切悲喜剧的编剧和导演。在一定意义上，他既是元凶，也是受害者。

庚申年残冬破五节的傍晚时分，我被母亲生在了西屋的土炕上，没有接生婆，没有煮熟的鸡蛋，也没有温暖的炉火。母亲独自完成了艰难痛苦的生产过程。我深信，在看到我的那一刻，她的内心一定翻滚着骇人的浪涛，而隐现在这骇人浪涛里的则是父亲那铁青的、僵硬的、不笑的死脸。父亲浮皮潦草地看了我一眼，便转身去往家境殷实又有门路的同姓长辈家商量对策了，正好，说是市里有一家不孕不育的干部家庭想要一个女孩。事实上，几天后，那户人家就开着车子，带着不菲的慰问品来到村庄，他们真心实意要接纳我这个不应该降临的生命。母亲自然万分不舍，但她因负疚之心不敢有所表达，甚至，她必须面带微笑迎接从城市来的生客。

谁都料想不到事情会有所逆转,因了这逆转,我有幸陪伴在父母身边,目睹着、感悟着生活强加于他们的辛苦和磨难,以及那些卑微但恒久的爱意和期盼。骨肉分离之际,父亲最后一次喏嚅着询问能否保留他和母亲对小女儿的探视权。显然,这个要求超出了生客的底线。他们果断地拒绝了父亲的请求,之后便驾车离去。多年之后,父亲并没有为当时的愚蠢举动而懊悔,但在计划生育严苛的上世纪80年代,父亲逃不掉制度给予的惩罚——他不得不辞去延续了十年的民办教师职务。之后,他学着养蜂,但囿于技术或性格上的局限,非但没赚到钱,还把辛苦攒下的微薄积蓄赔了进去。在他年届不惑之时,迫于生计,不得不去一个小煤矿谋生。小煤矿的巷道低矮、狭促、潮湿,父亲不得不弓着身子干活。父亲一向勤谨踏实,属牛的他具有牛一样坚韧、隐忍、甘于奉献的精神,他并不惧怕繁重又沉闷的无休无止的劳动,但他还是没能坚持下来。据母亲说,使他退回家庭的是,他忍受不了同样在小煤矿讨生活的年轻人的奚落,那些二十啷当生龙活虎的小伙子经常嘲笑他是"老头子",也许他们纯属无心,但在父亲看来,这是对一个青壮年男人最无情最凶狠的恶意。那几年,政府对散落在太行山褶皱里的大小矿藏还未进行统一管制。村子里但凡有点胆量和能力的人都会寻到一处小矿进行开采,石英、长石、菱铁……这些没有生命但却能够给予他们经济上的回馈的石头成了他们的慰藉。

父亲也拥有了自己的小矿,是石英、长石混杂矿。他和大伯、小叔一起,扶钎,打锤,运输,分工合作,披星戴月地干活。我依稀记得,抽屉里有过一个用粉连纸切割成六十四开再装订起来的小本子,里面密密麻麻地记录着他们三人的上工情况。每卖一次矿石,他们都根据上工情况分钱,严谨、精确而又一丝不苟。父亲用粗笨干裂的手握着半截铅笔,大伯和小叔则憨憨地紧盯着父亲笔下的数字,他们营造出的仪式感直到现在都影响着我。我写作时也有简单而神圣的仪式,比如我必须将桌面上不相干的物件清理掉,还要把键盘、屏幕擦干净,这还不够,我还觉得有必要把书房的地面清洁一遍,如果时间允许,我甚至想把整个屋子打扫一遍。常常是待我收拾停当,却全然没了写下去的激情。

然而,父亲付出的那些艰苦卓绝的劳动却没能改变穷苦的家运,他以一己之力养活一个八口之家显然力不从心。但他在生活这头恶兽面前从未表现出丝毫的犹豫和退缩。他习惯了日复一日地贡献出自己的体力和智慧,即使回馈微薄。有时,生活甚至奚落他、惩罚他,往他身上扎刀子,他也总是以单薄的身体和铁青的脸色做出回击。这是多么恒久而又悲凉的对抗!即使在遭遇可怕的塌方事故之后,父亲也没被吓倒。多年后我才明白,生活中饥饿和匮乏产生的恐惧要凶猛得多。正是为了免于使我们处于那难忍的饥饿和匮乏之中,父亲才毅然决然地处变不惊、临危不惧。

那次塌方不是毫无征兆,连续下了几天的雨使山坡上的泥土变得松软,有一些雨水应该顺着缝隙渗到了岩石深处,进而破坏了山体结构,但缺乏采矿经验又沉湎于劳动的父亲显然没有意识到这些。在雨停下来之后,他急迫迫地扛上工具就走了。在他的认知里,农民就得争分夺秒地干活,直到老,直到死。母亲轻描淡写地还原那可怕的事故之时,我已经是一个十七岁孩子的母亲,而她已是古稀之年的老人。在那漫长又诡谲的生活过往中,不知究竟还掩藏着多少未知的险情和秘密,如果父母一直缄默不言,那我们将永远无法知晓。那是一座亟待开发的珍贵矿藏,而我愿意是朝它微笑着进发的开掘者。

父亲是在听到一阵急迫又悲怆的"嗷呜嗷呜"的狼嚎声之后才离开矿洞的,他自小不怕狼,甚至对狼有着怪异的喜爱之情,他想看看打扰他干活儿的狼有着怎样的体型和毛色,或许还有别的探求。就在他离开矿洞几步之遥时,一声闷响在他身后突然炸开,他回头,尘烟弥漫处,矿洞所在的小半面山坡已经塌陷,一些石块儿从高处急促地滚落下来,几棵枣树、橡树伴着荆棘已经七倒八歪地匍匐在地……

是狼救了你爹,狼也怪狠心的,或许它也觉得你爹在尘世所受的苦还没完,让他继续受苦呢!其实,他还不如死在那个洞里呢!我知道,母亲的话不是诅咒,而是无法言说的复杂又隐秘的爱意——父亲若死于那场事故,那可能意味着上天对他的怜悯和救赎,他将体验不到之后的那些更为丑陋的非难和更为惨烈的羞辱,以及蔓延其中的永无止境的身体上的辛劳。

四

几天前,微信朋友圈的一个短视频使我瞬间泪如雨下。视频的主角是一头灰黑色的驴子,它绕着并不存在的碾磨转啊,转啊,四个蹄子像中了魔法一样机械又固执地迈着,丝毫没有停止的样子。我突然想到,在时间的陷阱里,七十二岁的父亲仍然没能卸下肩上的重负,俨然那头疲于奔命的驴子,朝着那没有尽头的尽头踉跄而去。

他强行带着小他一岁的母亲到村外那座陡峭可憎的山坡上讨自己的养老钱——两三千棵板栗树等待着榨取他们的血汗——浇灌、施肥、修剪……他们以残损的老病之躯日复一日锲而不舍地贡献着自己的热情和力量,不敢有丝毫敷衍和怠慢。即使收获季的回馈暧昧不清,他们也仍然有条不紊、满怀信心地做着眼前的事情。为此,他没少挨母亲的数落和怨怼,甚至,母亲偶尔会赌气把他撇下,而选择和脾性相投的女伴到更远一些的山上创收。半天下来,她们挎在胳膊上的荆条篮子就会变得沉重,里面挤满了红光透亮的酸枣,多则十来斤,少则五六斤,按一斤五块钱计算,也是一笔颇为丰足的收入。

母亲像昆虫和树木一样卑微又倔强地活着,一直到最近几年,她才实现了小范围内的财务自由。她把这样一些微不足道的零碎连同政府发放的养老金谨慎地存起来。父亲把控着那些他们共同创造的微薄的财富,像泼留希金、葛朗台们一样,只是他除了迂腐之外,并不凶横、狡黠、多疑。

其实,公平地讲,母亲付出的辛劳一点也不少于父亲。但母亲根本就是个不存在的人!她经常微笑着向我们揶揄那个冷酷、自私、吝啬的老头儿:你爹呀,哼——在地里干活儿时总是一根接一根地抽烟,抽得可算精细!一根烟抽完,我就干到前面了!半晌工夫,总少不了七根八根的!关键是他还见不得别人歇会儿，唉，自私呦！这样的话被母亲翻来覆去地讲，就好像她说出它们就意味着原谅了父亲，意味着她甘愿妥协于生活的无常和戏谑。但我知道她内心深处的暗壑偶尔还会泛出阴森冷冽的光芒，它们切割她，噬咬她。在她没有身体和精神上的自由，也没有可供自己随意支配的钱财的那段时日，她一定有过强烈的自责和懊恼。

外婆去世前一两年喜欢吃面包，虽然她由于多发腔隙性脑梗死导致神志不清，但她对面包的嗜好却丝毫没有减弱。即使在双腿不能正常行走之后，她也会趁无人看管的短暂时间挪下床，一步一步缓慢地爬出屋子，爬下四五个台阶，再爬行二三十米，最后，面朝南坐在一块硕大又平展的石板上，两只干涩无神的眼睛死巴巴地盯着通向我家的小路。囊中羞涩的母亲必然不会辜负了外婆的期盼，她冒着被父亲责备的危险从抽屉下面的木盒子里偷几块钱，贼一样小跑着到街心的小卖铺买几个面包，再小跑着越过那座小山，奔向等在晨曦或夕阳中的外婆……

天性鲁钝的二舅虽然已经成家，但他娶到的女人比他更为鲁钝，且罹患癫痫，这可恶的疾病使她随时可能晕倒在地，继而浑身颤抖，口吐白沫。幸运的是，她好歹能够把饭做熟，她好歹能够生儿育女，她好歹可以和二舅相伴着打发漫漫长日和漫漫辛苦。长姐如母，外婆去世后我的母亲天然地觉得自己有义务接下外婆未竟的义务，事实上，她毫不犹疑地这样做了，而全然不顾自己并不十分宽裕、自由的处境。虽然母亲很少从经济上接济，但她倾尽全力偷偷地在生活必需品上提供帮助。我见过母亲在昏黄的灯光下用因风湿变形的手为二舅一家人做鞋子和衣服，见过母亲把馒头、烙饼等食物硬塞到二舅的破布袋子里，也见过母亲为了到十几里地开外的乡镇医院照顾二舅母生产而在父亲面前低三下四地伪装笑脸……事实上，狭隘又自私的父亲性格上的另一种尤为丑陋的缺陷就是势利眼，他看不起任何比他没本事的愚笨受苦之人，自然，二舅也成了他的眼中钉。但鲁钝的二舅对此毫无觉察，他依然隔三岔五地到家里来，他不知道母亲那些微不足道的馈赠需要冒着多么惨烈的风险。我勇敢又淳善的母亲为此没少挨父亲数落，只要父亲不连带着责骂二舅,她通常会选择隐忍。但只要父亲触碰了那根底线,她就发疯地和父亲理论,争吵,有时候也会上升到打砸的恶劣境地。有一次,母亲恶狠狠地甩给父亲这样一句话:除非离婚,除非我死,要不然,我就一直会顾恤他!显然,父亲并没有被这话吓倒,在之后的无数个日子里,他仍然对二舅的造访耿耿于怀,仍然摆出一副冷淡寡义的面孔。在他年岁渐高的晚年,二舅没少带着二舅母参与我家的农事——二舅母的癫痫已经痊愈多年。板栗收获的季节,他们往往持续帮忙十几天。这种时候,父亲对他们是肯定的,是赞许的,是脱离了低级趣味的。然而,一旦农忙期过,那些根深蒂固的偏见又回到了父亲的骨子里。性格的劣根具有不可毁灭的顽固性,这一点在父亲身上体现得尤为深刻。纵然,我以成年人的公正和勇气直面批判过父亲,劝他应该看在母亲的面子上,对二舅宽容一些,但他只是略显羞赧地笑了笑,不反驳也不辩解。我知道那意味着不接受。父亲终生不会正视并反省自己的缺点,他活出了真实的自己,而这一切则建立在母亲的痛苦及孩子们童年时期无穷无尽的恐惧之上。而这,多么悲哀!

五

母亲属虎,她热情、正直,有着超凡的意志力和耐心,她不是弱者,但在父亲的强势和孩子们的柔弱面前,她选择了屈服和隐忍。

在过往那些漫长又艰苦的光阴中,她把自己定位成父亲的附属和家庭的仆人。父亲以掌控者的身份安排着她及她所生下的子女们的日常,而全然不顾她应该被温柔地对待,也不顾子女们孱弱的力量和浅薄的尊严。

在我整个童年冷色调的记忆中,全家的生活仅限于温饱,没有课外书可读,没有新衣服和新鞋子可穿,也吃不上白面馒头和大米饭,至于猪肉,只在每年春节时才能吃上一次……物质上的匮乏并不能影响孩子们被光明和欢乐照拂,但我们的欢声笑语显然是插在父亲心口的刀子。在他的概念里,我们的欢乐是罪,是缺乏教养,是对这个陷于困苦中的家庭的亵渎和嘲讽。但我们对身处的困苦浑然无觉,或者,能够在白天和小朋友们一起在漏风的房子里学习,能够以母亲煞费苦心做出的玉米面团子、红薯面饸饹、柿子面烙饼填饱肚子,能够在星期天挎着篮子拾柴割草,能够在夜晚挤在宽阔的土炕上做梦……我们就会感觉到踏踏实实的满足和快乐——是的,天底下还有比和父母生活在一起更为幸福的事情吗?但父亲并不满足于起早贪黑、鸡犬桑麻、村酒野蔬的简单生活,当然,他并没有更为宏阔的理想(自从他由于我的降生而被迫辞掉职务后,他便不奢望能够再次进入体制内工作),他只是想把房子盖得更为宽绰一些——这念头在两个弟弟降生之后变得尤为强烈。其实现在看来,他只是兢兢业业尽着一个淳朴农民传宗接代、起房盖屋的本分,也或者这是天然的使命。为此,他携着母亲及未成年的儿女们长在了地里,日复一日,年复一年。

贫瘠的土地回馈不了父亲那太过茂盛的梦想,但他并不死心,他那太过茂盛的渴望像白杨树一样霍霍地生长,长得亭亭玉立、葳蕤壮观。为此,他变得愈加吝啬,恨不得从牙缝里抠出金子来。他也常常在饭桌上教导我们,给我们讲"一粥一饭,当思来之不易""节约莫怠慢,积少成千万""由俭入奢易,由奢入俭难"等与节俭有关的谚语。事实上,我们姐弟都没有得到父亲的真传,反而一个赛过一个耿直大方、慷慨豪爽。但父亲的办法还是奏效的——每隔三四年,家里就会存下一笔微薄的存款。父亲总会把它们用来盖房。盖房! 盖房! 在他眼里,房子是唯一的梦想和尊严。他全然不知母亲和我们的幸福感并不来源于宽绰的房子,也不来源于丰硕的物质上的满足,只要他脸上常带笑意,只要他讲话时语调温和,只要他偶尔朝我们敞开怀抱……也许空荡荡的新房子里面就会有欢乐和幸福滋生。但,父亲是一座死山,他的天性是冷酷和荒凉,他一年一年地错过了春夏的美好——是的,他热衷于秋天的萧瑟和冬天的冷冽。

我降生之后的二十多年光阴中,父亲至少盖了五次房子。第一次盖的是老院的西屋,之后三次盖的是新院的北屋、南屋、西屋和东围墙,第五次是由于大弟结婚,应弟媳妇娘家要求又把第三次盖的南屋拆了重盖。每一次盖房都弥漫着紧张又悲怆的味道。那一块块方正光滑的石头大部分是父亲亲自所砌,一少部分则来自精于石匠技术的乡邻或亲戚,单是父亲几近苛刻的完美主义情节就使得气氛格外紧张,他对石块的大小形状、泥灰的黏稠程度、帮工们干活儿的节奏和进度都有着清晰明确的要求。大家对父亲的包容就像村庄对他的包容一样深沉又宽博,即使父亲也对他们颐指气使,他们也并不理会,最多只是憨憨地一笑,该干吗还干吗! 他们集体谴责父亲的那一次,源自父亲公开责难了母亲。虽然时隔多年,但我仍然对那次事件有着完整的记忆,那是我第一次目睹并领悟了女人在家庭中地位卑微、尊严不保的尴尬处境。父亲带着帮工从新院工地上来到老院吃午饭时,锅里新蒸的馒头还差五分钟出笼。其实,没有一个人为这五分钟介怀,他们正好可以在阴凉处抽袋烟,或者胡乱说笑一阵。但父亲即刻翻了脸,他可能觉得母亲的懈怠挑战了他的底线,但事实上母亲未曾有丝毫的懈怠,她从凌晨四点就开始忙碌了。父亲的脸色变得铁青,音调也格外高昂,大庭广众之下,他用刻薄的话斥责了母亲。母亲先是赔着笑温和地抵抗了两句,帮忙的妇女们也叽喳着帮母亲的腔。这彻底惹恼了父亲。他气势汹汹地奔到桌子旁,抓起家里唯一一个小机械表,狠狠地摔在地上。在父亲的强大力量下,那个红色外壳的东西瞬间变得四分五裂……母亲哭了,妇女们在短暂的愣神之后开始用语言攻击父亲,帮工的汉子们也加入了对父亲的讨伐。然而,父亲既没有向母亲道歉,也没有进行深刻的反思——他依然是他,他主宰自己,也主宰别人!

我一直在想,如果父亲在青壮年时期能够读到梭罗的《瓦尔登湖》,能够领略即使简朴、原始的生活也能实现心灵的自由和闲适,也能创造并给予家人瓷实恒久的幸福,或许,他就不会对"起房盖屋"那件剥夺了我们的安逸和欢愉的工程有着那么痴狂的迷恋和恒久的耐性。事实上,父亲和母亲现在居住着的是祖父留下的更老旧的房子,那房子的确太过老旧了,四壁、梁檩和椽子已经被岁月涂抹成黑色,无论在白天还是黑夜都泛着阴森可怖的暗光;土炕、煤炉、坐柜和桌子也是祖父的遗产;母亲睡的小床和橱柜虽说是后来添的,但也显得破旧不堪……大弟自婚后就和弟媳在城市谋生,他们一家四口租住在人家弃之不用的小两居内,没有暖气,厨房和卫生间都很狭小。由于没有固定职业,他们生活得甚是艰难,在除去房租和吃穿用度之后,微薄的结余实在抵不上辛苦的付出。然而,即使这样,他们也不愿携家带口重新回到出生的故土,不愿面对家乡贫瘠的土地,不愿面对辛苦等待的饱含着父亲心血的房子和几千棵板栗树,也不愿面对朴厚沉闷的乡亲。小弟的责任感和荣辱观已经完全被城市的浊气腐蚀掉了,他深陷高利贷的旋涡,受尽了被人逼债的恐惧和羞耻,并且连累父亲和姐姐们凑出部分钱款以缓解危机,但高利贷的旋涡太过骇人,甚至,它根本就在一刻不停地疯狂运转,直到无限迅猛,无限深阔,无限凶恶! 二弟最终还是抛弃了结发的妻子和亲生的女儿,饥一顿饱一顿地流落在外,即使中秋节和春节,他也不回一趟老家,父亲和母亲的眼睛由此蒙上浓厚的雪霜和暗影。

父亲倾二十年心血为儿子们盖起来的房子长年累月空荡荡的,空无一人的空荡,惨淡凄凉的空荡,羞怯伤感的空荡……只有静默的蒙尘的家具生活在里面,或沉睡,或做梦,或观摩大弟一家人客人一样逢年过节时的短暂逗留,或慨叹那两个风烛残年的老人的叹息和伤感。

六

去年盛夏的一天中午,邢台西部景区"紫金山"的峰顶上,艳阳高照,松香暗袭,我面朝南久久站立,专注又深情地眺望着远处黑鲸似的群山,的确,那些小山在蒸腾着的云气中黑鲸似的涌动,犹如赶赴一场生命的盛宴或祭礼。那一刻,我想到了父亲,他也是这涌动着的千万条"黑鲸"之中的一条,缓慢而又坚决,冷静而又执拗,几十年来,不曾停息的步伐牢牢地踏在太行山的土地上,一直向前,一直向前……不管前方是风狂雨骤,还是霜重雪寒。

我不是个讷于表达的人,但我从没向他表达过什么,无论语言的还是肢体的。想来,在我活过的四十余年时光中,自我稍谙世事之后,也或者之前,我与父亲之间就隔了一座高峻的山峰,一条湍急的河流。随着时光的流逝,山峰愈高,河流愈湍。但我知道,终有一天,山峰会停止生长,而河流会归于平缓。

我之于母亲的爱是自由而美好的,但之于父亲的爱则是压抑且沉重的。但这显然不能证明我不爱他,他一直是我的山,是我的河流,也是我的信仰。

我从没想过山会坍塌,从没想过河流会干涸,也从没想过信仰会被蒙上黯淡的阴影。但是,今年——辛丑牛年(父亲的本命年)惊蛰当天的响雷惊到了我——父亲被确诊为食管低分化鳞状细胞癌。当消化内科的医生朋友告诉我实情的那一瞬间,我的心激烈地疼痛了一下,脑海随即涌进一片裹挟着冰凌和泥流的黑暗,眼泪也簌簌地落下来——我正在失去他!而我从来没做过这样的准备呐!那时,父亲刚刚结束胃镜的探查,他还躺在检查室那张窄小的床上等着我去搀扶。我擦干眼泪,用一两分钟的时间平复了一下慌乱的心情,不能让他看到我的颓丧,以他的精明、敏感、疑虑,必然能揣测出异样。而我还不能确定他在癌细胞面前的意志能否和在生活面前一样坚强。为此,我故作镇定,甚至伪装出淡定的笑容。半小时前,我把他送进检查室外的走廊,他一个人孤独地坐在铁椅上等待。漫长的等待使他有些焦躁,我看到他不时地探着身子朝里看,他一定看到了粗粗的管子伸进正在接受检查的人的喉咙,那人像无助的羔羊痛苦挣扎……他并不惧怕,连日来的吞咽不适使他放松的警惕再次活跃起来,他想弄明白自己的胃和食道究竟有没有病变。祖母在六十二岁那一年死于食道癌,大姑则被胃癌夺去了生命。他心里常年住着一团暗影,并且,那暗影在大姑去世后逐渐像迷雾一样扩散。我不知道他在繁重的体力劳动之余经受着怎样的担忧和恐惧,也许正是这日复一日的担忧和恐惧才使基因遗传的顽固性在他身上现了形,并牢牢地抓住他。他的嘴角流出一些黏稠、透明的液体,面容也显得憔悴枯槁。看着已经被宣判却茫然不知情的可怜的父亲,悲戚之感再一次霍霍地喷涌。我给他擦干净嘴角,整理好衣衫,只搀扶他走了三四步,他便甩开了我。这个强硬了一辈子的人,习惯固执己见和发号施令的人,深渊和绝壁已经赫然摆在面前,之后,他向前的每一步都充满了更为残酷的艰辛和酸楚,甚至有殒命的危险。我真希望他永远不要试图解密,永远甘心被蒙在鼓里,像个阿尔茨海默病患者一样接受这突然降临的考验和最终的陨落。

命运何苦为难这饱经了生活的劳顿和羞辱的老人呢?何况,他从没放弃对生活的建设,也从没放弃对劳动和子女的热爱。我一直不愿相信"宿命积福应,闻经若玉亲"之说,但它的本质的确诡谲又无情。

每个人都预先被审判,被定罪,活着,只不过在等待那一刻的来临。

我有过短暂的释然,命运终于要带走他了,使他获得永久的拯救和解放,从而不必再承受身体和心灵的不可承受之重。但这短暂的释然之后又是长久的愧疚和悲伤,我还没有给予他更为充实丰富的回馈,也没有使他因为我而感到更为明朗纯粹的荣耀!而我不得不目睹他和疾病战斗的过程,以及弥漫其中的孱弱、恐惧和忧伤,还有他一步一步被癌细胞侵蚀的疼痛和绝望……而这,多么残忍!

确诊后第二天,下了一场雪,天气骤寒,病房外是晦暗的天空,远山和田野静默如谜,垂柳瑟瑟地抖动着微微泛黄的枝丫,麻雀的掠影线条般倏忽划过,我不由得诅咒这恶劣的鬼天气。父亲坐在窗前的折叠椅上偷着抽烟,显然,由于我精湛的伪装术,他并不了解实情。之后的两三天,我陪着他做了各项检查,以确定癌细胞有没有扩散。父亲逐渐有些沉不住气了,或者他已经从没完没了的检查中断定了什么,他埋怨医院的过度检查和隐瞒病情。有好几次,他微笑着自嘲说,别瞒我了,我知道是食道癌。他在引诱我将实情和盘托出!而我怎么能够!我含着笑轻描淡写地告诉他,又多想了,只是食管糜烂而已,用放射线照它,糜烂面就会消失,到时候,你还能上坡下地,想干吗干吗。我憎恶我的笑,憎恶我的欺骗!我知道这欺骗必然持续不了多久,但我希望父亲晚一些、更晚一些接受这命运同他开的黑色玩笑!

莎士比亚说:真相终将大白于天下,秘密不可长久隐瞒。父亲的疑虑越来越深重,他变得焦躁不安,能看得出刻意压制着脾气。在翻看了所有的片子和每日清单之后,他坚持要看诊断书。我知道是时候告诉他实情了,因为越想隐瞒越欲盖弥彰,何况他本来就有独立的人格和知情权。当时,他坐在横倒在地上的塑料椅子上,把耳朵凑近我,做出聆听的样子。

是早期,没有扩散。我轻轻挽住他的胳膊,试图给予他一些力量和慰藉。

父亲再一次自嘲地笑了,显然,他接受了祖母的"遗产",也接受了古稀之年命运的"馈赠"。他一连抽了两根烟,我知道他的内心是焦灼的,是恐惧的,他也试图摆出假象欺骗我!不知道是由于走神,还是横倒着放着的塑料椅子的稳定性差,父亲突然跌坐在地上。我赶紧做出拉拽状。他一边微笑着冲我摆手,一边说,没事没事,能起来。他重新坐定,神情没有太大的波动。到底是个强硬的人!即使正在坍塌,他也以山的沉稳和悲壮做着表率。

父亲的前半生为贫穷和房子所劳困,后半生的前段为两个弟弟的前途和家庭所忧心,临近晚年又要和癌细胞战斗,他就是个骁勇善战的斗士,不屈不挠,不死不休。

多年之后,在黑鲸似的涌动的群山之间,父亲和母亲必将以尘埃的形式存在于清风明月之下,和所有逝去的人一样变得遥远又虚无,我再也不能从记忆的岩穴和幽谷中打捞出什么。虽说所有的遇见都是为了别离。但我相信,所有的别离也是为了再一次遇见!

选自《雨花》2021年第7期

悬鹁鸪岛上的建塔人

陈　瑶

　　荒芜的岛屿，凋零中潜伏深邃的历史；破败的石屋，在黑夜里却有生命的伟力。一次无人岛野营体验，勾连出一段静默已久的小岛变迁史。以最小的视角切入，反映小岛文明的生生灭灭，循环变化中寄寓着作者莫大的人文关怀。一切的记叙都铭刻时代烙印，唯有不熄的思想火花闪烁于字里行间，《悬鹁鸪岛上的建塔人》给人带来别具一格的小岛印象。

　　　　　　　　　——第四届三毛散文奖终评委

一阵阵浪涛声让我无法入眠。

夜里九点，不算太晚，索性拉开帐篷，出来透透气。海风掠过，微凉。抬头远望，一轮明月从海底升起。我头一次离月亮那么近，仿佛一伸手，便可把月亮捧在手心。

这是第一次野外露营，我们选择了一座荒岛。说是荒岛，其实也没一直荒无人烟，曾经有过两个自然村落，住过二百多口人，主要是庄姓和朱姓，庄姓系原住民，朱姓则是20世纪60年代初从相隔不远的桃花岛移居过来的。三年困难时期，食不果腹，这个岛上地多人少，朱姓人就来这儿开荒。想不到只过了三十多年，因为岛上没有学校，政府又提倡小岛迁、大岛建，居民就整体搬迁到桃花岛上去了，从此岛上一直荒着，只留下一个极有意思的岛名让人念想——悬鹁鸪岛。又过了三十多年，人走屋空的悬鹁鸪岛，除了码头旁一间破旧的石屋、山路边已倒塌半边屋顶的土地祠，见不到其他建筑了。曾经的村落变为长满杂草的荒地，只遗留一些断壁残垣，而蔓延的野芦苇、成片的仙人掌、绵延的沙砾滩，幽洞与千层岩，却是不会消失的。

六顶帐篷并排搭在一块空旷的草地上，帐篷外应急照明灯亮着。放眼四周，天如海，海如天，无边无际，仿佛有一股无形的力量，要将你推向幽深、寂静的远方。我把目光落在了离露营地不远的石屋上。上岛时面对满目苍凉，整支队伍几乎都选择紧挨石屋露营。我们是来荒岛寻求超脱的，却不料一上岛就被它的肃杀凋零所震慑，继而心生胆怯了，似乎只有那间石屋才使我们多少有点能够依偎的感觉。此刻，石屋那边突然传来"窸窸窣窣"声，难道荒岛上还有当地居民遗留下来？那应该是不可能的，岛上停电，没自来水，也没交通班船，所有生活资料的供应随着居民迁移按下了停止键，若非规模化组织，现代人迁徙到这儿开荒是不可想象的。可那"窸窸窣窣"声还不停地响着,让我忍不住想去探个究竟,要是真的有岛民遗留下来,那这次荒岛露营就有了意想不到的收获,于是硬拉着同宿一顶帐篷的小伙伴一块前往。越靠近石屋,"窸窸窣窣"声越清晰,似乎还夹杂着一种压抑的呻吟声,像是女人挣扎时发出来的,难道是同行中有人裹挟同伴到那里欲行不轨?一种解救同伴的冲动让我们忘记了害怕。

朗朗月色下,一条浅白沙子路,通向那间石屋。如此月光下,听闻那"窸窸窣窣"声和呻吟声,想象着将要遇到的尴尬场面,不由觉得大煞风景。没走几步就到了,循着声音打开手电筒照过去,屋外石墙旁拴着两头骡子——这荒岛上稀罕见到的牲口。骡身皮毛泛着亮光,那"窸窸窣窣"声便是它吃夜料时发出的声音,现在它似乎吃饱了,正站在槽子前不停地来回晃头。拴着骡子的石屋自然住着人,我和同伴相视"诡异"一笑,心里抹去刚才的担心却又有了新的疑惑,还是想走到窗前探个究竟。石头墙的木格窗里透出橘黄色的微光,传来女人和男人轻轻的说话声。不知什么时候,呻吟声已经消失。借着微光望进去,模糊看到一个男人赤裸的后背。我们赶紧羞愧地逃走了。

夜深了,月光如蝉翼,在深蓝色的天幕下清晰起来,人却成了深黑的影子。潮湿的海风扑面盈怀,让人感觉到自己是真实存在的个体。回望不远处,那浮在月光里的石屋,两头骡子,屋里的男人女人,突然而来又悄然停止的呻吟声,恍若在梦境里。就是在这样的荒岛,在这样难以想象的生存环境中,男人,女人,生活依然继续。

他们是什么人呢?

这一夜,我在帐篷里久久难以入眠。

清晨的悬鹁鸪岛,被海天之际一抹金色的阳光唤醒,晨光凌波而来,落在了海滩上、礁石上。同伴们都在海边捡芝麻螺,挖藤壶,抓小螃蟹——这是此行出发前就已安排好的荒岛游项目,而我却对这一切一下子觉得索然无味,沿着浅白沙子路又朝那间石屋走去。

白天的石屋，与月光下见到的不同，是另一番模样。院子围着半圈坍塌的土墙，杂草丛生的地上，散落着坛坛罐罐。门口用一张破木门搭起一个灶台，放着煤气灶、菜刀、砧板、锅、碗、盆等炊具，灶台旁有一只煤气瓶，一口盛满水的大水缸。屋门敞开着，里面有左右两个房间，左边那间想来就是我们昨夜偷窥过的，一只老式橱柜紧贴墙面，橱柜上叠着两只旧木箱，许是石屋老主人留下的旧家当吧，泥地上铺着一层晒干的芦苇叶，应该是新主人住进来后见泥地太潮才铺的，陡然间我看到了屋子最里面那张老式大床，床上凌乱的被单让我一下子想起昨夜那极力压抑又奔腾而出的呻吟声，连忙掉开目光不敢再看。

"你们是来这荒岛体验生活的吧？"背后突然响起的说话声吓了我一跳，转过身来，眼前站着一位胖女人，正笑盈盈地望着我。我不由觉得脸上一阵发烧。我细瞧她一眼，三十多岁，扎一条马尾辫，脸圆而粗糙，肤黑却壮实，脸上洋溢着心满意足的笑容。"我们在这小岛上干活，住了快半月了，见过几拨像你们这样来玩的人。"

一切谜团自此解开。经过交谈，得知她的男人，带两个徒弟，往山顶运送水泥、钢筋等建材，等一切准备工作做好，便会有另一拨人上岛，然后一起在山顶建一座通信塔。那两头骡子，是用来驮货的，那些货已由专船运来，卸在后山另一座码头上，从那儿运上山顶，路近，道也好走些，怪不得我们上岛时啥都没见着，还以为这岛上真的已空无一人。

谜团虽解，却又有新困惑。岛上没电，夜里照明固然能点蜡烛，可手机如何充电？现在的生活离得开手机吗？没有交通班船，粮油可以在上岛时带来，可日常要吃的蔬菜从哪里来？没有自来水，用什么来烧饭、喝水、洗澡？想想我们，为了这一夜露营，特意带上几大桶"农夫山泉"，还是有人因为没法洗澡嚷嚷"难受"，曾经觉得会是非常浪漫的荒岛露营，遇到这些生活小事一下子没滋味了。可他们三男一女，在荒岛生活已快半月了，居然仍生活得很滋润。

胖女人笑了，像是在回答一位孩子的问话："我们做苦力的嘛，哪里有活,就在哪里干了。小岛上没电,手机就不用了,也没有多少事要跟老家人说。水源是有的,前面一口水井,原先留下来的,井水有点咸,将就着喝吧。至于蔬菜,我们在这里待的时间短,种植了也等不到吃,干脆不种了,我们带了些菜干上岛,放进锅里热水一煮,捞上来浇点麻油,味道和新鲜蔬菜差不多。"胖女人笑哈哈地说着,"就是白天男人们上山干活了,山下一整天就我一个人,连个说话人都没有,实在闷得慌,有时我就跟碗说话,跟锅说话,跟自个儿说话……"说到这儿胖女人突然大笑起来,笑了一阵后又猛然卡住,像是想起一件事,上下打量我,"昨晚是你在屋外听壁脚吧?"这陡然一问,让我手足无措,慌忙转身就逃,身后她仍在喊:"别走呀,再聊聊,我可没有责怪你的意思呀!"

世上有一种人会永远快乐,这种人心大,搁得进任何事情,生活再艰难困苦,也能找出乐子来。我想,胖女人就是这样的人吧。

按照预先安排的计划,我们在荒岛上的最后一个行程是登山。悬鹁鸪岛面积仅零点七八平方公里,最高峰海拔却也有一百三十九点六米,山上林木、芦苇、茅草成片,还有擎天龙牙和千层岩。大家兴冲冲地盼望快点冲到山顶观赏海崖风光,我也兴冲冲的,却是想着去见一见那三个男人。

我们登山的道,和三个男人两头骡子运货上山的道,不是同一条。我们在前山,他们在后山。晨曦里的山谷,草木清新,藤蔓张扬,路两边树林葳蕤繁茂,绚烂野花开得妖娆,即便花开花落无人知,也不会错过四季流转,独自盛放生命的姿态。我想那野花的生命,像极了那三男一女,看上去有点卑微,却是自由而高贵的。正这么想着,到了前后山道相汇的交叉口,一头黑色和一头深棕色的骡子,驮着水泥包和钢筋,一前一后从后山道爬上来。骡子湿漉漉的鼻翼,发出"呼哧呼哧"喘气声,显然已经驮过好几趟了。牵骡的两个壮小伙也在喘气,耳朵上夹着一根烟,显得无精打采。

骡子性情最温顺,见了我们这群上山人,没等主人招呼,就停住蹄子避到一旁。两个壮小伙也停了步,一屁股坐在山道上抽起烟来,还饶有兴致地盯视起人群中的女人，霎时我的身前身后都落满了他们的眼光。想起昨夜那一幕，四个人挤住在那么逼仄的空间里，当师傅的顾不上男女有别，虽说是两个房间，但毕竟仅一壁之隔，两个热血沸腾的壮小伙岂能不听闻隔壁风雨滔滔，又是如何熬过漫漫长夜？想到这些便容忍了他们的放肆，我问道："你们的师傅呢？"两个壮小伙收敛起目光说："在山上呢。"

到了山顶，看到一人正弯腰挖一个硕大的坑，先用洋镐松动泥土，再用平锹把浮土掀到坑外，一直挖到见着了泥土下的山岩。山顶风大，风把他的衣服后襟掀了起来，他索性脱掉了衣裳，裸露出黑棕色的背脊。两个徒弟从骡子背下卸下货，也跳进坑里和师傅一起挖土。我们这些登山者，观赏完周围风景，都围在坑边看他们挖土，问起各种诸如"坑用来做啥""铁塔建起来又是做啥""这荒岛上干吗还要建通信塔"等等问题。两个徒弟从不答话，只偶尔抬头看你一眼，露出憨厚的笑容。当师傅的从不抬头，有一句没一句地应答你，直到最后我们也只知道了个大概。原来荒芜三十多年的悬鹈鹕岛又要开发了，一家大公司相中了这里，准备在岛上建起度假村。这个小岛的命运，真的如同过山车一样。

那天下山路上，我发现了一大片长在岩石缝里的仙人掌，无数朵鹅黄色的花，缀在青碧蓊郁的叶片上。想不到家里花盆中的观赏物，会如此肆意生长。或许，就是因为在这荒岛，无人照料也没人修剪，这些行走的种子，才会照自己的心思来生长。

过了一些日子，当我再去悬鹈鹕岛时，通信塔已经建好，不过荒岛美好的前景似乎仍待在蓝图中。三个男人和一个女人自然已不见，可码头旁那间石屋还在，只是房顶开始塌陷，估计过不了多久，这尚存的遗迹也将被风雨抹去。

选自《散文百家》2020 年第 12 期

地库笔记

杜怀超

　　工业化给大都市带来了繁荣，逼仄，动荡和奔忙。人流如鲫的大都市其实见不到人。见不到采菊东篱下的人，见不到举头望明月的人。这里只有面目模糊的打工机器。杜怀超的《地库笔记》给我们展示的竟然是大都市流浪猫的生活。它们不工作但同样疲于奔命。在杜怀超笔下，这一群流浪猫最终和无家可归的人发生了冲突，为了居住地。此文何等别致，何等悲怆，人猫对映，卓然成章。

　　　　　　　　　　——第四届三毛散文奖终评委

我常把自己想象成一只猫,黑暗中孤独群体的一员,着一身黑色的皮毛,与同伴三五成群,蹲守在小区的进出口或者别处,凝望着匆匆行人、林立高楼、满目商铺以及秋雁长空,目光看上去空洞、呆滞、冷漠。这个凝视,不只是某个时间点上的延展、变形、拉长,也应该包括脱节、藕断、丝连、空白与间歇。

住宅小区,作为城市躯体重要的器官之一,是无限隐秘与幽深的积聚之地。而小区的入口之门,就像人类的口腔,张开后,沿路下行,穿过气管,然后依次抵达肺、心脏和肝脏等器官。网状形管道般的水泥城市,其内部不正是由无数个这样的住宅小区组合而成?我更愿意把小区之门,比作城市明亮与隐晦的私处,明面上是芸芸众生自由出入的通道,迎接着晨曦、美好与梦想,暗地里抵达的,是归来者深夜窗口不眠的灯盏折射出的暗哑、疼痛和悲欢。

当然,我们还可以把小区的门口,看作城市白天与黑夜的沟壑、分水岭、警戒线。门内是夜晚、睡眠、夫妻吵架以及日常的日子;门外,对峙的是日出、奔走的人群、川流的车辆、高耸入云的楼盘、写字楼、金融大厦与堆叠密布不堪的商品住宅楼。我以为,那些写字楼或商业大厦,相对住宅来说,是另一个收容场所。小区的活气多是在黄昏归来和夜晚漫溻时来临。热闹、喧嚣地驶入,形单影只地遁逃,无论以何种方式进入,盛装的,不是归来者的疲惫、焦灼与失眠,就是明天对下一个路口的期待与憧憬。上班下班,分明就是从此地到彼地,从左岸到右岸,光亮的部分在路上点燃、捶打与熄灭。

1

我是在小区门口的一块巨石上与它们相遇的。它们以巨石为圆心蹲守着,散乱,不规则,带着某种日常的自然,也可能是混乱中隐藏着某种序列。无序本身就是一种秩序。黑色的巨石,庞大、笨拙、缄默,长期潜伏于小区一角,像暗哑的思想者,与生俱来的黝黑与凝重,在夜晚的凝视里,藏匿着黑色闪电的踪迹。城市的夜晚,到处都一闪一闪的,布满着陆离与光怪。魑魅或魍魉,也许正在你我的四周。危机四伏。

对巨石的想象,源于我常看到一只黝黑的猫始终端坐在石头上,留守者还是守护者? 旁边,还有几只密布虎斑纹的猫,在外围散落着、逡巡着。这是它们的分工,还是在地盘的争夺中失去了原有的根据地,只能流落巨石一侧,寻求另一种安慰与依靠。

猫自身的颜色,无形中为巨石增加了一层凝重的神秘,像隐藏在屋内的黑色蝙蝠,传说中的黑色女巫,神秘与怪异的身影,仿佛带着天空的咒语在人间飞行;让人恐惧和不安。这种神秘与不安,加重了小区人的不安全感。原本这座城市的繁华、喧嚣,肆无忌惮飙升的房价,无止境上涨的物价,还有一票难求的学区房,等等诸多因素,已经使日常生活遭到了重重包围与剿杀。包围圈里的人们,在时间与空间的双重胁迫下,早就变形异化为一根细瘦的绣花针,在厂矿企业、商场酒店等场所里,咬紧牙齿,埋头弓身于横流的物欲生产线,以此维系陡峭的生活。

城市的每一个拐角与窗口,吞吐、转折、旋转、下坠的,是经济的水声与充满物质与利益的欲望。我们走在街上、马路上、商店里或者公交车上,耳边响起的,是证券所股票的跌宕声,是楼盘的惊嘘音,是商品推销的吆喝声,是教育培训的埋怨声,还有房产交易中心的喧哗声。我所在小区的物业管理部门,组建个微信工作群。这原本属于工作性质的沟通联络工具,转眼被日常生活所"圈地";取而代之的,不是业主与物业之间的交流,而是一日三餐、修补打扫、生活旅游、文娱活动的狂轰滥炸,是股票、楼盘、债券、二手房和旧商品等铺天盖地的信息。城市的拔高,对时间和空间做出强烈的异化与虚拟的勾连。而宏伟和高端的上层建筑,与日常烟火相隔甚远。还有一些能干的主妇,在自家的厨房里,靠着自己的心灵手巧,做起蛋糕、面包以及各种熟食,在群里大肆兜售。从乡村上来的业主们,利用故园的土地优势,做起环保、天然、绿色的乡土菜生意,拿来乡下的油桃、土鸡蛋、槐花、枇杷等,赤裸裸地吆喝着,一时间引得吃惯了大棚和超市食物的"吃货",纷纷抛出橄榄枝。进城早的业主,则把家里的旧家具旧物,折价发在群里叫喊,这种叫卖也是有市场的,一些以租房为业或者流落城市的打工妹打工仔,用少许银两,换得廉价的配置,皆大欢喜。实在没什么可以叫卖的,有人力资源的主妇们,就干起媒婆的行当来,给城市里单身的小伙子们,对接淳朴善良的乡下表妹姨妹们。大部分的时间里,小区处于一种现实的静寂,只有群里是热闹的,喧嚣的,人来人往,穿梭不停。

我和它们的相遇,是在时间的凝滞状态下进行的。斑驳的豹纹,围绕着那块巨石,它们像几块被遗弃的、极具重力的风化石。带着时间纹理的石头们,和我一样,俯首在同一个屋檐下,凝视着小区门口的过往,不动声色。

2

这是早晨七点三十分,一个慌乱、拥挤、喧嚣的时间节点。不足三米宽的门口,在赶赴八点公交、上课、买菜、赶火车、挂号、奔丧等时间的人流的汹涌中,在轿车、电动车、自行车和行人高强度的逼近、挤压下,已经失声了,尖叫了,轰鸣了。车鸣、人叫、门卫的训斥声,还有孩子的哭喊声奔涌而来,空气中弥漫着和一丝丝肉体摩擦的撕裂之声。不甘寂寞的外卖小哥,赶趟儿似的,带着刚出炉的、散发着热气的早点,猫着腰穿过闸门的狭隘、保安鄙夷的眼神和人流的缝隙,朝着单元门火急火燎地奔去,活脱脱地,一只撒腿狂奔的野猫。

这是谁的早点?在这个忙乱的早晨,想必还有人慵懒地躲在高楼里,享受着这晨曦、日出、悠闲，似有"众人皆醉我独醒"的人生况味。

我对高楼里的他们，还有眼前的猫们感到惊奇，在喧嚣和纷扰之外，保持着无动于衷还是波澜不惊？一拨拨人群，从高耸的楼宇里钻出来，汇成一股强大的、澎湃的、激越的河流，冲向门口。紧张、喧嚷、拥挤，居然没有惊吓到他们和它们。是对这个忙碌世界的麻木，还是早已看透这熟稔的日常图景？老僧入定，静坐在巨石上，静静打量着被光阴和生活打乱的天籁。

有时猫实在淘气，拦在内部道路的中央，有人迫不得已，停下匆匆的脚步，把它们推拥开，动作看上去有点简单与粗暴，有些生硬和冷酷。这也难怪，人家急等着要上班打卡考勤，你这猫凑什么热闹？可是，这些猫，就像《叶隐》里那独特审美的男子，谦恭、持重和沉静，面对突如其来的野蛮与侵袭，丝毫没有惶遽、惊叫和遁逃，而是随着人流带起的气浪，靠着惯性顺势闪到一旁，佛系青年般闪开一道沟壑与空隙，然后继续颓废在一旁，独享一种忙碌中的淡泊与宁静。

我原本以为猫们，会躲避、忍受、溃散、挣扎或者反抗，甚至与之搏斗一番，伴随着凌厉的喊叫，竖起锋利的爪子，露出狰狞的牙齿，然而它们都没有，一再地退让，退让，再退让，沉默，沉默，再沉默。这与一身深黑色伪装的象征丝毫不相称，缺乏夜晚中某种惶遽的咒语、令人战栗的锐气。

这是源于小区的呼吸？我所居住的小区，完全被绿化、树林、高大的建筑以及不见天日的阴凉所遮蔽。浓密而巨大的庇护下，许多貌似庞大惊悚的动物，在主人的驯化下，早已演绎为温柔与乖顺的背影。这是一种掩盖虚弱的外表，还是对世界的恐惧与战栗的伪装？我经常见到小区里一些高大威猛的男人或者浓妆艳抹的女人，怀抱着一些娇小的宠物，徜徉在午后的林荫道上。当然，更多的是一些金丝笼里的娇小女子，牵着一只只体型肥大的狼狗、土狗，摇头摆尾地晃悠在小区密林掩映的深处。所到之处，行人纷纷退避三舍，胆小惧怕猫狗的人则瞬间仓皇而逃。跟在一只早已失去威风的狗后面，主人继续威武着。

3

这诡异的表现,后来我在小区门口的黄昏里得到了答案。这个定格的时间,不是某种隐喻与象征,而是一种日常时间的真相回归,像游子归来、倦鸟归林、牛羊回圈。早上外出的人,带着一天工作的风尘,穿过那扇刷卡开启的电动门,陆陆续续地回到小区。小区以门为界,从静寂又恢复到短暂的热闹,一时间像烧开的铁锅水,热气密集上升,喧闹沸腾不已。相对白天而言,寂寥与沉寂的小区,已算得上有了城市的活气与言语。

返回到小区后的人流,褪去职业装、办公脸以及在单位的种种消极情绪,换上另一种面孔,以家居服、休闲服的装束,遛狗的遛狗,与爱人散步的散步,或者带着孩子从小区出去,到马路对面的奥体中心休闲、健身等等,还有的人白天没来得及去买菜,背着包径直奔门口几家菜店,挑拣着蔫了的蔬菜。烟火气从小区逐渐上升、漫漶起来,生活回到了原本属于它的轨道。

黄昏,是猫群出现的另一个时间渡口,它们以固定不变的方式,出现在小区门口。一只、两只,或者更多,仍旧盘踞在那块巨石附近,一只猫高傲地蹲在上面,盯着进口处归来的人潮,间或发出一两声无厘头的叫唤,呜咽声音里,极尽柔软和委屈。

我后来才明白了猫与巨石的关系。那块半人多高、方方正正的巨石,对它们来说,是庙宇里灰暗、笨重、老旧的供桌或神龛,现在,在神龛之下,是一群虔诚、膜拜的教徒,它们以贴地俯首的姿态,包围这座神龛。巨石的上方,一只不知何时就有的蓝花瓷碗,空口朝天。碗是空的,旁边散落着一些吃剩下的鱼刺、肉末等残渣,有新鲜的,也有曩昔的。看样子,这种情景已经持续了很久。

猫群在黄昏与早晨的出现,我不知道为什么会不一样。傍晚的那群猫似乎没有精神,它们看上去稍显疲惫,弓着腰,缩着头,耷拉着两只耳朵;面对每一个路过的人,总要发出一两声让人听来软弱无力的喊叫,加上浑身凌乱不堪的绒毛,把小区宁静祥和的气氛顷刻间打碎、撕裂。

对于小区而言,早晨,是道汹涌的河流。一拨又一拨人,从高楼上乘着电梯下来,流水般通过甬道,抵达小区的门口,然后在出租车、公交车、电动车等交通工具的承载下,流向每一个人所追逐的地址。一条大河,化整为零,分解成无数条小溪,在属于各自的山路上蜿蜒、流淌。最壮观的莫过于小区的地库,你只要往车库门口一站,不论是早上还是黄昏,成百上千辆黑色的、白色的、红色的轿车,从地库中鱼贯而出,排着整齐的队列驶出小区。地库,像一个即将临盆的孕妇的肚子,或是一个隐藏在地下深处的黑洞,在地表树木葱茏与绿草如茵的掩护下,谁能想到这无数的铁家伙,像夜晚里的猫,隐秘在黑暗之中?

那一刻,我对地库有了某种担心和爱怜。这被掏空肥沃的土壤,承载着植被、种子、蚯蚓、黑壳虫以及各种腐殖质土壤的地下空间,在大型挖掘机的外科手术下被掏出肝脏、割断血脉、扯断神经,流尽隐秘的暗水之后,填补进去的则是水泥、石块、钢筋还有纵横交错、冰冷坚硬的通风管道和鼓风机,包括后来钻进来的无数甲壳虫般的车辆。每一辆车,都有一个秘密抵达的远方。在车主的驾驭下,它在蜿蜒的道路上奔驰着、狂野着,与平坦、笔直、起伏、肉身、恒远有关,也与徘徊、盘绕、停歇、曲线和伤悲有关。有的车也许日行千里,有的车也许只能原地彳亍,像一个人或群体,在这个现代化的城市里,有的人找到了驿站与归宿,有的人依旧流星般走在风中。

小区,这个坚强而又缄默的怪物,在早晨和黄昏的日常交替中,要不断地经受着贫血与充血的折磨。上千辆车从它盛大的胸怀里爬出来,带着沸腾的轰鸣、温度和热血,直到渐渐平息。这不正像一个人的失血?而抵达黄昏,又像一个人躺在病床上输血,夕阳是个巨大的输血袋,充实与空虚、平安与焦灼、憧憬与失望、精神抖擞与一蹶不振,都在车轮滚动的节拍里,显出明明灭灭的示意和寓言。

4

门口人群和车辆进进出出，像河流，猫们对此熟视无睹。不知道它们从哪里钻出来，走到巨石旁，继续着这凝视的功课；应和着小区不远处古寺的钟声、僧人的诵经声，一起铺开尘世的合唱。

我对猫的记忆，停留在故乡的村落。我以为村庄是猫们最好的家园。作为老鼠的天敌，只有在夜晚不设防的村落里，猫才能发挥那个脚上的肉垫和缩进去的利齿的作用，才能发挥黑夜中守卫的耐力与执着。别看村庄里的猫们白天躺在屋檐下，眯缝着眼睛，在阳光下翻过来覆过去地舒展着，半睡半醒；或者待在主人的身边，瞅着主人的眼色，围着主人的裤脚绕上一圈，撒上一个娇，发出一声缠绵悱恻的叫唤。这声音，其实不是卖弄可怜，而是在向主人报告，别被它白天懒惰、爱睡觉的表象所蒙蔽，那是它们在养精蓄锐呢，时刻等待着冲进黑黢黢的夜晚深处，彻夜不回。

这是猫迷惑老鼠的一种假象。一旦到了夜里，猫们立马从颓废拉到高八度般的抖擞，它们从一家的门洞里钻进，然后从另一家的门洞钻出，一家一家地，展开对老鼠"惨无人道"的捕捉。猫似乎不懂得优待俘虏，逮到老鼠后，不是拿来填饱肚子，而总是要调皮地玩弄一番，直到其气绝身亡，才会转身走开。

猫一旦走进城市，乡村就成了诗和远方。乡下的土坯房与城里的商品房相比，没有精致、华丽、高端、封闭，但是乡村房子的宽敞、开放和随意，给了猫们安全舒适的家园。乡下人不管哪家，总会在门框的一角留一个洞，那是为夜晚进出的猫准备的。而高度封闭、精致雄浑、堂皇富丽的建筑，别说供一只猫进出的门洞，就是让一只苍蝇飞进来的罅隙都甭想有。紧闭的纱窗、高科技的密码锁，还有严密监控的摄像头，打造了一个严密封锁、昼夜监控的时空，把一只只崇尚自由、爱捉老鼠的猫拒于千里之外，猫们只能望楼兴叹。

失去故乡的猫，会以怎样的一种状态存在着？也许从狗的身上，可以获得答案。黄昏时分，在碎石铺就、灌木掩映的花园小径上，总会碰到一些珠光宝气、牵着狼狗的女人，肥胖而臃肿的身子，垂下来的长发，在一根狗绳的牵引下，摇摇摆摆地溜达。看到贵妇人走来，我们只能远远地躲开，不是怕那贵妇人，而是担心她身边那只高大的狼狗。小区的微信圈里，早就呼吁文明养宠物，禁止养高大威猛会伤人的危险宠物。这遭到了圈内养宠物者的群体攻击。冠冕堂皇的理由是，宠物轻易不咬人，只要你不去惹它。这是什么话？难道人会主动地去撩狗？养宠物的人曰，如果你愿意，也可以咬狗的。

5

巨石。猫群。门口。这是一场日常中的偶然，还是有预谋的演练？那天，万物配合得恰好。天气突变，天色瞬间暗淡下来，风从远方赶来，挟裹着乌云。冰凉的雨，夹杂着天地间的重量，稀里哗啦地砸了下来，在风的助威下，小区的门口，显得寂寥、凌乱。几个执勤的保安，一改往日的殷勤和周到，缩到了岗亭里，摆弄起手机微信来。巨石旁的樱花树，在风暴的攻势下，细碎密集的叶子，盔丢了，甲弃了，溃不成军，散落一地，随着雨滴混搭成一块，凋零成暴尸街头的现场。凄风。冷雨。大石头、小石头依偎在一起，抵抗城市的孤独与寒冷。

骤雨初歇。另外一群人开始登上巨石舞台中央。这应该是猫们执着等待的人吧。他们从各自家里拿来食物——煮熟的鱼、火腿肠还有一些零碎的面包，来到巨石边，把食物搁在石头上。讲究的人还带来一只巴掌大的蓝花镶边瓷碗，把食物放在碗里。清一色的老人，从不同楼宇里走出来，操着不同方言，聚集在雨后的巨石旁。

这时，西天从乌云的缝隙中，露出了几片云霞。在霞光的映衬下，大地上出现了一幅奇特的人间画卷。地上散落的猫们，像一个个动词，已经回到了巨石这个句子上；像树叶，按着某种序列，回到了树枝上。它们和原先在石头上蹲守的猫汇成一排,在不时发出的喵喵叫声中,开始进食。对面,是小区里来自天南海北的老人们。

我曾了解过,这些老人,有的是随儿女从老家过来哄孩子的,或者接送孙子孙女上学的;有的是陪着女儿在异乡生活的。他们是小区最忠实的住户,最长情的陪伴者。他们穿着整洁而又价格不菲的衣服,虽然看上去还不太合身。白天里,从黑洞洞的窗户里透过来的,是他们空洞而寂寞的眼神。这肯定是在城市打拼的儿女,为了让他们像个城市人而重新包装设计的。可是,从额前散发出的乡村气息,以及浑身上下泥土的味道,明显地与城市封闭的气息格格不入。他们,不正是白天蜷缩于小区深处的猫群?金融大厦、斑马线、旋转餐厅还有灯光舞台等等,距离他们很远。他们走得最远的路,应该就是抵达小区门口的路程,等待或者张望着自己孩子的归来。

猫们吃得欢快,嘴里发出"啊呜啊呜"的声音,有点狂欢有点撒娇,完全是一种胜利者的激情和姿态;吃饱了喝足了的猫们,不顾风雨零落,围着那只饭碗,展开了一场看似严肃实则活泼的决斗。瞳孔放大,尖锐的爪子已经伸出,身体朝着后方使劲,分明是一种以退为进的攻势。突然不知道哪里响起一声吆喝,立即摁住了那只顽皮的猫,战斗进入休止状态。那只猫失去威风后,转瞬又以温柔缠绵的身段,趴在那只碗边,继续展开吃喝大戏,有时还会转过身来,伸出细软的舌头,朝着过往的行人上下翻卷,舔舔自己毛茸茸的嘴唇,极力证明自己的温柔。

短暂相聚的老人们,一边盯着这群猫,一边操着各自的口音交流着。他们像猫一样,时而大声,时而低语,时而欢笑,时而沉默;自然,熟稔在这里得到完美的演绎,仿佛故旧,老相识。他们的故土、村庄似乎在这只猫碗的周围呈现着。在这雨后片刻的宁静与祥和之中,心早已飞回了遥远的村落。

猫们吃饱喝足后,从巨石上下来,抬起眼帘,用人间小小的满足,朝着老人们叫喊了几嗓子,当作是对老人的一种回应:已酒足饭饱啦!当然,也许是对下一次的期待和诉求。你听懂没有,猫们才不管呢,它们摇着尾巴,拖着圆滚滚的身子,踩着"猫王"的舞步,朝地库懒洋洋地走去。

陌生而又熟悉的老人们,没有受到猫们离开的丝毫影响,依旧伫立在原地,一个又一个话题爆米花般倾泻出来,充满着热望和迫切,讲到低沉处,有的人还会忍不住地流泪。

此时,天已经完全黑了下来。

6

城市的夜黑起来,要比乡下深沉、铁血和支离破碎。高低不齐的楼房,像暗夜里长出的巨刺,挑破夜晚的秘密。远处高楼上的几盏不灭的灯光,在深渊般的峡谷里,执着着光亮。白炽灯的惨白,像一个人剖开肌肉后露出的森森白骨。从某种意义上,黑夜对城市来说,也是一个疗伤的隐秘时分。没有人躲得过伤口或伤疤的纠缠,即使在衣着光鲜与形象亮丽的背后。

夜晚走到小区的门口,就像峡谷与云端的抵近侦察,水泥、电网以及钢铁伪装成一个巨大的黑洞,整个小区从门口望去,是个内部阔大神秘的、错综复杂的黑洞。高楼、别墅,葳蕤的树木、灌木以及猫和巨石,还有暗夜里归来的人,这些移动的、惶遽的、无助的、彷徨的、背井离乡的、颠沛遁逃的、走投无路的而又逍遥自在的黑色身影,聚与散,失宠与失踪,悲与欢,荣与枯,生与死,可以看作是一道聚聚散散的盛宴,一个归而未归的地址,更多的人则被举在半空中。

我在城市里看到最熟稔的一幕,莫过于空中抖颤的脚手架,庞大的巨型机器塔吊,在吱呀声和轰鸣声里中,展开对房子的破坏、重建、再破坏、再重建;新旧交换,这是不是被推上山顶的另一块西西弗斯的石头?而地面上奔驰的则是火柴盒一样的轿车、纵横交错的公交和地面之下运行的地铁。城市,分明是一台高速运转的绞肉机,与钞票、时间、效率、计算关联,它碾碎汗水、青春、皱纹;稍有不慎,不是下落不明,就是血肉横飞。

我是在小区后门发现那个令人生疑的年轻女人的。我该如何描述那个夜晚中的女人,是无法言说的一节乐章,还是半部乔伊斯的小说?乔伊斯的粉丝们说,詹姆斯·乔伊斯的小说是写给未来人看的。生活比文学作品更加精彩,时常呈现一段不为人知的哲学面孔。黑夜、工业园区、高档小区门口的一侧、明暗的灯光、来历不明的妖娆女人和一摊青色的莲蓬,女人怀抱着看样子没有足岁的婴儿,眼神迷离着投射向晚归的人群、疾驰的车流。这过多的隐喻、象征以及多解甚至无解,平面的、立体的、虚幻的、神性的等等,密集地指向无尽的夜晚和时间深处的分叉。

我发现她时,她很安静,像一只抱着幼崽的黑猫,在宽松衣服的保护下,蜷缩着身子,收拢所有锋利的爪子,以及那可以穿透黑夜的目光。树影在斜射过来的灯光的照彻下,有明明暗暗的光斑落在她的身上,像夜晚的疤痕。怀里的孩子已经熟睡了。她始终站在树影里,既不吆喝,也不言语,更多的时候,是低垂着眼帘,有一种羞涩与躲避。在女人的身旁,这个夜晚似乎变得更加魔幻与神秘,而女人的身份,也更加扑朔迷离。现代园区的高端大气,造成人们对尘世烟火的排斥与远离。透过那些摩天的建筑,我们很难发现生活的真相或者日子的真谛。难道这个女人为生活所迫?为了可怜的昂贵的生活资料,躲避白天城管的封堵,趁着夜色挣取点孩子的奶粉钱?还是被一个四处流浪的男人甩了,留下孩子和不堪的日子?看着她面前不多的莲子,即使兜售完,她又该如何抵抗生活的席卷?可是看她的神情,分明又不是一个常在江湖流窜的小商小贩。在她的身上,我们很难看到一丝狡黠和欺骗。她的目光没有勾留在路人身上,没有栖息在那些青涩的莲子身上,她的眼睛落在孩子身上。我敢说,任何一个经过的人,稍微一点动作,一些莲子就会下落不明,但女人毫不在意,眼睛里只有孩子和车辆川流下的马路。这个状态,让人都有点怀疑,她不是在卖青莲子,而是在卖襁褓中的孩子。

当然,我们还有一些猜测,这是个来历不明的女人,是一只金丝雀或者被老板抛弃的女人,现在抱着孩子,打着卖莲子的幌子,堵在小区的门口,等待那个骗钱骗色、玩弄良家妇女的负心汉。

这是一种用孩子胁迫男人的手段和方式?得承认,钢筋与混凝土的膨胀,加重了人与人之间的陌生感和不信任感。你很难知道,从一幢楼里出来的男人女人,已婚还是未婚,职业、年龄,土著还是外地人。一口标准流利的普通话,灵巧的舌头加上厚厚的水泥,已经封堵住方言、习俗、身份等信息通道,我们只能眼睁睁地看着一些人从楼里出来,一些人进了楼里,然后随着电梯,消失在各自的巢穴与远方。我们无法叫出其中任何一个人的名字,即使与我们同属于一栋楼一个单元一个楼层,哪怕是隔壁。

这也给那些不守规矩、花花肠子的男人提供了可乘之机,他们在几个女人之间游刃有余地玩起了"躲猫猫"的婚姻游戏。

距离我们小区不远,有一处俗称"十三妹"的住宅小区,里面住着一些来历不明的女人,整日里操着各地的方言,每天接送孩子上下学。你很少看到她们上下班,但这并不妨碍她们的衣着光鲜、高贵、奢华。她们的身边,很难看到男人的面孔;即使有,也如同昙花一现,稍纵即逝。我还听到过这样一个真实的故事,一个房地产公司老板,在那个小区居然养了三四个女人。荒诞的是,居住在同一小区的几个女人,愣是没有发现男人的破绽,多年来相安无事。几间租来的房子和一个所谓"爱情的结晶",在日子的深渊里,牢牢困住女人的一生。

我不知道这样的女人,在城市里还有多少。站在小区门口兜售莲子的女人,是不是她们其中的一个? 和黑暗中的猫一样,我们无法分清楚哪一个是夜捕的,哪一个是偷情的。我知道,猫偷情时会高声叫,而人偷情总是显得小气和低调,在黑暗中窸窸窣窣着。

7

清晨与黄昏,我开始对小区门口的那群猫念念不忘。一个问题从心底浮起:之后的那群猫到哪里去了? 刮风、打雷、暴雨或者更多慌乱与惶恐的时分,它们在哪里? 或躲到了哪里? 回到故乡? 故乡还在? 过得怎么样? 现在的乡村,已沦陷为城市的一部分了。在城市里,我们每天都要邂逅清洁工、农民工、饭店服务生、房屋中介、外卖小哥以及无数白领、蓝领、金领,他们在时间的指挥棒下,在夜晚星星的红绿灯下,都去了哪里?有家可归还是无家可归?

离小区不远的工地上,一幢楼接着一幢楼从地面上拔起,一群人又一群人随着拔高的楼宇,不断地从这个工地迁徙到另一个工地,密密麻麻的楼宇,却没有一间可以安放他们或她们,甚至它们的身体。我也见过大雨突如其来的情景,马路上总有一些人,在雨中茫然四顾,不知所措。这不是说他们是雨中的战士,或是对雨有所迷恋,而是不知道哪里可以躲雨。在雨中行走,已经成为他们经年行走的方式。好在大雨可以淋湿他们的衣服,却不能淋湿他们的心田。那一块属于家的空地,始终是响晴的,无风也无雨的故土,始终在城市的反光里漂浮。

至今想来依然觉得自己幼稚可笑。很多时候我还在为一次次被掏空的地库担心,为那群猫担惊受怕。而实际情况是,那群猫,在我们看不到的时间里,早与地库完美地纠缠在一起。它们离开村庄后,在城市的又一个隐秘世界里继续生活。那也可能是它们在城市里最后的领地。

都市建筑的富丽与堂皇,智能设备的无缝对接,层出不穷的快递简餐,我们的生活,在不断发展中逐渐走向颓废、异化和程序化,尤其是人的四肢,其功能似乎遗失殆尽。你想从城市的缝隙里,寻找到村庄烟火,或回归田园生活,已经成了一种梦想。同样,城市里的动物与乡村中的不同,如果不能成为人类手中的玩物,那么,无人认领、飘荡在外的流浪与被抛弃就是它们最好的结局。

猫们不是不勇敢,也不是不清楚城市对它们来说,是一个建筑疯长和人潮汹涌的荒原。我见过一些清醒的猫逃离的悲壮。在宽阔的高速公路上,或者一些纵横交错的街道上,时常看到一些猫、狗或者别的动物横穿马路时的惨状,其肉身早已被滚滚车轮碾为枯槁的标本,像马路的一块结痂的伤口。暴尸街头,横尸马路,这就是它们逃离的命运吗?它们想过要逃离玻璃、钢筋的丛林与密集的车流,可是天降横祸,生命迅速地画上了休止符。

觉醒的最后，注定是令人伤悲的。是的，城市的不断膨胀，让更多的动物被迫消失或者下落不明。会不会有一天在它们消失的地方，留下一群群叫人的动物，继续代替和演绎这一旷世的风景？

城市小区的地库，给猫们偌大、空洞而黑色的回答。这个看上去短暂而又永恒的地下空间，收纳着城市的车流还有被遮蔽的世界。

我该为猫们庆幸，还是为城市留出这么一块地下空间叫好呢？

它们是黑色秘境中的精灵。在这个玄秘、昏暗的立体空间里，猫们个个身裹着黑暗秘密，带着某种神符与秘语，像四处游走的动词，发出嘶叫。

我忽然惊觉，猫是这个地下空间的主人，入侵者是那些发动机轰鸣的车辆。如果你站在小区门口仔细观察，你会发现每一只猫的眼睛里，都闪过一缕不易觉察的轻蔑，那是对那些车辆狼狈逃窜的蔑视。车水马龙、大地轰鸣之后，猫们迈着轻盈的步伐，扭动着灵动的腰身，哼着无人意会的小曲，随着尾巴蜿蜒的曲线，一个个径直回到地库，回到它们的居所。现在。是的，这是它们的居所，谁也不能改变，谁也无法占为己有，即使那些逃窜而去的车辆，再次回到这里，也改变不了它们是房客、入侵者，只有猫们才是房东，是主宰者。九点后的地库，则是一片欢腾的世界。

我是在那个时刻偶然闯入猫们的领地，撞开了地库隐秘的一部分。

那个时刻，我和那些冰冷的钢铁盒子无异，笨重、野蛮地闯入它们的领地。我是另一个世界的入侵者。纵然我不是猫，可我分明感到压抑与窒息。

这镜像，与地面上现实的世界何其相似？猫群对应着的，不只是那些无所事事的老人，应该包括所有在地面上奔跑的人。一直以来，我对城市始终保持着某种偏见与警惕。日益拔节的摩天大厦和逐渐衰老下去的人们之间，天生是格格不入的。我以为这种隐秘的博弈，在粗暴的排斥、暗无天日的孤独、如血的黄昏下，有着某种悲壮与凄凉。而那迷乱暧昧的夜店、醉醺醺的酒吧以及宽阔坚硬的马路，则是为新生的事物以及青春期的人准备的礼物。城市的面孔，在时间的一端，始终湮没在一个巨大的词语中：日新月异。"新"很好理解，那么"异"呢？是我们看不到或不想看见的衰老、疾病、孤独、死亡⋯⋯

很多时候,我一个人爬上小区三十三层的楼顶,俯视地面。

拥挤不堪的人流,在时间的拨弄下,流水般地被裹挟着,奔涌着,直到分解成无数细小的溪流,然后溃散。大量年轻的、看似脱缰的野马,在路上狂奔一段过后,逐渐慢下来,接着机械般地走进厂矿企业的内部,成为生产线上的一分子,安分守己的一分子。大浪淘沙过后的小区里,遗留下的沙石、砂砾以及坚硬的石块,散落在宽松的马路上、门口以及失修的私人花园里。稀疏的身影,是河床里那些没有被冲走的石块,没有生气,也谈不上活力四射。如果你要是再马虎一下,那些留在小区河床上的石块,笨拙的、苍老的石块,转瞬即逝。它们或者他们,去了哪里?没有人能告诉你。

道理也许浅显,但并不简单。一块石块的下落跟它受到的重力是有内部关联的。石头自由落体,自然要往下坡落去。那么这些河床上的石头般的老人们,不受城市待见的老人们,他们不断下落、下坠;最后的归宿,正是地库这个天堂般的地方。小区早晨或者黄昏时候的那一幕幕,再次在我眼前闪现。那一瞬间,我对那群流浪猫与河床上的遗留石块般的老人有了某种联想,他(它)们之间,有着某种相通的情愫,秘而不宣,却又同病相怜。

我记得那个时段应该是傍午或者午后的样子,也是一天中最为荒芜、无所事事的时刻。沿着电梯,在一种失重带来的麻木中,堕落感随之上升。抵达负二层后,闪身钻入地库,等待一辆车载着沉重的肉身,抛弃在漫长的高速路上。疾驰的风,带给人一种向前奔跑的力量。其实,我们仍旧停留在原地。

8

走近白炽灯与白天的黑暗交融的地库后,你会发现,这个隐秘的空间里,空气、时间与地面同样令人窒息。这幽暗的地库,不只是那一群猫的领地,也同样属于白天里围绕在猫群身边的老人们。猫群和老人们,都是地库的所有者，各自也都是入侵者。

这场对决或者说是战斗，神秘而又荒诞。神秘在战斗双方，是一群流浪在城市的猫与生活在城市边缘的老人。这看似不对等的战斗，居然会在某种条件下形成战场对峙。这场战斗不像史书上记载的那些史诗般的战役，光荣响亮或者惊天动地，也不像发生在勾栏瓦肆之中的那种大呼小叫，而是无声的，缄默的，暗哑的，愤怒的，张牙舞爪的，甚至是你死我活的。

暗淡的光线，暗淡的猫群，还有暗淡的老人，两支队伍，一高一矮，但这丝毫不影响双方之间的决斗，以人防工事沉重的铁门为楚河汉界，以睁大各自的眼睛作为武器，用冷兵器的寒光，彼此对抗。一时间，地库里的所有景物，在不同瞳孔放大的凝视里，增添了几分凝重，让人心生寒冷。此时的猫群，完全不是白天的那副倦怠、慵懒以及无精打采的低迷状态。

在地库一盏日光灯的照彻下，猫们借轿车这个"工事"，开始排兵布阵。有的昂着头，吹着胡子，站在光亮处；有的埋伏在私家车底下，伸出头来，打量着对方；有的冲锋在前直抵老人们面前，倒竖着尾巴，眼睛睁得大如铜铃，不时发出几声嘶叫；还有的则像狙击手一样，占据车顶这个有利地形，俯视前方，仿佛稍有不察，就会以一个猛虎下山般的俯冲，完成一次成功的阻击。当然，一定还有更多的猫们，潜伏在漆黑的地库一角，作为支援和强大的后方，只等待前线一声令下，就吹响进攻的号角。

老人们也不甘示弱，虽只有区区三人。明眼人看得出，三个拾荒的老人，在气势上明显弱于对方，但逐渐佝偻的身躯，并没有在它们面前胆怯、恐惧，没有后退一步。他们手拎着肥大的塑料袋，袋里装着刚刚从回收箱里拣出的可回收物品，站在猫群的对面，两者相距不足两米。只是平时拿在手里拨拉可回收物品的脱皮木棍，此刻被他们紧紧地攥在手心，也就说此时的木棍，已成为他们手中防御的武器，怎么会有进攻的计划呢。

对峙还在进行。没有结果就是结果。因为从长时间的对抗中，想必已经看出最终的胜利者，也就是说猫们已经获胜。占据身高、武器（木棍）等优势的三个老人，在长达两个多小时的博弈中，始终没有借助人类瘦弱而又膨胀的身材,挥动一下手中的有力武器,脚步也没有向前移动一寸一毫。倒是在猫爪子的锋利和凄厉的喊叫中,被惊吓得后退几步。尤其是猫们睁大的两只铜铃般的眼睛,从黑暗中射出的两道雪白寒光,像两柄血刃的利剑,剑锋准确无误地击中老人们的目光,寒意沿着衰老的皱纹、透风的牙齿、银白的头发还有弯下去的身子,一点点,渗入,渗入,像某种催化剂腐蚀着,老人们就在这寒意里,开始躲闪、恐惧、后退。他们又望了望前方不远处麻将场的几位老人,甚至有了逃走的念头。

猫们似乎读懂了这一切,或者说已经看到了一群溃败的老人,他们在围攻垃圾桶、夺取阵地的战斗中,已然败下阵来。猫们还没有收手的迹象,相反,不断地有猫从黑暗中走出来,迈着尖锐的舞步,或凌厉着锋利的牙齿,抖动细长的胡须,在脸庞不堪的变形中,继续与人类展开威吓、恐怖的博弈。

现代版的一场淝水之战哪!看似强大与弱小的对峙,最终形成强大反差的对峙。我们以为,在强大的、无所不能的人类面前,弱小的猫们自然是俯首称臣,贴地行走。它们退缩到黑夜的深处,靠着几声虚张声势的喊叫,以惊醒午夜盗窃的老鼠们,否决自身的懦弱与胆怯。当然,也有不知趣的猫们,会在这看似忠于职守的夜里,以呵护黑夜的名义,撕裂几声缠绵悱恻的叫春声,刷存在感。

一切都在虎视眈眈中行进着。这场强大的对峙,是在三个拾荒的老人与隐秘的猫群之间展开的博弈。

三个老人,几十甚至几百只猫,这是一组多么可怜的数字对比啊!

这个寒酸而屈辱式的情景,让我不禁联想到白天的老人们与猫之间的事情,也可以看作是这场战斗的铺垫与前奏。难道是为了夜晚的战斗而想出的一种用糖衣炮弹、麻痹敌人的战术?那些老人,用大鱼大肉或者小鱼小虾,是在给猫们上眼药、抹甜水,还是在沟通、缓和敌我双方的关系?他们卑微地祈求着,以落寞不安的状态,呈现在黄昏或者早晨的猫群前,以期感化坚硬的小石头们。

可是,这个战术看上去是失败的,没有一点作用,甚至是极其可怜与悲哀的。这些招数不仅没有换来猫们的退让,相反让它们从软弱与彷徨里,看到了人类的虚弱。为了地库的空间,准确地说为了地库里的一只只垃圾桶,猫们选择了战斗,勇敢地战斗,敌人不退,战斗不止。

人为财死。猫们誓死守卫的,是存放在地库里的那几只垃圾桶。高楼大厦厨房里主人们的奢华生活,为它们带来了一天又一天的美食。大量的遗弃食物,给了它们生存下去的勇气和力量,以便在苟延残喘里,继续着从乡村逃离出来的背井离乡之痛,继续着与这个日益长高繁盛的城市妥协,直到融为一体,不再格格不入,不再老死不相往来。

这些猫们,哪里知道那些拾荒老人的心思,与它们的想法是千差万别的?他们寻求的不是高楼主人抛下的残羹剩饭,而是废旧的纸箱、撕碎的泡沫以及布满灰尘的旧家具和孩子的昔日玩具,老人们要把这些东西捡拾回去,送到不远处的废品收购站,以此换取一些生活的资本。

这样一来,地库里的一只只蓝色塑料桶,隐秘的容器,装载的不再是生活的残渣,而是猫们与老人们各自的命运了。

9

猫和几个拾荒老人的对峙游戏每天都在上演。这是一场长久而又没有尽头的拉锯之战。老人走了,会有更多的城市新老人加入;猫们呢,一只猫终结了,会有更多的流浪猫涌来。人和猫接过各自的接力棒,共同完成对生活乃至生命的某种坚守。

战场之外,不远处,还有一群在下象棋、玩纸牌的老人,他们躲在一间没有窗户的地下室里,这里其实是墙壁与柱子的一种改装,四面围成一间房子,放上一张业主遗弃的餐桌,还有几把破旧不堪的椅子,以此组合成两个人或者四个人的游戏场,对抗老去的时间。

是游戏的巨大吸引力,还是他们熟视无睹?他们沉浸在自己的游戏中,完全没有理睬在地库的另外一侧,一场人与猫的大战悄然发生着,看上去无声无息,却也有几分惊心动魄。如果他们能从餐桌旁走下来,来到拾荒老人的身边,即使不言语或者手持棍棒,只要那么轻轻地一站,相信战局就会立马扭转,进而夹着尾巴、呜咽几句然后仓皇逃窜的,不是丢盔弃甲的人类,而是一群与人类同行的猫了。

遗憾的是,那些老人始终端坐在餐桌旁,热热闹闹地铺陈着没有尽头的游戏,没有抬一下眼皮,或者发出一声惊呼。

后来,我多次来到地库里,发动着私家车。车沿着从地面上穿透下来的光亮,从昏暗的二层,穿过模糊的一层,抵达明亮的地面,然后像一只只奔跑的甲壳虫,在纵横交错的高架与快速路上疾驰,以城市为中心,看似有条不紊地生活着、工作着。在城市这架庞大无边的、高速运转的机器里,我们很难说得清楚,这就是所谓的城市生活?这就是我们想要的生命状态?

我没有在意那一场荒诞而又隐秘的人猫大战。虽然我也像一个拾荒的老人,或者一只夜晚中坚守的猫,幽魂般踟蹰在负二层的地库里,看着一辆辆私家车,载着西装男人与浓妆艳抹的女人,在马达声中离开这里;或者等待着他们像夜晚归宿的鸟儿,再次回到这个巢穴,回到这个猫群和拾荒老人争夺的战场。

如果说我还有一点好奇的话,我喜欢等待那些深夜回来的人,疲惫的他们,载着一身的星光,匆匆地钻入地下,然后急匆匆地泊好车,寂寥地穿过猫群、穿过为数不多的人群,沿着上升的电梯,上楼。

而令人夜不能寐的是,我还遇到过一群午夜寂寞的人,他们在暗夜里牵着宠物狗,踱步在地库。还有深夜躲在车内吸烟、迟迟不肯归家的男子,紧皱着眉头,伴着一声声低沉的长吁与短叹,一支烟接着一支烟,直到地上扔下一摊摊烟头,天边露出了鱼肚白,才悄然下车,离去。当然,这样的黑暗车库里,也许一不小心,你也会遇上一对相亲相爱的青年人,他们才不怕那群猫或者那场看上去令人恐惧的对峙呢。地库是他们隐蔽的情感温床,他们隐在灯光照不到的角落里,在夜晚的荷尔蒙、遗忘、孤寂、性爱以及汽油等合成的气味里,成功地演绎着一次次短暂而狂热的欢愉。

我在地库里所见到的,那些尖锐而温柔的声音、耀眼而朦胧的光线,是不是我们各自内心的生活图景?在城市的地下空间里,我们、动物以及生活之间的斗争,也许正在暗中上演,比地面之上更为真切、赤裸与异化。老人与猫群的争夺,是不是人类与动物、植物等生死博弈前的一次隐秘的演练?膨胀的高楼,密谋着终有一天把故乡、伦理、情爱、眼泪等挤压侵占,碾碎风干。到那时,大地上剩下的,将会是疯长的、漫天漫地的水泥森林。而我们所不能知道的是,小区门口的那群黑猫及那只蓝花瓷碗,会不会仍旧在那里;还会不会有人在等着我们归去来兮?

选自《黄河文学》2021年第1期

寥廓与立冬

许　超

《寥廓与立冬》中有一股特别的青涩与犹豫，那是新人的气息，也是人们在大自然的物候里，与自我对话的一种气息，慎重又轻灵。许超对情绪的切分细腻准确，记录下少年在乡野中的短暂交错，对动物植物的温和凝视，在时间缰绳的检索中不断弹跳，返回此时此刻的日常画面，以散点式的情绪与场景对照，构成对寥廓感的塑形与命名。

——第四届三毛散文奖终评委

午后，一位老人带着他的螃蟹，站在龙山小区的路口，吆喝起来。我看到他每吆喝一声，肩上的扁担都会在风中向下倾斜一点，簸筐里的螃蟹就会挤挨着，骚动不止。我不知道这个下午，会有多少只螃蟹离开——才能让这个老人，完全安静下来。

立冬后的早晨，我常在仪凤路和秀园路的十字路口遇见他们，那些早起的建筑工人，那些灰色的泥点，白漆和黄漆，也有一些红漆，让五点半的天空从阴冷中走出来。

从晚秋到立冬，荻，举着白色的纱巾，在岸边，在风中，它好像在听一曲多年前的《琵琶行》。月下的荻花把浔阳的江水染白，转轴、拨弦、低眉，一个女人，在浔阳找到了久违的观众。那个青衫透湿的男人，用泪水写下六百一十六个字，每一个字里，都有命运的悲欢。

紫色的楝花留在了四月，唯有形如小枣的淡黄色楝果长存于树。香樟果已经透黑，它只有楝果的一半大，不声不响地落。栾树，在风中卸下了薄如蝉翼的耳形环佩。所有成熟的事物，都疏离了喧嚣。

苍耳和鬼针草，都是童年的独门暗器。苍耳的总苞片呈长圆状披针形，是那种钩状的硬刺。鬼针草的顶端有几枚芒刺。历经岁月的磨砺，立冬之后，它们逐一亮出自己的锋芒。走过岁月的磨刀石，我们也交出了自己的童年和少年。

在20世纪90年代的乡村，记忆中更多的是苍耳。去文圩小学有两条路，一条是大路，一条是小路，大路近，小路远，我们常常是舍近求远，走那条长约四里的小路。小路就在广阔的田野中，过了甲空生产队，我们浩荡的队伍，自会沿着宽一米多的沟渠分列开来，田埂上和沟渠旁，苍耳们正在等待一群少年的手。

采苍耳要快,投掷时要准、狠。如果一时之间找不到苍耳,一年蓬也可以是武器,稻茬也可以是武器,地上不知名的杂草也可以是武器。大多数时候是按照村庄分组,这样就能分出马北队、祠堂郢队、黄梨树队和小庙队,我属于黄梨树队。虽然多年后回想那个出生的村庄,似乎很少有梨树,更别说梨花浩荡了,但,我还是属于黄梨树队。

经过马北生产队和小庙生产队后,就剩下我们黄梨树队和祠堂郢队了,这两支队伍也将在不远处的老徐烟酒店分道扬镳。

二十多年过去了,其间父母移居进城,我读书工作,也都是离乡在外,那群少年,那些活泼的面孔,我竟再也没有见过。当再次在郊野遇见苍耳时,我只觉得时光回放,眼前呼啸着一枚一枚苍耳,犹如时间的暗器,嗖嗖而过。内心开始湿漉漉的,那黑色枝条上的无数花瓣,属于意象派诗人庞德,也属于我。

多年后,我在《诗经·周南》里读到《卷耳》:

> 采采卷耳,不盈顷筐。
> 嗟我怀人,置彼周行。

卷耳就是苍耳,我觉得我就是那位被思念缠绕的妇人。

傍晚的时候,我抱着十八个月大的阿豆去喂鸡。在鸡笼外的丝网旁把阿豆放在地上,几十只鸡迅速聚过来,阿豆兴奋地朝它们"啊——啊——啊啊!"。我拿一根萝卜缨递给他,阿豆透过网格把萝卜缨送进去,仔鸡们争先恐后地啄来啄去,震颤通过萝卜缨不停地传导到他的手上。阿豆手舞足蹈,口水不断地流,一直流到我揽着他的那只手的虎口处。

麻雀,也有自己的选择和目标。它们已经等了大半天,有的候在远处的屋瓦上,有的群集于鸡笼旁的一株石榴树和三株香樟上。石榴树上还挂着一枚黑褐色的小石榴,香樟树的叶子宽大而青绿,自从逃过春天的那一场言语的追杀,它不仅没有谨小慎微,反而是更加旗帜鲜明地宣扬自己的观点。我和阿豆进入鸡笼,把稻谷撒在地上,麻雀们轰的一声从树枝和屋瓦上飞离,趾爪和翅膀带动了枝叶,搅动了空气,竟有好大一股风吹来,一旁的阿豆连连用手拍拍胸口,表示他有点怕。

我拿着纸盒走进鸡窝,让阿豆站在外面,他也猫下身子看我收鸡蛋,边看边用小手指着鸡蛋,鸡蛋还是温热的,我冒险拿了一枚给阿豆,阿豆捧着鸡蛋,咯咯咯地笑,一串口水又流在鸡蛋上。

用葫芦瓢掫了几瓢稻子撒给鸡,一直抬头仰望的鸡,迅速俯首而啄。我和阿豆站在外面,阿豆手捧那枚时刻处在险境中鸡蛋,双脚交替而踮,嘴里"啊——啊——啊啊"地为进食的鸡仔们加油。原先飞离的三群麻雀,从远处的白杨树上飞临,三群变为四群,一群落在那株石榴树上,另三群落在三棵香樟树上。黑色的屋瓦上迎接了黄昏时温暖的光。

《圣经》里说:

> 在你们的地收割庄稼,不可割尽田角,也不可拾取所遗落的。不可摘尽葡萄园的果子,也不可拾取葡萄园所掉的果子,要留给穷人和寄居的。

麻雀也和人类一样,寄居在这个世界上,它们所遇到的风霜雨雪并不会比我们少。古有"仓廪实而知礼节,衣食足而知荣辱"之说,但是田野里的稻谷都被收割干净,连那些遗落的谷物,也进入拾穗者的口袋,为了生存,为了填饱肚子,麻雀们只有铤而走险,哪里顾得上什么礼节和荣辱呢。

麻雀们看着一群鸡独享稻谷,明显是急了,在树上叽喳地叫,有几只甚至从树上飞下来,飞到半空,看到我和阿豆,就又折回,在树上急切而不安地瞪着我,我明显地感觉到,那种急切和不安中,藏着怨愤。

生存多艰，然而，存活者必要独自面对这些艰难。就像十几年前的冬天，因为家境窘迫和学业的不堪，我去了附近的一家屠宰场。夜晚，那些猪开始叫，嚎叫。刚去的那个下午，我就曾亲眼见过它们，在重型货车上，一边用嘴拱着钢板，一边看着手无寸铁的我。最后的吼声注定是无助的，夜晚更是如此，它像一个参与者，饱含血色。

我从来没有想过，屠宰场，会成为我生活的一部分。那些猪，被从猪圈里赶到一个狭窄的通道，之后，锈迹斑斑的铁门被打开，猪，一头一头地被放进屠宰的车间，一头一头地按照顺序被铁环套住其中的一条腿，然后被悬空，那个手持尖刀的男人刀刀毙命，很快，他胶鞋的鞋面被猪血淹没，猪的嚎叫，在刀拔出的瞬间达到顶峰，猪不断地昂起头，每一次昂头，都会流出大量的血，血溅在血上，有血泡不停地出现，出现又破灭，破灭的声音和着最后的悲鸣。

已经无法悲鸣的猪，被滑轮传送到刨毛机里，刨毛机迅速转动，猪毛飞舞又落下。接着，一头头猪，依然以倒悬的姿势来到我的面前，我站在铁制工作台上，挥舞手中的尖刀，剔除那些未净的毛。未净的毛大多数是猪的鬃毛，因为刨毛机无法完全深入。一个晚上，我一直弯着腰，面对一张张猪脸。那一张张猪脸，也面对着我。

刮毛的一共有三个人，偶尔，我们会停下来，他们两个抽各自的劣质烟，看着我，充满了好奇。我看着十几米处能够刀刀毙猪命的那个男人，他动作娴熟，一件短袖衬衫快要被肌肉爆破，我们彼此不说话，但都在暗暗准备——舞起手中刀。

三毛说：

> 风，突然没有了声音，我渐渐地什么也看不见，只听见屠宰房里骆驼嘶叫的悲鸣越来越响，越来越高，整个的天空，渐渐充满了骆驼们哭泣着的巨大的回声，像雷鸣似的向我罩下来。

骆驼的悲鸣，也是三毛的悲鸣。我明白她。猪的悲鸣同样有巨大的回声。

后来，我在《史记·陈丞相世家》里读到西汉开国功臣陈平。说是有一次里中要祭祀土地神，陈平负责分肉，他分得非常仔细，几乎没有一丝一毫的不均，因此得到了乡亲父老的称赞，陈平说："嗟乎，使平得宰天下，亦如是肉矣！"意思就是——唉，假使让我陈平来主宰天下，也像这次分肉一样！最后，太史公曰："方其割肉俎上之时，其意固已远矣。"

其意之远，远在叹息，也就是"嗟乎"。汉高祖刘邦在年轻时，第一次看到秦始皇出巡时，也曾经"嗟乎"过："嗟乎，大丈夫当如此也！""嗟乎"就是对自身处境的叹息和不甘，更有对未来的期许和雄心。

刮了一夜的猪毛，我嗟乎。刮了一个星期的猪毛，我嗟乎。刮了一个月的猪毛，我嗟乎。一个月后，我觉得我还是应该回到课堂，屠宰场老板结了八百五十元的工资，我扔掉了尖刀，再一次手无寸铁。但是，我有了信心，数学再难，在刮猪毛面前，都不是一道坎。

阿豆手里的鸡蛋凉了，又被他焐热了，险境中的鸡蛋居然一直安全着。我抱起他，想要躲避麻雀们怨恨的眼神。有一些稻谷需要被遗落给世间的寄居者。但是，阿豆不肯，他正看得起劲。我说我带你去菜园，拔萝卜去！他大概想起了每天"火火兔"里播放很多遍的"拔萝卜，拔萝卜，嘿哟嘿哟拔萝卜"，居然重重地点了点头。

萝卜们很安静，它们正晤谈于一室之内。番薯们也是，它们要将埋藏许久的心事说给我们听。高秆白菜挺出秀美的身姿。菊花脑铺陈出金黄的笑脸，几只蜜蜂和蝴蝶不请自来。我和阿豆合力拔出了三个萝卜，阿豆的小脸红扑扑的，我的心，有无边的寥廓，在立冬的风中。

选自《散文》2020 年第 11 期

附　录

第四届三毛散文奖获奖作品名单

散文集

大　奖

阿　来《以文记流年》（作家出版社 2021 年版）

〔加〕张　翎《三种爱》（广西师范大学出版社 2020 年版）

徐　剑《恰如一阕词》（中国文史出版社 2020 年版）

江　子《去林芝看桃花》（广西师范大学出版社 2020 年版）

邹汉明《塔鱼浜自然史》（中信出版集团 2021 年版）

实力奖

汗　漫《在南方》（江苏凤凰文艺出版社 2021 年版）

李晓东《天风水雅》（上海人民出版社 2021 年版）

朱朝敏《黑狗曾来过》（广西师范大学出版社 2020 年版）

罗　南《后龙村扶贫记》（广西师范大学出版社 2021 年版）

新锐奖

羌人六《绿皮火车》（作家出版社 2021 年版）

王小忠《洮河源笔记》（广西师范大学出版社 2021 年版）

甫跃辉《云边路》（北京十月文艺出版社 2020 年版）

陈　涛《在群山之间》（辽宁人民出版社 2021 年版）

单篇散文

大　奖

辛金顺《临帖》(《香港文学》2020年2月号)

劳　罕《杭州听茶》(《湘江文艺》2021年第6期)

徐　迅《云端上的乡音》(《中国作家(文学版)》2021年第8期)

陈蔚文《若有光》(《上海文学》2020年第4期)

草　白《带灯的人》(《人民文学》2021年第3期)

实力奖

宋长征《北方有所寄》(《野草》2021年第1期)

黛　安《杀牛记》(《十月》2020年第2期)

赵燕飞《来,我们玩跑得快》(《湘江文艺》2021年第5期)

〔美〕陈　九《汤姆叔叔的告别》(《散文》2020年第10期)

新锐奖

四　四《远山中的淡影》(《雨花》2021年第7期)

陈　瑶《悬鹁鸪岛上的建塔人》(《散文百家》2020年第12期)

杜怀超《地库笔记》(《黄河文学》2021年第1期)

许　超《寥廓与立冬》(《散文》2020年第11期)

第四届三毛散文奖入围终评作品名单

散文集

阿　来《以文记流年》(作家出版社2021年版)

王小忠《洮河源笔记》(广西师范大学出版社2021年版)

刘星元《尘与光》(作家出版社2021年版)

邹汉明《塔鱼浜自然史》(中信出版集团2021年版)

〔加〕张　翎《三种爱》(广西师范大学出版社2020年版)

羌人六《绿皮火车》(作家出版社2021年版)

王　选《最后一个村庄》(江苏凤凰文艺出版社2021年版)

朱朝敏《黑狗曾来过》(广西师范大学出版社2020年版)

林佳桦《当时小明月》(有鹿文化事业有限公司2020年版)

吴佳骏《小魂灵》(北岳文艺出版社2021年版)

陈　涛《在群山之间》(辽宁人民出版社2021年版)

汗　漫《在南方》(江苏凤凰文艺出版社2021年版)

罗　南《后龙村扶贫记》(广西师范大学出版社2021年版)

李晓东《天风水雅》(上海人民出版社2021年版)

江少宾《大地上的灯盏》(黄山书社2021年版)

王雪茜《折叠世界》(中国言实出版社2021年版)

丁　燕《西北偏北,岭南以南》(上海文艺出版社2020年版)

胥得意《沙卜台》(作家出版社2021年版)

江　子《去林芝看桃花》(广西师范大学出版社2020年版)

帕蒂古丽《蕴情的土地》(宁波出版社2021年版)

〔美〕胡刚刚《边界》(北京时代华文书局2021年版)

曹海英《黑色版图》(阳光出版社2021年版)

袁明华《植物先生》(四川人民出版社 2020 年版)

丘脊梁《锋利的预言》(文化发展出版社 2021 年版)

徐　剑《恰如一阕词》(中国文史出版社 2020 年版)

甫跃辉《云边路》(北京十月文艺出版社 2020 年版)

(其中四十五岁以下作者:王小忠、胡刚刚、羌人六、陈涛、甫跃辉、王选、刘星元、吴佳骏)

单篇散文

四　四《远山中的淡影》(《雨花》2021 年第 7 期)

陈　瑶《悬鹁鸪岛上的建塔人》(《散文百家》2020 年第 12 期)

草　白《带灯的人》(《人民文学》2021 年第 3 期)

陈蔚文《若有光》(《上海文学》2020 年第 4 期)

许冬林《再见,卡带录音机》(《边疆文学》2021 年第 9 期)

赵燕飞《来,我们玩跑得快》(《湘江文艺》2021 年第 5 期)

辛金顺《临帖》(《香港文学》2020 年 2 月号)

唐　女《浮萍》(《广西文学》2020 年第 11 期)

虞　燕《海岛岁时记》(《人民文学》2021 年第 5 期)

宋长征《北方有所寄》(《野草》2021 年第 1 期)

许　超《寥廓与立冬》(《散文》2020 年第 11 期)

罗张琴《江上》(《天涯》2021 年第 5 期)

劳　罕《杭州听茶》(《湘江文艺》2021 年第 6 期)

陈美者《女王和刺猬》(《散文》2021 年第 8 期)

〔美〕陈　九《汤姆叔叔的告别》(《散文》2020 年第 10 期)

黛　安《杀牛记》(《十月》2020 年第 2 期)

王雁翔《我的田野记忆》(《作品》2021 年第 1 期)

李光泽《书房记》(《山西文学》2021 年第 5 期)

王　芸《纸上万物浮现如初》(《人民文学》2021 年第 3 期)

李郁葱《童年的月亮》(《山东文学》2021年第6期)

李银昭《母亲的蜀道》(《收获》2021年第6期)

徐　迅《云端上的乡音》(《中国作家(文学版)》2021年第8期)

杜怀超《地库笔记》(《黄河文学》2021年第1期)

田　鑫《大地呓语》(《雨花》2021年第1期)

刘国欣《蓝衣时代》(《广西文学》2021年第2期)

王樵夫《额吉和她的黑马驹》(《民族文学》2020年第6期)

(其中四十五岁以下作者:四四、陈瑶、草白、许超、罗张琴、杜怀超、刘国欣、田鑫)